チョーサーと英米文学

河崎征俊教授退職記念論集

金星堂

目次

第1部　中世イギリス文学

第2部　イギリス文学

第3部　アメリカ文学

第4部　中世英語

第 1 部

中世イギリス文学

人類史から読むチョーサーの『トロイルス』

岡　三郎

一　はじめに

文学研究は自分（主体）と作品（対象）との緊張関係において成立すべきものである。そのためには、まず、主体と対象とを具体的にどのように規定するかによってその研究の特質が決定される。

（一）対象について

チョーサーというイギリスの十四世紀に活躍した詩人をどのように位置づけるかを考える場合、まず想定されるのは、単純にイギリスの詩人とみるか、あるいは視野を広げてヨーロッパ文学のなかの詩人と捉えるか。あるいは十四世紀末のヨーロッパのなかのイギリスを歴史的に中世末期と捉えるか、ルネサンス初期とみなすかによって詩人チョーサーの相貌は一変する。

あるいはチョーサーの代表的作品として『カンタベリー物語』が有名であるが、そのなかのいくつかの物語は完成度は高いが、全体としての構想を考えると「未完の大作」といえる。われわれの身近な例でいえば夏目漱石の最後の小説『明暗』もまた「未完の大作」である。「未完の大作」をその詩人あるいは小説家の代表作と評価するかどうか、立場によって相違が出てくる余地は十分あるだろう。チョーサーの『トロイルス』は、その「語り」の構成から考えてみても見事に完成していることについては異論はないだろう。したがって『トロイルス』をチョーサーの代表作と考える立場は十分に成立する。が、しかし、一般的に文学史などでは、『トロイルス』よりも『カンタベリー物語』の方を代表作として挙げられる例が多い。しかし私個人の好みとしては『トロイルス』を挙げる立場である。

チョーサーの『トロイルス』にはもう一つ別な重要な特質がある。

現代の考古学的知見のおよその結論として「トロイア戦争」は紀元前十三世紀ごろに小アジアつまりアナトリアの西部の一隅で、比較的長期に（伝承によれば十年）戦われた当時としては大規模の戦争であった。とりわけギリシア文化圏から、ひいてはヨーロッパ文化圏内でその戦争物語が伝承され、絶えることなく連綿と語り継がれ、あるいは変換され、あるいは増殖され、ヨーロッパ文学におけるいわば主要な基幹的主題をなすようになった。その最大の理由は、ホメロスが『イリアス』と『オデュッセイア』のギリシア語による二大叙事詩によって、「トロイア戦争」の末期の物語と英雄たちの帰還物語「ノストイ」を完成度の高い作品に仕上げたことによる。その後さらにローマ帝国の大詩人ウェルギリウスが皇帝アウグストスの要請に応えてトロイア側の英雄アエネアスを中心に新トロイア建設叙事詩『アエネイス』をラテン語で創作した。『アエネイス』は中世のヨーロッパの学校教育で暗誦させられる位に普及した事実がある。チョーサーの『トロイルス』は、まさにかくも長期にわたってヨーロッパで語り継がれた主題に参画した英語の文学としても画期的な作品である。これによって英文学がラテン語文化圏としてのヨーロッパ文学の伝統のなかに確固とした地位を占めるようになり、やがてのちのシェイクスピアへの道を開拓したといえる。

ちなみに日本文学において本格的に「トロイア物語」の伝統に参画したのは二十世紀末、阿刀田高による『新トロイア物語』が最初である。この作品は『小説現代』（一九九四年二月号から十月号）に連載され、一九九四年十一月に講談社から単著として出版された。作品の「語り」の構造はトロイアの英雄アエネアスを中心人物として、「語り」の背景としてホメロスとウェルギリウスの物語を踏まえ、さらに現代的な整合性をととのえるために若干の創意が工夫され、現代的な歴史小説としての枠組みのなかに日本語でヨーロッパの古い物語を現代に生かしたのである。さらに詳しくは拙著『阿刀田高「新トロイア物語」を読む』（トロイア叢書5、国文社、二〇一一年）を参照されたい。いずれにせよ「トロイア物語」が二十世紀末に到ってついに日本文学にまで伝播することになったのである。このように世界文学的規模に拡大した「トロイア物語」の総体のなかで、はたしてわがチョーサーの『トロイルス』という作品はどのような位置にあるかを考察することは、今日依然として未踏の研究領域として残されているのだ。

（二）主体について

チョーサーの『トロイルス』を読む自分とは誰か。日本人であることには間違いないが、日本人としての立場を前面に出すかどうかには選択の余地がある。ただ日本人といっても、日本文学や日本文化についてはほとんど高校生程度で、大学入学以来ひたすら英文学と英語だけを研究してきた研究者が少なくない。英国に留学して英国の学者に満足してもらえる程度の日本文学の話のできる日本の英文学者の数は案外少数である。また英国の学者は当然のことながらヨーロッパ文化の教養は深い。それに対して日本の英文学者のヨーロッパ文化の教養は学校教育のカリキュラムの欠陥のせいもあって驚異的に貧困である。年々日本からの留学生を受け入れていたオックスフォード大学の著名な教授が、ある時、さる日本の大学の英文学研究室を訪れたことがあった。その研究室の一角にロエブ古典叢書が揃って並べてあったのをみて彼は驚きを新たにした。研究室には揃っているのに、年々来る日本の留学生はロエブ古典叢書の一冊も繙いた形跡の感じられないのはなぜだろうという疑問である。そもそも人類の知（サピエンス）は人類共通の基盤のうえに構築されてこそ知の名に価いするものである。中国的な比喩でいえば、そのような基盤のないものを砂上の楼閣という。

自分を二十一世紀に生きている人間、現生人類としてのホモ・サピエンスの一員と規定することもできる。二十一世紀は確かに二十世紀の次の世紀であることは確かである。しかし世紀という百年単位で歴史認識ではない。千年単位つまりミレニアムで時代区分する試みも当然あるべきである。これによると二十世紀は第二ミレニアムの最後の世紀であり、二十一世紀とは第三ミレニアムの最初の世紀である。二十世紀と二十一世紀は確かに連続する局面も少なくない。しかし同時により根元的な断絶が要請されていることを自覚すべきである。

現生人類（ホモ・サピエンス）は五万から十万年まえに「出アフリカ」を敢行し、それ以後休むことなく地球上に拡散し、移住と定住を繰り返してきた。「定住革命」によって農耕により食糧の計画的生産に成功し、人口が増大し、都市国家が成立し、場合によっていくつかの広域に及ぶ帝国が出現した。一方、人類をホモ・ナランス（物語るヒト）と規定することができる。その結果、それぞれの国家や氏族・民族は固有の「語り」すなわち固有の神話を創出し、伝承し、やがて文字を発明すると神話を文字に書き残すことになった。しかし十九世紀以降の比較神話学は、国家や民族の神話に相互関係または構造的なパターンを見出した。ホモ・サピエンスとしての人類の心的世界に根元的共通性が存在するのは至極当然のことである。神話はやがて文芸に進化する。

いまでこそ地球上に空間的あるいは時間的に相距る文芸を相互に理解でき、互いに感動しあえるという事実は、ひとえにホモ・サピエンスとしての人類の心的世界の根元的共通性が根拠である。

さて数百万年に及ぶ人類の歴史を考えると、最近数万年の歴史は人類にとっての新しい時代すなわち「近代」であり、五千年まえにメソポタミアに都市国家が成立して以来の時代は「現代」とする時代区分を提起することができる。最近のシュメル学、バビロニア学、アッシリア学などの成果に注目するとそのような時代区分の妥当性にますます確信がもてるようになる。

二十世紀後半以降、年々に顕在化している五千年来の「文明」の矛盾に目をそむけるべきではない。ひたすら効率のよいエネルギーを探求した結果、核エネルギーに到達し、核兵器や原子核発電の技術を発展させたが、その負の側面はいまさら言うまでもない。貨幣を発明した人類はいまや金融工学に到り、金融危機におびえる日々である。あらゆる技術は人類に利便性をもたらした反面、不幸や恐怖の原因にもなっている。二十一世紀とは「文明」の方向や思惟方法の根元を反省し、二十世紀までの「文明」に対して新しい文明の原理を模索し、二十世紀との断絶を企図すべきときである。

壮大な二十一世紀的課題のなかで、小さな具体的課題としてのチョーサーの『トロイルス』をどのように読むかの問題設定がなされなければならない。以前すでにスパージョンがチョーサー批評史を書いて、英文学の枠組みのなかで、それぞれの時代にチョーサーがどのように読まれ、評価されてきたかを考察した。しかし今日要請されているのは、そのような二十世紀的視野の批評史を原理的に解体し、新しい人類史的な批評史の構築である。そのなかには当然のことながら東洋人のチョーサー研究の項目も設定されるべきである。同時に歴史的視点を基軸に人類的思惟の展開の歴史のなかにイギリスという特定地域文化史を位置づけ、そのような視点からチョーサーの真の文学的あるいは文化史的画期性あるいは独創性の意義を評価すべきであろう。

二　プロローグを読む

長い「語り」の書き出し、あるいは「語り出し」にはすでに古代から一定の型があった。例えばホメロスの『イリアス』では、「怒りを歌え、ペレウスの子アキレウスの云々」で始まり、『オデュッセイア』では、「策略に長けたるかの男（の事）を私に（ムーサよ）語り給え云々」で始まる。ちなみに最近のホメロス学では、「策略に長けたる」の原語「ポリュプロポン」について「旅多き」と解釈する新説が提起されている。

そしてギリシアの伝統を継承したローマのウェルギリウスは『アエネイス』の冒頭で「戦争と勇士（の事）を私は

歌う云々」と書き出している。

このようなギリシア・ラテン文学の伝統を踏まえてチョーサーは中英語（ミドル・イングリッシュ）で次のように書き出す。

トロイアの、かのプリアムス王の息子だった、
トロイルスの、二重の悲嘆、恋をするに及び
その成り行きが不幸から幸福へ、またやがて
喜びから、どのように離れたかを語る事こそ、
皆様にお別れするまえの、私の目標なのです。
テシフォネ女神よ、書きながらも涙こぼれる、
この悲しい詩に取り組む私に力をお貸し給え。

（以下チョーサーの訳文は拙訳、トロイア叢書、国文社、４、二〇〇五所収に拠る。）

この中世ロマンスの書き出しの最大の特色は、もはや中心人物の怒りでもなく、策略でもなく、確かに戦争と勇士を語るが、「語り」の重心はまぎれもなく「恋」である。しかもその「恋」の顛末を「二重の悲嘆」として捉えている点である。すなわち恋の初期段階での悲嘆と運命的な別離に際しての悲嘆である。人類が運命といういわば超自然的なちからを認識する歴史は古い。それは人類の宗教的意識の萌芽と結びついている。が、同時に人類の哲学的意識すなわち宇宙観や世界観に関連している。人類初期の宇宙観は「神話」的語りに結実し、変換し、伝承されてきた。ホモ・サピエンスはすべてそれぞれの地域で固有の神話を構築し、文明の交流とともに神話も融合し、まさに雑種形態（ハイブリット）を構築してゆく。その典型的な例をわれわれはギリシア神話とローマ神話との関連にみることができる。ちなみにわ

が日本の「神話」もまたハイブリットのはずである。しかし偏狭な国粋主義者はその固有性を盲信し、奇妙なイデオロギーをでっち上げ、プロパガンダに熱狂する。戦前を生きた日本人として私自身そのような偽瞞を生の形で体験したのである。人類史を俯瞰するとじつに数々の迷盲をかいくぐってきたが、今もまた新しい迷盲にさらされているので注意しなければならない。

さてヨーロッパ中世はある意味で悲惨かつ苦難な世紀を重ねてきた。戦争やペストで死の悲惨な現実を経験した。その悲惨な日常を精神的に乗り超えるために独自のわかり易い運命論が創出された。それが「運命の女神」の信仰である。当時の図像でも明らかなように「運命の女神」は巨大な車輪をまわしている。まさに人間の幸・不幸の運命の象徴である。幸福は必ず不幸に転落するが、また再び必ず幸福へと上昇するという単純明快な運命論の具象である。『トロイルス』の書き出しは、まさにこのような中世的運命論の典型的思惟を踏まえている。

「恋愛」はヨーロッパ十二世紀の発明であるという説がヨーロッパにある。しかし恋愛とは異性間の相思相愛の心理的肉体的関係が原則である。十一世紀初頭に成立したわが『源氏物語』など典型的な恋愛物語である。中国の古い詩集『詩経』のなかにもすでに明らかに恋愛感情が歌われている。

そもそも男女の恋は、遥かに遡って哺乳類の雌雄の生殖行動の一環であり、さらに原初的には細胞レベルのいわば陰陽のドラマ、引き合い反発するメカニズムにまでその根元を求めることは可能である。人類はいかに進化したとはいえ、生物学的条件からは完全に解放されることは絶対にありえない。われわれに課せられた課題は、雌雄の行動あるいは異性間の相思相愛の現象あるいは体験をどのように解釈するかである。人類の歴史は、その解釈を基軸に先史・古代・中世・近代そして現代と時代を区分することができる。人類は同一の現象あるいは体験を、ミレニアムという時間単位でその解釈を更新してきた。現代、世界にフェミニズムの考え方が有力になっている。このフェミニズムの立場からチョーサーの『トロイルス』物語はどのように解釈されるのだろうか。それが現代の解釈として代表されるのだろう。それ以外は果たして時代遅れなのだろうか。チョーサー自身の本文の言葉でいえば、「書きながらも涙こぼれる」ほどの「悲しい詩」であるというが、現代は、こんな物語で涙を流すのはオセンチで時代遅れと嗤われるのだろうか。

三　エピローグを読む

チョーサーの『トロイルス』にはいくつかの写本がある。そのほとんどは五巻形式に綴られている。したがってとりわけ「プロローグ」とか、「エピローグ」とかの表記はない。読者としてのわれわれが第一巻の前口上的「語り」を「プロローグ」として読み、第五巻の最終部で中心人物のトロイルスの戦死を述べたあと、さらにその霊魂の行く末が語られるあたりからを「エピローグ」として捉える読み方に拠るものである。

「プロローグ」は冒頭から五六行目までである。そして「語り」の本体へは次のように滑らかに移行してゆく。読者はなんの抵抗もなく、ごく自然にトロイルスの物語に聴き入るように仕組まれている。

さて、今、いよいよ私の物語に立ち入りますので、
善意をお持ちになって、じっくりと御傾聴下さい。
物語では、トロイルスが、クリサイデを恋する時、
また彼女が亡くなる前にどのように彼を棄てたか、
その二重の悲嘆を、お聴き及びと相なりましょう。

周知の通り、武装して強力なるギリシャ勢は、

一千もの艦船を連ねて、トロイアを目指して
出陣し、長きこと、実に彼等が止めるまでは、
十年に及んで、かの都城を包囲し、かつまた、
多種多様なる方策を弄し、唯一の目的のもと、
パリスによってなされたヘレネ強奪への仇を
討たんものと、彼等の全力を傾倒したのです。

中世ヨーロッパでは「トロイア戦争」についてはホメロスよりも、ダーレスやディクテュスの叙述が信頼されていた。その点についての詳細は、拙訳著『トロイア叢書』（国文社刊）の、とりわけダーレスとディクティスの訳（同叢書1）の翻訳と解説を参照されたい。

さて「エピローグ」についても、どの写本にもそのような表記は本来存在しない以上、読み手は自分の読み方によってどこからを「エピローグ」として読むかを決定しなければならない。

あえて私見を端的に提起するなら、第五巻の一八〇六行目までが物語の「本筋」と考え、一八〇七行目以下は「語り」の質が変容すると解釈する。すなわち歴史的事実としてのトロイア戦争中の英雄トロイルスの戦死の記述までと、それ以後は中世的キリスト教的死生観にもとづく「語り」、すなわち神話的「語り」として、まさに中世的「語り」の「エピローグ」と解釈したい。その移行のプロセスを本文にそくして鑑賞してみたい。

……

ともあれ私のこれまでの話の本筋に戻りましょう。

トロイルスの憤怒に対して、すでに私がお話し始めた通り、
ギリシャ方の軍勢は、実に高価な犠牲を打ち払ったのです。
なぜなら彼の手により何千の人々が命を落としたのですから。
何しろ彼は当時、私が聞き及んでおります限りにおいても、
ヘクトルを除き、彼に肩を並べるものが居なかったのです。
だがああ悲しや、ただ神の御意志とあらば致し方なし、
情け容赦もなく、彼を獰猛なアキレウスが斬殺したのです。

そして、このような仕方で彼が殺害された後で、
彼の軽やかな魂は実に幸福そうに上昇しました、
ありとあらゆる宇宙の諸要素を傍に押し退けて、
第八番目の天球層の、その内側の奥深くまでも。
そうして、そこで彼は実に注意深く見たのです、
彷徨する星の群れを。じっと耳を傾けたのです、
天上の妙なるメロディに溢れる響きの楽の音に。

そして、そこから直ちに彼は下方を目にしたのです、
海洋に、ぐるりと取り囲まれている、大地からなる
小さな一点を。そうして更に、その見るも哀れなる
その世界を、完全に軽蔑したのです。そうして更に
天高く天上界に存在する、完璧な至福に比較すれば、
一切は、空の空であるものと考え、そうして最後に、

自分が殺害された場所に、その視線を落したのです。

そうして自分の死を、非常に激しく嘆いてくれる人達の、
その悲嘆に対して、彼は心の中で、にっこり笑いました。
そして盲目的な快楽、それは永続的なものではないので、
それを余りに追い求める私達すべての行為を責めまして、
そして私達すべての心を天上に向けるべきだとしました。
そうして彼は更に進んで行き、ごく手短に申しますなら、
メルクリウスが彼に居住を許してくれた所に至りました。

このような結末に、そう、恋ゆえにトロイルスは至ったのです！
このような結末に、彼のもつ一切の素晴らしさが至ったのです！
このような結末に、彼のまことに高貴なる身分も至ったのです！
このような結末に、彼の快楽が、このような結末に彼の気高さが！
このような結末に、偽りの世の、その頼りなさが至ったのです！
そうして、このようにして私がお話し致して参りました通りに、
彼のクリサイデへの恋が始まり、このように彼は死んだのです。

このように引用してみて改めて気付いたことは、おそらくチョーサー自身は、ヨーロッパ中世のキリスト教文化圏の詩人として、ここまでが物語の本筋と考えていたに違いないということである。現代の、とりわけキリスト教文化圏ではない極東の、仏教的思惟の伝統の脈々としている日本列島の住民の一人としての私と中世ヨーロッパのチョーサ

ーの思惟形式との差異を痛切に感じざるをえないのである。

キリスト教詩人としてのチョーサーにとってキリスト教以外の宗教を信じるものは「異教徒」以外の何者でもない。東洋の仏教文化圏の人間はもとより、「トロイア戦争物語」が連綿と語られてきた汎神論的ギリシア思潮の伝統に生きる人間もまた「異教徒」である。端的にいえば、ギリシア神話の体系そのものが異教徒的なのである。したがって、「エピローグ」のさらに末尾でチョーサーは記す。


見よ、ここに、異教徒達の呪われたる、太古の儀式を！

見よ、ここに、彼等の神々のすべての効験の空しきを！

見よ、ここに、こうした哀れなる現世の数々の欲望を！

見よ、ここに、ジョーヴ、アポロ、マルス、その他のその種の愚かな神の労苦の、その結末と報酬の実体を！

見よ、ここに、もし君達が彼等の書物を求めるなら、古き代に作者が、詩歌の中に語った、根本の原理を。


中世ヨーロッパの神学はもとより、哲学的思惟も文学的創作の営為の根本にキリスト教護教論が根底にあるのが、とりわけヨーロッパ中世文学の特質である。その意味でこの「エピローグ」においてチョーサーはヨーロッパ中世文学者の典型であるといえよう。

さて、作品を読むとは作品に書かれている本文それ自体を読むことは言うまでもない。しかし、一般に必ずしも気付かれていない読み方に、書かれていないものは何かを探る読み方もある。日本文学について言えば、もっとも代表的な『源氏物語』について考えれば、「雲隠」の帖は表題だけで本文が欠落している。したがって『源氏』を五十四帖として読むのが千年間の通念である。本文のないのは未完の意味なのだろうか。後世わざわざそこに加筆を試みたものさえある。私見によれば本文なしの表題だけの「雲隠」こそ作者（たぶん紫式部）の超絶技法と解釈し、千年の謎の解明に挑むことを考えている。すべて書かれていないものを読むことによってその作品の特質に迫ろうとする読み方の一環である。

ならば、『トロイルス』の「エピローグ」で書かれていないものは何か。

本文を注意深く読んでみよう。「彼を獰猛なアキレウスが斬殺した。」そうして「殺害された後で、彼の軽やかな魂は、実に幸福そうに上昇した」という。チョーサーが叙述を省略したのは王子トロイルスの葬儀の顛末である。一国の王子の戦死に際し、王国は国を挙げて葬儀をとり行なうのが通例である。人類（ホモ・サピエンス）は人の死に際して葬儀を催してのち埋葬し、さらに少なくとも平時なら親族はしかるべき期間喪に服すものである。たまたま必要あって中国の古典『礼記』を繙いたが、そこに数々の儀礼と服喪の事例が記載してあった。中国文明もまた葬儀と服喪の慣習の厳格な順守のうえに成立していることがよくわかる。

文明以前、生物進化の哺乳類の段階ですでに死者に哀悼の心を示す事実が確認されている。ずいぶん以前のこと、TV特集で水と緑を求めて象の大群が沙漠を移動するドキュメントが放映された。象は稀にみる饒舌な動物といわれるが、人間はまだ象の言語を解明していない。象の大群には当然老若が混じっているはずで、苛酷な環境のなかの移動で当然斃れて命を落す象も出てくる。その時、多分指導的地位の象の合図か何かあって、その死体を取り巻いて一団の象が、われわれの印象ではいかにも悲しそうな表情で、しばし無言（?）のまま哀悼の心を示しているようなシーンはじつに感動的だった。だがやがて誰かが合図するのかどうかわからないが、一行はその遺体を後にして先を急ぐ。つまり彼等には哀悼の意識は萌芽しているが、埋葬または葬儀の域には達していない。埋葬と葬儀こそ人類文明の指標であり、考古学はその存在の証明に苦労する。

そして人類は旧石器時代、中石器時代、そして新石器時代から青銅器時代、鉄器時代に至り、完全に歴史時代に突入する。残された情報量は飛躍的に増大する。そのため歴史叙述は万年単位から千年単位、さらに百年単位、十年単位と時間の長さに対し、比率のバランスを喪失し、近い時代ほど叙述が肥大化する。一見客観的のようでも、結果的には著しい近代（現在により近い時代）偏重におちいり易い。歴史研究にミクロの調査研究は重要であるが、つねにバランスのとれたマクロの俯瞰が必要である。

さて当面の課題としてのヨーロッパ中世の詩人としてのチョーサーの『トロイルス』の「エピローグ」の言説を解するためには、最低三千年程度の俯瞰が必要であろう。

都市国家を誕生させる程度の「文明」に最初に到達したのはチグリス・ユーフラテス両大河の下流域におけるシュメルである。やがて上流のバビロニアに文明が転移し、アッシリアの帝国の成立に到る。一八七〇年代、英国博物館（ブリティッシュ・ミュージアム）に収蔵された楔形文書が解読されると同時に、メソポタミア文明圏ではぐくまれた神話と旧約聖書にしるされている神話の類似が実証されるという画期的な「事件」が起き、比較神話は全く新しい局面に立ち至った。ヨーロッパに亡命していた石川三四郎はこのような新しい学問の潮流を踏まえて、亡命中も手離すことのなかった『古事記』の神話を、その延長線で解釈するという刮目すべき先駆的な研究を刊行したのが一九二〇年であった。『古事記』神話は江戸時代、とくに本居宣長などに代表される偏狭な国学の枠組みで解釈され、二十一世紀の今日に到っている。国民的民族的な視野の狭隘な伝統はこのように牢乎として、その打破は至難なわざなのである。石川の『古事記』神話の解釈については、拙著『人類史から読む『古事記』神話』（国文社、二〇一三）に詳しい。

メソポタミアの文明はさらに西漸し、ギリシアに及ぶ。ギリシア文明は西洋人によると多くの場合それ自体で独創的に構築されたかのように叙述されるが恐るべき偏見である。文明の本質はその雑種性、ハイブリシティに拠るものである。中世ヨーロッパ文明、あるいは近代ヨーロッパ文明もまたその雑種性において理解されなければならない。

中世ヨーロッパ的思惟を踏まえているチョーサーの言説もまたそのような雑種性において理解されなければならない。端的に言うなら、旧約聖書以来つちかわれたヘブライズムは、ギリシア的プラトニズムを摂取吸収することによって、より普遍的なキリスト教神学を構築することに成功したのである。英文学においてその典型的な例は『ハムレット』である。人間の精神の偉大さを楽観するヘレニズム思想と罪深い肉体を嫌悪する二つの相反する思想が青年ハムレットの心理的懊悩の度合を深めている。さらに時代が下って十九世紀のワーズワスの、例えば有名な『霊魂不滅の頌』を読むと、まぎれもなくキリスト教的霊魂観はプラトニズムの形而上学に支えられることになる。人間が生きている間は魂（プシケー）は肉体（ソーマ）に縛られ条件付けられているが、死を契機に魂は肉体から解放され、時空を超越した永遠の世界に立ち戻るのだ。

英文学最古の叙事詩は『ベオウルフ』であるがその叙述を支えているのはヨーロッパ北方の古いゲルマン民族の神話的思惟である。チョーサーに到ってヨーロッパ南方のヘブライズムに対してすでにヘレニズムが融合する段階の神話的思惟を受容する。シェイクスピアに到ると筋立ては神話を脱し、より歴史的叙述になるが、ヘレニズムとヘブライズムの相克は顕著である。ワーズワスにおいてはもはや雑種性を感じさせないほど成熟した表現に到達しているといえる。

このような英文学史的俯瞰を踏まえたうえでチョーサーの「エピローグ」の本文に目を移してみると、また新しい眺望がひらけてくる。

チョーサーが依拠しているのは言うまでもなくコペルニクス以前のプトレマイオス的天文学である。チョーサーの壮大な魂の宇宙的旅路はプラトンの形而上学とプトレマイオス的天文学を踏まえて叙述される。

肉体から解放されたトロイルスの魂は「実に幸福そうに上昇し、」「第八番目の天球層」に立ち到り、星々の群れに目を凝らし、耳を傾けると「天上の妙（たえ）なるメロディに溢れる響きの楽の音」が聴えてきたという。そこで満喫できたのは「天高く天上界に存在する、完璧な至福」である。

二十世紀の人類の科学は、ついに有人の人工衛星を開発し、宇宙から神話ではなく文字通り肉眼によって地球を眺めたガガーリンの有名な一句「地球は青かった」を残した。しかしチョーサーはすでに神話的形而上学を踏まえた想像力によって、トロイルスの魂にそうような宇宙的眺望を経験させる。

広大な宇宙的眺望からすれば、地球の大地はほとんど小さな一点にしか過ぎず、その一点のなかにひしめく人類は「盲目的な快楽」という「空の空であるもの」、およそ「永続的なものではない」ものを追求する。何という矮小さ、何という愚昧さであろう。

チョーサーの物語の本体は、まず幼いトロイルスの恋する人たちへの軽侮から始まり、やがてクリサイデへの恋に苦しみ、そうして戦死した。ところがその死を契機にしてトロイルスは宇宙的眺望のなかに、この世の一切の営みは「空の空である」という認識を獲得することになる。それは世界の宗教的認識と共通するものであり、人類的形而上学の枠組みを共有する認識である。ここにおいて詩人の認識は、宗教的天才たちの認識、あるいは第一級の哲学者たちの優れた形而上学的認識と肩を並べることのできる段階に到達したことを意味する。

チョーサーは「エピローグ」の一節で「いざ行け、小品よ、さあ、ささやかな私の悲劇作品よ」といって、広い人類の認識の世界に自分の作品を投げ出す。そうしてまた「おお道徳に徹したガウアよ、私はこの書物を、そなたに、また深遠な哲学に徹したストロードよ、そなたに捧げる」という。「ストロード」という名の哲学者は伝記的に誰なのかはまだ特定できていないが、肝心な点は「深遠な哲学に徹した」人物にこの作品をチョーサーが捧げている事実である。

四　おわりに

一九六八年六月から一ヵ年、最初の在外研究でヨーロッパに滞在した。その年の五月、パリでいわゆる「五月革命」が失敗した。年末から世界的にいわゆる「大学紛争」の嵐が吹き出した。比較的ノン・ポリだった私はひたすら本を読み、「自己変革」に努めた。まずハーバート・リードの『イコンとイデア』を精読した。その副題は「人類史における芸術の発展」であった。そして脚注に挙げられているエリアーデとカッシーラーの著者を繙き、翻訳のないものは自分で翻訳して出版した。それがカッシーラーの『言語と神話』であり、エリアーデの『神話と夢想と秘儀』(国文社、一九七二)である。とりわけ後者の第六章は「上昇のシンボリズムと《目覚めた夢想》」であり、私の『トロイルス』の「エピローグ」の解釈の世界宗教史学的視野と論拠に資することになったのである。

中世英文学探索記

池上　忠弘

今われわれは情報過剰でグローバル化し、不安定な経済優先の世の中に生きている。このような忙しない世界にいても、人類の遺産を背負ってきた古い古典文学作品をゆったりと読んでみるのもよいであろう。そして人間について、その歴史についてじっくり個人的に考えてみることも大切であろう。そこで「自分史」の一部分として、表題に示したこれ迄やってきた私の行動を辿ってみることにしよう。

一

敗戦後三年目の春、旧制度の横浜二中から慶應義塾大学文学部予科に入学した。住居も東京神田の自宅が戦災にあったため、横浜の田舎、東横線の大倉山に移り、そこから三田に通うようになった。終戦直後の旧制と新制のさまざまな学生たちに多くの女子学生たちが新たに加わって、レベルの高い講義と演習が行われた。西脇・厨川両先生の慶應大英文科といわれていた。西脇順三郎先生の正統的な「言語学概論」、厨川文夫先生の詳しい「中世英文学史」、今ではイスラム学の世界的権威と知られる井筒俊彦先生の斬新で迫力のあった、現代フランス文学サルトルの『嘔吐』(一九三八)を解説した言語哲学的文学論、折口信夫先生の魅力的な古代国文学を扱った「文学概論」などがあった。哲学、西洋史、東洋史にもすぐれた先生がおられた。

学部時代は英文学史の本を頼りにして、詩と演劇に関心があったので現代英文学とシェイクスピア周辺の作品を読んでいた。第二外国語はドイツ語を選んだので、ヘッセ、カロッサ、リルケ、ゲーテなどをかじり、クライストやトーマス・マンの講読演習に出てみた。フランス文学も井上究一郎先生の「十六世紀文学史」講義や鈴木信太郎先生の十三世紀中葉韻文宮廷風短篇『ヴェルジ城主の奥方』講読を聴いた。古代ギリシア語やラテン語（樋口勝彦先生担当）の授業には努めて出席していた。「ヨーロッパ」は西脇先生のおはこだった。こういう状況だったので、古代ギリシアから現代までヨーロッパ文学・演劇の流れを辿りながら主要な文学作品を読んでみたいと、かなり実現不可能なことを夢想していた。

二

学部時代、シェイクスピア周辺に強い関心があり、クリストファー・マーロウを古スペリング版のテクストを使ってまとめてみた。大学院に進んで、ごく自然に全く新しい研究分野であった中世英文学に入りこむことになった。まず古英語と中英語を習得する必要があった。目の前にあった入門書はヘンリー・スウィートの『アングロサクソン・プリマー』（ノーマン・デイヴィス改訂、9版、オックスフォード：クラレンドン・プレス、一九五三）とケネス・サイサム編『十四世紀詩文選』（J・R・R・トルキーン編グロッサリー付、オクスフォード：クラレンドン・プレス、一九二一・一九五〇）であった。これらは厨川先生の指示で入手していた。私が『サー・ガウェインと緑の騎士』に注目したそもそものきっかけは後者の本にあった抜粋を読んでからであった。このサイサム本はその後、一一五〇―一五〇〇年の英詩だけをまとめたシーリア・サイサム／ケネス・サイサム共編『中世詩集』（オックスフォード：クラレンドン・プレス、一九七〇）に発展したようだ。中世ヨーロッパ学が進んだ今日の入門書としては、ブルース・ミッチェル／フレッド・C・

ロビンソン共編著『古英語入門』５版（ブラックウェル、一九六四・一九九二）とJ・A・バロウ／ソーラック・ターヴィルピーター共編著『中英語作品集』２版（ブラックウェル、一九六四・一九九二）がそれに当るだろう。このような入門書を経て、次に特定の文学作品の校訂本（クリティカル・エディション）を精読するのが常道だろう。一応広い視野を得てから、ある作家なり作品に入りこむのが妥当な進路だと思う。写本に接するのは、それから先の難しい作業になる筈だ。この進め方の順番が重要である。

三

一九五三年春、学部を卒業して大学院文学研究科英文学専攻課程（修士）に進んだ。たまたま厨川先生がその年の秋から海外留学されることになったので、先生と相談して『農夫ピアズ』Cテクストを扱うことに決めた。W・W・スキート編二巻本『農夫ピアズについてのウィリアムの幻想、三並列テクスト版』（オックスフォード：クラレンドン・プレス、一八八六）を入手して読みだした。中世文学をまだよく知らず、作品名だけ知っていた程度なので、分量も多い宗教物語詩を読むだけでも悪戦苦闘であった。最初にものすごい洗礼を受けたような感じで、かなり難解な内容の激烈なアレゴリーの頭韻詩であるかをなんとか纏めてみただけであった。この意識がその後も残っていたので、『農夫ピアズの幻想（Aテクスト）』の翻訳を試みることになった。副論文のつもりであった。授業では、東京教育大学の福原麟太郎先生が講読を担当され、シェイクスピアを読んだのは幸いであった。同学年わずか四名の院生時代は二年間ではあったが充実したものだった。

一九五五年春、文学部助手に任用され、生きていく道ができて、ホッとした。二年後、英語の授業を受け持つ時になって肺結核を再発してしまい、数年間はおとなしくしていた。大学は休まず続けていた。遠い将来チョーサーに挑むつもりで、中世聖史劇やロマンスなどを読んでいたが、授業の英語講読ではジョイス、グレアム・グリーン、ヴァージニア・ウルフなど現代イギリス文学の代表的な小説を選んで読んでいた。

四

助教授時代、ようやく海外留学する機会がめぐってきた。一九六八年暮れ、短期間でモスクワ、西ベルリン、ローマ、ミラノ、パリ、ロンドンを巡ってオペラ・演劇を観る旅行団の講師として同行し、留学熱が高まった。モスクワ芸術座のチェーホフ作『三姉妹』、ロンドンでのローレンス・オリヴィエ主演の芝居以外はすべて著名な歌劇場でのオペラ公演であった。一度落選して、一九七〇年度慶應義塾派遣留学生（文学部）に選ばれた。写本を中心に据えて中世英文学を本格的に勉強し直す構想をもった。中世から十七世紀前半までを扱おうとした。英文学部とユニヴァーシティ・コレジ（現在はウルフスン）に所属。自分自身の勉強のほかに、通信教育教材「シェイクスピア研究」（共著）と「イギリス演劇」（共著）の仕事も抱えていたので、当時の文学部長沢田允茂先生にお願いして二年間の滞在を認めていただいた。当時、これが最初で最後の留学だと思った。一ドル三六〇円、一ポンド八〇〇円の時代だった。

一九七〇年の夏、羽田から出発し、香港を経て南廻りの飛行機でロンドンに向った。ロンドン郊外に一ヶ月滞在し、ほとんど毎日、大英博物館の写本室に通い、合い間にケンブリッジに滞在していた山内久明さんに手伝っていただき、現地の宿舎探しをした。名前に釣られてカンタベリ・ストリートの一軒家の二階を借りることにした。

ユニヴァーシティは出来たばかりの大学院コレジで、普通の民家二軒だったが、気楽に話しあえることができてよかった。プレジデント・モリソンとも会って相談ができた。ブルーアーさんの注文は英語をしゃべれるようにしておくことだけだった。このコレジのフェロウにレイチェル・ブロミッチ博士（一九一五―二〇一〇）という方がおられた。中世ウェールズ語講読担当を講義案内で見つけ、自宅に伺って登録を認められた。文法をまず一回でやって、『マビノギ』第一話と第二話を読んだ。かなりきつい授業だったが、十分予習したうえでもたっぷりしごかれた。先生が著名な学者であったことは後に知った。

午前中にあった中世英文学関係の講義は古英語・中英語を含めて大部分の授業に出席した。昼食はコレジでとって、二時頃は自然と英文学部図書館か大学図書館に向って、夕方まですごした。図書館は何でも揃っていて使いやすい。学部図書館では調べものをし、大学図書館はどこでも必要な本を集めて同じ場所で仕事ができ、写本だけは特定の部屋で見ることになる。ブルーアー博士の発案で古文書学入門のクラスが作られ、ラテン語の専門家が担当した。ブルーアーさんとドロンケ夫妻が主催された院生のゼミナールには毎週参加したが、その時の院生たちが今や中堅の学者として活躍している。また、学内のアングロサクソン・ノース・ケルティック・ソサエティにも加入し、高名な学者たちが講演され、大変ためになった。

A・C・スペアリングとエリザベス・ソーターの講義は魅力的だった。『愛のアレゴリー』（オックスフォード大学出版局、一九三六）の著者C・S・ルイス教授の伝統を引き継いだJ・A・W・ベネット教授を発見したことは大きな宝物であった。温厚で博学の先生で、ご自宅も近くだったのでおたずねしたこともあった。この先生のお蔭でチョーサーに近づく気持が少しずつ強くなった。この教授職の担当は中世からルネサンスにかけての英語文学を研究することであった。現在、ヘレン・クーパーさんがこの職にある。

長い休暇中はイギリス国内よりも大きなヨーロッパの広大さと内容を知ろうと思って、大部分汽車で大陸旅行をした。スペイン、フランス、ドイツ、イタリア、ギリシャそしてトルコへ行ってみた。フライトで三時間でいける小さな大陸ではあるが、かなり古い時代から様々な種族が住みつき、農業を主体として土地を活用して生きてきている。

多数の国があるが、それ以上に地域性（ローカリティ）が強く、都会と田舎にわかれていながら、何か共通する文化が感じられた。空路でイスタンブールに着くと、ここは東洋的なところだと、別世界のように直感した。

五

大学町に住み、ヘッファーズなど書店には毎日のようにかよっていた。生活的にいうと、本は高価なものだったので購入は控えめにした。大学図書館にある多くの写本を夢中になって読んでいたので、二年目はオックスフォードに移って勉強を続けたくなった。ブルーアー先生は指導者としてノーマン・デイヴィス教授（マートン）とジョン・バロウ講師（ジーザス）という最高の研究者を紹介してくださり、コレジの方も所属学寮長モリソンさんがすぐオックスフォードのウルフソンに推薦してくださった。こうしてもうひとつの古い大学に行くことになった。

住宅探しが実に大変だったが、町はずれに見つけて落ち着いた。ここのウルフソン・コレジも新しい大学院コレジで、北のバンベリー・ロードに面したところにある二軒の建物で、本校舎はさらに北のリントン・ロードに建設中であった。初代の学寮長は著名な哲学者アイザイア・バーリン教授であった。新学年度最初のコレジ全員のパーティが彼の自宅の庭園で開かれた。英文学部スタッフの集まりにも出席した。知っている人は一人もいなかったが、ブルース・ミッチェル博士が小生を見つけて、いろいろの研究者を紹介してくださったのはありがたかった。

ここでの交通手段はすべて自転車であった。スント・クロス・ロードにある英文学部は数室と巨大な英米文学図書館から成っている。授業目録を見て、中世英文学関係の授業に出席した。古文書学は新任で元気溌剌なM・B・パークス先生（一九三〇—二〇一三）であった。パークスさんにはその後も基礎的なことを教わり、大変お世話になった。E・J・ドブソン教授は講読の授業を聴いて文学にも強い、ものすごい学者だと思った。そのほかA・キャンベル、

Ａ・Ｖ・Ｃ・シュミット、アン・ハドソン、パメラ・グレイドン、ローズマリ・ウルフの講義を聴講した。バロウさんは小生とほぼ同年代で、話しやすかったのでその後も今にいたるまで学問上の先輩としてお付き合い願っている。ボドリアン図書館には昼食後、毎日通って、うすぐらい写本室でいろいろな写本を読んでいた。グレイト・ブリテン内のいくつかの図書館にも、手紙で連絡をとって調査に行った記憶がある。

当時、岐阜大学の田中幸穂さんがロンドンに滞在中で、ストランドにあるロンドン大学キングス・コレジに通っておられた。誘われてジョージ・ケイン教授の大学院セミナーに毎週木曜日通った。その会でアメリカの著名なＥ・Ｔ・ドナルドソン教授の講義もあった。それと、ロナルド・ウォルドロンさんとも出会った。会が終わったあとは劇場に駆けつけて芝居を見て、パディントン駅から終列車でオックスフォードに戻ったりした。また同志社大学の斎藤勇さんがケンブリッジに来ていたので、時々バスを使って出掛けていったりした。そして彼と一緒に一週間ほどモールヴァン・ヒルズからウェールズを巡る、鉄道による旅を試み、楽しんだ。

大学院時代から親しくしていた慶應大仏文科の松原秀一さん（二〇一四年六月亡くなられた）がパリにおられた。カルチェ・ラタンの安いホテルに宿をとり、彼は古書店や本屋をめぐりながらパリ中心部の各地を歩いて案内してくださった。これ以後パリ滞在はいつもソルボンヌ界隈の安宿にしていた。歴史のあるこの学生街が非常に気に入った。松原さんには東京でよりもパリでよく会っていた。

六

帰国の時期が近づいた頃ブルーアー博士をお訪ねし、これまでの研究状況を報告した。小生がアーサー王物語に興味を持っていることに気付かれ、その年の夏、ブルターニュのナント大学で国際アーサー王学会のコングレスが開かれることを教えてもらった。早速手続きをとり行ってみることにした。大きな荷物は日本に発送し、ロンドンの安いホテルに移動した。身軽な状態になってパリに行き、最後の旅行先にきめたロマネスク美術の華サント・マドレーヌ聖堂のあるヴェズレーに行った。オーセールとオータンの町へ行ったほかは、一週間ほどこの町に滞在し、毎日美しいバジリカ聖堂を訪ねてのんびりすごした。パリに戻って、八月十六日〜二十二日に開催されるナント大学での学会に参加した。フランス語、英語、ドイツ語の講演や口頭発表があり、その中でナントの市内見物、アンジェへバス旅行し大聖堂と城（有名な巨大な『黙示録』を描いたタペストリがある）見学と豪華な夕食会があった。ブリティシュ・ブランチ所属の会員となった。入ってみて気付いたのは中世フランス文学研究中心の国際学会であることだった。三年ごとに国際大会が開かれ、各支部会は別に毎年開かれ、二度ほど参加した。研究者だけではなくごく普通のアーサー王物語愛好者も加わっていた。全くはじめての国際学会に出たのであるが大変興味深く、強烈な刺激を受けたので、それ以後毎回参加することにした。人間的な交流はきわめて大切なことである。一九七九年には新チョーサー学会がアメリカで創設され、二年ごとに大会が開かれ、アメリカに出張する機会が生まれたのは嬉しい。いまやいろいろな学会が沢山作られ、国際的に活発な研究活動が行われている。これに積極的に参加して研究を続ける時代に入っている。

一九七〇年から七十二年にかけての第一回海外留学を細かく語っていたのは、それが私自身のその後の研究生活の原点になっているからである。その後は想像以上に世界の動向が激変し、西欧諸国に頻繁に出掛けるようになった。活動は国内だけではなく海外でも多くの研究者と出会って交流を深めることになる。国際アーサー王学会に入って英文学以外の人たちと付き合うようになった。日本支部もできて、日本の中世フランス文学研究者はほとんどこの学会に入っている。横の繋がりができてそれから受ける恩恵は大きい。中英語文学の種本はラテン語か古フランス語で書かれたものが多い。キリスト教によって広がっていったラテン語は中世のインテリ層が使う言語。「俗語（ヴァナキュラ）」の代表は古フランス語（アングロ・ノーマン語を含めて）が一〇六六年のノルマン征服以後そうなる。そしてアングロ・サクソン時代からの「英語」がある。古ノルド語やケルト語もあるが、これら三つの言語が基本的な使用言語である。韻文・散文による英語文学が本格的に再生したのは十三世紀を経て十四世紀のチョーサー時代になってからである。チョーサーがまとめ、英語文学を将来に向って展開させたのだ、といえる。中世ヨーロッパ文学の中の英文学である。

七

このエッセイを語り終えるにあたり締め括りとして、「自分史」の一部を踏えた私の考える研究のやり方を提示したい。複雑怪奇な人間を扱う文学研究では理論を立てて研究するだけでは不十分だと思う。文献学（フィロロジー）を主たる立場とする考えなので、C・S・ルイスの考えた方法『批評の実験』の影響を受けているのかもしれないが、これ迄の研究を参考にしながら（「スペクルム」、「PMLA」、「チョーサー・レヴュ」、「メディウム・イーヴァム」、「アースユリアーナ」など学術雑誌を活用）いろいろ広い視野で検討してみるのがよいだろう。

その前にまず一番大切なことは文学作品をじっくりと精読すること。しっかりした最も良い校訂本（クリティカル・エディション）を選んで使用する。重要な作品であれば、誰か指導者を軸にして四、五人のグループによる講読会が有効だろう。いくつかの読みが出てくるからである。これがすべての出発点となる。そして作品を翻訳するのもよい試みであろう。

第二に、このような作品を受容していた環境を承知しておく必要があるだろう。そのためにいくつかのヨーロッパ大陸の文学史のほかに、中世史を勉強すること。地域性の強い、聖と俗の緊張した関係にある西欧中世社会の理解は重要である。最近はカルチャー面への関心が強いが、広い視野をもち、いくつかの視点を備えておく。つねに二、三の課題を抱えていると相互作用があって、きっとよい効果が現れることだろう。

第三に、一、二年ぐらいはイギリスやアメリカに留学して生活すること。現地の人たちと付き合い、あちこち旅行してみる。国際的な学会が沢山できてきているので、必要と思われる学会に加入し、積極的に活動すること。もう日本国内だけですませる時代は過ぎ去った。

第四に、どの分野の仕事をやっていても、チョーサーを少しでもかじっておくこと。彼は中世英文学（研究）の中心であるからだ。研究のとりあげ方はいろいろとある。中世フランス文学、古典と中世ラテン文学、それにイタリア・トレチェント文学へと広がる。

この四点をどういう風にやるかは皆さんの自由である。実行し、そしてそれを継続してやっていくことが研究となるだろう。皆さんのご健闘を願う。

追記

第一回留学時代の文章には多ヶ谷有子／菅野正彦編『ことばと文学』（英宝社、二〇〇四）内の拙稿「わが道を行く——学生時代から留学へ——」（二七一—八七頁）と重なるところがあることをお断りします。一九七八年慶應大学から筑波大学、そして成城大学へ移転以後のことは省略した。なお、柳沼重剛『西洋古典こぼればなし』（同時代ライブラリー、岩波書店、一九九五）は大変参考になった。

「第二の尼僧の話」
――聖者伝の視点から

池上　惠子

一　チョーサーが選んだ聖者伝

ジェフリー・チョーサー（Geoffrey Chaucer 一三四〇?―一四〇〇）は『カンタベリー物語』（*The Canterbury Tales*）に原典が聖者伝に求められる話を二つ取り入れた。聖者伝の定義は簡単なようで難しい。その実態は複雑で、選ばれている聖人も、汎ヨーロッパ的聖人から地域限定の聖人まで多様である。死後に列聖されて聖人と認められる人の誕生、成長、改宗、善行、試練、拷問、殉教、生前あるいは死後の奇跡、廟または教会堂の奉献、聖遺物の遺徳などが聖者伝の類型要素であるが、それに含まれる大小さまざまな物語は多岐にわたる。呼称も lyf・vita・acta や legende からおもに殉教を扱う martyrology など多数あり、現代では総称して hagiography と言う。

「第二の尼僧の話」（The Second Nun's Tale、以下SNT）、すなわち「聖セシリア伝」の原典はヤコブス・デ・ウォオラギネ編『黄金伝説』（*Legenda aurea* 以下「レゲンダ」）の De Sancta Caecilia で、Graesse 編のテクスト[1]によれば目次では Cap. CLXIX、実際の順序では一六四章にある。「レゲンダ」には異写本が多く、どれに準拠したかによって章番号は異なる。セシリア伝は、その中英語韻文訳 *South English Legendary*（以下 *SEL*）および散文訳（*Gilte Legende*[2]（以下 *GilL*）の多数の写本にも含まれている。原典をかなり自由に中英語に訳した韻文の *SEL* をチョーサーが参照したとは考えられていない。後述するように、チョーサーはラテン語原典の聖セシリア伝を「伝記に従って、汝の光栄ある生涯と苦難の道を翻訳し……この物語を忠実に記す」(VIII 二五―六、八三、以下、傍線・下線筆者、テクストの行数のみの場合はすべてフラグメントVIIIの行)と語り手に言わせている。

聖者伝はキリスト教布教文書である。キリストや聖母マリアをはじめ、旧約時代の預言者および新約時代の使徒、キリスト教に貢献した人物たちの生涯を紹介し讃え、異教徒のキリスト教への改宗を促すものである。奇跡譚、異教徒による拷問や殉教の描写など、現代人には非現実、残虐あるいは粗野とも思える場面も書かれるが、聖者伝という枠組みの中では、それらもまた定型として受け入れられたであろう。殉教とは、死をもって信仰の証人となることであり、キリスト教の初期に異教徒の迫害を受けて死ぬことを「終末論的に解釈し、……キリストと共に死んで復活すること」という説明が可能である。[3] 聖者伝には、さまざまな物語の原型として楽しめる要素もある。Brewer(一九九八、二四五頁)は、聖者伝は religious folklore であると言っている。こういった前提で、チョーサーが選んだ聖セシリア伝を考察してみる。

二　聖セシリアとは

(一) SNTの聖セシリア

聖セシリアは、図像ではその象徴として小型のオルガンを抱え、音楽(家)の守護聖人である。ヴァレリアンとの結婚式のとき、オルガンの奏でる音楽を聴きながら心の中では神への賛美を歌っていた。聖女の大半がそうであるようにセシリアは高貴な生まれで、幼少からからキリスト教徒で敬虔で慎ましい心の持ち主であった。父の位や名は書かれていない。錦糸の縫取りのある婚礼衣装の下には悔悛を示す粗毛の肌着を着けていた。結婚の夜、異教徒であるが彼女に従順な若い夫に純潔を保つ約束をさせる。“alchemical wedding”(Grennen 一九六六)とも言われるこの結婚は、現代人あるいはチョーサーの時代の人にとってすら奇妙であろうが、聖人となるには処女および童貞は望まし条件であり、とくに女性にはキリストおよび教会との神秘的なつながりが最高の徳なのである。夫は普通の感覚の人間として描かれ、妻に天使がいて、淫らな愛し方をすれば天使があなたを殺すと言われて、男の存在を疑う。夫の改宗とともに天使が出現し、香しい白百合と赤バラの冠が現れるのは神秘的な要素で、象徴的に語られている。二つの花の冠は信仰をもつまで見えない。夫およびその弟ティビュルス、役人マキシムスその他若干名を改宗させる。ヴァレリアンが教皇ウルバンを訪れたとき、白衣の老人が金文字の書物をもって現れる。この書物には、「一なる主よ、一なる信仰よ、一なる神よ、一にして二にあらず、一なるキリスト教国よ……すべてを越ゆるすべてのものの父よ」（二〇七―九）と書いてある。[4] 老人は姿を消し、彼らに洗礼を施す教皇ウルバンは「休むことなき蜜蜂のように……、あなた自身の僕セシリアは、あなたにひたすら仕えます」（一九四―五）と彼女の行いを神に感謝する。夫その他の改宗とその後の活動については、ヴァレリアンが弟ティベリアンに偶像を捨てれば真実を知ると諭す場面（二六八―九）はあるが、簡略に済まされている。

　長官アルマキウスとの論争の場面が重要である。権力者と論争する典型的な例としてアレクサンドリアの聖カテリーナ伝や悪魔を論破する聖マルガレーテ伝が有名であるが構造が複雑である。セシリア伝では、権力に対して正論を唱える相手は一人、悪魔や異形のものは登場せず、具体的やり取りで論点が明確である。セシリアは尼僧ではないが、精神的勤勉や自己否定において修道生活の徳を保ち、世俗の権力に対立するモデルである。

　異教神に生贄を捧げることを拒み、アルマキウスの命令で釜茹での拷問を受けるが、燃えさかる火も熱湯もセシリアには感じられず、信仰心を弱めることはない。ついに斬首の刑に処せられるが、三回目の刃も首を切り落とせない。この刑は三回までとの決まりがあり、瀕死のまま三日間命を保ち、説教により改宗者を増やした。そしてついに絶命する。異教の世俗権力に属することを拒んでの殉教である。

聖人の記念日は通常は殉教の日で、聖者伝の最後に記される。しかし、SNTに聖セシリアの殉教の日の記述はない。「レゲンダ」には、一二二五年または一二三〇年頃とある。記念日十一月二十二日は、セシリアが生前に言い残したローマにあるサンタ・チチェリーナ教会奉献の日である。SNTでも聖セシリアは死の前に、私財を人々に与えることを教皇ウルバンに言い残した。この世への執着は全くないことを示す美徳の一つである。遺骸は、教皇ウルバン等によって聖人の墓に運ばれ密かに埋葬された。死後の奇跡は、しばしば殉教地で起こるが、聖セシリア伝にはそのような記載はない。聖遺物にまつわる逸話はない。

聖セシリアは三世紀、アウレリウス帝の時代の人と言われ、四世紀後半ミラノの司教聖アンブロシウスが、バラの花の奇跡について書いているが、実在とは考えられていない。

（二）聖セシリアの名前

聖人の名前の構成要素に語源をたどる、あるいはこじつけるのは「レゲンダ」の形式である。ほぼチョーサーと同時代の中英語散文訳の *GiL* では省かれている。Second Nun's Prologue（以下ＳＮＰ）八四のあとの「セシリアの名前についての解釈」（八五―一一二）で「レゲンダ」に則って名前の意味の説明がある。チョーサーは、この名前の由来を、聖セシリアの性格付けの一部として採用していると言えるが、実際には「レゲンダ」に忠実に従っているのである。

Seinte Cecilie は hevenes lilie（八七）、the way to blynde（九二）で hevene は thought of holynesse（九七）を、Lia は hire lastynge bisynesse（九八）を、hevene と leos は the hevene of peple（一〇二―四）を意味する。Wantynge of blyndnesse（一〇〇）に相当する句は「レゲンダ」にはなく、チョーサーの加筆である。「レゲンダ」のイシドルスへの言及をＳＮＰは採っていない。「盲目なるものへの道」はＳＮＴの内容にとっても重要である。つまり、異教徒の肉体の目に見えるのは、たとえば石のように単なる物体であるが、それを神と信じる愚かさに対して、キリスト教徒の信仰では真実が見える。聖セシリアは、この真実への道であると説かれている。セシリアが長官アルマキウスになぜ高慢な態度で答えるかと言われたとき、「私は不動の信念で語っているだけです」（四七四）と答える。[5]

三　チョーサーの原典について

ＳＮＰ八五からＳＮＴ三四四が一般に知られている「レゲンダ」からの翻訳であり、以下その記述から離れる部分があることは、ＳＮＴと Graesse 版を比較すれば明らかであり、多数の研究者が、後半三四五行以下は、チョーサーの独創か別写本に準拠したのか、と長期にわたって議論してきた。従来は、前半を「レゲンダ」、後半を Mombritius の *Passio S. Caecilia* に従っていると考えられてきた。[6] この *Passio* にも異写本があり Reames（一九七八、一九八〇）では Antonio Bosio の *Passio S. Caecilia* が有力と考えられていた。現時点では、Reames（一九九〇）により、別写本の存在がほぼ明らかになっている。それは、Bibliothéque Nationale MS latin 3278 (13c. Roman lectionary of the Daily Office)（Ｎ写本）、Arsenal MS 596、その他 Franciscan 系の写本であり、Reames は Franciscan abridgement（Ｆ）をチョーサーがＳＮＴの後半部分について準拠した写本あるいは少なくともチョーサーが実際に参照した写本に近いものであろうと結論づけている。ＳＮＴの後半でＦと一致しない箇所も散見し、必要に応じて「レゲンダ」を参照した可能性は残るとも言う。さらに Reames が同論文三四七頁で、現時点での結論のあとで、ほぼ否定しながらも賢明に述べるように、二つの写本が合体したさらなる別写本の存在の可能性もあり得る。「レゲンダ」のラテン語異写本はおびただしく、Reames が実際に調査した写本は約二百に及ぶ。若干ずつ異なる記述の複数写本に直接当たる研究は、Reames の複数論文に見られる緻密な追跡の成果を見れば尋常なものでないことは明白であり、本論では、彼女の結論に準拠しておく。SNTと二つの原典の異同、とくに後半の異同の詳細はReamesを参照してほしいが、たとえば、ヴァレリアンとティベリアンの最期の斬首は、FとPassioにその記述はない。「その場で首を切り落とされたのでした」（三九八）とあるのは、聖人伝の一般的出来事から推定して書かれたかもしれない。しかし、「レゲンダ」にはあり、チョーサーが後半もそれを参照した可能性の一つである。

四　チョーサーの加筆あるいは修正

SNTが原典の翻訳であることは確かである。しかし、ラテン語散文を中英語韻文、とくにライムロイヤルに「翻訳」するには、内容の取捨選択の他に、言語そのものに関わる変更が必要になった。その変更をどのように行ったか、その数例をSNPとSNTの行の順にみておきたい。Reames（一九九〇、三四八頁）は、ラテン語原典のわずかな拡張、加筆、細かい事項の順序の変更、英語らしい表現、押韻のタグの追加などを挙げて、中英語への翻訳に伴う変更は二次的であるというが、原典を比較せずに読む読者にとっては、SNTの音調のなめらかさは中英語の作品として必須の要素である。Reamesがこの列挙で使っているチョーサーのcolourful Englishへの調琢こそ中英語の作品としてのSNTには大切である。

（一）SNP一―八四は、チョーサーが書いた序である。冒頭でydelnesse（安逸、あるいは怠惰）は、二、七、一〇、一四、一七、一二一行の六回使われ、leveful bisynesse（道にかなった勤勉）（五）の対極概念を繰り返して、語り手の尼僧とセシリアの役割を象徴するbysinesseを強調する。

（二）werkis（六四）とその同語の反復もこの聖者伝を語ることとの意義を示し、SNTのwerkes（一〇五）、werkyng（一一六）に関連づけられる。

（三）ヴァレリアンがウルバンを訪れたとき、ウルバンの別の姿なのか天使なのか、白衣の老人が現れ、二〇四―二一〇で失神したヴァレリアンを助け起こすのは、「レゲンダ」と同じであるが、*SEL* では分かりやすくウルバンである。

（四）押韻のためのチョーサーの加筆の例は相当数あるが、押韻に留まらない場合もある。Seyde this blissful faire mayde deere（二九三）と heere（二九四）、the hooly blissful faire mayde（四六一）と sayde（四六二）は押韻と共に、セシリアの描写が加筆されている。「レゲンダ」では Cui Caecilia dixit あるいは respondit Caecilia で形容語句はない。

（五）ful litel（四三七）と ful lowe（四四一）の ful の追加は韻脚を整えるためであるが、適切な強調でもある。

（六）And manye pointes of his passioun（三四四）は「レゲンダ」にもあるが、そのあとの比較的長いキリストの受難に関する部分をＳＮＴは省略して三行で済ませ、三四八で「このようなことをすべて、彼女はティビュルスに語りました」とまとめている。*GiL* では十二行用いて受難を書く。

（七）セシリアと長官アルマキウスの論争の場面で、アルマキウスは終始二人称単数代名詞 thou を使う。セシリアは、四二八行から二人称複数代名詞 ye で語りはじめ四五五行までその呼称を使う。生まれのよい彼女が長官という立場の者に対して、丁寧形を使うのは当然であろう。しかし、地上の権力者の生殺与奪の権を鋭く批判する四七七行 And if thou drede nat a sooth to heere から単数形に変わり、複数形には戻らない。四七七―四八三の一スタンザで、thou 五回、thy と thee 各一回ずつ二人称単数代名詞を連呼するのは、彼女と長官の立場が意識の上で平等になったこと、彼女の正論に基づく怒り、などを端的に表している。四九八―五〇四のスタンザでも計七回単数形の使用がある。なお、同時に、これらの行ではアルマキウスに向かって nycetee（四六三）、nyce（四九三）が folye（五〇六）とともに使われる。

（八）「この聖く、恵み溢れる麗しき処女は笑い出しました」（四六一―二）で「笑い」は smile でなく laugh であることが議論される。*Riverside Chaucer* の注（九四六頁）は、Mombritius の surridens を挙げるが、Reames（一九九〇、三四二—三頁）はN写本の ridens を原典の語とする。いずれにしてもチョーサーは、laugh を選んだ。セシリアがアルマキウスを論破できるという自信に基づく「笑い」であることは、（七）の代名詞の選択でも明らかである。セシリアが ye を最後に使うのは四五五行で、「笑い」をはさみ、四七七行から thou になる。

五　語り手　第二の尼僧

最終的に『カンタベリー物語』に取り込まれた聖セシリア伝は、『善女伝』(*Legend of Good Women*) のF四二六、G四一六に言及があり、それを書いた頃に準備したとすれば、語り手を男性にしたこともありうると言われる。SNTの語り手が、女性であるにもかかわらず、I, unworthy sone of Eve（六二）と言うところから、男性の語り手を想定して書かれていたのではないかと推定される。しかし、語り手の尼僧は日常 Salve regina を唱えるときに、自身のことを filii Evae の一人と言っていた可能性を Olson（一九八二、二三一頁）は指摘する。

第二の尼僧の徳性は、「ここで忠実に私の最善を尽くしました」（二四）の bisynesse に集約される。leveful bisynesse（五）は神の意に添うキリスト者として許され為すべき「勤勉」なのである。この語および関連語については、齊藤（一九九八）が詳しい。Bisynesse（九八）および bisy（一一六、一九五）はセシリアにも用いられていて、齊藤は、これと (She) nevere cessed（一二四、五三八）その他の箇所での呼応と対比を認めている。第二の尼僧はまた、「この伝記を書かれた方の言葉も意味も共に知っており、その伝記に従うだけ」（七九—八三）という謙虚さも備えている。つまり、聖セシリアの徳性をもつ第二の尼僧が語り手として相応しいことを、この比較的短い序で明確に印象づけている。語り手たちの大半は、総序で紹介される。社会的立場つまり職業、風貌や容姿、身なり、持ち物、それらから推測できる性格の一端などの情報が、あらかじめ提示されている。しかし、第二の尼僧は、尼僧院長に同行している尼僧の一人にすぎず、何の描写もない。セシリア伝を誰にあてがうかをチョーサーが決めていなかったとも考えられる。しかし、この第二の尼僧に前記の徳性以外の描写がなく没個性的で、彼女の上司の尼僧院長のように読者の同情を誘うこともないことが聖者伝の語り手に相応しいと言えるだろう。(7)

六　「第二の尼僧の話」の役割と位置

フラグメントの配列順は、写本あるいは研究者の解釈によって異なる。ＳＮＴと「錬金術師の徒弟の話」(The Canon's Yoeman's Tale 以下ＣＹＴ)の位置は、よりよく編纂されたといわれるエルズミア写本ではフラグメントVIIIにあるが、本来別個に準備され、ヘングウルト写本では異なる位置にある。しかし、セシリア伝には the Nonne というタイトルが付けてあり、ＳＮＴとなるセシリア伝は、この書込の時点で尼僧に語らせることになっていたと考えられると Brewer(一九九八、三七七―八頁)は言う。さまざまな人物が織りなす多様な主題の物語を紡いできたチョーサーは、物語を終わりにすることを意識したと考えられる。未完という見解は認めるとして、少なくとも、最後の三フラグメントは『カンタベリー物語』の終わりに相応しい。

ＳＮＴでは、夫、その弟、役人その他を改宗させるが、改宗に関わる記述よりもアルマキウスとセシリアの論争の部分に長い行数があてがわれている。地上の権力者、異教徒、しばしば悪魔、等と宗教論争をして論破する聖女は他にもいるが、セシリアは、永遠の命あるいは究極の救いという点で、神に勝るものはないという信念あるいは信仰で議論する。巡礼の目的地カンタベリー寺院は、聖トマス・ベケットの殉教地である。聖トマス・ベケットは地上の王権より信仰が勝り、教会を尊重することを信念として王の怒りを買い刺客に殺され殉教した。聖トマス・ベケットの死後の奇跡は病の癒やし、とくに盲目の癒やしであるが、聖セシリア伝で強調される象徴的な意味での盲目の癒やしとの関連はどのように解釈できるであろうか。

セシリアはこの世の生を終わる前に、自分の家を教会にすると言い残す。ここで、ラテン語原典が consecrarem と単数形を用いて、主語がセシリアを指す可能性があることについて、平信徒の女性が教会を奉献することが許されたか、という問題があると指摘される。[8] チョーサーは、that I myghte do werche / Heere of myn hous perpetuelly a church（五四五—六）のように使役動詞でこの問題を賢明に避けている。なお、ウィクリフが、女性にも格の低いサクラメントは可能という点で、聖セシリアに言及したとも言われるが、確証は得ていない。

七　チョーサーの時代と信仰

チョーサー自身の信仰の問題を問うことは難しい。しかし、十四世紀のまっとうな知識人としてのチョーサーの精神にとって、キリスト教信仰は本質的な部分であったに違いない。ウィクリフ等の改革運動もほぼ同時期に始まり、Protestant Chaucer と言われる場合もあるが、用語の定義とともに問題が残る。[9] ローマ教会には分裂（The Great Schism: シズム、一三七八—一四一七）という大問題があった。チョーサーがシズムを憂い、emphasis on unity を願っていたであろうと Hirsh (in Benson 一九九〇、一六三頁）は言う。教会制度が権力側になっていたと感じられる時代に、晩年のチョーサーにとって地上的価値観と対比されて勝るのは、真の信仰心だったのではなかろうか。ＳＮＴの終りで奉献される聖セシリア教会は、そうした信仰者たちの集まる場所を意味するとも取れるのである。すでにローマカトリック教会や修道院の一部が退廃の傾向を見せていたことは確かで、『カンタベリー物語』においても聖職たちは揶揄されている。ただ一人教区司祭だけは全うに七つの大罪およびその悔い改めの方法を最長の行数の「教区司祭の話」(The Parson's Tale) で語る。すでに広く知られていたありきたりの教義をだらだらと話すに過ぎないという批判もあるが、チョーサーの意図はそれ以前の話とのバランスで、巡礼一行に自分自身を振り返らせるために、敢えて退屈とも思われる説教を司祭にさせたのであろう。その前のフラグメントⅨで「烏はなぜ黒い」という無用なおしゃべりを戒める短い動物寓話「賄い方の話」(The Manciple's Tale) を置いたのも、意図的と思われる。

少なくとも、分裂状態のローマ教会からみて危うい立場にならないように、当時、公認の文書であった「レゲンダ」をそのまま翻訳すると明言し、司祭の説教を終わりに置くことで正統派の姿勢を見せた、あるいは、言いすぎかもしれないが、カムフラージュしたのかもしれない。Reames（一九八〇、五五頁）はチョーサーを chameleon poet と呼んでいる。

SNTは、「尼僧院長の話」と同様聖母マリア崇敬が背景にあることはSNP二九―八四の「マリアへの祈り」で明らかである。しかし、本文中に聖母への祈願を示す語句はなく、すべて直接キリストあるいは神への呼びかけである。「マリアへの祈り」はSNTの外にあり、チョーサーが自らの声で語るという Nolan（一九九〇）の指摘は正しい。

八　現代人の解釈、むすびに代えて

『カンタベリー物語』をまずはチョーサーの時代におき、さらにチョーサーが用いた聖者伝をその成立の時代に戻し、チョーサーと聖者伝の時間差、そして現代にいたる各時代との時間差、つまり歴史・宗教・文化の価値観の相違を考えねばならない。現代の個人の信仰の問題もまた区別しなければならないであろう。チョーサーの時代のキリスト教は、絶対的存在であった。そこに危うさも潜む。中世キリスト教聖者伝の記述およびそれに基づく作品は、テクストを忠実に読みつつ、背景も考慮して真意を読み取る姿勢が求められる。巡礼たちだけでなく物語に描かれたさまざまな人間の愚かさも楽しさも、巡礼の一人であるチョーサーや敬虔な者たちも、すべてが神のもとで生かされている姿が見えてくるのではないだろうか。

注

日本語訳は、原則として桝井迪夫訳を、原文のテクストは、*Riverside Chaucer* を用いる。桝井訳では Tale をその内容によって「物語」「話」と区別するが、本論ではすべてを「話」とする。登場人物名・地名等の表記は、英語読みを原則とするが、一部ラテン語読みも用いる。

（1）「レゲンダ・アウレア」のテクストについて Reames (1990, 338 n.6) は、Graesse の第三版（一八九〇）は聖セシリアの章に関しては信頼できて、それに準拠するという。
（2）*SEL* については M. Görlach (1974) 参照。*GiL* には聖セシリア伝は二点あり C^2 を参照した。R. Hamer (2007) 参照。
（3）ゴスマン (1995), p. 25.
（4）傍線部は、O Christendom で、*Riverside Chaucer* 脚注および *MED* 2(b) の定義は baptism である。「レゲンダ」の baptisma の訳語であり、当時の用例も多い。桝井訳のように読めるならば、チョーサーの教会統一に対する考えを推測したくなるが、この訳は誤解を招く。なお、三七九―三八〇「セシリアは僧侶とともにやって来て、彼らみな一緒に洗礼を施しました」の原文は (With) preestes that hem cristned で洗礼を施す主語は僧侶たちである。平信徒のセシリアには洗礼を施す資格はないことは自明であるが、誤解を招きかねない訳文である。
（5）SNTの評価は、時代によって異なる。ヴィクトリア朝人文主義者の評価は極端に低い。Benson & Robertson (1990), p. 3, p.58 他参照。セシリアが笑う場面（四六二）の解釈も、ヴァレリアン、ティベリアン、アルマキウスの不完全さをチョーサー時代および現代の読者が笑うという解釈をするのは Eggebroten (1984) である。セシリアの笑いを十分に理解できていない。
（6）Hirsh (1977) p.131; Reames (1978) 他参照。

（7）第二の尼僧に低い評価をする場合もある。Collecte (1990 in Benson) はその一つである。
（8）Reames (1990) p. 344.
（9）Georgiana (1990 in Benson) は "Protestant Chaucer" でチョーサーのキリスト教の新しさを論じるが、この評価は十六世紀に始まり、十七世紀には消滅したという。

使用テクストおよび翻訳書

Benson, Larry D. ed. *The Riverside Chaucer*. Oxford: Oxford UP, 1988.

Graesse, Theodor ed. *Jacobi A Voragine Legenda Aurea: Virgo Historia Lombardica Dicta*. Osnabrück: Otto Zeller Verlag, 1969 (Reproductio phototypico editionis tertiae, 1890).

Hamer, Richard ed. *Gilte Legende*, Vol. II. EETS, os 328, London: Oxford UP, 2007.

Horstmann, Carl ed. *The Early South English Legendary or Lives of Saints: MS Laud 108*. EETS, os 87, 1887. Rpt. N. Y. : Kraus, 1987.

前田敬作・山中知子訳ヤコブス・デ・ウォラギネ『黄金伝説』四、人文書院、一九八七、一九九二。

桝井迪夫『完訳カンタベリー物語』（上・中・下）岩波書店、一九七三、一九九五、二〇〇二。

引用・参照文献

Benson, David C. and Elizabeth Robertson. *Chaucer's Religious Tales*. D. S. Brewer, 1990.

Brewer, Derek. *A New Introduction to Chaucer*: Second Edition. London and New York: Longman, 1998.

Collecte, Carolyn. "Critical Approach to the Prioress Tale and the Second Nun's Tale", in Benson & Robertson 1990: 95–107.

Cooper, Helen. *The Canterbury Tales: The Second Edition*. Oxford: Oxford UP, 1989, 1996.

Eggebroten, Anne. "Laughter in the Second Nun's Tale: A Redefinition of the Genre". *The Chaucer Review* 19. 1 (1984): 55–61.

Ellis, Roger. *Patterns of Religious Narrative in the* Canterbury Tales. London & Sydney: Croom Helm, 1986.

Georgiana, Linda. "The Protestant Chaucer", in Benson & Robertson, 1990: 55–69.

Görlach, Manfred. *The Textual Tradition of the South English Legendary* (Leeds Texts and Monographs, New Series 6). Leeds: The

University of Leeds, School of English. 1974.
ゴスマン・エリザベート他編、ゴスマン、岡野治子、荒井献監修『女性の視点によるキリスト教神学事典』東京・日本キリスト教団出版局、一九九八。
Grennen, Joseph E. “Saint Cecilia’s Chemical Wedding: The Unity of the *Canterbury Tales*, Fragment VIII”. *JEGP* 65 (1966): 466–81.
Heinrichs, Katherine. “The Tropological Woman in Chaucer: Literary Elaborations of an Exegetical Tradition” *English Studies* (1995): 209–214.
Hirsh, John C. “The Politics of Spirituality: The Second Nun and the Manciple”. *The Chaucer Review* 12. 2 (1977): 129–146.
Martin, Priscilla. *Chaucer’s Women: Nuns, Wives and Amazons*. London: Macmillan, 1996.
Nolan, Barbra. “Chaucer’s Tales of Transcendence: Rhyme Royal and Christian Prayer in the *Canterbury Tales*”, in Benson & Robertson, 1990: 21–38.
Olson, Glending. “Chaucer, Dante, and the Structure of Fragment VIII (G) of the *Canterbury Tales*”. *The Chaucer Review* 16. 3 (1982): 222–236.
Pearsall, Derek. “Chaucer’s Religious Tales: A Question of Genre”, in Benson & Robertson, 1900: 12–19.
Reames, Sherry L. “The Sources of Chaucr’s ‘Second Nun’s Tale’”. *Modern Philology* 76. 2 (1978): 119–135.
Reames, Sherry L. “The Cecilia Legend as Chaucer Inherited It and Retold It: The Disappearance of an Augustinian Ideal”. *Speculum* 55 (1980): 38–57.
Reames, Sherry L. (1990) “A Recent Discovery concerning the Sources of Chaucer’s ‘Secend Nun’s Tale’”. *Modern Philology* 87. 4 (1990): 337–361.
斉藤勇「中世説話の世界とチョーサー」『中世イギリス文学と説教』（シリーズ「中世英文学シンポジウム」第3集）東京、学書房、一九八七。
齊藤勇「‘business’考：Chaucer, *The Second Nun’s Tale* をめぐって」*Studies in Medieval English Language and Literature* 3 (1988): 1–24.

4

「近習の話」の中断
――『カンタベリー物語』における驚異の幻滅

松田　隆美

一　『カンタベリー物語』における話の中断

『カンタベリー物語』においては、話が途中で中断しているケースが四つある。「料理人の話」は冒頭の数十行しか残されていない。この中断は、何らかの理由でチョーサー自身が話を書き続けなかった偶発的なもので、意図的ではないことが写本の比較研究から推測されている。エルズミア写本の写字生はロンドン毛織物商組合の請願書の筆耕人アダム・ピンクハーストであることが判明しており、チョーサーが写字生アダムに寄せた戯れ歌の内容を信じるならば、この写字生は作者と生前から近しい間柄であったと推察される。アダムは、「料理人の話」の残りを書き継ぐことを想定して数葉の白紙を準備していたが、チョーサーの死後、結局原稿が見つからなかったため、白紙を別箇所に振り分けるとともに、「料理人の話」の末尾に、「料理人の話をこれ以上チョーサーは書かなかった」と追記したという推定がなされている。(1) 一方で「サー・トパスの話」と「修道僧の話」の中断は、順番に話をするという『カンタベリー物語』全体の構想のなかで機能すべく意図された明らかな演出である。二つの話に共通している点は、どちらも放置しておくと同じ一本調子でいつまでも続きうるということで、観客がだれてしまわないためには、そして話自体の魅力を損なわないためには、強制的に終了させることが必要である。「サー・トパスの話」として語られる脚韻ロマンスのパロディは、適度な短さであってこそ効果的なのであり、ホストはその「腰折れの韻」を非難することで、この話の効果が最大になったところで手際よく終了させるとともに、チョーサーが続けて、まるで仕返しのように、ジャンルもテーマも全く異なる相当長い散文の話をするという劇的な展開も引き出している。「修道僧の話」も、これでもかと繰り出される、運命の車輪に翻弄された悲劇のエピソードの連鎖に対して、騎士は冗長さが悲劇性を破壊する前に終了させて、物語自体を救済しているとも言える。本論でとりあげる「近習の話」の場合は、この二例のような乱暴な中断ではないが、郷士は穏やかで礼儀正しい口調で近習の雄弁を褒め称えつつも、「立派にあなたの責任を果たした」、「あなたの言葉を大変楽しく聞きました」と述べて、有無を言わさずに話を終了させている（五・六七三—七〇八）。

今日の『カンタベリー物語』研究においては、写本間に見られる物語順序や本文の差異を常に考慮する必要がある。「近習の話」と「郷士の話」に関しても、この並び順は元来意図されておらず、郷士による中断はチョーサーが意図したかたちではなく、写字生による改変とみなす傾向が強い。その理由としては、話の物語順序に関わる書誌学的な理由とともに、郷士の台詞は実際純粋な褒め言葉であって、中断を意図したとは受け取れないという見解もある。[2] また、「総序の歌」における語り手の記述と話の主題を関連づけたり、一つの話を他の話のパロディやバーレスクとして解釈する読みは、『カンタベリー物語』を有機的な連続体として編纂したスキートの全集以降に初めて可能となったのであり、初期の読者にとっては困難であったという指摘もなされている。[3] しかしその一方で、写本や初期刊本の精査が、作者の意図した唯一の『カンタベリー物語』の姿を明らかにしてくれるとは限らないことも、同じく書誌学的研究により明らかとなった。ドイルとパークスの重要な研究は、エルズミアやヘングルットに代表される一五世紀初めの主要写本が、チョーサーではなく写字生（あるいは注文主）の意図を反映して編纂されていることを明らかにしたが、[4] それはチョーサーの死の直後から『カンタベリー物語』が異なった意図で編纂された複数のヴァージョンで存在していたことの証である。中世の作者観に照らし合わせても、作者の意図のみを正統な読みとする考え方は少なくとも『カンタベリー物語』を読む前提としては適切ではない。チョーサーが「コンピラトール（編纂者）」として自己を形成していることは、ミニスの中世の作者論研究以来つとに指摘されている。[5]「粉屋の話」の序における語り手の「聞きたくなければ、ページを繰ってどれか別の話をお選びください」（一・三一七六―七七）という発言は単なる謙譲のトポスではなく、固有の興味や立場を反映した独自のコンテクストにおいてテクストを編纂し読む読者の行為を積極的に受け入れる姿勢と受け取れるのである。[6] 自作が誤りなく写字されて広がってゆくことについてはチョーサー自身も関心を払っているが、その一方で作品としての『カンタベリー物語』とは、作者が裁可し承認した単一の決定版に収斂できるものではなく、ズムトールが指摘したように本質的に「可変的」で、一四世紀末から一五世紀にかけての複数の写本で現存するさまざまなヴァージョンの総体に他ならないと言えよう。[7] そのようにとらえるならば、郷士による「近習の話」の中断もひとつの「作品」のかたちとして論じることが可能であろう。

そうした認識に基づいて、本稿では郷士が「近習の話」を中断した理由を考える。ひとつには、「サー・トパスの話」や「修道僧の話」と同様に、中断により『カンタベリー物語』全体のダイナミックな構造に寄与する目的が想定される。「近習の話」は、驚異の贈り物が披露される第一部に続いて、第二部では魔法の指輪によってカナセーが知ることとなったハヤブサの悲恋物語へと展開するが、この話は入れ子構造になった脇筋であり、第三部は再び真鍮製の馬をめぐる話へと戻ってゆく。本筋の冒険譚が語られ、さらに予告通りにハヤブサの話へも立ち戻るとなると、「近習の話」は相当に長い話になることが予想される。近習は、騎士を手本として、時間的にも空間的にも隔たった舞台を設定した、「騎士の話」に劣らず本格的な話を構想しているように想像される。その語り口は長い宮廷の描写や季節描写などのトポス的記述を多用しており、近習はこうした修辞に自己陶酔している感も否めない。郷士の中断は、「修道僧の話」の場合と同様に、こうした聴衆を無視した語りを間接的に咎めていると考えられる。「言葉」(speche) を楽しく聞いたと述べ、「あなたの若さを考えてみるととても感じをこめて語った (spekest)」（五・六七五―

八二）と語り口を褒めつつも、話そのものへの賞賛はなく、さらに若さに言及することで間接的に未熟さも指摘しているとも言える。

もう一つの理由としては、二つの話のテーマの共通性が考えられる。「近習の話」と「郷士の話」はいずれも驚異を中心に据えたナラティブである。「近習の話」は東方の驚異譚をサブテクストとしたロマンスであり、「郷士の話」はロマンスのサブ・ジャンルとしての「ブルトン・レ」に属する。さらにどちらの話も、驚異を不可侵なものとして受け入れることはせずに、むしろ理性的な世界像の周縁に存在するものとして扱い、驚異の変容を主題としている。郷士の介入の理由もこの主題の重なりにあると考えられ、その視点から「近習の話」の検討を始める前に、中世における超自然、驚異の理解について確認しておくこととする。[8]

二　中世における驚異と新奇

常識から外れた超自然な事象をどう解釈するかは中世の世界観の基底を成しているが、一二世紀になるとその認識に変化がみられる。アウグスティヌスは、全ては天地創造という最初で最大の奇蹟から生じ、世界は最初の六日間で、未来の全ての可能性をあらかじめ内在して創造されたと指摘する。その意味では、全ての事象は、自然、超自然にかかわらず奇蹟であり、日常は奇蹟の連続に他ならない。感嘆の対象には、日常的に観察される事象で賢者には善なる神のしるしとして理解され得るもの、自然の働きを知っている賢者には普通のことだが無知な者には驚きの対象となるもの、神の力によって超自然的に引き起こされる真の奇蹟の三種類があるが、いずれも神の業であることに変わりはない。[9] また、自然から外れた奇形の存在――たとえば、プリニウスの『博物誌』を典拠とするキュクロープス（一つ目族）、ヘルマフロディトゥス（両性具有）、一本足のスキオポデスなどの異形の種族――も神の計画の一部であり、神の意志の反映であると論じている。

すなわち、神は万物の創造者であられるのであるが、どこで、いつ、何がつくられるべきであるか、またつくられるべきであったか、ご自身が知っておられるのである。神は全体の美を、その諸部分について類似性と差異性とによって織り合わせる知恵をもっておられるかたである。けれども、総体を見渡すことのできない者は、いわば部分の醜さとして見られるものによって感情を害されるのであって、それというのも、かれは、その部分が何に適合しているのか、またどのように関係づけられているのか、無知だからである。(10)

聖性と卑俗性は表裏一体となって均衡し、「類似性と差異性」によって全体の美が作られんがため、常識から外れた異形の生物は、中世の観念的地理の表象である「マッパ・ムンディ」に見られるように世界の周縁に存在しているのである。

しかし、一二世紀頃になると、驚嘆を、その原因によって奇蹟 (miracula) と驚異 (mirabilia) とに分けて考えるようになる。アンセルムスは、アウグスティヌスの三つの分類を敷衍して、物事の原因に関して論理的に三通りの可能性を想定している。

こと細かく観察すると、全て発生する現象は神の意志のみで行われるか、神によって授けられた力に従い自然によってなされるか、被造物の意志によってなされている。そして、創られた自然でも被造物の意志でもなく、神のみが行うことは常に奇蹟的なことである。こうして明らかとなるが、物事の推移には三通りあり、それは、奇蹟的なこと、自然的なこと、意志的なことである。そして奇蹟的なことはほかの諸事あるいはそれらの法には決して従わず、それらを自由に支配している。(11)

三通りのうち、神が直接に関与してなされる場合が奇蹟であり、その因果関係に法則性はない。一方で他の二通りについては、そこに直接の原因や法則性を見いだすことが可能である。アンセルムスは、世界は基本的に自然の法則に基づいて存在していると考え、その法則性を超えた神の直接の関与のみに奇蹟という呼称を与えている。そのように奇蹟を例外としてとらえることで、逆に、一般的な事象を支配している法則、自然な因果律の存在にも光を当てることとなる。自然の法則に基づいた因果関係という第二の原因をまず検討し、それで説明がつかないときのみ奇蹟の可能性を持ち出すのである。

このように考えると、自然の法則で説明がつくものと奇蹟との境界線上に、さまざまな一見超自然にみえる事象が浮かび上がってくる。トマス・アキナスは、奇蹟とは神の力のみで引き起こされる事象で、一方で驚異は、その原因やメカニズムが我々には理解できないために驚きの対象となるが、しかし隠された自然の法則に従って生じている事象であるとして、両者を区別している。[12] 同様に一三世紀のティルベリのゲルヴァシウスも、ヘンリー二世の宮廷でヘンリー王子のために執筆を始めた逸話集『皇帝の閑暇』（一二〇四―一四）において、奇蹟も驚異も感嘆を引き起こすが、驚異は、奇蹟とはことなり、「自然のものでありながら、わたしどもの理解を越えた物事」のことで、従って「《驚異》を創るのは、ある現象の原因を説明することのできない、わたしたちの無知」であると述べる。[13] 驚異に対して合理的説明を求める姿勢は広く受け入れられ、一四世紀のニコル・オレームは、超自然的と映る驚異の原因は、単なる自然現象だが無知ゆえに気づいていない変化か、あるいは人間の認知の誤りのどちらかであると喝破している。[14] このように、人間の無知のせいで説明がつかず超自然に見える事象を、奇蹟とは区別して「驚異」と定義することは、超自然の領域を狭めると同時に、それが理性的に解明される可能性を潜在的に前提としていることになる。バイナムが指摘するように、驚きがその原因を知りたいという欲求と不可分ならば、それは最終的に科学的解明へと還元されるべく運命づけられているとも言えるだろう。[15]「近習の話」、そして「郷士の話」には、まさにこうした驚異をめぐる逆説的な状況が、驚異がしばしば中心的役割を果たすロマンスの文脈においてあえて主題化されているのである。

三　「近習の話」における新奇

「近習の話」は、祝い事に沸くカンビィウスカン（チンギス・ハーン）の宮廷に、新たな冒険のきっかけを生む使者が訪れることで始まるが、これは、『サー・ガウェインと緑の騎士』の例を挙げるまでもなく、騎士道ロマンスの典型的な始まり方のひとつである。使者の騎士の礼儀作法は完璧で、その様子は「かの昔から礼譲にかけて名高いガウェインも、たとえ彼が妖精の国から再び現れたとしても、一語たりともその騎士の言葉を訂正することはできないほどでした」（五・九五―九七）と記述されるが、この言及は、この語をロマンスの代表であるアーサー王ロマンスの世界に結びつける。また、「妖精の国」への言及は、物語の舞台が伝説化した過去であり、そこでは日常とは異なる因果律が支配していることを、物語に先だって聴衆に伝える機能がある。そこでは、驚異が妖精の魔法のかたちを借りて物語要素として存在しており、こうした過去への半ば郷愁的な眼差しを介して、その妥当性を前提として受け入れることをロマンスというジャンルは要求する。『サー・ガウェインと緑の騎士』、そして『サー・オルフェオ』や『サー・ロウンファル』のような「ブルトン・レ」においては、この前提は堅守され最後までナラティブの進行を担っている。しかし、同時に、この過去性への言及は、裏返せばロマンスの聴衆の現代性の指摘でもある。そこには過去への郷愁とともに現代との差異から来る風刺的視点も存在しており、それらもまた、あらかじめロマンスに組み込まれている構成要素であると言える。「バースの女房の話」の冒頭の「ブリトン人が非常な名誉として語っているアーサー王の古へのころに、この国はすべて妖精で充ち溢れていました」（三・八五七―九）という言及はこの二面性を示す好例と言えよう。

ガウェインへの言及は、ロマンス世界からの聴衆の距離をもうひとつの意味で際立たせる。「近習の話」の典拠としては、特定の話ではなく、どちらも一三世紀後半にフランス語で記されたアドネ・ル・ロワ『王子クレオマデスの冒険』とジラール・ダミアン『メリアサン』の空飛ぶ馬の冒険譚をはじめとして、『薔薇物語』や東方起源の教訓例話集を含むさまざまなフランス語の類話の存在が指摘されている。[16] ガウェインの人気はイングランドのアーサー王ロマンスの特徴であり、この聴衆を意識した言及は、「近習の話」の舞台であるオリエントとの距離を間接的に広げることとなる。『サー・オルフェオ』のオーヒンレック写本における、「昔ウィンチェスターはトラキアと呼ばれていた」という乱暴な時間と空間の飛び越し方に通じるものがあると言えよう。[17] こうした聴衆の現代への引きつけはロマンスに備わっているジャンル的指標といえるが、しかし「近習の話」では、ロマンスの基本的構成要素である驚異の性質自体が、一四世紀の聴衆の視点からとらえ直されている。

『サー・ガウェインと緑の騎士』では緑の騎士という驚異が入口となってさらなる驚異へと物語は発展してゆくが、「近習の話」は対照的である。騎士が贈り物として持参するさまざまな驚異の品々は「妖精の国のもののよう」(五・二〇一)と形容されるが、しかしそれらに対する宮廷人たちの反応は千差万別で、そこには驚異をめぐる共通認識は見られない。ある者は、真鍮製の馬について、ペガサスやトロイの木馬のような類例を挙げて、敵意のある計略ではないかと政治的な意見を述べる。一方で「奇術師が大祝宴でよく演ずるよう」な「何か魔術によって作られた幻想のようなもの」(五・二一七—一九)に相違ないと、実体のない幻ととらえる者もいる。また、真実を教える鏡については、「角度とうまく考案された反射との組み合わせ」(五・二二九—三〇)という「科学的な」説明が当時の科学書を典拠に提示されている。鳥との会話を可能にする指輪や傷つけ癒やすことのできる剣をめぐっては、アキレスの槍、ソロモン王の指輪などの過去の物語への言及と冶金術やガラスの製法についての議論が交錯する。語り手は、多様な見解を最終的に次のようにまとめている。

さて、このように彼らはあれやこれやの恐怖を議論したり、口に出して言ったりいたします。何も知らない人たちが、彼らの無知な頭で理解することができるよりももっと巧妙に作られたものについて普通よく議論するように。彼らはよく不吉な方に判断するものです。（五・二二〇—二二四）

解釈はさまざまだが、その基底には、驚異はその原因が解明されないことから生じているという基本認識があると思われる。指輪についても同様に議論は終結する。

このように人々は言い、離れて立っていました。だが、それにもかかわらず、羊歯の灰からガラスを作って、しかもそのガラスは羊歯の灰に似ていないのは不思議なことだとある者は言いました。だが、彼らはガラス造りの技術を長いこと知っておりますので、それで彼らの議論も彼らの不思議な思いも止みました。ちょうどある人たちが雷の起こる原因だとか、潮が引いたり洪水が出たりする原因だとか、かげろうや、霧の原因だとか、その他あらゆるものについても、その原因が知られるまではひどく不思議に思うように、彼らはしゃべり合い、想像し、また談論していたのです。（五・二五二—六〇）

ここで比較の対象となっているのは、過去の類例や権威的なテクストではなく、ガラス製造の技術や、あるいは雷や潮の満ち引きのような自然現象に見られる変化のプロセスであり、人々がプロセスに納得すると驚異性自体が薄れてゆく。言いかえると、贈り物をめぐる談論では、ロマンスを特徴づける驚異がその驚きを支える異界的コンテクストから切り離され、その原因とメカニズムが理性的に探求されることで、好奇心をそそる珍しいものへと変わってゆく様子が示されていると言えよう。[18] そして、そうした珍品に相応しく、贈り物の一部はカンビィウスカンの宝物庫、一種の「驚異の部屋」あるいは「珍品キャビネット」へと格納されるのである。驚異はもはや、ひとつの世界観に支えられた驚きではなく、最新技術を駆使して作られたひとつの新奇な道具に他ならない。宮廷人の興味はその仕掛けの解明に終始しており、驚異は好奇の対象となる珍品へと矮小化されていると言える。

しかし、そのように原因が推測されたとしても、真鍮製の馬や指輪の魅力が消滅してしまったとは必ずしも言えない。こうした道具はその新奇さゆえに常に新たな興味を引く。「近習の話」は、驚異の脱神話化と矮小化よりも、むしろこうした最新の道具によって実現される新たな自由と世界の広がりを主題化しているという解釈も可能である。[19] カンビィウスカンが馬の御し方について興味を示すと、再び人々は馬の周りに集まり、宮廷人が抱いた「不思議な思い」が再度トロイの木馬を引き合いに出して語られる。トロイの木馬は物語に登場する人為的な仕掛けの代表である。騎士の説明も「仕掛けの効果」に終始する。

「これ以上申し上げることはございません。だが、どこかに行くのにお乗りになりたい時には、その耳の中にあるピンを回していただかなければなりません。これはわたしたち二人だけになったときに申し上げることにいたします。また、お乗りになって行きたいと思われるどんな場所でも、あるいはどんな国でも、馬にお告げになっていただかなければなりません。そして留まりたいと思われる場所においでになったときは、下りるように命じて別のピンをお回し下さい。そのわけは、その中にすべての仕掛けの効果があるからです。そうなさると馬は下降してゆきます。

（五・三一二―一二一）

この場面が最新技術を駆使した道具を魅力的に描いているとしたら、それは「近習の話」の舞台がオリエントであることと恐らく無関係ではない。仕掛け（gyn）は、『中英語辞典』によると「巧妙な仕掛けやからくり」とともに「魔術やオカルトにおける技」をも意味する。[20]『フローリスとブランシュフルール』は、恐らく一三世紀初頭にアングロ・ノルマン語でまず記され、その後に各国語版で広く読まれた、スペインからイスラーム圏のオリエントを舞台としたロマンスである。フローリスは武勇ではなく具体的なからくりを含むさまざまなトリックを駆使することで恋人のブランシュフルールとの再会を果たすが、そこでもこの語が多用されている。[21] 同様に、絶対に発見されない愛の巣を作り上げて恋人たちの密会を実現するクレティエン・ド・トロワの『クリジェス』もオリエント（ギリシャ）を舞台としている。これらの作品では、魔術と技術的からくりとが必ずしも峻別されているわけではない。自動人形のような仕掛けはアラビア起源とされるが、[22] 西洋人には理解不可能なさまざまな先進的な仕掛けに溢れ、それらが魔術と識別不能であるがゆえに警戒心を抱かせる場所としてのオリエントがそこには現出している。

四　郷士による中断

ところが「近習の話」は、こうした新奇な道具を駆使した冒険譚が予告されたところで郷士の中断によって終了してしまうのである。

まずはじめに、わたしは当時多くの都市を勝ちとったカンビィウスカンのことをお話しいたしましょう。その後でアルガルシフがどのようにしてテオドラを自分の妻に娶ったか、そのテオドラのために、もし真鍮の馬によって助けられなかったなら、幾度も彼は非常な危険に陥ったであろうということなどをお話しいたしましょう。その後でカンバロがカナセーのために二人の兄弟と馬上槍試合場で闘い、彼女を手に入れることのできた次第をお話しいたしましょう。話を止めていたところからまた始めてまいります。（五・六六一―七〇）

近習がこのように述べて、修辞的な季節の描写で物語を再開した矢先に郷士の中断が入るが、まさにこの時点で郷士が介入した理由は、続く「郷士の話」の内容と無関係ではない。「郷士の話」は、「かの古えのブルターニュの人々は、その上のさまざまな冒険を、ブルターニュの初めての言葉にて韻を踏める詩歌にうたいあげました」(五・七〇九―一一)というジャンルの宣言で始まり、「ブルトン・レ」のジャンルの期待に即して、恋と魔法を軸として展開する話である。「近習の話」の舞台はオリエントだったが、「郷士の話」は昔の異教の時代に物語を設定することで、同様に驚異に相応しい背景を作り上げている。しかし「近習の話」とは異なるやり方で、その驚異の持続性は破綻させられているのである。

船を座礁させる危険な岩を取り除くという難題を解決すべく、アウレリウスは、すべての岩が海中に隠れてしまう大潮が二年間続くという「奇蹟」の実現を期待して、オルレアンの学者のもとを訪れる。アウレリウスはまさに、太陽神フィーバスが直接に介入して自然の法則が破られることを願っているのであり、それは「奇蹟」と呼ぶにふさわしい。しかし、オルレアンの学者は「巧妙な魔術師たちがやるようなさまざまな幻想」(五・一一四〇―四一)を作り出す自然魔術に長けた、宮廷の宴会などで披露される大仕掛けなイリュージョンを得意とする人物として描かれている。そうしたイルージョンが同時代の宮廷娯楽として人気があったことは複数の研究者によって指摘されており[23]、「近習の話」でも真鍮製の馬について宮廷人が同様の感想をもらしている。学者はアウレリウスの期待に応えるが、実際は「幻や手品を使って幻想をおこさせ」、「一、二週間の間は岩がすべて取り除かれたように」(五・一二六四、一二九六)見せているに過ぎない。しかしドリゲンは、「全く自然の営みに反すること」と述べつつも、無知ゆえにそのプロセスを知らぬ者には驚嘆の対象となる「驚異」に他ならないが、「郷士の話」は、この驚異を科学的な視点から打ち砕いている。驚異を現出させたのは、緻密な計算を駆使して大潮の時期を割り出すという高度な占星学である。学者が学んだオルレアンの大学は一四世紀には占星学の拠点であり、占星学は、アラビア語のテクストも翻訳されたとは言え、プトレマイオスの『アルマゲスト』や『テトラビブロス』に遡る西洋の伝統である。郷士はしかし、こうした占星学が作り出すのは幻想であり、「今日では蝿一匹の値打ちもないような愚かしいこと」（五・一一三二）として退けている。

このように「郷士の話」は、『ブルトン・レ』という西洋的な驚異の伝統的ナラティブの枠組みのなかでロマンス的驚異を科学的な視点でとらえ直す物語であり、その意味で驚異の理性的解明という視点を「近習の話」と共有している。郷士の介入には、このようなかたちでテーマが被ることに対する反発、自分の話が二番煎じのようにうつることへの危機が理由としてあると考えられる。近習が荒削りのレトリックを駆使して語ろうとする新奇なガジェットの話――それは、神話のペガサスではなくまさにテクノロジーの馬によって空を駆けるという「サイエンス・フィクション」的な話である――が、その新奇さによって聴衆を引きつけ、オリエントの最新のからくりによって占星学の可能性を駆使した話が色あせてしまうことを危惧したのかも知れない。テクノロジーが、神話とは異なりそれを享受する者を選ばないのであれば、新奇なツールはまさに新たな自由を物語に与えると言えるのであり、そうした若い世代の物語を、世代の違いをあえて強調することで、やんわりと、しかし断固として止めたと言える。郷士の中断は、連続する二つの話を、レトリックと驚異の性質という二つの視点から対比させることで『カンタベリー物語』の臨場感を高め、この枠物語のダイナミックスに寄与している。さらに言うならば、郷士の中断は、ロマンスの前提となる驚異の存在そのものを疑問視することで、ジャンル自体をクリティカルに主題化して中世文学のナラティブを問い直すという『カンタベリー物語』全体の指向性とも合致している。

注

チョーサーの本文は *Riverside Chaucer*, ed. Larry D. Benson, 3rd ed. Oxford: Oxford University Press, 2008 を使用した。『カンタベリー物語』からの引用は、チョーサー『完訳　カンタベリー物語』全三巻、桝井迪夫訳、岩波書店、一九九五年、に拠るが、必要に応じて一部訳文を変更した。

（1）Parkes (1995) 44–45.
（2）Seaman, Partridge 参照。
（3）Dane 参照。
（4）Doyle and Parkes.
（5）Minnis 196–210.
（6）松田（二〇一〇）、二一六―一九頁。
（7）Zumthor 73.
（8）松田（二〇一三）参照。
（9）Ward 3–4.
（10）アウグスティヌス『神の国』一六・八（服部英次郎・藤本雄三訳、第四巻、一四八―四九頁）。
（11）アンセルムス『処女懐妊と原罪について』二・一五四（古田暁訳、五九三頁）。
（12）Goodich 19–20.
（13）Gervase of Tilbury, *Otia Imperialia*, III, prefatio.（池上俊一訳、一八―一九頁）。
（14）Lightsey (2001) 293–94.
（15）Bynum 4.
（16）Correale and Hamel 169–209.
（17）Bliss, lines 49–50.
（18）Lightsey (2007) はこの変化を驚異の非神話化、商品化として論じている。
（19）たとえば Ingham 参照。

(20) MED gin(ne 1, 3(a).
(21) Grieve 53–85.
(22) Kolve 183.
(23) Kolve 181–83.

引用文献

Bliss, A. J., ed. *Sir Orfeo*. 2nd ed. Oxford: Oxford University Press, 1966.

Bynum, Caroline Walker. "Wonder." *The American Historical Review* 102(1997): 1–26.

Correale, Robert M. and Mary Hamel, eds. *Sources and Analogues of the Canterbury Tales*. 2 vols. Cambridge: D. S. Brewer, 2002, 2005.

Dane, Joseph A. "'Tyl Mercurius House He Flye': Early Printed Texts and Critical Readings of the *Squire's Tale*." *Chaucer Review* 34(2000): 309–16.

Doyle, A. I. and M. B. Parkes. "The Production of Copies of the *Canterbury Tales* and the *Confessio Amantis* in the Early Fifteenth Century." *Medieval Scribes, Manuscripts & Libraries: Essays Presented to N.R. Ker*. Eds. M. B. Parkes and A. G. Watson. London: Scolar, 1978. 163–210.

Gervase of Tilbury. *Otia Imperialia: Recreation for an Emperor*. Ed. and trans. S. E. Banks and J. W. Binns. Oxford Medieval Texts. Oxford: Oxford University Press, 2002.

Goodich, Michael E. *Miracles and Wonders: the Development of the Concept of Miracle, 1150–1350*. Aldershot: Ashgate, 2007.

Grieve, Patricia E. *Floire and Blancheflor and the European Romance*. Cambridge: Cambridge University Press, 1997.

Ingham, Patricia Clare. "Little Nothings: *The Squire's Tale* and the Ambition of Gadgets." *Studies in the Age of Chaucer* 31(2009): 53–80.

Kolve, V. A. *Telling Images: Chaucer and the Imagery of Narrative II*. Stanford, CA: Stanford University Press, 2009.

Lightsey, Scott. "Chaucer's Secular Marvels and the Medieval Economy of Wonder." *Studies in the Age of Chaucer* 23 (2001): 289–316.

Lightsey, Scott. *Manmade Marvels in Medieval Culture and Literature*. New York: Palgrave Macmillan, 2007.

Minnis, A. J. *Medieval Theory of Authorship: Scholastic Literary Attitudes in the Late Middle Ages*. London: Scolar, 1984.

Parkes, M. B. "The Planning and Construction of the Ellesmere Manuscript." *The Ellesmere Chaucer: Essays in Interpretation*. Eds.

Martin Stevens and Daniel Woodward. San Marino, CA: Huntungton Library; Tokyo: Yushodo, 1995. 41–47.

Partridge, Stephen. "Minding the Gaps: Interpreting the Manuscript Evidence of the *Cook's Tale* and the *Squire's Tale*." *The English Medieval Book: Studies in Memory of Jeremy Griffiths.* Eds. A. S. G. Edwards, Vincent Gillespie, and Ralph Hanna. London: British Library, 2000. 51–85.

Seaman, David M. "'The Wordes of the Frankeleyn to the Squier': An Interruption?" *English Language Notes* 24 (1986): 12–18.

Ward, Benedicta. *Miracles and the Medieval Mind: Theory, Record and Event 1000–1215.* rev. edn. London: Scolar, 1987.

Zumthor, Paul. *Essai de poétique médiéval.* Paris: Seuil, 1972.

アウグスティヌス『神の国』全五巻、服部英次郎・藤本雄三訳、岩波書店、一九八二—九一年。

アンセルムス『アンセルムス全集』古田暁訳、聖文舎、一九八〇年。

ティルベリのゲルヴァシウス『皇帝の閑暇』池上俊一訳、青土社、一九九七年。

松田隆美『ヴィジュアル・リーディング——西洋中世におけるテクストとパラテクスト』ありな書房、二〇一〇年。

松田隆美「中世ヨーロッパは超自然をどうとらえたか——12世紀イングランドの死後世界とヴィジョン——」、『藝文研究』一〇四号、二〇一三年、一一二—一二五頁。

チョーサーの時代におけるイギリス美術

モート　セーラ

はじめに

一四世紀のイギリス美術のうち、現在まで残っているものとしては、中世の彩色写本、ステンドグラス、彫刻、金属細工品そして刺繡などがある。絵画においては、主として木の板に描かれた絵、フレスコ壁画、そして羊皮紙に描かれた絵、という三種類をみることができる。これらの現存する品々は、ジェフリー・チョーサー（一三四三頃―一四〇〇）の時代について多くを示している。Ｅ・Ｈ・ゴンブリッチは『美術の物語』で以下のように指摘する。

もちろん、時代と様式について一般化しすぎるのは危険だ。こういう一般化にあてはまらない例外はつねに存在する。しかし、そのことを認めた上で、次のように言うことはできるだろう。一四世紀は荘重よりも洗練を好んだのだ、と。（二〇七）

ゴンブリッチはまた、騎士、郷士、僧、職人などに光を当てたチョーサーの文学作品からは、一四世紀の生活がどのようなものであったのかを明確に知ることができると述べている。[1]

ジェフリー・チョーサー（一三四三頃―一四〇〇）は、波乱と変革の時代に生きた高名な詩人かつ宮廷人であった。この時代は、また、読み書きのできる人々が着実に増え、それにつれて、英語が、王の宮廷、法曹界、文学分野、宗教界などで主流になり始めた時代でもあった。激動の時代ではあったが、文学においても美術においても多くの傑作が生まれた時代である。美術もまた現世の日常の出来事を反映し始め、ヨーロッパの影響も顕著になっていく。この時代において三つの歴史的出来事がイギリスとイギリスの文化に多大な影響をもたらした。それは、一三三七年から一四五三年に行われた百年戦争、一三四八年の黒死病の勃発、そして一三八一年の農民反乱である。本章においては、イギリスの一四世紀後半の美術と物語様式の洗練と発展について考察したい。ここには細部に対する観察と素材や技法に対する関心とが強く結びついていることが見いだされるのである。

一　歴史的背景

百年戦争は、フランスの王位継承をめぐる争いを含むいくつかの問題に対して、イギリスとフランスの間で起こった断続的な紛争である。イギリス王エドワード三世のフランス王位継承権に対してフランス王フィリップ六世は法的に異議を唱え、エドワード三世が所有するアキテーヌ公国を没収したが、一三三七年にエドワード王は、それに対して宣戦を布告したのだった。イギリス王がもつフランスの土地財産はフランス王との間の敵対関係の主な原因になっており、一〇六六年までさかのぼる。それは、ノルマン族のウィリアム征服王がアングロサクソン族の最後の王となったハロルドを破った、有名なヘイスティングの戦いであった。この出来事はバイユーの一〇六六年のタピストリーに描かれている。これは実に精緻な刺繍である。ウィリアム征服王はイングランドの王になった時、フランスのノルマンディー公爵でもあった。曾孫のヘンリー二世が一一五四年に王位についたとき、彼はアンジュー伯をも継承していた。これらの領土の所有により、イギリス王はフランス王の臣下の中で強大な存在となり、摩擦の主な原因となった。一三六〇年までにエドワード三世はフランスの四分の一を支配しており、強力な貴族を従え、税の取り立てにも批判が少なく、強い立場を確保していた。しかし、一三七五年にブルージュ協定により、フランス王シャルル五世はこれらの既得権を覆し、エドワード王の手に残ったのは、カレーとボルドー近くの海岸部の商業地のみだけとなった。海外の領地を失い、イングランドのエドワード王への風当たりが強くなり、王は二年後に死去した。黒太子と称されていた息子エドワードもまたフランスで戦ったが一三七六年に父より一年早く死去した。彼は偉大な戦士と考えられており、甲冑に身を固め、両手を合わせて祈りを捧げている銅製の彫像は、カンタベリー大聖堂に収められている。この一四世紀の金属の彫刻は騎士道、すなわち完全無欠の理想の騎士の彫像として見ることができる。この像は黒太子の権威と経験を表したものであり、顔かたちは力強く表現されている。この後、一〇歳で王位についたのは、エドワード二世の孫のリチャード三世であった。リチャード王は教養があり、王室における芸術の擁護者として最も偉大な人物の一人であった。リチャード二世はノルマン様式だったウェストミンスター・ホールにハンマービーム屋根[2]を使用した画期的な改築を施すよう命じた。ウェストミンスターは儀式の上でも行政の上でも国の中心的建造物であった。王の在位の間に百年戦争の中で二八年間の休戦が行われた。もっともこれは貴族たちには人気のない政策であった。

黒死病は、おそらく腺ペストであったと思われるが、中央アジアを経てヨーロッパ大陸から一三四八年にイギリスにやってきたものと今日考えられている。黒死病は聖書の大変動さながらの恐ろしい病気で、イギリス全土の人口の三分の一が命を落としたと考えられている。これにより海外での軍事行動は弱体化し、地主と小作人の関係は後戻りできないほどに変化した。さらにこの疫病のために労働力不足も生じた。貿易と経済は急激に落ち込み、新しい社会勢力が台頭した。一六五〇年代以降、労働者たちは、賃上げや移動の自由など労働環境の改善を求めた。一三六〇―一三六一年、および一三六九年と再び黒死病が流行し、イギリスでは人口もさらに減少した。一四世紀の前半には、一三一五―一七年の大飢饉のような飢饉がすでに何回か生じていたので、研究者のマーク・オーモンドは、中世社会

（図版一）

は、自然災害や人口の減少に対して、二一世紀に想像するよりもずっと鈍感になっていたのではないかと推測している。[3] 実際、この時代の芸術は疫病の恐怖と苦しみの描写を含んでいるものの、生の喜びと精神の悟りをより強く示している。グロスター大聖堂のステンドグラスの窓はその一例である（図版二）。

一三八一年の農民反乱は、ワット・タイラーの乱としても知られているが、ある意味、黒死病の影響から生じている。一三五〇年代から六〇年代にかけて、支配者層は、移動の自由と賃金基準を法により支配しようと試みた。この時代の農民の負担の主なものは、政府による極端に重い税制であり、税の一部は、続行している戦争の費用として徴収されていた。政府の戦争費用は多額になっていたからである。一三八〇年に非常に高い人頭税が

導入された。それは前年までの税よりはるかに高額のため、きわめて不評であった。エッセクス州とケント州の農民が最初に反乱を起こし、次第にハーフォード州、ケンブリッジ州、ノーフォーク州など国の東部に拡大していった。農民たちは主として領主の館や、権威と富と結びついた場所を襲撃した。エッセクス州やケント州の反乱グループは、自分たちの要求を聞いてもらうために、ロンドンに向かって行進した。農民たちはとりわけ農奴制の廃止を望んだ。彼らは自由契約に基づいた労務、土地を妥当な値段で借りる権利、貴族と教会の権力の制限を望み、若いリチャード二世はそのような要求を認めることに同意した。反乱者の主要な指導者であるケント州出身のワット・タイラーは、ロンドンで小競り合いの最中に馬から引き倒されて殺され、反乱は数週間で沈静化した。しかし、農民が散り散りになり、当局が支配を取り戻すと、リチャード二世は一度与えた赦免を無効にするようにと周囲から助言を受けた。

中世イギリスのこの時代に、神学者、哲学者、教会の改革者であったジョン・ウィクリフ（一三三〇―一三八四）は聖書の最初の完全英訳を推し進めた。ウィクリフは教会の宗教理論を発展させ、教会の慣例を批判した。ウィクリフの信奉者であったロラード派の人々は教会の改革を望んだが、このような非正統派で、反教会的な思想は農民反乱の時期に教会に対する脅威と考えられ、運動は鎮圧された。しかし、聖書を英語で世に広めたいというウィクリフの考えは、宗教界において、英語をラテン語やフランス語と同じ域にまで高めたいという見方に影響を与えた。

二　ジェフリー・チョーサー

ジェフリー・チョーサーはロンドンの裕福な商人の家に生まれた。一〇代の頃、彼はエドワード三世の軍に入り、フランスでの戦いに参加した。彼はランスで捕虜になったが、身代金を支払い、解放された。チョーサーはエドワード三世の息子であるランカスター公爵ゴーントのジョンの庇護を受け、一三六七年までに宮廷の一員となっている。チョーサーの運は、宮廷の数々の政治的陰謀と結びつき、ゴーントのジョンの影響が強い間は、チョーサーも隆盛をきわめた。チョーサーは政府の任命を受け、フランスとイタリアで外交使節としての務めに従事した。イタリアではダンテ、ペトラルカ、ボッカチオの作品から自分自身の詩作に着想を得ている。しかし、一三七七年にリチャード二世が王位につくと、ゴーントのジョンとグロスター公爵ウッドストックのトマスとの間の抗争により、チョーサーの晩年は次第に不遇の日々となっていった。チョーサーはその様式により、中世英文学において高く評価されている。彼は英語という日常語を使い、それにフランス語、イタリア語、そして古典の影響を混ぜ、著作に携わった。チョーサーの直筆の原稿は現存していないが、彼の物語の手書き写本は多く残されている。『カンタベリー物語』の現存する写本の中で、もっとも定評ある写本はヘングワートとエルズミア写本である。アダム・ピンカースト（一三八五―一四一〇）はチョーサーと共に製作した主な写本作者と考えられている。一五世紀中葉に新しい印刷技術が出現し、ウィリアム・キャクストン（一四二二七―一四九二）が『カンタベリー物語』を出版し、それ以来チョーサーの著作は今日まで絶えず出版されてきている。

三　美術

一四世紀後半の芸術を庇護していたのは主として教会であった。教会は、精神的、道徳的、知的な事柄に関して権威の中枢をなしていた。また王の庇護もあり、貴族や民間の施設や個人などの世俗の人々からの制作依頼も増えていった。中世の芸術家のほとんどは作品に署名したり、自分の名前を記録したりしなかったので、署名が入った作品が現存している例は非常にまれである。中世の芸術家たちはギルドの職人の親方のもとに弟子入りすることが一般的だった。石工、金属職人、彫刻家、画家など同じ仕事をする職人や芸術家はこれらのギルドに加盟した。伝統的手法が使われ、伝統的様式の巧みな技術を極めることを目的としていた。中世美術の理念について残されている文書はほとんどないが、契約書は残っているものもあり、絵画の主題、図像や、使用すべき金、貴金属、半貴金属の量について細かく規定された契約書が残存している。[4] トリング・タイル（約一三二〇―一三三〇、大英博物館）はチョーサーの時代の直前に生まれた傑出した美術の例である。トリング・タイルは八枚の陶器のタイルの集合からなっていて、ハーフォード州のトリングの教区の教会に由来する。ほとんどのタイルには二つの場面があり、前の時代のバイユーのタペストリーの物語の図像と同様に、現代の帯漫画のように読める。バイユーのタペストリーにおいては、歴史的出来事を記しているが、トリング・タイルではキリストの初期の奇跡をテーマとしている。福音書の物語ではキリストの最初の公的な奇跡はカナの結婚の宴で起こったとされている（ヨハネ書）。聖書の外典の伝説ではキリストの生涯の早い時期に奇跡があったと言われている。ある奇跡的な要素を与えられている、一般の子どもの人生を描いたタイルの図柄もあるが、小麦の刈り入れのような農作業やキリストの叡智と共感の場面を示す図柄を示したものもある。トリング・タイルは陶器でできていて、壁のタイルになったと考えられている。キリストが奇跡を働く絵が黄色で生き生きと描かれており、赤い陶土にうわぐすりを混ぜたスリップと呼ばれる泥漿（でいしょう）を塗った下地に向かって切り込みが入っている。この「スグラフィート」、あるいは「スクラッチ」と呼ばれている意匠によって、学者たちは、それらがイングランドの東部で生産されたと確信するにいたった。そこでは、同様の技法が陶器にも使われていたからである。「スグラフィート」は、下地と表層の二重の面がある時に、その表層を引っ掻いて傷を作り、下地を示す技法である。パネルになった絵画や彩色写本においては、下地はしばしば金箔のことがある。中世後半では、ステンドグラスで色ガラスの二層目が時に引っ掻き傷、または切り込みが入れられ、下の無色のガラスを示すことがあった。トリング・タイルの視覚効果は彩色画像の効果とも同じである。

当時の彩色写本は中世の視覚文化の貴重な源泉であり、上等の材料を使い、手間を惜しまず、敬虔な気持ちを込めて作られている。そして同時代の壁画や木部パネルの絵画に比較すると、細心の注意を払って保存されてきた。中世の修道院や教会では聖書や詩篇、そして他の宗教文書を勤行や教育に使用した。これらの写本は手書きで時間をかけて丹念に模写された。この時代、中世ヨーロッパの大部分の人々は、読み書きができないままだった。当初、教会は教育を施す主な場所であり、教育のほとんどは、宗教的研究と結びついていた。修道院は知的、文化研究の重要な中心であり、ほとんどの修道院には図書館があった。たとえ所有する本が数百冊であっても、大規模な図書館と思われていた。一一世紀後半からヨーロッパの最も初期の大学がパリ、オックスフォード、ボローニャ（法学）そしてサレルノ（医学）に設立された。写本、手稿の意味の「マニュスクリプト (manuscript)」はラテン語の「マニュ (manū)」（手で）と「スクリプトゥス (scriptus)」（書かれた）という言葉からきている。また、「スクリプトリウム (scriptorium)」は部屋のことで、通常は修道院の図書室に隣接し、写本が書かれる場所である。ほとんどの場合、羽ペンか葦のペンで、なめした動物の皮に書かれた。これは羊皮紙、あるいはベラムと呼ばれる高級皮紙として知られているものである。彩色写本は光を放ったり、反射したりするために金箔を使用した。「彩色する (illuminated)」という言葉はラテン語の「光を放つ (illūmināt-)」から来ている。金箔は、泡立てた卵白の艶出し剤と水を混ぜた粉末状のカラーの顔料を塗る前に貼られた。仕上げに、小さな筆を使って鮮やかな色合いで表面を彩色した。中世の初期にはほとんどの彩色写本は修道院で作られ、写本するのは宗教に関連した本であり、たいていはラテン語の本であった。一三世紀までには羊皮紙の調達、顔料の調達、筆写、図版への色付け、写本の製本などさまざまな仕事は、それぞれの教会外のプロ職人が、しばしば町にある仕事場で行うのが一般的になってきた。写本製作は宗教的であると同時に世俗のものにもなったのである。

ラトレル詩篇（約一三二〇―四〇、大英図書館）は豪華に装飾された彩色写本の傑出した例である。この詩篇は裕福な地主であり、リンカーン州のアーナムの領主であったサー・ジェフリー・ラトレル（一二七六—一三四五）が制作を依頼したものであった。彼が守護者として、甲冑に身を固めた騎士の姿で、美しく彩色された絵に描かれていることが大きな特徴である。この時、彼は妻のアグネスと義理の娘のベアトリスにかしずかれた上、頭飾りをつけて見事な装飾をほどこされた馬にまたがっており、家紋と姻戚の重要性を示している。(5) 詩篇は重要な聖典であり、旧約聖書に収められた一五〇編の古代の詩からなるもので、中世では宗教崇拝の一部をなしていた。しばしば詩篇には教会の祝祭日の暦と祈祷選が含まれている。中流階級やその上の階級の人々は、詩篇を暗記して文字を覚えた。詩篇は通常のゴシック体のラテン語で書かれている。枠取りした欄に一四行入っており、全部で三〇九頁あり、寸法は縦三五センチと横二四・五センチという装丁になっている。

ラトレル詩篇は金と銀の装飾がほどこされ、頁の下には、聖書の物語の敬虔な場面や、聖人の姿が美しい色合いで描かれている。しかし、同時に田舎の生活が詳細に描写されていて、当時のイギリスの荘園での作業サイクルの記録となっている。冬の農地の耕作、春の種まき、後の麦刈りが実に丹念に絵に描きこまれている。女性も子どもも含んだ共同体全体が穀物の刈り入れのために一緒に働いている。この農作業のサイクルは、「毎月の労働」の絵入り暦と同じである。写本の精緻な装飾を施した大型の頭文字、または物語風の大型の頭文字は、金や鮮やかな顔料で見事に装飾されている。写本の余白の装飾には、「グロテスク模様」として知られている装飾的な想像上の図像が含まれていることがある。それは人間と動物の部分を植物や花の唐草模様とを織り交ぜた柄である。挿絵は線状に美しく配され、文章を説明している。頁の縁に描かれている遊び心十分な空想上の動物は、画家のユーモアと創造力を示している。ラトレル詩篇の制作には一人の筆写職人と、挿絵に関しては画風がわずかに異なっているので少なくとも五人の画家が携わり、主要な部分はおそらくリンカーンのような大きな町で成し遂げられ著作だと考えられている。この秀逸な彩色写本は、教育のための本であると同時に、典礼用の本として使われる目的をもっていたのではないかと考えられている。

ヨーロッパではステンドグラスの技術は一一五〇年から一五〇〇年の間に頂点に達し、巨大な窓が大聖堂を飾るために創られた。これは中世美術の最も優れた美的表現の一つの形態と言える。中世においてステンドグラスの窓は、教会や大聖堂の教区民が目にすることができるので、おそらく一般大衆にとって彩色写本よりずっと近づき易いものであった。描かれている聖書の物語は、燦然と光り輝く、巨大な、畏怖を感じさせるような窓を通して、人々の信仰心を高めたに違いない。そのような窓は精神を高揚させる意図をもっている。彩色写本においては表面から離れたところで光が反映されているが、ステンドグラスは窓を通して光を聖堂内部に伝えるように意図されている。中世において光は神聖な精神それ自体の象徴とみなされていた。ステンドグラスは中世芸術の物語性を発展させる役割をも担ってきた。彩色写本は目に触れる人数に限りがった上に、読み書きできない教区民たちでも、ステンドグラスの窓に書かれた図を通して聖書の物語を理解することができたからである。

中世のステンドグラスの壮麗な見本は、一三五〇年代の初期に設置されたグロスター大聖堂の東の大窓に見ることができる。東の大窓は、同時にかつてのベネディクト派の印象的な芸術的な施設を示すものでもある。それは宗教改革までグロスターの聖ペテロ修道院と呼ばれていたものである。[6] カンタベリー大聖堂とテュークスベリ修道院はグレイト・マルヴァンのかつての小修道院と同様に、ベネディクト派の成果の証しと言えるものである。東の大窓は、エドワード二世（一二八四―一三二七）の埋葬がここで行われた後、聖ペテロ修道院の東端を再建する際にその一部として造られた。この野心的な再建計画は一三三一年に始まり、新しい垂直ゴシック様式で、[7] 建物を再建する意図により、その後二〇年間工事が続いた。ゴシックの建築家たちは、完成された技術を駆使し、装飾や窓の複雑な装飾的骨組（トレーサリー）の革新を推し進めた。聖歌隊席の改修には、クリアストーリーと呼ばれる新様式の高窓や広大な上部階まで垂直に伸びた石積み工事も行われた。畏怖の念や信仰心をかきたてる意図があったからである。垂直なトレーサリーという窓の装飾的骨組は、天に向かって目を上げたり、上方の精緻なアーチ型天井を見たりさせるからである。グロスター大聖堂はイギリスの垂直ゴシック建築の中で、もっとも早い時期のものであり、もっとも具象的な例として見ることができる。

東の大窓と美しい木彫りでできた聖歌隊席は同じ時代に設置された。聖歌隊席の上の丸天井は、東の大窓に描かれた聖人を反映している。東の大窓は、クレシーの戦い(8)で活躍した地元の騎士たちの武勲を称えるために設立され、主祭壇の背後に置かれている。窓の形は三連の祭壇画のように、一枚の大きな光沢のあるパネルの両脇に二枚の小さなパネルが並んでいる。フランスは一三世紀半ばからイギリスのステンドグラスに影響を与えてきた。フランスでは彩色ガラスにグリザイユ技法（白いガラスに顔かたちや衣服の襞などを描く時、灰色、茶色または黒の絵の具を用いる技法）を組み合わせて、透光性を増していたのだった。中世の窓の絵は、通常、下から上に向けて読んでいく。下方の光沢のある窓にはグリザイユ技法のパネルに描かれた楯を描き、その上には、おそらくはウースター大聖堂の司教たちとグロスターの修道院長たちと思われる司教や僧侶の列が描かれている。その上には聖ジョージ、聖マーガレット、聖ローレンス、聖キャサリン、そして洗礼者ヨハネを含む聖人の列が来る。そのすぐ上の中央にはキリストによって冠を授けられている聖母マリアと、脇には一二人の使徒たちが並んでいる。聖母マリアは冠をかぶり、石の座席に置かれたクッションに座っている姿が描かれている（図版一を参照されたい）。窓の最上部には、ヤシの葉をもっている天使たちが描かれ、魂を天に運ぶ手伝いをしていると考えられている。この図像は、底部の楯が象徴する俗世の要素と、上部の精神的領域の要素とを結び合わしているようである。東の大窓を造る経過は長期にわたり、また労働力も多く必要としたであろう。これは黒死病の時期に創作され、強い信仰心を肯定する印象的な窓である。

ミゼリコード（教会の椅子の寄りかかり部）、あるいは聖歌隊席の下部の彫り物は、中世美術の興味深い表現になっている。「ミゼリコード (misericord)」という言葉は、哀れや慈悲を示すラテン語の 'misericordia' から来ており、中世の聖歌隊の立ちっぱなしの聖職者たちに慈悲の行為として提供された椅子である。彫り物のテーマは世俗のものであり、しばしば日々の生活や動物に光を当て、ユーモラスな姿に焦点があてられることが多い。

ウィルトン祭壇画（約一三九五―九、国立美術館）は、持ち運び可能な祭壇画であり、一三七七―九九年にイギリスを統治したリチャード二世が個人的に祈りを捧げるために、制作依頼したものである。この祭壇画は、おそらくリチャード二世とフランスのイザベラとの結婚（一三九六年）を祝い、イギリス王の身分に対する権利の強化のために、王の治世最後の五年間に描かれたと考えられている。この絵は、もともとペンブルック伯爵の居城であったウィルトシャーのウィルトン・ハウスに由来するので、ウィルトン祭壇画と呼ばれている。絵は二枚のパネルから成り、折りたためるように蝶番がついている。

ウィルトン祭壇画においてリチャード二世は、守護聖人の洗礼者ヨハネ、聖エドワード、聖エドモンドの傍に膝まづき、聖母子の方を向いて祈りを捧げている。聖母子は一一人の天使に従われている。この絵は、左側のパネルに膝まづいているリチャード二世を描いた、実に魅惑的な絵である。左側のパネルは俗世を示し、右側のパネルは神の御使いを従えた聖なる姿が描かれている。折りたたんだ絵の外側のパネルの一枚にはリチャード二世の紋章が描かれ、もう一枚には個人の標章である白鹿が描かれている。この絵の作者は知られておらず、イングランド、フランス、イタリア、そしてボヘミア出身の画家の名前が取りざたされてきた。しかし、先述したように、画家たちは自分の作品に署名や個人の印などを押したりはしなかった。とくにそれが宗教的な捧げものの場合はそうであった。この時代の画家たちは中世の工芸ギルドの親方職人であり、お互いに協力して仕事をしたのだった。この絵のパネルは北ヨーロッパの樫でできており、使われている絵の具は卵テンペラと金箔である。作品の寸法は五三センチ×三七センチである。デリケートで優美な線、繊細な色合い、衣裳の素材や前面に描かれた花に対する精密な観察などから、洗練された国際ゴシック様式[9]の影響を見てとることができる。国際ゴシック様式は国際様式として知られていることもあるが、その優雅さと繊細で自然主義的な細部が特徴である。もともとは、一三世紀中葉のフランスで宮廷様式として発展し、しなやかに伸びた形が特徴である。この様式は、シエナ派の画家シモーヌ・マルティーニ（一二八五―一三四四頃）により、自然主義に対するイタリア人の関心と融合された。マルティーニは、法王庁で仕事をするために南フランスのアヴィニョンに渡った人でもある。ウィルトン祭壇画はおそらくヨーロッパ全体で使われていた技法に精通した画家によって描かれたものだと思われる。

結論

ゴンブリッチが指摘しているように、一四世紀というこの時代はジェフリー・チョーサーによる文学的功績がめざましい時代であった。フランス語やラテン語の影響を受けたチョーサーは、古典言語も駆使しながら、英語という世俗言語で、豊かで多様な言葉や表現を可能にしてみせた。この時代は、また視覚美術においてもめざましい発展を遂げた時代であった。建築においては垂直ゴシック様式の洗練された装飾や石のトレイサリーが発展し、絵画においては直線的な物語様式が国際ゴシック様式に進化し、自然主義により重きを置くようになっていった。視覚芸術の技法と発展は国際的な文化交流と結びついたものであり、とりわけイタリアとフランスの美術は写本の彩色、木部パネル絵画およびステンドグラスに影響をもたらした。とはいえ、発展した様式は、イギリス独自のものであることも同時に留意しておきたい。

（付記）本稿は英文の“The Visual Arts in the Period of Geoffrey Chaucer.”を日本語に直したものである（大妻女子大学教授・窪田憲子訳）。

図版

一．グロスター大聖堂の東の大窓の絵の写真。聖堂参事会長と聖堂参事会に感謝したい。

注

（1）Gombrich, E. H. *The Story of Art*. Phaidon Press. 1995. 207.
（2）ウェストミンスター・ホールのハンマー・ビーム屋根は北方ヨーロッパで最大の木製屋根であり、一三九三年にリチャード二世により制作を依頼された。ハンマー・ビーム屋根はイギリスのゴシック建築の代表的で装飾的かつ開放的な桁構えである。
（3）マーク・W・オーモンド教授は、ヨーク大学の歴史学の教授であり、『黒死病一三四八年―一五〇〇年』（ポール・ワトキンス出版、一九九六）をフィリップ・リンドリーと共編で出版している。「自然災害と疫病が人口に多大な影響を与えることがあるという事実に、中世社会は現代よりもはるかに慣れていることは間違いない」(Hodgman, Charlotte, Ormrod Mark. "Where the Black Death Happened: Nine Places Connected to the Plague." *historyextra.com*. BBC History Magazine, February 2011. Web. 4 Oct. 2014.)
（4）Benton Rebold, Janetta. *Art of the Middle Ages*. Thames & Hudson. 18–19.
（5）サー・ジェフリー・ラトレルの妻アグネス（一三四〇年死去）はサー・リチャード・サットンの娘であり、義理の娘のベアトリスは、メイシャムのサー・ジェフリー・スクロウプの娘であった。彼らはそれぞれの家紋と共に彩色画に描かれている。
（6）イギリスのヘンリー八世（一四九一―一五四七）によるプロテスタント改革は、イギリス国教会設立に発展した。この制度ではイギリスの王または女王が国教会の最高位に位置する。宗教改革の別の効果として修道院解散（約一五三九年頃）がある。これにより、修道院が所有していた土地・建物などの不動産が解体されたり、売却されたりした。グロスターの聖ペテロ寺院は、一五四〇年一月にグロスター司教の中枢部であるグロスター大聖堂となった。
（7）垂直ゴシック様式は建築史家であり建築家でもあったトマス・リックマンによって一八一七年に初めてそう名付けられた。これは、一四世紀後半の装飾様式から発展したイギリス尖塔建築を指している。特徴としては、石窓のトレイサリーの垂直の線、巨大な窓、そして一つの統合した空間のように設計された内部の複数階などがある。
（8）クレシーの戦いは一三四六年に北フランスで行われた。
（9）国際ゴシック様式は一三七五年頃から一四二五年頃にかけて西ヨーロッパの絵画、彫刻および装飾芸術に共通している。美術史におけるこの語は、一八九二年にルイ・クラジョッドによって最初に創られた。

引用・参考文献

Alexander, Jonathan, and Binski Paul. Eds. *Age of Chivalry—Art in Plantagenet England 1200–1400*. London: Royal Academy of Arts, 1987.

Brown, Michelle P. *A Guide to Western Historical Scripts from Antiquity to 1600*. London: British Library Publishing, 1994.

Chipps Smith, Jeffrey. *The Northern Renaissance*. London: Phaidon Press Ltd., 2004.

Gombrich, E. H. *The Story of Art*. London: Phaidon Press Ltd., 1995.

ゴンブリッチ、E・H『美術の物語』田中正之他訳、ファイドン、二〇〇七年。

Hodgman, Charlotte. Interview with Mark Ormrod, *BBC History Magazine*, Feb. 2011.

Hourihane, Colum. Ed. *The Grove Encyclopedia of Medieval Art and Architecture*. Oxford: Oxford UP, 2012.

河崎征俊「チョーサー文学の世界」、南雲堂、一九九五年。

河崎征俊「チョーサーの詩学」、開文社、二〇〇八年。

McKendrick, Scot, and Kathleen Doyle. *Bible Manuscript: 1400 Years of Scribes and Scripture*. London: British Library Publishing, 2007.

Rebold Benton, Janetta. *Art of the Middle Ages*. London: Thames & Hudson Ltd., 2002.

Robinson, James, and Ackermann Silke. *Masterpieces of Medieval Art*. London: British Museum Press, 2012.

Sekules, Veronica. *Medieval Art*. Oxford: Oxford UP, 2001.

Simpson, John, and Weiner Edmund (eds.). *Oxford English Dictionary*. Oxford: Oxford UP, 2009.

聖パトリックの煉獄への旅

――煉獄譚からダーグ湖旅行へ

中村　哲子

一　カールトンの「ダーグ湖詣で」

アイルランド農民の姿が生き生きと描かれた物語集、ウィリアム・カールトンの『アイルランド農民の気質と物語』は、一八三〇年に後に第一シリーズと呼ばれることになる二巻本が刊行されて以来、十九世紀末までに繰り返し出版され、読み継がれることとなった。第一シリーズが短期間に四版を重ねていく中で、一八三三年には第二シリーズの初版が発刊され、こちらもまた三版まで刊行される。両者は一八三六年に五巻本としてまとめられて発刊され、さらには、新たな物語を加えた決定版の第一巻が一八四三年、第二巻が一八四四年に登場する。ここには、フィズをはじめとした画家の手になるアイルランド人を描いた挿絵がふんだんに盛り込まれ、視覚的にも読者が楽しめる刊本となっている。この決定版が、ロンドンで一八九三年までに十回にわたり出版され、ニューヨークで一八八六年までに三回、そして一八九六年には、ロンドンとニューヨーク同時刊行の四刊本が発刊される。いわゆる大飢饉とそれに伴う多くのアイルランド人のアメリカ移住を挟んで、アイルランドのブリテンへの併合が決まった一八〇〇年あたりから四半世紀のアイルランド農民の姿が、大西洋の両岸にて十九世紀をとおして長く読まれることとなったのである。[1]

決定版の編集の過程で、「ダーグ湖詣で」と題された物語が初めてこの『気質と物語』に加えられた。この物語は、アイルランド北部のティローン州のカトリック小作農の息子として生まれたカールトンが、自ら体験した巡礼の旅について書いた処女作、「聖パトリックの煉獄への巡礼」に手を加えたものである。この処女作は、文学上の師にあたるシーザー・オトウェイ創刊のダブリン発の雑誌に一八二八年に掲載され、翌年に「ダーグ湖詣で」とタイトルを変えてもう一つの作品とともに単行本に収められて発刊された。この本は一八三九年に再版されたが、「ダーグ湖詣で」は『気質と物語』の決定版に含められるにあたってかなりの改訂が施され、この新たな旅物語が、それ以後広く流布することになった。(2)

カールトンは、十九歳のときに生まれ故郷から単独徒歩で西へ向かい、ダーグ湖に浮かぶステーション島の聖パトリックの煉獄を訪れた（カールトン　一九九〇　二四〇）。中世以来、数知れぬ巡礼たちがヨーロッパ全土から聖パトリックに縁のこの聖地を訪れ、苦行の中で煉獄の疑似体験とでも呼べる経験をとおして贖罪を行ってきた。この祈りの場は、敬虔なカトリック信者にとって憧れの地ともいうべきものであった。カトリック小作農は、優秀な息子を先々聖職者にするべくその教育に心を砕いたものだが、カールトン家の場合も御多分に漏れず息子をヘッジスクールへ通わせて教育を受けさせ、本人自身も聖職を目指していた。そのカールトンがダーグ湖詣でで見たものはその決意を揺るがすものであったのか、結局は聖職者の道を捨ててプロテスタントに改宗し、教職を経てダブリンで作家として身を立てることになる。

巡礼体験から十五年ほどを経て書かれた「聖パトリックの煉獄への巡礼」で、カールトンは自身が体験したステーション島での苦行を一人称の語りでつづることになる。三日間にわたり十分な眠りが得られぬ中で、わずかな糧のみで定められた行程にしたがって祈りを捧げる様子が描かれる。聖職者を目指す主人公は、盲信的に贖罪を求める人々や苦行で命を落とす人、また、貧しい農民から容赦なくお布施を巻き上げ、信者を顧みない聖職者の堕落ぶりを目の当たりにする。通過儀礼とも言えるこの旅で、教育ある主人公は貧しい巡礼の老婆にまんまと一杯食わされ身ぐるみ剥がされる経験も経て、世の中のあり様を知ることになる。ここでは、この聖地に赴き救いを求め、懸命に、そしてしたたかに生きる貧しいアイルランド人たちの姿が、哀愁と独特のユーモアをもって描かれている。

カールトンが自身の巡礼体験に基づいた物語を書こうとしたのは、師オトウェイの勧めによるものであった（カールトン 一九九〇 二三六―三七）。アイルランド国教会の聖職者でもあったオトウェイは、一八二二年の夏の終わりにドニゴールへ赴いた帰りに、カトリック信者の集まるステーション島まで足を延ばした。巡礼の時期が過ぎていたために祈りの姿を目の当たりにすることは叶わなかったが、彼は伝説に彩られたこの聖地についての一節を書き上げ、一八二七年刊行の自身のアイルランド旅行記に収めている。この時期に、オトウェイはカールトンがカトリック信者として一連の苦行を経験したと知り、プロテスタントである自身が経験できない聖パトリックの煉獄のあり様を書くように勧めたのである。

二　騎士オウェインの煉獄譚に魅せられて

聖パトリックの煉獄での異界体験は、十二世紀末に中世ラテン語で書かれたアイルランドの騎士オウェインの煉獄譚が源となり、その後ヨーロッパでさまざまに翻訳され広く流布することとなった。中世ヨーロッパにおけるベストセラーと呼べるこの煉獄譚では、オウェインが自ら進んで命をかけて生きながらこの死後世界で悪霊と対峙し、さまざまな責め苦を受けながらも忍耐と神への信仰により救われる行程が、一人称の語りでつづられる。煉獄での試練によって贖罪を終えて現世に帰還したオウェインは、その後信心深き生活を全うする。この物語からは、現世と死後世界の境界や天国・煉獄・地獄に関する認識のあり方、そして宗教的・世俗的な生き方への教訓性が読み取れる。(3) この煉獄への旅がヨーロッパの最果てとも言えるアイルランド北西部の湖に浮かぶ島を舞台に展開されたことで、現実的には二十一世紀の現在にいたるまで聖パトリックの煉獄は綿々と多くの巡礼たちを魅了し続けているのである。

ステーション島が重要な信仰の場であり、特に巡礼たちが煉獄を体験する贖罪の場である「狭い洞穴」についての記述は、実は十八世紀をとおして宗教・地理・歴史関連書に広く散見される。[4] この背景として、とりわけ世紀の後半にアイルランドで考古学的関心が高まりを見せたことは見逃せまい。一七六〇年以降、ジェイムズ・マクファーソンが立て続けに公にしたオシアンの古詩の英訳に端を発して、スコットランドのゲール神話の信憑性に疑いがもたれ、ナショナリズムを意識したアイルランド・ゲール神話への考古学的アプローチがさまざまに展開された（リールセン三三八―六八）。さらに時期を同じくして、大陸でのグランド・ツアーに心を奪われていたイングランド人やスコットランド人が、美しい風景に彩られ、政情も安定しているアイルランドを旅先として選ぶようになってくる（フーパー十一―五八）。それに伴って、世紀末に向けてアイルランド旅行ガイドの発刊も続き、そこには聖パトリックの煉獄の簡潔な紹介が繰り返し登場する。さまざまな記載の中でも、エドワード・レッドウィッチの『アイルランドの遺物』（一七九〇）での取り上げ方は目を引くものであろう。ここでは、一頁を使ったステーション島の地図が紙面を飾り、修道院などとともに「く」の字型の煉獄の洞穴が島の中央に記されている（四四六の後）。巡礼地の実態を視覚的に示す地図としては、トマス・カーヴが著したアイルランド史の一六六六年版に含められたものが有名だが、十八世紀後半のものとしては他に類を見ない。その正確さは二十世紀後半の様子を伝えるターナーの研究書にある地図と比べても何ら遜色はない（一〇九）。

興味深いことに、革命期にフランスからイギリスに亡命していたジャック・ド・ラトクネイは、一七九七年にフランス語で公にしたアイルランド旅行記（英訳版一七九八）に、彼自身は訪れなかったこの煉獄について触れている。彼は、アイルランド史を著したジェイムズ・ウェアとチャールズ・ヴァランシーの著作からそれぞれ一節を引き、そしてマシュー・パリスが『大年代記』（一二四〇―五三）で記したオウェインの煉獄譚にも言及しながら、毎年二万から三万人の巡礼が訪れていると記している（八九―九二）。この数については、にわかに信じられないほどだが、ターナーの指摘でも、十九世紀の最初の四半世紀には平均年間一万人が巡礼に赴いたとある（二五八）。ラトクネイは、中世の伝説的な煉獄譚のことだけでなく、この地域がアイルランドの伝説のヒーロー、フィン・マックール縁の地であることにも忘れずに触れ、フランス人の目でアイルランドの古い歴史を意識しながらダーグ湖畔についての記載に紙面を割いている。これは、当時の考古学的な関心を意識してのものとも考えられよう。実は、一七六五年に初版が刊行されたトマス・パーシーの『英国古謡拾遺集』はオシアン詩集と同様に注目を集めたが、第三巻冒頭の解説で現存するさまざまな中世ロマンスの写本情報を提供している。そこには、コットン写本に含まれるオウェインの煉獄譚の二行連句による英語版について、パリスの名前とともに記載がある（xl）。この『拾遺集』は、一七九四年に第四版が刊行されているのである。

世紀が変わると、聖パトリックの煉獄は文学作品にも登場する。マシュー・G・ルイスが一八〇一年に発表した『驚異の物語』に、パリスが語った騎士オウェインの煉獄体験として、作者不詳のバラッドとの触れ込みで一五〇行余りの詩が掲載される（四〇九―一六）。この作品は、さまざまなゴシック・バラッドを集めた二巻本にふさわしいものだが、実は、どういうわけか紛れ込んで所収されたロバート・サウジーの詩、「聖パトリックの煉獄」であった。ここでは、オウェインが死を覚悟の上で経帷子を身にまとい、洞窟の奥へと進んでいく。身も凍る風が吹きすさぶ氷原に行きつくが、そこにそびえる氷の山から転げ落ちる氷塊の下敷きとなってしまう。「おお、キリストのお慈悲を」（四一三）と叫んだとたん、氷塊は割れてその身は救われる。次に控えていたのは、骨の髄まで焼き尽くそうかという真っ赤に吹き付ける炎である。遥か向こうには、木が生い茂る美しい野原が広がっているのが見える。オウェインが再びキリストの名を呼ぶと、天上の勝利の歌が満ちる洞窟に帰還し、この煉獄体験によって死後の永遠なる至福が約束されるのである。中世に流布していたオウェインの煉獄譚では、実質的には十種類ほどの責め苦（主として火や熱による）に苛まされるが、この詩では氷と火によるものがそれぞれ一回と簡略化されている。しかし、地上の楽園のヴィジョンを見るという煉獄譚の鍵となるモチーフは保持されて、中世以来の死後世界探訪のエッセンスが込められたものとなっている。[5] サウジーはルイスの死後に彼が自身の詩を掲載していたことを知り、その基本的な展開は変えずに改訂を加えて自身の全集本に収めている。その際、彼はオウェインの煉獄譚のマリー・ド・フランスによるフランス語版の抄訳を利用したと記している（サウジー 四〇）。

もう一点注目すべきは、ウォルター・スコットが『スコットランド国境地方バラッド集』の第一巻（一八〇二）所収の「通夜の挽歌」への解説文の中で、オウェインの煉獄譚のスタンザによる中英語訳から十一スタンザを長々と引用していることである。この挽歌自体は「毎夜、朝まで、」のリフレーンが繰り返される調子のよい詩で、イングランド北部のカトリック信者が通夜において遺体を眺めながら唄うものだと記されている。この詩で次のように登場する「恐怖の橋」とは、オウェインが煉獄の旅で最後の試練として渡るべき橋として描かれているものにあたる（二二八）。

恐怖の橋を渡ったら、
毎夜、朝まで、
ついには煉獄猛火にお目見えさ。
そうすりゃ救ってもらえるさ。あんたの御霊はキリストに。（スコット 二三三）

解説で引用されている中英語のテクストでは、遥か下方の川からむかつくような臭いが立ち込める中、オウェインが逆巻く風に今にも吹き飛びそうな細い橋を渡ろうとしている。悪魔は石を投げつけ、彼を真っ逆さまに川へ突き落そうと待ち構えている。スコットは「恐怖の橋」の説明として、このオウェインの煉獄譚が収められているオーヘンリック写本にまで言及して、テクストを掲載しているのである。[6]

聖パトリックの煉獄を語るにあたり、十八世紀後半から十九世紀初頭にかけて、中世の物語であるオウェインの煉獄譚がトポスとして意識されていたことが明確に読み取れよう。そこには、ゴシック的な、異界の世界への関心の高まりが背景としてあり、考古学や古物研究が神話や伝説への興味を後押しする中で、煉獄譚が著述家や文学者の心を掴んでいたことがうかがえる。

三　辺境のダーグ湖畔へ旅

十九世紀初期には、オウェインの煉獄譚には触れずにステーション島を巡礼地として言及する小説が登場する。アイルランド出身の小説家、レディ・モーガンとして知られるシドニー・オーウェンソンの出世作『ワイルド・アイリッシュ・ガール』(一八〇六)、そして『オドンネル』(一八一四)である。前者では、注釈で示されるエピソードがこの聖地に関係するのだが、この辺境の地に言及したいがために必然性のない注釈が盛り込まれたようにも受け取れる(一一六―一一七)。後者では、本文に聖パトリックの煉獄が登場し、その注釈として「ダーグ湖」という項目が立てられ、長々と地理的な情報や歴史上知られる巡礼者についての情報が記されている(二九一―九四)。この注釈が実はこの小説の最初の注釈であり、この聖地をアイルランド辺境にある誇るべき遺産として紹介したいといった意図が見え隠れする。アイルランド性を読者にアピールするかのように、辺境に住むアイルランドの乙女を描いてロンドン社交界を賑わした作家は、この巡礼の地に触れることを忘れてはいなかったようだ。

それに続いて一八一九年に刊行されたジョン・ギャンブルの旅行記では、聖パトリックの煉獄についてそれ以前には見られなかったほどの紙面が割かれている(二五二―六八)。ロンドンで作家生活を送るアイルランド生まれのギャンブルは、アイルランド北部を旅する中で、ダーグ湖にも足を伸ばした。風が強く波が逆立つ中、多くの農民たちとともにボートに乗ってステーション島に渡り、巡礼たちがひしめく光景を目の当たりにする。過去にボートが転覆して六十名もの巡礼たちが溺れて亡くなったことや、そのボート代に一シリングも払わなければならないことも記されている。貧しい暮らしの中で旅の費用を捻出し、憧れの地でひたすら祈りを捧げる盲信的なカトリックの農民の哀しい姿が浮き彫りとなる。ギャンブルの見たこのステーション島の光景は、まるで煉獄を連想させるような、それまでにはないイメージを読者に喚起させていると言ってよい。このように、カトリック信者である農民たちの姿に注目が集まるようになってきたことは、この聖地へのまなざしの変化を示唆している。興味深いことにこの旅行記の前年には、「未知なるものについての報告」と題されたシリーズで、『タイムズ誌』上初めて聖パトリックの煉獄の記事が掲載された。イギリス全土にこの聖地とそこへ集まる巡礼たちの様子が紹介されていたことは見逃せない（「レターズ」）。

一八二〇年代、オトウェイの旅行記とカールトンの物語が刊行されるあたりまで、新聞記事、パンフレット、宗教関連書などで聖パトリックの煉獄への言及が繰り返されていく。内容的には、この聖地でのカトリック信者の盲目的な信心を批判的に取り上げるものが目立つが、その一方で、カトリック擁護の文脈で言及するものもある。この背景には、ダニエル・オコンネルが一八二三年にカトリック協会を組織し、二〇年代半ば過ぎにはカトリック解放法成立が予見される中で宗派内改革が喧しく叫ばれていた事実が挙げられよう。その中で、カヴァン州で一八一八年頃に聖パトリックの煉獄に類した贖罪のための聖地が新たに築かれ、観光名所ばりに信者を集めようとしていた事実についても、さまざまに言及が見られる。ダーグ湖詣での人気と、それに伴って独占的にこの地にばかり経済的な恩恵がもたらされることにはやっかみもあったことが指摘されており、聖パトリックの煉獄の人気が忍ばれる（『レポート』一八）。解放法はカールトンが「聖パトリックの煉獄への巡礼」を発表した後、一八二九年に成立している。

プロテスタントのオトウェイがステーション島を訪れた一八二二年は、この聖地に関する記事やパンフレットが次々と刊行されるようになる直前にあたる。しかし彼の旅行記が刊行された一八二七年は、カトリックをめぐる議論の喧しい時期になる。それを示唆するかのように、オトウェイは自身が間近に見ることのできなかった巡礼シーズンの島の状況を説明するにあたり、短命に終わったダブリン発の定期刊行物、『ローマ・カトリック・エクスポジター』に寄稿されたB・Dとイニシャルだけが示されたカトリック信者の巡礼体験の一節を引用している（オトウェイ 一五五―五六）。この一八二五年の体験記事は、実は一八二八年刊行のジョン・リーランドの宗教書の序文でも、カトリック信者の「無知」と「盲信」ゆえの風習を批判する文脈で引用されている（x–xv）。興味深いことに、この『エクスポジター』の別ページにはジェイムズ・カーライルが創設した「煉獄協会」からの投稿として、協会の精神と規則を記したある種の広報記事が掲載されている。どくろの挿絵が印象的なこの記事は頁の半分を占めるほどで、煉獄と贖罪が信者にとって重要事項であったことを物語っている（パーガトリアン 四）。

カールトンは「ダーグ湖詣で」の決定版を完成させるにあたって、師オトウェイの旅行記の一節を、自身の巡礼体験の語りへの序文として再録した。この一節では、まずダーグ湖畔に立ったオトウェイの思いがつづられる。彼は、「すでに煉獄にいるかのようだ」と述べ、アイオーナ島やリンディスファーンにも伍する「古き時代の荘厳な、中世らしさの感じられるものがある」だろうとの期待がことごとく裏切られたと嘆く（二三八）。この最果ての不毛の地とそこでの貧しい暮らしが、ギャンブルの旅行記以上に救いのないものとして印象深く描かれる。続いて、オトウェイが書き記しているのは、一六四七年にヘンリー・ジョーンズが著した『聖パトリックの煉獄』からの引用で、その当時の巡礼の様子を描いた一節である。このオトウェイの旅行記の記載をそのままカールトンは掲載しているのだが、これはこの決定版刊行の前年に亡くなった師を追悼する意味で盛り込んだと考えられよう（ヘイリー 三四五―四六）。カールトンは自身の物語を語る前に、師の旅の語りをとおしてダーグ湖詣での歴史的・地理的背景を提示し、反カトリックの視点を明示したものと読める。これは、カールトンの一人称で語られる巡礼体験記において、主人公が苦行をとおしてカトリックに批判的になっていく物語の背景を提供し、多くの読者がこの作品を旅物語として読むことができる枠組みを提供している。

このことは、一八二八年の初版のテクストとの異同に目を向けることで明確となる。そもそも、カールトンは作品の冒頭で、「盲信」とは「真の教育を受けてない者にとってはあたりまえのことで、手入れが行き届かない畑に雑草が生えるようなものである」（二六八）と述べ、それに続けてアイルランド農民の宗教教育について論じている。これは一八二〇年代にカトリックを巡る論争が激しかった当時にふさわしい序文と言える。それが決定版では、オトウェイの文章を中心に据えた序文となり、辺境への旅物語の枠組みの中に一青年の巡礼物語が組み入れられたことになる。この序文では、ジョーンズからの引用を用いて十七世紀の巡礼の様子について語られてはいるものの、そこには中世の煉獄譚への言及は見られない。カールトンの聖パトリックの煉獄の物語には、煉獄で身を焼かれ、凍てつく氷に凍える世界はない。そこにあるのは、農民がただただすがりつくように祈りを捧げる姿である。オトウェイの語るようにこれもまた煉獄の様相を呈していると言えようが、カールトンの世界は中世の煉獄譚とは明らかに一線を画したものとなっている。

注目すべきは、オトウェイの旅行記に、実は中世の煉獄譚が組み込まれている事実である。彼は、ジョーンズからの引用のあと、さらに時代を遡って、一三九七年にステーション島を訪れたスペインのアラゴン王に仕えた貴族、ライムンド・ペレロスの煉獄体験を紹介している。カタラン語で書かれたこの煉獄譚は、ラテン語、そしてジョーンズによって英語にも訳されているが、オトウェイは十九世紀の読者が抵抗なく読める英語訳を組み込みつつ、自身による要約によって全体像を伝えている。[7] オウェインの煉獄譚のごとく、ペレロスもひとつひとつと煉獄で恐ろしい体験を重ねていくが、オトウェイはそのおぞましい描写を最小限に抑え、アイルランド旅行記として楽しもうとする読者に違和感を与えないよう配慮している。オトウェイは中世の煉獄譚の片鱗だけでも旅行記に盛り込もうとしたが、その煉獄譚の名残もカールトンの物語からは一掃されている。

カトリック解放法成立を前にした宗教的な論争を背景に、聖パトリックの煉獄に集う農民たちの煉獄体験への執着はさまざまに語られたが、まさにその時期に、中世の伝統を引き継いだカトリック信者にとって欠かせない煉獄体験の影は薄れ、イギリス全土の読者を意識したアイルランド辺境の聖地への旅そのものが魅力ある題材として浮上してきたことがわかる。

一八二〇年代末のこの転換を受けて、三〇年代の聖パトリックの煉獄へのまなざしはまさにアイルランド外部からの旅行者のものとなってくる。ダーグ湖詣ではカトリックのアイルランドを象徴するものとして、旅行記でそれなりの紙面が割かれる題材となってくるのである。アイルランド旅行記として一八三四年の初版以来一八三八年までに五版を重ねたスコットランド人ヘンリー・イングリスの旅行記、そして、その旅行記を頼りに翌年アイルランド全土を回ったイングランド人ジョン・バロウが書いた旅行記（一八三六）にもステーション島は登場する。さらには、エミリー・テイラーがイギリスの青少年向きに書いたアイルランドの実態を教えるためのアイルランド旅行記の枠組みを持つ小説（一八三八）でも取り上げられている。バロウの旅行記には、ダーグ湖畔から見た島の遠景が挿絵として掲載されているが、それなりにりっぱな建物が島全体を覆う姿は、それ以前の島の見取り図とは異なり、それまでにはなかった旅行者の目線で描かれたスケッチが読者の目を引くものとなっている（一四〇）。この三〇年代の流れを踏まえると、カールトンが旅を枠組みとした新たな「ダーグ湖詣で」を一八四三年に発表したことも納得できる。

四　おわりに

ダーグ湖に浮かぶ聖パトリックの煉獄は、中世以来現在にいたるまで、貴族から貧しい農民まで、そして敬虔な信者から物見遊山の旅行者までを魅了してきた。そこでの苦行と贖罪は、中世の人々にとって自身の死後世界を左右する大きな関心事であった。贖罪のための恐ろしい体験を知らしめることは宗教的・文化的・文学的にさまざまな意味をもっていたが、十九世紀のカトリック解放法成立前後の時期には、そのエッセンスは影をひそめ、アイルランドの辺境の地、ダーグ湖詣でという慣習自体の是非が問われるようになる。カトリック信者自身の宗教活動としての煉獄体験は、その実態を知ろうとするアイルランド内外のプロテスタントの目線で書き留められ、アイルランドを象徴するようなものとして広く人口に膾炙されるようになっていく。そして、そこには無知と盲信のアイルランド農民のイメージが重なっていく。この時期、わずか一か月ほどの巡礼シーズンに一万人は下らない信者が集まったこの地だが、彼ら自身の声を直接聞くことはなかなか叶わない。煉獄体験を持つプロテスタントに改宗したカールトンの語りが、いかなる意義を持つかは自ずと明らかであろう。その声は、十九世紀をとおして人々の心に残るものとして読み継がれていったのである。

注

本論に関わる研究は、ＪＳＰＳ科研費二三五二〇三三〇の助成を受けている。

（１）二十世紀に入り、一九一一年に第十一版が刊行された後は一九六九年まで出版されていない。十九世紀における本作品の人気のほどがうかがえる。刊本についての情報は筆者の調査による。

(2)「聖パトリックの煉獄への巡礼」および「ダーグ湖詣で」の各版は、すべてダブリンのカリーから出版されている。当時アイルランドの作家はロンドンから作品を世に出すのが一般的だったが、カールトンとオトウェイはともにダブリンでの出版にこだわった作家である。なお、テクストの異同についてはヘイリー（三三四―五六）に詳しい。

(3) 原点となるラテン語テクスト（*Tractatus de Purgatorio Sancti Patricii*　英訳はピカード参照）とその中英語による翻訳テクスト（スタンザ版と二行連句版あり）については、イースティングの校訂版を参照。なお、騎士オウェインの煉獄譚とともに、アイルランドのキャッシェルの貴族が死後世界について語ったラテン語の幻視譚（トゥヌグダルスの幻視 *Visio Tnugdali* 十二世紀半ば）も、中世ヨーロッパで広く流布した。両者についてはル・ゴッフの記述が有効（一九〇―二〇一）。日本語訳は千葉を参照。なお、中英語で書かれた煉獄についてはマツダに詳しい。

(4)「十八世紀英語・英国刊行物データベース」を中心として行った筆者の調査による。

(5) オウェインの煉獄譚とトゥヌグダルスの幻視譚において描かれる地上の楽園は、語り手が五感をもって内在化できる風景として意義あるものとされる（松田　三六―三八）。

(6) 引用されている十一スタンザは、イースティング校訂版の一一六―一二六スタンザにあたり、スペリングと句読点以上の異同はない（二一一―二二）。なお、アイルランド人であるオウェインは、英訳版ではノーサンバランド出身者となっている。これは、読者がイギリス人であることを意識してのこととされる（イースティング　lv–lvi）。

(7) 詳細はナカムラを参照。

引用・参考文献

Barrow, John. *A Tour round Ireland, through the Sea-Coast Counties, in the Autumn of 1835*. London: John Murray, 1836.

Carleton, William. *Father Butler: The Lough Dearg Pilgrim*. Dublin: William Curry, Jun., 1829 & 1839.

——. "The Lough Derg Pilgrim." *Traits and Stories of the Irish Peasantry*. Vol. 1. 1843. Gerrards Cross: Colin Smythe, 1990. 236–70.

[——.] "A Pilgrimage to Patrick's Purgatory." *Christian Examiner and Church of Ireland Magazine*, 6 (April and May 1828): 268–86, 343–62.

千葉敏之訳『西洋中世奇譚集成　聖パトリックの煉獄』講談社、二〇一〇年。

D., B. "Original Communications and Authenticated Facts." *Roman Catholic Expositor, and Friend of Ireland* No. 1 & No. 1, suppl. (Feb.

1825): [2–3 & 1–2].

Easting, Robert, ed. *St Patrick's Purgatory: Two Versions of* Owayne Miles *and* The Vision of William of Stranton *together with the Long Text of the* Tractatus de Purgatorio Sancti Patricii. Early English Text Society 298. Oxford: Oxford UP, 1991.

Gamble, John. *Views of Society and Manners in the North of Ireland, in a Series of Letters Written in the Year 1818*. London: Longman, Hurst, Rees, Orme, and Brown, 1819.

Hayley, Barbara. *Carleton's* Traits and Stories *and the 19th Century Anglo-Irish Tradition*. Irish Literary Studies 12. Gerrards Cross: Colin Smythe, 1983.

Hooper, Glenn. *Travel Writing and Ireland, 1760–1860*. Basingstoke: Palgrave Macmillan, 2005.

Latocnaye, [Jacques] de. *Rambles through Ireland*. Trans. An Irishman. Vol. 2. Cork: M. Harris, 1798.

Le Goff, Jacques. *The Birth of Purgatory*. Trans. Arthur Goldhammer. Chicago: U of Chicago P, 1984.

Leerssen, Jeop. *Mere Irish and Fíor-Ghael: Studies in the Idea of Irish Nationality, Its Development and Literary Expression Prior to the Nineteenth Century*. Notre Dame: U of Notre Dame P, 1997.

"Letters of Ignotus Continued—No. 12." *Times*, 25 Oct. 1817. *Times Digital Archive*. 5 Oct. 2014.

Letwich, Edward. *Antiquities of Ireland*. Dublin: Arthur Gruber, 1790.

Lewis, M. G. *Tales of Wonder*. Vol. 2. London: W. Bulmer, 1801.

Matsuda, Takami. *Death and Purgatory in Middle English Didactic Poetry*. Cambridge: Brewer, 1997.

松田隆美「死後世界への旅——『聖パトリックの煉獄譚』と『マンデヴィルの旅』」『イギリス文学と旅のナラティヴ』慶應義塾大学出版会、二〇〇四。

Morgan, Sydney, Lady. *O'Donnel: A National Tale*. Vol. 1. London: H. Colburn, 1814.

Nakamura, Tetsuko. "Interactions between Travel Narratives and Short Fiction: Stories Revolving around St. Patrick's Purgatory, 1827–1843." *Studies in English Literature*, English Number 56 (2015): 39–56.

[Otway, Caesar.] *Sketches in Ireland: Descriptive of Interesting, and Hitherto Unnoticed Districts, in the North and South*. Dublin: William Curry, Jun., 1827.

Owenson (Lady Morgan), Sydney. *The Wild Irish Girl: A National Tale*. Ed. Claire Connolly and Stephen Copley. 1806. London: Pickering & Chatto, 2000.

[Percy, Thomas.] *Reliques of Ancient English Poetry*. 4th ed. Vol. 3. London: F. and C. Rivington, 1794.

Picard, Jean-Michel, trans. *Saint Patrick's Purgatory: A Twelfth Century Tale of a Journey to the Other World*. Blackrock: Four Courts, 1985.

"Purgatorian Society." *Roman Catholic Expositor, and Friend of Ireland* No. 1 (Feb. 1825): [4].

Report of the Speeches Delivered at the Reformation Meeting Held at Cavan, on Friday, the 26th Day of January, 1827. Dublin: William Curry, Jun., 1827.

Riland, John. *Antichrist; Papal, Protestant, and Infidel: An Estimate of the Religion of the Times*. London: Hamilton, Adams, 1828.

Scott, Walter. *Minstrelsy of the Scottish Border: Containing of Historical and Romantic Ballads*. Vol. 1. Kelso: T. Cadell, Jun., 1802.

Southey, Robert. *The Poetical Works of Robert Southey*. Vol. 5. London: Longman, Orme, Brown, Greeen, & Longmans, 1838.

Turner, Victor, and Edith Turner. *Image and Pilgrimage in Christian Culture*. New York: Columbia UP, 1978.

The Rime of King William における deorfrið を含む一節の詩人の意図について

福田　一貴

『アングロ・サクソン年代記』Eテクストの一〇八六年[1]の記事に含まれている *The Rime of King William*[2] は、ウィリアム征服王の死に際し、それまでの王の統治について述べた詩である。この詩は、伝統的な古英詩の頭韻ではなく、脚韻が用いられていることから、詩形の観点から注目を集めてきた。しかし、この詩は、単にウィリアム王の統治に対する否定的な内容をまとめたものとしてみなされてきたため、詩形以外ではそれほど着目されてこなかった。このことから、当然、この詩は、文学的な技巧の観点から論じられることはなかった。Jurasinski (2004: 132–3) が、この点について、"That the magnificence of the prose eulogy seems to contrast so starkly with the pedestrian character of the Rime has led to sporadic suggestions that the latter was not composed by the author of the 1087 entry, but is instead a fragment of popular doggerel verse" と指摘している。しかし、最近[3]、Lerer (1999: 12) が、一〇八六年の記事全体について、"this entry as a whole constitutes a powerfully literacy, and literate, response to the legacies of pre-Conquest English writing" と述べたことに端を発し、この詩に対しても、教養のある詩人による文学的な技巧を見出そうとする研究がなされるようになってきている。その代表的なものとして、Jurasinski (2004) が、この詩の deorfrið の導く一節が、当時の文献に基づく詩人の教養を示すものとなっているという論を展開している。

一　問題点

Jurasinski が着目したこの詩の deorfrið の一節は、林野法 (New Forest Law) を表していると考えられている個所である。この法律は、同時代の他の多くの文献で批判のために言及されているにも関わらず、ウィリアム王によって制定された一〇七二年をはじめ、『年代記』Eテクストを通して、この詩の一節を除き、一度も言及されていない。通常、『年代記』Eテクストに含まれている脚韻を用いた詩はいずれも、それらが含まれる散文個所と密接な関連を示している。(4) 実際、***The Rime of King William*** も、そのほとんどの個所で散文個所との関連を見出すことができるが、deorfrið を含む一節の内容のみは、散文個所との関連を全く見出せない内容となっている。このような法律が、他の個所で言及のないまま、突然、この詩の一箇所のみで描かれていることは、『年代記』に含まれている他の脚韻詩の例から見ても不自然である。しかし、この個所に deorfrið という語を意図的に詩人が用いることで、散文個所との関連性を持たせ、その上で、この語を含む一節にも詩人が意図を込めていると考えるとすればそこまで不自然ではないかもしれない。そこで、本稿では、この deorfrið の一節に含まれていると思われる詩人の意図を探っていきたい。まず、この詩と散文個所との関連を眺めておく。次に、詩人が意図的に用いたと考えられる deorfrið の意味を考え、最後に、deorfrið を含む一節に、詩人がどのようなことを意図しているのかを考えていきたい。そして、Jurasinski とは異なる観点で、deorfrið の一節に含まれる詩人の技巧についても考えていきたい。

二　***The Rime of King William*** と散文個所との関連について

Ðas þing we habbað be him gewritene, ægðer ge gode ge yfele, þet þa godan men niman æfter þeora godnesse ⁊ forleon mid ealle yfelnesse ⁊ gan on ðone weg þe us lett to heofonan rice.

「我々は、ウィリアム王について、これらのことを、善い事も、悪い事も、書いてきた。それは、善良な人々がそれらの善をまね、完全に悪を避け、そして、我々を天国に導く道を辿るようにと願ったからである。[5]」

右の引用は、*The Rime of King William* の直後の三行[6]である。この記述にあるように、一〇八六年の記事の散文個所では、ウィリアム王の良いことも悪いことも述べられている。具体的には、金銀に対して貪欲であったというまぎれもない否定的な側面と、ウィリアム王が知恵、力において優れていたこと、また、神を愛する教会関係者に対しては親切であったことである。そして、ウィリアム王の意志に従うことを重視しており、自身の意志に反する人物に対しては、たとえそれが親族であっても、厳格に罰したことが記されている。その反面、この厳格な彼の性格は、旅行者への略奪、人殺し、女性に対する犯罪に対して厳しい罰を課すことで、イングランドに治安の良さ (gode frið) をもたらしたという記述もある。このように、散文個所では、ウィリアム王の紛れもない悪しき側面に加え、彼の厳格な性格が、人々の自由を制限し、苦しみをもたらす否定的な面と、治安の良さをもたらす肯定的な面の両面を導いていることが記されている。

　このような散文個所の内容は、E. L. Wert (1988: 126) が指摘しているように、二十行からなる *The Rime of King William* の大部分の個所と対応していることがわかる。一行目の casteles、二―六行目で述べられているウィリアム王とその臣下が金銀に対して貪欲であったことは、その対応する内容を散文個所に容易に見つけることができる。そして、十三―六行目で描かれているウィリアム王の自身の意志を通すという厳格な性格についても、散文個所と対応している。最後の十七―二十行目は、これまで述べた王の性格を一般化し、その内容をまとめているため、直接の対応個所は見あたらないが、詩の大部分は散文個所と密接に関連していると言うことができる。[7]

唯一、散文個所との関連を見出すことができない個所が、林野法 (New Forest Law) を表しているとされる七―十二行目である。以下が、その一節である。

He sætte mycel deorfrið, ⁊ he lægde laga þærwið
þet swa hwa swa sloge heort oððe hinde, þet hine man sceolde blendian.
He forbead þa heortas swylce eac þa baras;
swa swiðe he/ lufode þa headeor swilce he wære heora fæder.
Eac he sætte be þam haran þet hi mosten freo faran.
His rice men hit mændon, ⁊ þa earme men hit beceorodan.（七―十二行）

「彼は、広く動物に対する保護を定め、それらに対し、法律を制定した。雄じかや雌じかを殺した者は誰であれ、盲目にするべきことを定めた。彼は、雄じかを殺すことを禁じ、イノシシに対しても同じようにした。なぜなら、まるで、その父親であるかのように、彼は、雄じかを強く愛したからだ。また、彼は、うさぎも自由に行動できるように定めた。有力な人々は、それに不満をもらし、身分の低い人々は、それを悲しんだ。」

この個所は、詩の他の個所と異なり、一〇八六年の記事のみではなく、Eテクストを通して言及されていない内容である。しかし、『年代記』にある他の脚韻詩の特徴やこの詩の構成を踏まえると、この個所のみに、他と全く関連のない内容を突如として配置しているとは考えにくい。この観点で見ると、詩人は、ここで deorfrið という語を用いることで、散文個所との関連を示していると考えることができる。もし、詩人が法律の内容を伝えることのみを意図しているのであれば、『年代記』をラテン語に翻訳したと考えられている[8] Henry of Huntington の *Historia Anglorum* の一〇八七年の項目で用いられているこの法律の名称 Noueforest やそれに相当する語を用いたはずである。しかし、ここで、詩人は、法律の内容を示すために *hapax legomenon* である deorfrið をあえて用いている。これによって、詩人はこの個所と散文個所とを関連付けようとしていると思われる。この一節に含まれる詩人の意図を考える前に、まず、散文個所との関連を示していると思われるこの語の意味を考えておく。

三　deorfrið の意味について

この deorfrið は、*hapax legomenon* であるため、その意味を他の用例から類推することができない。この語は、*DOE* (2007) で、"protection for game, game preserve"、Bosworth and Toller (1898) で、"deer protection, game-preservation"、Clark Hall (1960) で、"preservation of game"、Sweet (1896) で、"preservation of deer" とそれぞれ定義されている。*DOE* の定義に最も顕著に見て取ることができるように、この語の後半要素 frið の解釈は、大きく二つに分かれている。一つ目の見解は、この後半要素の frið を「森」と解し、この語自体が林野法の対象となる一つの「動物の森・禁猟区」を意味するというものである。[9] これに対し、もう一つの見解は、この語の後半要素を辞書の定義通り、[10]「平和・保護」と解し、この語全体で、「動物に対する保護」を示しているというものである。この frið を「森」と解することに難点があるため、後者の見解がより自然な解釈と思われる。また、この後半要素として用いられる frið が単独で動詞 settan と用いられている例を Alfred 王の法律に見ることができる。

Eac we settað æghwelcere ciricean, ðe biscep gehalgode, ðis frið:[11]

「さらに、我は、司教によって聖別されたすべての教会に対してこの聖域権を定める。」

この例も考え合わせると、deorfriðの後半要素friðは、辞書の定義通り「平和・保護」を意味し、この語全体では、「動物に対する保護」という意味で用いられていると考えることができる。

さらに、林野法自体は、クヌート王統治下の一〇二〇年にすでに制定されており、ウィリアム王以前にすでに存在していた。[12] そして、このクヌート王の法律は、後に、ノルマン・フランス語に翻訳された。この翻訳におけるfriðの扱いについて、Jurasinski (2004: 135–6) は、"Norman translations of the text occurring in *Quadripartitus* and the *Constiliatio Cnuti*, two twelfth-century compilations of pre-Conquest royal legislation dating to the reign of Henry I (perhaps earlier in the case of the *Constiliatio Cnuti*), make clear that *frið* was to be rendered as *pax* in the late eleventh and early twelfth centuries." と述べている。これは、当時の人々が、このfriðを「平和・保護」の意味で解釈していたことを示している。ここからも、deorfriðの後半要素も「平和・保護」を意味しており、語全体で「動物に対する保護」という意味になることがわかる。

この語を上記のように解釈することで、deorfriðが、単語とその意味のレベルで、散文個所で挙げられていたウィリアム王の統治がもたらしたイングランド国内の治安の良さ (gode frið) に対応していると考えることができる。[13] そして、この関連は、詩人が、この法律の名称ではなく、法律の内容を示す語として *hapax legomenon* である deorfriðを意図的に用いていることからうかがうことができる。また、この法律の当時の実態を考慮すると、詩人がこの語を用いて、この関連を意図していたことがわかる。それは、当時、この法律によって禁じられていたことは、動物を殺すことのみではなかったのである。Young (1979: 8) は、"The forest as an area off-limits for the production of timber created a problem even before the expanding agriculture of the twelfth century came up against the same obstacle." と述べている。すなわち、この法律は、少なくとも、これら二つの禁止事項を含んでいたことになる。[14] ここから、詩のdeorfriðを含む一節は、当時の法律の実態の一側面のみに焦点を当てていることがわかる。つまり、詩人が、この法律の内容から、「動物に対する保護」という内容をあえて選択し、さらにその意味に合う *hapax legomenon* であるdeorfrið を用いたと考えることができる。これらのことを踏まえると、この一節は、一見、散文個所との関連がないように見えるが、実は、詩人が frið を意図的に用いることで、詩の他の個所と同様に、散文個所との関連を示そうとしていると考えることができる。

四　deorfrið を含む一節について

The Rime of King William に含まれる deorfrið の一節は、一見、散文個所と関連がないように見えたが、詩人が frið という単語を用いることで、散文個所との対応を意図していたと考えることができた。このように考えると、散文個所のどこにも記述のない内容となっているが、deorfrið を含む一節自体にも、詩人の意図が含まれていると考えることができる。ここでは、詩人がこの一節に込めたその意図について見ていくことにする。

二．で見たように、散文個所では、ウィリアム王が自身の意志を貫く人物であることが述べられていた。この詩において、王のこの厳格な性格については、deorfrið の一節の直後に書かれている。

Ac he <wæs> swa stið　þet he ne rohte heora eallra nið,
ac hi moston mid ealle　þes cynges wille folgian
gif hi woldon libban　oððe land habban,
land oððe eahta　oððe wel his sehta.（十三―十六行）

「しかし、彼は、彼らすべての憎しみを意に介さないほど頑強であった。それ故、彼らが生きたければ、また、土地を持ちたければ、土地や財産を、また、王の寵愛を得たければ、完全に王の意志に従わなければならなかった。」

散文個所の内容と同様、ここでも彼の意志に逆らうことは、イングランドでの生活ができないことを意味する旨が述べられている。散文個所には、この性格が民にとって否定的にも肯定的にも作用したことが、約三十五行にわたり具体的に記されていた。すなわち、その厳格な性格が、一方では、人々の自由を制限し、苦しみをもたらすという否定的な側面となり、他方では、その厳しさ故に、治安が良くなるという肯定的な側面を導いたという内容であった。これに対し、詩には、ウィリアム王の厳しい性格の記述はあるが、どのようにその厳しさが作用したのかという点については言及がないことになる。彼の性格を強調するために、散文個所と同様、ウィリアム王が行った厳しい統治の内容が描かれている必要がある。

このことを描いているのが、詩人が散文個所の治安の良さ (gode frið) との関連を意図して用いた deorfrið が導く一節と考えることができる。そして、詳しく見ると、この一節の内容は、散文個所で述べられているウィリアム王の統治によってもたらされる否定的・肯定的の両面から成り立っていることがわかる。その内容は、ウィリアム王が定めたこの法律は、*His rice men hit mændon / ⁊ þa earme men hit beceorodan*「有力な人々は、それに不満をもらし、身分の低い人々は、それを悲しんだ」とあることから、人々にとって、苦しみを生む重荷となっていた否定的な側面であることがわかる。これは、散文個所にあるように、彼の性格によってもたらされた否定的な面である。これに加えて、ここの deorfrið という語が散文個所の治安の良さ (gode frið) という肯定的な面と対応していた。さらに、この一節には、ウィリアム王が制定した法律を破った者に対する処罰が述べられている。具体的には、*þet swa hwa swa sloge heort oððe hinde, / þet hine man sceolde blendian.*「雄じかや雌じかを殺した者は誰であれ、盲目にするべきことを定めた」ことである。そして、散文個所で処罰が唯一具体的に述べられている個所は、王の肯定的な面を述べてい

る治安の良さ (gode frið) の個所である。そこでは、ウィリアム王が治安を守るため、女性の意志に反して男が交わった場合の罰が述べられている。具体的には、*⁊ gif hwilc carlman hæmde wið wimman hire unðances, sona he foleas þa limu þe he mid pleagode.*「そして、もしある男が女の意志に反して彼女と交わったら、すぐさま彼は用いた器官を失った」とのことである。このように、この一節の内容は、散文個所にあるウィリアム王の否定的な側面と肯定的な面を述べた個所からその内容を取り込み構成されていることがわかる。

　このように見てくると、この一節は、散文個所で約三十五行にわたって述べられていた王の厳格な性格とそれによってもたらされる否定的・肯定的な面を網羅しようとしていることがわかる。つまり、deorfrið の一節は、詩人が他では記述のない法律の内容を用い、ウィリアム王のこれらの統治内容を網羅的にまとめることを意図した個所と言うことができる。

五　結論

　一〇八六年の記事には、ウィリアム王の性格は、*ðe him on locodan ⁊ oðre hwile on his hirede wunedon*「王に直接仕え、一時的に王宮に住んだ者」の視点で書かれている旨の記述がある。この人物と *The Rime of King William* を編んだ詩人が同一人物かどうかは判りかねるが、少なくとも、散文個所と詩の大部分の要素が同じ内容となっていた。唯一異なる個所は、deofrið を含む林野法 (New Forest Law) について述べている個所であった。唐突とも言える形で、この内容をこの一節に用いたのは、詩人が、散文個所で詳しく述べられているウィリアム王の厳格な性格によって生じる否定的・肯定的な両側面を網羅的にまとめる意図があったと考えることができた。そして、これらの内容を短く、また効果的にまとめるために、詩人は、ウィリアム王の統治下における実際の出来事の中から適切なものを、適切な語を用いてここに配置したと言うことができる。これは、詩人がウィリアム王の統治に対して造詣が深く、その上、言葉を操る能力が高いことを示している。つまり、この一節に含まれる詩人の意図は、詩人の文学的技巧があって初めて成り立つものであると言える。このようにこの一節に含まれる詩人の意図を考えると、この詩はこれまでに考えられてきたような"popular doggerel verse"などではなく、むしろ、当時の文献やウィリアム王の政策を熟知した上で、それを明確に言語化できる技量と教養を持った詩人によって編まれた詩と考えることができる。

注

（1）『アングロ・サクソン年代記』Eテクストでは、一〇八五の年号が二度繰り返されているため、この一〇八六年の記事は、実際にはウィリアム征服王の亡くなった一〇八七年の内容が記載されている。なお、これ以降、本稿では『アングロ・サクソン年代記』は『年代記』と記すことにする。

（2）このタイトルは、Bartlett Whiting (1949) が本格的にこの個所を詩として扱って以降、用いられているものである。本稿でもこれに従い、このタイトルを用いていくことにする。

（3）最近、この詩をはじめとする『年代記』に含まれる脚韻が、ノルマン朝文化の影響であるのか、あるいは、古英詩から発達したのかということについて、Seth Lerer (1999) と Thomas Bredehoft (2001) がそれぞれ見解を提案している。これに伴い、この詩の内容についても、再び研究者の関心を集めるようになってきている。

（4）『年代記』Eテクストに含まれる脚韻詩は、*The Rime of King William* の他に、一〇七五年と一一〇四年の記事に存在する。それぞれの詩とそれらが含まれている散文個所の具体的な関連については、福田 (2013: 67–9) を参照。

（5）『年代記』Eテクストのエディションには Irvine(2004) がある。本稿におけるこの作品からの引用は全てこのエディションに拠っている。また、本稿に引用する古英語に対する日本語訳は全て拙訳である。

（6）この言葉は、ビードが『英国民教会史』の中で用いた言葉の類例の一つとされている。これまで、多くの研究者は、この言葉と記事の内容が一致していないことを指摘している。例えば、Westlake (1907: 141) は、"after this sung ballad follows a passage of rhythmical prose, in which the compiler states that he has written these things about the king, both good and evil, that men may imitate the goodness and wholly flee from the evil. It would seem that the chronicler had to be original in telling of the Conqueror's virtues; but for the vices, he had plenty of popular material at hand. The unhappy people were in no mood to exalt his virtues, and, for the description of these, the chronicler was forced to rely on his own literary resources" と指摘している。また、Roger Fowler (1966: 12) も、"though a chronicler claims to set down both good and evil things about William, he dwells on the harshness of William's character; the good features are either side-products of his sternness or just public gestures" と述べている。しかし、散文個所で述べられている治安の良さ (gode frið) という肯定的な側面に関しては、*Betuyx oðrum þingum nis na to forgytane* ... 「決して忘れてはいけないこと」として語られていることから、この記事を書いた人物はこの面を重視していたことがうかがえる。

（7）詩と散文個所の具体的な対応個所については、福田 (2013: 69–72) を参照。

（8）Henry of Huntington による ***Historia Anglorum*** の校訂者である Greenway (1996: 405) は、『年代記』におけるこの法律の名称について、"*ASC* does not mention the New Forest by name" と注で指摘している。

（9）例えば、Clark (1970: 76) は、この語を "deer-forests" と訳している。詳しくは、Jurasinski (2004: 134–6) を参照。

（10）Ex. Bosworth and Toller, frið の項目。

（11）アングロ・サクソン時代の法律に関する引用は全て Liebermann (1960) に拠っている。また、この個所の frið の意味を *DOE* は、"technical, in the laws, of the privilege of sanctuary" としている。

（12）Be huntnaðe. And ic wille þæt ælc man sy his huntnoðes wyrðe on wuda ⁊ on felda on his agenan. ⁊ forga ælc man minne huntnoð lochwar ic hit gefriðod wille habban [on minon agenan], be fullan wite. 「狩猟について。そして、我が望むのは、誰もが自身の所有する森や野原で狩猟をする権利を持つことである。また、十分な罰を与えるため、誰もが、（我自身の）保護を与えている地で狩猟をすることを避けるべきである。」

（13）人間の平和な状態と動物に対する保護を frið という語によって同等に扱うことに対して、否定的な見解もあるかもしれない。しかし、Eテクストの一一三五年の記事に、ヘンリー一世の死に際し、以下のような記述があることから、当時、王による素晴らしい統治の条件に、人間と動物共に諍いのない状態をもたらすことが含まれていたと考えることができる。

God man he wes, ⁊ micel æie wes of him: durste nan man misdon wið oðer on his time; pais he makede men ⁊ dær; wua sua bare his byrthen gold ⁊ sylure, durste nan man sei to him naht bute god.

「彼は素晴らしい人物であった。また、大きな畏敬の念が彼に対して存在していた。彼の統治下で、いかなる者も、他者に対してあえて悪事を働くことはなかった。彼は人間に対し、また、動物に対し、平和な環境を作った。金銀の重荷を運んでいる者に対して、いかなる者も、良い事以外は述べることはあえてしなかった。」

(14) この法律に対する当時の批判は、当然、これら二つの禁止事項に及んでいる。Young (1979: 8) が、“In spite of the inaccuracy of the chroniclers in these particulars about the New Forest after 1066, their accounts retain a more general historical significance as reflecting the hatred of the royal forest laws prevalent in the twelfth century when they were written” と述べているように、これらの批判はこの法律に対する憎しみがあったことを示している。

引用・参考文献

Bosworth, Joseph and T. Northcote Toller. *An Anglo-Saxon Dictionary Based on the Manuscript Collections of Joseph Bosworth*. Oxford: Oxford University Press, 1898.

Bredehoft, Thomas A. *Textual Histories: Readings in the Anglo-Saxon Chronicle*. Toronto: University of Toronto Press, 2001.

Cameron, Angus, Ashley Crandell Amos, Antonette diPaolo Healey *et al.*, eds. *Dictionary of Old English: A to G online*. Toronto: Dictionary of Old English Project, 2007.

Clark, Cecily, ed. *The Peterborough Chronicle 1070–1154*, 2nd edition. Oxford: The Clarendon Press, 1970.

Clark Hall, J. R. *A Concise Anglo-Saxon Dictionary with a Supplement by Herbert D. Meritt*, 4th edition. Toronto: University of Toronto, 1960.

Fowler, Roger. *Old English Prose and Verse: An Annotated Selection with Introduction and Notes*. London: Routledge and Kegan Paul, 1966.

福田一貴「*The Rime of King William* 再考——１０８６年の記事との関連から——」、*Asterisk* 22 (2013)、六四—七九頁。

Greenway, Diana, ed. and trans. *Henry, Archdeacon of Huntingdon*. Oxford: Clarendon Press, 1996.

Irvine, Susan, ed. *The Anglo-Saxon Chronicle: A Collaborative Edition* Vol. 7 MS. E. Cambridge: D.S. Brewer, 2004.

Jurasinski, Stefan. “The *Rime of King William* and its Analogues.” *Neophilologus* 88 (2004): 131–144.

Lerer, Seth. "Old English and its Afterlife." David Wallece ed. *The Cambridge History of Medieval English Literature*. Cambridge: Cambridge University Press, 1999: 7–24.

Liebermann, Flex, ed. *Die Gesetze der Angelsachen*. Sindelfingen: Scientia Aalen, 1960.

Plummer, Charles and John Earle, eds. *Two of the Saxon Chronicles Parallel with Supplementary Extracts from the Others*. Oxford: The Clarendon Press, 1892.

Sweet, Henry. *The Student's Dictionary of Anglo-Saxon*. Oxford: The Clarendon Press, 1896.

Young, Charles. *The Royal Forests of Medieval England*. Pennsylvania: University of Pennsylvania Press, 1979.

Ward, A.W., ed. *Cambridge History of English Literature 1: From the Beginning to the Cycles of Romance*. Cambridge: Cambridge University Press, 1907.

Wert, Ellen, L. "The Poems of The Anglo-Saxon Chronicles: Poetry of Convergence." PhD diss. Temple University, 1988.

Whiting, Bartlett. "The Rime of King William." Thomas Kirby and Henry Bosley Woolf, eds. *Philologica: The Malone Anniversary Studies*. Baltimore: The Johns Hopkins Press, 1949: 89–96.

『アングロ・サクソン年代記』のC写本における『メノロギウム』および『格言詩 二』の役割[1]

唐澤 一友

『アングロ・サクソン年代記』（以下『年代記』とする）のCテクストを含む写本、London, British Library, Cotton Tiberius B.i は、十一世紀前半に書写された古英語訳『オロシウス』[2]を記録する前半部分 (fols 3–111) と、古英詩『メノロギウム』、『格言詩 二』[3]および『アングロ・サクソン年代記（C）』[4]から成り十一世紀中頃に書写された後半部分 (fols 112–64) から成る。[5]『メノロギウム』が始まる第一一二葉の表面上部の余白に、Robert Cotton が十七世紀前半に "Cronica Saxonica Abbingdoniæ ad annum 1066" というメモを残して以来現在まで、[6]『メノロギウム』と『格言詩 二』は『年代記』に対する序文としての役割を果たすものとして理解されてきた。しかしその一方で、『年代記』に序文的な作品が付された写本は他には現存せず、また、これらの詩と『年代記』とにどのような関係性があるのか、あるいは、なぜこれらの詩が序文として選ばれたのかということについては、必ずしも明らかにされて来ていない。このような現状を踏まえ、本稿では、『年代記』の前に古英語版『オロシウス』が置かれているという、他の『年代記』写本には見られないC写本に独特なもう一つの特徴に着目しながら、写本全体の context との関連で、『メノロギウム』および『格言詩 二』がこの写本において『年代記』の序文として選ばれたその背景について考察する。

一　問題の所在

既に見たように、本写本は『オロシウス』の古英語訳から成る前半と、『年代記』を中心とする後半とから成り、全体として世界と国内の歴史をまとめようとしたものとみなすことが出来る。[7]『年代記』写本の中には、A^2（G）写本のように、ビードの『英国民教会史』の古英語訳と『年代記』とが収録され、国内の宗教的、軍事・政治的記録が一冊にまとめられたものもあるが、C写本のように世界の歴史と国内の歴史をまとめたものは他に現存しない。写本の年代は前半（『オロシウス』）の方が後半（『年代記』）よりもやや古いが、これらがいつどのようにして組み合わされたのかということについてはいくつかの説があり今のところ定かには分かっていない。例えば、Plummer (1952: vol. 1, xxx) は、“it is impossible to say whether the Chronicle [including the two poems] and the Orosius originally belonged together or not” としている（ただし角括弧内は筆者による補足）。Conner (1996: xix) は、“the Orosius seems to have been added later” とし、独自に作られた『年代記』写本に、後になってから既存の『オロシウス』の写本が加えられたと考えている。一方、O'Brien O'Keeffe は、合本の前半の最後と後半の最初の部分に見られる写本作成上の特徴に基づき、[8] Conner の説を否定しながら、“the three texts forming the Chronicle matter were selected to be added to the *Orosius* to create a book of histories—one containing world history ..., chronology and English history.” (O'Brien O'Keeffe 1998: 140) と結論付けている。Jorgensen (2010: 9) も O'Brien O'Keeffe の説を受け入れ、“the whole collection seems to have been assembled around a copy of the Old English *Orosius*.” と述べている。

『メノロギウム』や『格言詩 二』は『年代記』の序文として、常に『年代記』との関係において論じられてきており、[9]『オロシウス』との関連についてはこれまで全く論じられてこなかったが、O'Brien O'Keeffe の言うように、『年代記』のC写本が既存の『オロシウス』の写本に付け加えるべく作られたのであるとすれば、この写本における二編の詩作品の位置づけに関しても、『年代記』との関係においてだけでなく、『オロシウス』をも含めた写本全体のcontextの中において再考する必要があるように思われる。

従来、教会暦を扱った『メノロギウム』は、歴史の記録として教会暦とも大いに関係するところのある『年代記』のような作品に先立って置かれるのにある程度相応しい作品であると考えられて来た。[10] しかし、現存する『年代記』写本には、教会暦と関連する作品が含まれたものは他になく、その意味でC写本は例外的だというのも事実である。『年代記』写本の中には、A、A^2（G）、B写本のように、年代記述との関連で、王家の系図や教皇、大司教、司教の一覧が含まれているものがあり、『メノロギウム』はこの種のリストに代わるものと捉えることも出来るかもしれないが、[11] いずれにしろ、写本作成の際に、通常の系図やリストではなく、例外的に教会暦をまとめた詩が選ばれたのはなぜかという問題は依然として残る。以下に見るように、『オロシウス』をも含めたこの写本全体のcontextを考慮することで、この問題に対する合理的な説明を得ることが出来るように思われる。

二『オロシウス』から『年代記』への主題および視点の転換

古英語訳の『オロシウス』は「世界」の地理の解説から始まり、ノアの洪水から都市国家ローマの建国まで、そしてそこから著者（オロシウス）自身の時代までのローマの歴史が、ギリシア、ペルシアおよびマケドニアの歴史と共に綴られている。この作品で扱われているのは主としてキリスト教時代以前あるいはキリスト教圏外の歴史である。[12] 出来事は基本的に年代順に並べられているが、このような主題を反映する様に、年号は常にローマ建国の年（紀元前七五三年）を基準にし、*ær/æfter þæm þe Romeburg getimbred wæs X wintra* … 「ローマが建国されてからX年前／後に……」という決まった形で示されている。

主に異国の異教時代のことが扱われている『オロシウス』に対し、『年代記』においては、主にキリスト教時代の自国の歴史が扱われており、その意味において両者の間には主題や視点の大きな転換があると言える。そして、このような転換は、年号の表し方の変更に最も顕著に反映されている。つまり、『年代記』においては、年号は常にキリストの誕生を基準に（つまり西暦により）記されているのである。『年代記』（C写本）に記録された出来事の中で唯一キリスト誕生以前の出来事（そして、全てに先立つ最初の記録）であるシーザーのブリテン島遠征についても、*ÆR CRISTES GEFLÆscnesse .lx. wintra*「キリスト誕生の六〇年前」とされており、やはりキリスト誕生の年が基準とされている。

このように、この写本においては、『オロシウス』から『年代記』へと移行する際に、主題、視点および年代記載法の点において大きな転換があると言える。そして、両者の間に置かれ、『年代記』の序文として収録された二編の古英詩は、以下に見るように、これらの転換を明記するのに適した作品であり、その意味で、この manuscript context において特によく機能するものであると言える。

三　本写本内における『メノロギウム』の位置づけ

キリスト教暦の概要を年始（クリスマス）から順にまとめた『メノロギウム』は、『年代記』においてよく用いられる重要な祝日への言及による日付記載法（例えば「聖グレゴリーの祝日に」というような日付記載法）の基礎をまとめたものとして、（類例がないという意味で例外的ではあるものの）それ自体『年代記』の序文にある程度相応しいと言える。[13] しかしそれと同時に、キリストの誕生への言及に始まる『メノロギウム』は、この写本においてこれ以降、年代記載法がキリストの誕生年を基準としたキリスト紀元に変わること、そして、扱われる時代がキリスト教時代になることを明記するのにも適しており、『オロシウス』から『年代記』へと移行するこの manuscript context には特に適した作品であると言うことが出来る。

これに加え、『メノロギウム』には、「現在」（アングロ・サクソン時代）のイングランドの視点に立って過去（特に古代ローマ）を振り返るような言葉が散見されることから、ローマを中心とする異国の歴史の記録から自国の歴史の記録へという、視点や主題の転換を明記するのにも適していると言える。以下の引用文に見られるように、このような「現在」と過去との典型的な対比は作品冒頭近くにも見られる。

Crist wæs acennyd,　cyninga wuldor,
on midne winter,　mære þeoden,
ece ælmihtig,　on þy eahteoðan dæg
Hælend gehaten,　heofonrices weard.
Swa þa sylfan tiid　side herigeas,
folc unmæte,　habbað foreweard gear,
for þy se kalend us　cymeð geþincged
on þam ylcan dæge　us to tune,
forma monað;　hine folc mycel
Ianuarius　gerum heton.
And þæs embe fif niht　þætte fulwihttiid
eces drihtnes　to us cymeð,
þæne twelfta dæg　tireadige,

hæleð heaðurofe,　hatað on Brytene,
in foldan her.　Swylce emb feower wucan
þætte Solmonað　sigeð to tune
butan twam nihtum,　swa hit getealdon geo,
Februarius fær,　frode gesiþas,
ealde ægleawe.（『メノロギウム』一―一九行）

「王たちの栄光にして高名なる主、永遠にして全能の主キリストは、冬至の日に生まれた。その八日後に、天国の守り手は救世主と呼ばれた。これと同じ日に、大いなる軍勢、数え切れぬ者達は、年の初めを迎える。この日、定められた通りに、朔日が、第一の月が我等の町に来る。この月を偉大なる民は、その昔、ヤーヌアーリウスと呼んだ。それから五夜の後、永遠の主が洗礼を受けた日が来る。栄光あり、戦いの誉れ高き者達は、この国ブリテンにおいて、この日を十二日節と呼ぶ。それから四週間に二日足らぬ日数の後、二月が町に来る。その昔、時の法則に精通した賢者達が、フェブルアーリウス到来の時を算出した通りに。」（以下、引用文等に対する訳は全て拙訳）

folc mycel（九行）「偉大なる民」、frode gesiþas（一八行）「賢者達」、ealde ægleawe（一九行）「古の時の法則に精通した者達」などとして言及される人々（古代ローマ人）は、Ianuarius（一〇行）や Februarius（一八行）というラテン語の月の名称と関連付けられ、常に gerum heton（一〇行）「嘗て……と呼んだ」や getealdon geo（一七行）「嘗て算出した」のような、過去を表す副詞を伴う過去形の動詞と共に用いられている。これに対し、詩人を含む us（七、八、一二行）「我々」アングロ・サクソン人は、on Brytene（一四行）「ブリテンに」、そして in foldan her（一五行）「この土地に」おり、cymeð（七、一二行）や hatað（一四行）など、常に現在形の動詞と共起し、また、forma monað（九行）「一月」、Solmonað（一六行）「二月」、twelfta dæg（一三行）「十二日節」など、土着（古英語）の月や祝日の名称と関連付けられている（この場合とよく似た対比構造は一六三―九行にも見られる。）。過去のローマ人と「現在」のアングロ・サクソン人との間のこのような対比により、この詩が「現在」のブリテン島（イングランド）に住むアングロ・サクソン人の視点から書かれたものであるということが強調されていると言うことが出来る。

同様のことは冒頭のみならず、作品全体を通じて言える。特に、Bryten「ブリテン」という言葉は、作品全体で五回（一四、四〇、九八、一〇四、一五五行で）用いられているが、[14]『メノロギウム』以外の古英詩においてこの語が用いられたのは七例のみであり、[15]なおかつ同一の詩作品でこの語が繰り返し用いられた例は他にないということを考えれば、この作品が「ブリテン」に関するものだということがこの詩においては他に類を見ないほど強く前面に打ち出されていると言える。この他、Engle and Seaxe[16]（一八五行）「アングル人やサクソン人」やSexna（二三一行）「サクソン人の」といった言葉も、頻繁に（そして常に現在形の動詞と共に）用いられるwe（二〇、六三、六八、一一八、一七六、一八九、一九九行）やus（七、八、一二、三四、七二、一〇八、一三一、一八三、二〇六行）「我々」と共に、この作品が「現在」の自国の視点からのものであることをよく示すものだと捉えることが出来る。作品末尾の

Nu ge findan magon
haligra tiida　be man healdan sceal,
swa bebugeð gebod　geond Brytenricu
Sexna kyninges　on þas sylfan tiid.（二二八―二三一行）

「かくして、まさに今現在、汝らは、この広きブリテンの国において、[17]サクソン人の王の命令が行き届く限り、祝うべき祝日（の位置を）知ることが出来るであろう。」

という言葉には、この作品がキリスト教時代に属する「現在」のブリテン島、その中でも特にイングランドに住むアングロ・サクソン人の視点からのものであるということがはっきりと言い表されている。

以上のように、『メノロギウム』は『オロシウス』から『年代記』への移行に伴い、視点や年代記載法に変化があることを記すのに適した作品であると言え、両者の間に置かれるのに特に適した作品であると考えることが出来る。

四　本写本における『格言詩　二』の位置づけ

『メノロギウム』に続き収録されている『格言詩　二』については、内容的に『メノロギウム』や『年代記』とどのように関係しているのか、現在までのところ十分な理解がなされてきたとは言い難い。例えば、Williams (1914: 103) は『メノロギウム』と『格言詩　二』について、“there is no internal connection”とし、Dobbie (1942: lxi) も“[*Maxims II*] has no relationship in subject matter to either the *Menologium* or the Chronicle”としている。Whitbread (1942: 192–93) にいたっては、写字生が用いた exemplar において既に『メノロギウム』の次に『格言詩　二』が置かれており、『格言詩　二』の冒頭近く（五―九行）に『メノロギウム』と同じようなスタイルで一年の季節のことを扱った部分があるため、これも『メノロギウム』の一部かと誤解して写したものであろうとし、事実上『格言詩　二』はこの写本の context とは何ら関係がないとものみなしている。一方、Earle (1865: xxix) は『メノロギウム』と『格言詩　二』が扱っているのはいずれも“the condition of some branches of knowledge and culture which are cognate to the study of history”であり、この点において『年代記』とも一定の関係性があるとしているが、“some branches of knowledge and culture ...”というのは相当広い範囲を包含し得るものであり、三者の関係性についての説明としては説得力を欠くもののように思われる。Greenfield and Evert (1975: 354) は『格言詩　二』を“limitation of knowledge”についての詩であるとした上で、そのような性質の詩は『年代記』のような“an ambitious intellectual endeavor”の結果生まれた作品の序文として相応しいと感じられたのではないかとしているが、そもそも『格言詩 二』を“limitation of knowledge”についての詩とみなすこと自体かなり特殊である上、そのような性質の作品が『年代記』の序文に相応しいかどうかということについても議論の余地が大いにあるように思われる。Robinson (1980: 28) は『メノロギウム』の最後 (healdan sceal ... geond Brytenricu ... kyninges) と『格言詩 二』の最初（Cyning sceal rice healdan）に“a curious verbal echo”を見出し、また、これら二編の詩も『年代記』もいずれもある種のリストであるという点で共通していると指摘しながらも、“thematic similarities by their nature are less demonstrable”としている。以上のように、この写本の中の『格言詩 二』の位置づけについては、様々な見解が示されて来たが、いずれも広く影響力を持つほどには支持を得ておらず、『メノロギウム』の場合よりなお一層この写本における意義や役割についてははっきりしないところが多い。

Robinson の指摘している『メノロギウム』末尾と『格言詩 二』冒頭に見られる“a curious verbal echo”や、Whitbread が指摘している、『メノロギウム』と内容的に類似するところのある『格言詩 二』冒頭近くの季節と関連する一節は、両作品を表面的に関連付ける手掛かりだと言えるが、一方、Robinson (1980: 28) が指摘するように、両作品はその視点においても共通するところがある。前節で見たように、『メノロギウム』においては、時に過去のローマ時代を振り返りつつも、これと対比する形で「現在」のアングロ・サクソン人の視点が作品全体を通じて強調されていた。一方、『格言詩 二』冒頭の以下の一節もこれと同じ視点からのものであると言える。

Cyning sceal rice healdan.　Ceastra beoð feorran gesyne,
orðanc enta geweorc,　þa þe on þysse eorðan syndon,

wrætlic weallstana geweorc.（『格言詩 二』一―三行）
「王は王国を支配すべきもの。（石造りの）陣営は、この地に見られる壁石にて巧妙に作られしものは、巨人の技にて作られた建物にして、遠方より眺められるべきもの。」

Ceastra（一行）「（ローマの）陣営（跡）」は、enta geweorc[18]（二行）「巨人の技にて作られしもの」と捉えられるほど昔に作られた（ローマ支配時代の）遺物として on þysse eorðan「この地（ブリテン島）に」存在するとされており、アングロ・サクソン時代以前の時代の遺物を眺める「現在」のイングランド人の視点から書かれたものであると言える。このような文脈中においては、feorran（一行）「遠くから」は、文字通りの距離的な遠さと並行して、時間的な遠さをも意識させるような言葉であると言える。このような過去との対比は、冒頭部分にしか見られないものの、古英詩の伝統に属する決まったモチーフを豊富に利用しながら、[19] sceal「～すべきである」や beoð「（伝統・習慣的に）～である」（いずれも現在形）を多用した格言を集めた『格言詩 二』は、「現在」の（アングロ・サクソン）イングランドにおける社会通念を詩的にまとめたものと位置づけることが出来、その意味において、作品全体を通じ現在のイングランドの視点から書かれたものと言える。

重要な聖人の祝日に言及しながら教会暦の概要を示した『メノロギウム』は全編を通じてキリスト教色が色濃く、この manuscript context の中においては、前節で見たように、これが『オロシウス』から『年代記』への視点の転換を示す一要素となっていると言える。『格言詩 二』にも、キリスト教的な格言が多く含まれており（例えば、四、九、三五―三六、四八―四九行）、特に作品の最後（五七―六六行）はキリスト教的な世界観に基づく一節で締めくくられている。この点においても、『格言詩 二』は『メノロギウム』により示されたのと同じ方向性を示す作品であると言える。

これに加え、『格言詩 二』にはまた、世俗的なテーマ、特にアングロ・サクソン社会やその中における主従関係と関連した決まり事や道徳を説く格言が多く含まれている。冒頭の「王は王国を支配すべきものなり」（一行、引用済）という言葉に始まり、他にも作品を通じて以下のような例が見られる。

sinc byð deorost,
gold gumena gehwam,   and gomol snoterost,
fyrngearum frod,   se þe ær feala gebideð.（一〇―一二行）

「宝、金は、人々のいずれにも最も有難し。また、老人、多くの年重ね、多くを経験せし者は、最も賢し。」

Geongne æþeling sceolan   gode gesiðas
byldan to beaduwe   and to beahgife.
Ellen sceal on eorle,   ecg sceal wið hellme
hilde gebidan.（一四―一七行）

「良き家臣たちは若き貴人を鼓舞すべきなり、戦争においても、宝の分配においても。戦においては、勇気は武人の中に、刃は兜に対してあるべし。」

Til sceal on eðle
domes wyrcean.   Daroð sceal on handa,
gar golde fah.   Gim sceal on hringe
standan steap and geap.（二〇―二三行）

「良き者は家郷にありて栄光を求め行動するものなり。投げ槍、金で飾られし槍は手元にあるべきものなり。宝石は指輪の上にありて光り輝き気高くあるべきものなり。」

Cyning sceal on healle
beagas dælan.（二八—二九行）

「王は広間にありて宝を分け与えるべき者なり。」

Fyrd sceal ætsomne,
tirfæstra getrum.　Treow sceal on eorle,
wisdom on were.（三二—三三行）

「軍勢、栄光ある者たちの一軍は、共にまとまってあるべきものなり。忠誠心は貴人の中に、叡智は人の中にあるべきものなり。」

God sceal wið yfele,　geogoð sceal wið yldo,
lif sceal wið deaþe,　leoht sceal wið þystrum,
fyrd wið fyrde,　feond wið oðrum,
lað wið laþe　ymb land sacan,
synne stælan.　A sceal snotor hycgean
ymb þysse woruld gewinn,　wearh hangian,
fægere ongildan　þæt he ær facen dyde
manna cynne.（五〇—五七行）

「善は悪と相対し、若さは老いと相対し、生は死と相対し、光は闇と相対し、軍勢は軍勢と相対し、敵は敵と相対し、土地を巡っての敵意は同様の敵意と相対し、敵愾心を燃やすものなり。賢者は常にこの世の苦難について考えるべきなり。無法者は絞首刑に処せられるべきなり、（そうすることで）嘗て人類に対して行いし悪行に対する代価を正当に支払うべきなり。」

伝統的な英雄詩の世界、あるいは『年代記』の七五五年の欄の Cynewulf and Cyneheard の話に見られるような価値観とも通ずるこれらの格言は、『年代記』にその形成の概要が扱われている王侯貴族を中心としたアングロ・サクソンの世俗社会の根幹をなす決まり事や道徳であり、その点において『年代記』の主題とより密接に関わるところがあるということが出来る。

以上のように、『格言詩 二』は、『メノロギウム』と同様、「現在」のイングランドという視点に立ち、キリスト教的なテーマをも盛り込みつつ、アングロ・サクソンの世俗世界の社会通念を中心的に扱った作品で、『メノロギウム』と比べ『年代記』の主題とより関連の深い内容となっている。その意味において、この写本の context においては、『メノロギウム』と『年代記』との間の橋渡しをするのに適した作品であると考えることが出来る。

五　結論

『アングロ・サクソン年代記』のCテクストは、古英詩二編が序文として付け加えられているという点において他の『年代記』にはない特徴を示しているが、これは『年代記』写本の中ではCテクストを含む Cotton Tiberius B.i にのみ見られるもう一つの特徴、つまり、古英語版『オロシウス』と『年代記』とが一冊にまとめられているという特徴と密接に関係するもののように思われる。異教時代の異国の歴史を中心とした『オロシウス』と、キリスト教時代の自国の歴史を中心とした『年代記』との間には、主題や視点の大きな転換があり、単に両作品を並べただけでは、前者から後者への移行はかなり唐突な印象とならざるを得ないが、二編の古英詩はこの移行をより円滑にするために、この manuscript context に合わせて挿入されたものとして捉えられる。

『メノロギウム』はアングロ・サクソン・イングランドにおけるキリスト教暦の問題を中心に扱った作品で、『オロシウス』から『年代記』への視点の転換、そして特に年代記載法の転換を明記するのに適した作品であると言える。これに対し、『格言詩 二』は『メノロギウム』の後を受け、引き続き『オロシウス』から『年代記』への視点の転換を明示するとともに、『年代記』の主題ともよりかかわりの深い世俗的な内容を中心に扱っているという意味において、『メノロギウム』と『年代記』との間の橋渡しをする役割をも担うものと捉えることが出来る。

『年代記』写本には、年代記述と関連した王家の家系や教皇、大司教、司教等のリストが含まれているものがあるが、年代や日付の記載法と深く関わる『メノロギウム』はこれらに代わるものと捉えられるかもしれない。一方、『年代記』写本には、家系やリストと共にアングロ・サクソンの法律が含まれたものもあるが、アングロ・サクソン社会に通用する「決まり事」あるいは“the laws of the natural world and of humanity” (Swanton 1996: xxiv) をまとめたものとも捉えられる『格言詩 二』は詩的な「法律」として、実際の法律に代わるものと捉えられるかもしれない。

いずれにしろ、Cotton Tiberius B.i にのみ『メノロギウム』と『格言詩 二』という二編の古英詩が『年代記』の序文として含まれているのは、『オロシウス』の後に『年代記』が続くというこの写本のみに見られる特徴に由来するものであると考えられる。二編の古英詩を『年代記』の序文としてのみ捉えた場合、両者の並び順はどちらが先でも大勢に影響がないように思われるが、本稿で見たように、これらを『オロシウス』と『年代記』の間の橋渡しをする役割を担うものと見た場合には、写本にある通り『メノロギウム』が『格言詩 二』に先行するのが望ましく、その逆では効果が半減してしまう。そう考えると、二編の詩の写本における並び順の背後にも、写本全体の manuscript context への考慮の跡を見ることが出来るように思われる。

注

(1) 本稿は二〇一三年十一月三十日から十二月一日にかけて愛知学院大学で行われた、日本中世英語英文学会第二九回全国大会における研究発表、「Anglo-Saxon Chronicle のC写本における *Menologium* および *Maxims II* の役割」に加筆修正を加えたものである。

(2) この作品のエディションには Bately (1980) がある。本稿におけるこの作品からの引用は、全てこのエディションに基づく。

(3) これらの詩は、いずれも Dobbie (1942) に収録されている。本稿におけるこれらの詩からの引用は全てこのエディションに基づく。

(4) この作品のエディションには O'Brien O'Keeffe (2001) がある。本稿における『アングロ・サクソン年代記』のCテクストからの引用は全てこのエディションに基づく。

(5) 本写本の年代については、Ker (1957: 251–3); Gneuss (2001: 68); Gneuss and Lapidge (2014: 294–95) を参照。

(6) Plummer や Ker の場合のように、このメモは John Joscelyn によるものとされることが多かったが、O'Brien O'Keeffe によれば、これは Joscelyn よりも後の時代のもので、Robert Cotton によるものである。このメモについての詳細に関しては、O'Brien O'Keeffe (2001: lxxvii); Plummer (1952: vol. 2, 273); Ker (1957: 252) を参照。

(7) あるいはまた、アルフレッド大王の宮廷で翻訳あるいは編纂された歴史書二編を組み合わせたものと考えることも出来る。特に十世紀から十一世紀にかけて、『年代記』はアルフレッド大王と密接に関わるものと捉えられていた形跡がある。これについては、Bredehoft (2001: 6) を参照。

(8) O'Brien O'Keeffe (1998: 138–41; 2001: xx–xxv) は、両者の境目付近では、マージンの取り方や一ページ当たりの行数等が一致していることやその他の詳細に着目し、後半は前半の形式に合わせて作られたと考えられると結論付けている。

(9) 『年代記』の序文としての『メノロギウム』および『格言詩 二』に関しては、例えば、Earle (1865: xxix); Dobbie (1942: lx–

lxi); Whitbread (1947: 192–98); Wrenn (1967: 166);. Bollard (1973: 179–87); Greenfield and Calder (1986: 235); O'Brien O'Keeffe (2001: xx); Fulk and Cain (2003: 133) 等を参照。

(10) この種の見解に関しては、前注に挙げた文献を参照。

(11) これと関連して、Harrison (1976: 124) の以下の解説は興味深い。"During the summer of 616 a child could have remembered some such words as these: 'King Ethelbert reigned fifty-six years, and before him Eormenric *x* years, and Octa *y* years and Oisc twenty-four years, and that was (about?) thirty-five years before he came across the sea with his father Hengest.'" これと似た要領で、『メノロギウム』は教会暦の中の重要な固定祝日の位置を、それぞれの祝日の間の日数を数えることによって教える作品であると言える。

(12) 古英語版『オロシウス』は全六巻から成るが、キリスト誕生後（紀元後）のことが扱われているのは第六巻の途中からである。

(13)『年代記』においては、日付を言い表すのに、kalendae, nonae, idus を基準としたローマ式の日付記載法と、重要な祝日に言及することによる日付記載法の二種類が用いられているが、後者の方が支配的である。Cテクスト内で考えた場合、日付に言及する際に固定祝日を利用した例は七九例、（移動祝日を利用したものは三一例）、ローマ式の日付記載法を利用した例は三一例である。

(14) この他、Brytenricu（二三〇行）という語も一度用いられている。この語は「広い王国」を意味するものとも考えられ、その場合はこの語の第一要素と Bryten「ブリテン」とは別語源ということになるが、いずれにしろ、『メノロギウム』においては、Bryten「ブリテン」という語が繰り返し用いられ、また、Brytenricu の直後に Sexna（二三一行）「サクソン人の」という語が用いられていることをも考えれば、その語源に拘わらず、ここでの Brytenricu は「ブリテン」を思い起こさせるものであることは確かである。この語の意味や用例については、*Dictionary of Old English*（以下、*DOE* と略す）の bryten-rice の項を参照。なお、*DOE* では、この語は『メノロギウム』のこの箇所と『アザリア』（一〇七行）にのみ用いられているとされているが、実際にはこの他に、『ダラム』（一行）および古英語訳『英国民教会史』（第五章）に、異形 Breotenrice が、いずれも「ブリテン」の意味で用いられている。

(15)『メノロギウム』以外の詩作品におけるこの語の記録は、『グースラークA』（一七五行）、『グースラークB』（八八三行）、韻文版『ボエティウス』（第二〇節、九九行）、『ブルーナンブルフの戦い』（七一行）、『エドガー王の死』（一四行）、『断食の時期』（五六行）、『アルドヘルム』（五行）に残る七例である。

(16)『メノロギウム』以外の詩作品においては、このフレーズは『ブルーナンブルフの戦い』（七〇行）と『エドワード王の死』（一一行）の二例のみが記録されている。

（17）Britenricuという語の解釈については、注14を参照。
（18）このフレーズは、*DOE* (s.v. ent) では “referring to stonework, roads, buildings, artifacts, etc. of ancient manufacture” と定義されている。
（19）『格言詩 二』における伝統的な古英詩のモチーフの利用については、例えば、Shippey (1976: 15) を参照。

引用・参考文献

Bately, Janet, ed. *The Old English Orosius*. EETS s.s. 6. London: OUP, 1980.

Bollard, J. K. “The Cotton Maxims.” *Neophilologus* 57.2 (1973): 179–87.

Bredehoft, Thomas A. *Textual Histories: Readings in Anglo-Saxon Chronicle*. Toronto: University of Toronto Press, 2001.

Conner, P. W., ed. *The Anglo-Saxon Chronicle: A Collaborative Edition*. Vol. 10: the Abingdon Chronicle, A.D. 956–1066. Cambridge: D. S. Brewer, 1996.

Dobbie, E. V. K., ed. *The Anglo-Saxon Minor Poems*. Anglo-Saxon Poetic Records 6. New York: Columbia University Press, 1942.

Earle, John, ed. *Two of the Saxon Chronicles Parallel with Supplementary Extracts from the Others*. Oxford: Clarendon Press, 1865.

Fulk, R. D., and C. M. Cain. *A History of Old English Literature*. Oxford: Blackwell, 2003.

Gneuss, Helmut. *Handlist of Anglo-Saxon Manuscripts: A List of Manuscripts and Manuscript Fragments Written or Owned in England up to 1100*. Tempe: Arizona Center for Medieval and Renaissance Studies, 2001.

Gneuss, Helmut, and Michael Lapidge. *Anglo-Saxon Manuscripts: A Bibliographical Handlist of Manuscripts and Manuscript Fragments Written or Owned in England up to 1100*. Toronto: University of Toronto Press, 2014.

Greenfield, S. B., and D. G. Calder. *A New Critical History of Old English Literature*. New York: New York University Press, 1986.

Greenfield, S. B., and R. Evert. “*Maxims II*: Gnome and Poem.” *Anglo-Saxon Poetry: Essays in Appreciation for John C. McGalliard*. Ed. L. E. Nicholson and D. W. Frese. Notre Dame: University of Notre Dame Press, 1975. 337–54.

Harrison, Kenneth. *The Framework of Anglo-Saxon History to AD 900*. Cambridge: CUP, 1976.

Jorgensen, A. “Introduction: Reading the Anglo-Saxon Chronicle.” *Reading the Anglo-Saxon Chronicle: Language, Literature, History*. Ed. A. Jorgensen. Turnhout: Brepols, 2010. 1–28.

Ker, N. R. *Catalogue of Manuscripts Containing Anglo-Saxon*. Oxford: Clarendon Press, 1957.

O'Brien O'Keeffe, Katherine. "Reading the C-Text: The After-Lives of London, British Library, Cotton Tiberius B. i." *Anglo-Saxon Manuscripts and Their Heritage*. Ed. P. Pulsiano and E. M. Treharne. Aldershot: Ashgate, 1998. 137–60.

O'Brien O'Keeffe, Kathrine, ed. *The Anglo-Saxon Chronicle: A Collaborative Edition*. Vol. 5: MS. C. Cambridge: D. S. Brewer, 2001.

Plummer, Charles, ed. *Two of the Saxon Chronicles Parallel with Supplementary Extracts from the Others: A Revised Text on the Basis of an Edition by John Earle*. With a bibliographical note by Dorothy Whitelock. 2 vols. Oxford: Clarendon Press, 1952.

Robinson, Fred C. "Old English Literature in Its Most Immediate Context." *Old English Literature in Context*. Ed. John D. Niles. Cambridge: D. S. Brewer, 1980.

Shippey, Tom. *Poems of Wisdom and Learning in Old English*. Totowa: D. S. Brewer, 1976.

Swanton, Michael J. *The Anglo-Saxon Chronicle*. London: J. M. Dent, 1996.

Whitbread, L. "Two Notes on Minor Old English Poems." *Studia Neophilologica* 20 (1947): 192–98.

Williams, B. C. *Gnomic Poetry in Anglo-Saxon*. New York: Columbia University Press, 1914.

Wrenn, C. L. *A Study of Old English Literature*. London: W. W. Norton, 1967.

9　チョーサーの『トロイルス』と〈空間〉の詩学

河崎　征俊

十四世紀の英国詩人ジェフリー・チョーサーが描いた『トロイルス』を見ると、例えば、「武装した強大なギリシャ軍は、／一千もの艦船に乗ってトロイへと／向かい、その町を包囲した／それが終わるまで、十年近くもの長きに亘って」（一・五七―六〇）とか、「楽しい月を生み出す五月、／冬の間にも枯れ萎えでいた青色や白色や／赤色の爽やかな花が蘇り」（二・五〇―五二）などといったように、〈広大なるもの〉から〈身近なもの〉へと変化し、また、〈身近なもの〉から〈広大なるもの〉へと変化する、言うなれば、一種の距離感を暗示する表現が数多く見出せるため、この作品が他の作品とは異なった〈空間〉のイメージを具有する作品であることが分かり、実に興味深く思われる。おそらく、〈距離感〉なるものが、我々の感覚の中に入り込んでくることが分かるからであろう。ジョン・ガードナーは、『チョーサーの詩学』の中で、「この作品には、審美的距離感を越えたものが含まれており、広大な眺望が、詩全体を通して、クローズアップしたものと交互に現れている」[1]と考察し、モートン・ブルームフィールドも、「『トロイルスとクリセイデ』における距離と運命予定説」と題する論文の中で、「『トロイルス』の語り手は、作品の中で、いわゆる〈距離感〉なるものを呼び起こし、それをコントロールしながら、時間的・空間的・審美的および宗教的なやり方を使って、我々をプロットから引き離そうとしている」[2]と指摘しているが、これら両者の考えは、本論とは無関係ではあるまい。

作品を操る語り手は、プロットの中で起こるさまざまな出来事から繰り返し我々を遠ざけ、詩人チョーサーの存在を普通以上に我々に意識させているようだが、それとは対照的に、こうしたプロットを自らの経験を通して演出する語り手は、登場人物たちとその行動に共感するよう仕向けることによって、かえって、〈距離感〉なるものを破壊しているようにもとれる。例えば、語り手はトロイルスの愛の行状を第一巻においてアイロニカルに表現し、さもなくば、我々がこの主人公の放縦および独善性に対して感じてしまうであろう感覚をコントロールしているようだが、そのような愛の価値に関する語り手の感情や、主人公の心的苦痛に対する語り手の共感が、トロイルスの堪え難き苦しみを我々に強く印象づけ、さらに、我々がアイロニーや距離感なるものを感じ取っているときでさえ、トロイルスとの同一化を我々に強いているようにも受け取れるからである。ちなみに、文体的側面からすると、チャールズ・マスカタインは、このような効果を「相異なった正反対のリアリティを同時に意識する効果」[3]と呼んでいるが、これは、チョーサーが二元的想像力の持ち主であったという点から鑑みても、的を射た評言ということになるだろう。

語り手が担う歴史家としての役割と物語の介在者としての役割は、トロイルスに関するプレゼンテーションよりもむしろ、クリセイデに関するプレゼンテーションに、より複雑な影響を及ぼしているように思われる。ある側面から見ると、クリセイデのトロイルスに対する裏切り行為とそこから生まれる結果に対する語り手の警告、ならびに、語り手の明白な出典への依存——特に、第四巻と第五巻——などが、クリセイデのアクションから我々を遠ざけていることが分かるが、つまり、一種の〈距離感〉を与えていることが分かるが、他の側面から見ると、語り手のクリセイデに対する感情的反応、および、クリセイデを「完全無欠な天人」（一・一〇四）の如く語る語り手の言葉、さらには、クリセイデが取る行動から必然的に引き出さざるを得ない道徳的結論を、繰り返し回避しようとする語り手の企てなどが、我々とクリセイデとの間にある〈距離感〉を縮め、クリセイデに対する我々の感情をより強くさせるからだ。語り手としてのチョーサーと詩人としてのチョーサーを区別しながら、Ｅ・Ｔ・ドナルドソンは、クリセイデに対する我々の反応に関する複雑な効果を指摘しているが、[4] このような語り手の二重の役割がさまざまな問題を漠然とした不明確なものにさせ、我々読者の反応を混乱させ、さらに、この詩作品に潜む架空のリアリティを曖昧にさせるのである。それはまた、プロットの中のさまざまな出来事に対する我々の反応にも干渉し、語り手としてのチョーサーは、我々の判断を疎外する語り手なのだ、という意識を我々の中に芽生えさせるのである。したがって、我々はこの物語を我々自身の主観的物語として読まざるを得なくなってくる。

ブルームフィールドも評しているように、「チョーサーの距離感と客観性の意識が、運命予定説の概念と、芸術的に、相関性をなしている」のは確かである。既に取り上げたように、『トロイルス』における〈距離〉の意識は、単なる遠隔的意識であるのみならず、〈矛盾し合いながら変化・変質していく対象〉に対する意識でもある。すなわち、今、対象から離れたかと思うと、次には、対象に接近し、今、プロットから離れたかと思うと、次には、プロットと現実的経験との間に広がる〈空間〉[5] へと接近していく意識も強く感じ取られるからである。本論では、〈空間〉を通してさまざまな形に解釈される語り手の役割と登場人物たちのキャラクター、ならびに、各巻が果たす役割とその意味などを、〈外的空間〉と〈内的空間〉との関わりを通して追究してみることにする。

前述のブルームフィールドも考察しているように、運命予定説の概念は、神が認識する必然性を意味していると見て良いだろう。ちょうど、読者が『トロイルス』の中で起こるさまざまな出来事を語り手の視点で受け止めているように、また、『哲学の慰め』の中で、ボエティウスが哲学夫人の言葉を正面から受け止めているように、我々もこの物語の中で起こるさまざまな出来事を、〈語り手〉の意識として受け止めなければならない。そうすれば、語り手がテクストの中のさまざまな出来事と我々との間に打ち立てる〈距離〉の意識が、時空を超えた現実生活における〈経験〉とこの作品との芸術的相互性を、我々に提供してくれるかも知れないからである。だが、語り手は全知の状態に置かれているにもかかわらず、彼がフィクションの中に巻き込まれるやいなや、彼が辿る物語の形式は曖昧に満ちたものになってしまうようである。なぜならば、語り手特有の心理状況が、作品のリアリティに対する意識を緩和させ、物語の要素に、我々が感じている以上の感情を移入させるからだ。それゆえ、語り手は、彼にも限界があるということで、この作品の作者とはまったく異質なキャラクターの持ち主ということになる。したがって、語り手側からすれば、これはすべての作品に共通する問題となるだろう。つまり、語り手は、すべてのものに関心を抱きながらも、それでいて、それらに懐疑主義的な〈眼〉を向ける学者であり、〈愛〉、〈必然性〉ならびに〈詩の目的〉などに関する哲学的問いかけに関心を持った懐疑主義的歴史家でもあるからだ。このようなキャラクターは、物事に対する恐怖、懐疑主義ならびに共感などといった内面的心理によって、他と区別されるキャラクターと言っても良いだろう。

チョーサーは、数多くの文学的手法を用いながら、また、数多くの知的関心を抱きながら、文学的に成長し得た詩人であった。特に、文学的表現に対する関心は、心理的なものに向けられていたようである。だが、それだけではない。作品内のペルソナが遭遇するさまざまな問題に対するチョーサーの反応も、心理的なものであったとされている。アリストテレスがキャラクターに対するアクションの優位性を唱えているのに対して、アリストテレスの『詩学』をどの程度読みこなしていたかは定かではないが、チョーサーは、初めから、アクションに対するキャラクターの優位性および心理的分析の優位性を強調していたと見て良いだろう。[6]『トロイルス』第一巻で描写されるカルカス（クリセイデの父親）の裏切り行為は別として、ジェフリー・シェパードやマイケル・E・コットン[7]たちも主張しているように、この物語に登場する人々のさまざまな意見や勘定は、プロットの中で描かれるアクションよりも重要であるように思われる。このような立場に立って考えてみると、人間の行為と運命との関わりが展開されているにもかかわらず、また、トロイとギリシャとの間の戦争行為が取り入れられているにもかかわらず、チョーサーが描いた

『トロイルス』という作品は登場人物たちのキャラクターを扱った作品ということになろう。[8] 語り手が聴衆もしくは読者の反応を支配する（または、制御する）中心的存在となっているだけではなく、プロットの内側でうごめく登場人物たちとその感情が、ストーリー性以上に、我々の重要な関心事となっているからである。粗筋だけ読んだだけではチョーサー文学は理解できない、と言われているのは、まさに、そのためである。その意味において、「この作品のアクションは、主として、登場人物たちの性格描写によって決まってくる。「トロイルスは突然激しい恋に落ちるが、そうした状況に対する彼の反応は彼の性格からきたものだ」[9] と指摘するチャールズ・オウエンの言葉は間違っているということには必ずしもならない。

では、『トロイルス』における性格描写の優位性とその重要性を作品に登場する群像に求めてみることにしよう。第一巻でトロイルスが口にする恋する者たちへの悪口（または、罵倒）、第三巻でトロイルスが見出す満足感、および第五巻でトロイルスが受容する一種の悟りなどは、アクションという範疇よりもむしろ、性格描写の範疇に入ると言った方が良いだろう。トロイルスの内面的心理状態——これは、〈内的空間〉（〈インナー・スペース〉）——が彼の行状に動機を与えているからだ。[10] トロイルスが物語の後半で味わう生に対する幻滅感は、結局、結果として、トロイルスから受け取ったブローチをディオメデに渡してしまうクリセイデの行為を知ることによって生み出されるわけだが、その行為は夢の中であらかじめトロイルスに知らされているため、トロイルスの反応は彼自身の心理状態から生み出されたものということになる。言うなれば、〈外的空間〉（〈アウター・スペース〉）と〈内的空間〉（〈インナー・スペース〉）が繋がっていたということになる。第一巻でのトロイルスとクリセイデとの偶然——ちなみに、この「偶然」という言葉には、「運命」（「アーベンチューレ」）という意味が含まれている——とも思われる〈出会い〉（一・二七一—二七三）から『トロイルス』という物語が大きな転換点を迎えることになるため、この〈出会い〉を演出した〈眼〉の比喩について考えてみることにする。

『トロイルス』の中に、〈水平方向へ向かう視線〉が描写された場面が出てくるため、その場面を取り上げてみよう。それは、トロイルスがクリセイデと初めて出会う場面である。

たまたま、彼の視線は、群衆の間を縫って、
奥深く進み、クリセイデの姿に突き当たるやいなや、
そこに釘付けになってしまった。（一・二七一―二七三）

神殿の中を歩いているとき、トロイルスの〈視線〉は、クリセイデの姿に突き当たるやいなや、そこに釘付けになってしまうわけだが、と同時に、彼の心の中に、異性への激しい欲情と愛情がむらむらと沸き起こってくることが分かる（「彼の胸がふくれ高まってきた」一・二七八）。ちなみに、〈視覚〉が中世において軽視されていたのは、〈眼〉という〈窓〉からエロスが入り込んでくると、心の風景に乱れが生じると考えられていたからだ。まさに、「視覚は触覚の代理として官能の欲望に容易に結びつく」ものである。結局、その報いはトロイルス本人に戻ってくることになる。トロイルスは第三巻でクリセイデと一夜を共にするものの、二人は離れ離れになり、最後には、〈死〉を迎えることになるからである。したがって、この第一巻で経験するトロイルスの〈水平方向へ向かう視線〉には、後の悲劇を予感させる〈不安定さ〉が横たわっていることになる。〈視線〉と〈視線〉との距離が近ければ近いほど、登場人物たちの〈内的空間〉は広がりを失い、逆転というパラドックスが現象として現れてくるのは当然であろう。逆に、〈視線〉と〈視線〉との距離が離れれば離れるほど、登場人物たちの〈内的空間〉は広がりを失うことはなくとも、〈外的空間〉に同化され、エロスから見放されることになる。トロイルスという主人公の悲劇性は、彼の〈視線〉が〈内的空間〉から〈外的空間〉へと変化していく過程から生み出されているものと思われる。

ところで、第二巻（七〇一―八一二）におけるクリセイデの内面的モノローグ――ちなみに、これは前述の〈内的空間〉から生み出されるものだが――は、宗教的には、彼女が演ずるいかなる行為にも劣らず、重要であろう。なぜならば、そこで明確にされる彼女の心理状態は、彼女の次の行為を促す動機にもなっているからである。彼女の心理状態そのものが、一種の行為として、機能しているからである。それは、クリセイデのトロイルスに対する〈愛〉が、ディオメデの場合（五・一〇二四）とは逆に、「突然の愛」（二・六六七）ではなかった、という内面的思考を通して伝わってくるからだ（これを可能とさせるのがチョーサーの特技かも知れない）。実際、クリセイデの場合、そのアクションは、他の場合とは違って、性格描写の表れとして機能しているように思われる。トロイルスに出会う前に、我々がクリセイデの描写から知り得る情報は、彼女が自分の父親の裏切り行為を、個人的にとらえている点である。彼女は「ひどい苦しみに落とされた」（一・九四）と感じているからだ。彼女が自分の父親の裏切り行為に関して最初に示す結論を見れば分かるように、彼女は両面感情の持ち主である。しかも、これがその後の彼女のアクションを決定づけているようである。彼女は「どうすれば一番良いのか、判断がつかない」（一・九六）からだ。トロイルスが愛の神の放つ矢に射られる場面で、クリセイデがトロイルスに最初に投げかける〈一瞥〉は、詩人チョーサーがクリセイデに吹き込んだ心理的複雑性の表れである。

全体として、実に驚くほどトロイルスには、
好ましいものに見えた、その身のこなし、顔つきは。
だが、その顔つきは少々傲慢に見えた、というのも、
彼女は、少し、目を脇にそらせていたからだ。
「あら、私がここにいてはいけないの？」と言わんばかりの

態度で。その後、彼女はその表情を輝かせたが、（一・二八八—二九三）

クリセイデの「顔つきは少々傲慢に見えた」が、それは彼女が少し「目を脇にそらせ」たことで引き起こされた顔の表情である。しかし、「あら、私がここにいてはいけないの？」という問いかけは、果たして、その〈場〉への一種の挑戦なのだろうか。それとも、それは、彼女がカルカスの娘として、社会的地位、つまり、社会における〈居場所〉を失ったことに対する恐怖心の表れなのだろうか。『トロイルス』を読むと、〈栄誉〉とか〈恥辱〉という言葉が数多く散見されるが、寡婦としてのクリセイデの立場を考えると、〈社会〉における〈個人〉の居場所の問題が出てくるのは、時代的側面からしても、当然と言えば当然だろう。それを暗示するかのように、チョーサーが、「白と黒、恥辱と栄誉といったように、／各々は他のものと並べられてこそ、その本質が明らかになるものだ」（一・六四二—六四三）と、パンダルスに言わせている場面からも、それは窺い知ることが出来よう。この場面（一・二八八—二九三）では、クリセイデの〈視線〉とトロイルスの〈視線〉が〈水平方向〉という形で遭遇しているため、この「〈眼〉と〈眼〉の水平的邂逅」という側面を見逃すことは出来ない。〈水平〉という形は、ある意味で、〈対立〉のイメージを醸し出してくるからである。クリセイデが最終的にギリシャの武人と結ばれ、トロイルスが〈死〉を迎えてあの世に旅立つ結末を見れば、それは明らかになるだろう。

かくて、このような〈居場所〉に対する意識がクリセイデの心の中（すなわち、内的空間）で勢力を強めることにより、彼女がプライドと恐怖心を共に携えた、両面感情の持ち主であることが我々に知らされることになる。第一巻で描写される彼女の〈顔の表情〉は、なかんずく、自らの身の安全が社会（つまり、トロイ）において保証されていない女性の顔の表情なのかも知れない。すなわち、心理的側面から言うと、これは彼女の〈内的空間〉の表象ということになる。しかるに、彼女は次にどのような行動に出るのか、どのような形で身の安全を確保・保持していくのか、といった問題が、彼女の心理描写の微妙さおよび曖昧さなどとあいまって、我々の興味をそそることになる。チョーサーは、クリセイデの複雑な内面の情景に深い関心を抱いていたため、ボッカチオが描いたクリセイダに心理的描写を加えることで、かなりの修正を施していたことが分かってくる。クリセイデの描写から一種の〈内的空間性〉が現れてくるからだ。したがって、クリセイデの〈顔の表情〉に関する描写から、詩人チョーサー特有の、いわゆる、〈現代性〉が生まれることになる。チョーサーは、この作品において、英文学における最初の「心理文学」を生ましめたのだ、と言われる所以は、まさに、ここにあると言えよう。クリセイデが取る行動は、彼女が寡婦ということもあって、社会的側面において、常に許容されているとは限らないが、このような行動は心理的に証明することは可能である。したがって、語り手からしてみれば、彼女のキャラクターを心理的に説明することが一義的であって、彼女のアクションに対する関心は二義的となってしまうのである。

さて、パンダルスは、チョーサーのキャラクターに対する関心が良く表れたお手本と言えるため、彼のキャラクターについて考える必要があろう。[11] ボッカチオが『イル・テセイダ』の中で描いたパンダレは、世代的にみると、トロイロと同じように、若い世代に属する人間として作品に登場しているが、チョーサーが描いたパンダルスの場合は、経験を積んだ年配者として登場している。かくて、プロットにおけるパンダルスの役割が、ロマンスにおける、いわゆる、「仲介者」の役割と同じように、重要であることからしても、それは理解されるだろう。例えば、パンダルスは、『薔薇物語』の中に登場する「アミ」とか、クレチャン・ド・トロワの『イヴァイン』の中に登場する「ルーネト」と同じような役割を果たしているからである。『トロイルス』を見れば分かるように、チョーサーは、この作品において、ロマンスに出てくるこの種のタイプを変形させ、個性化させているようである。つまり、詩人は、パンダルスの役割を、プロットの領域を超えたところまで拡大化させているということである。パンダルスは、初期のドリーム・ビジョンで知られているチョーサーのペルソナと同じような形で、展開させられているのだ。パンダルスの、一見、正直そうな、それでいて人並み以上に「世故に長けた」愛敬のある性格は、人なつっこい印象を周囲に与えているようだが、彼の果たす役割は決して小さくはあるまい。第一巻でパンダラスに初めて出会うとき、我々は、彼は己の友人の苦しみを和らげようとする人間そのものである、という感覚を抱いてしまうほどである。例えば、「ねえ、トロイルスさん、愛情とか誠実さが、いままでも、／現在も、あなたと私との間にあるとすれば、／そんな残酷なことをするのは止めてくださいよ、／そんな重大な心配事を隠すなんてことは」（一・五八四―五八七）というパンダルスの言葉を見れば、それは十分理解されるかも知れない。だが、物語が進行するにつれて、彼の裏側の姿（つまり、影の部分）が、徐々に、表側に現れてくるのも確かである。我々は、パンダルスの恋人たち（つまり、トロイルスとクリセイデ）への介入または干渉は、パンダルスの過去における失恋を帳消しにするために使われた、詩人独自の戦術ではないか、と推測してしまうからである。トロイルスとクリセイデの恋を成就させるための努力を惜しまないパンダルスの行動には、彼流の〈打算〉が働いていたのかも知れない。しかし、見方を変えてみると、パンダルスは自らの過去の失恋を通して、自らの心の中に、物事を客観的にとらえようとする、いわゆる、〈内的空間〉が広がるようになったのではないか、とも解釈できる。良い意味にせよ、悪い意味にせよ、人は経験を積むにつれて、物事を一歩下がって冷静にとらえようとする姿勢を自然と身に付けていくのかも知れない。このような人間のことを、ジェームズ・ウィニーは〈デタッチド・オブザーバー〉[12]と呼んでいるが、この言葉を基準にして考えると、パンダルスがチョーサーとだぶって見えてくる。なぜならば、チョーサーは、第三巻において、パンダルス流の状況操作の巧みさを描くことによって、喜劇的場面を創出することに成功しているからだ。とは言うものの、『トロイルス』に見られる、プロットに対するキャラクターの優位性の描写は、十三世紀の文学者たちもキャラクターに対する関心をいち早く示していたという事実があるため、チョーサーが最初ということにはならない。先輩たちのモデルがあったからこそ、チョーサーは、作品にふさわしい内面性を強調することが可能となり、キャラクターたちに焦点を合わせることが可能となったのであろう。結局、『トロイルス』を特徴づけるものは、キャラクターの〈内的世界〉つまり〈内的空間〉に対する関心によって、チョーサーが語り手と登場人物たちをいかに操ったかに帰着することになる。

登場人物の一人でもある語り手は、『トロイルス』という作品を通して、ロリウスの物語に対抗する独自の意見と心情を披露しながら、我々の反応を操作しているようにもとれる。その結果、語り手の意識と、彼が報告しなければならない諸々の出来事との間に、緊張感なるものが生まれてくると言える。それは、客観的な事実と主観的な人間的感情との間に漂う緊張感である。このような緊張感は作品の中で絶えず感じ取られるため、あえてそれを強調する必要はないが、これが語り手の〈距離感〉の操作によって、作品の出発点（第一巻）と帰着点（第五巻）ならびに第二巻から第四巻まで至る話の流れに、矛盾や曖昧性を漂わせているのは明白である。例えば、語り手は、第一巻でトロイルスのことを「この上もなく親切で、穏やかで、寛大な、／立派な人物となり……」（一・一〇八一―一〇八二）と言ったかと思うと、すぐその後で、「傷の痛みは、やや薄らいだものの、まだそれ以上には／ならない病人だったからだ」（一・一〇八八―一〇八九）と言っているからである。また、第二巻では、ダンテの『神曲』（「煉獄篇」第一歌）を参照にしたとされる「この暗い波を漕ぎ抜けるために……」で始まる序詞の後、春の季節の意義が「楽しい月を生み出す五月」（二・五〇）と描写され、季節的にも、人間の感性を刺激する、明るい伸び伸びとした場面で始まっているため、これから起こるトロイルスとクリセイデの恋物語への期待感が生まれてくるようだが、この第二巻の最後が、

　　トロイルスは、少しも苦しい状況には置かれていなかった。（二・一七五二）

といった、不安に満ちた、パラドクシカルな言葉で終わっている点に注目すべきである。主人公トロイルスの感覚的緊張感が、かえって我々のその先への関心や期待感を高めているように見えるため、この箇所は第二巻を締めくくる

のに最適なものとなっているとも言えるかも知れない。だが、クリセイデがトロイルスに会うという意志を既にパンダルスに表明している（もちろん、彼女はすべてを彼に捧げるとは明言していないが）ため、我々がこの第二巻の最後の箇所で、たとえ形式的であれ、感じ取る緊張感は、我々の判断を狂わせる、言うなれば、曖昧性に満ちた箇所となっているからである。語り手が、〈緊張感〉を漂わせながら、トロイルスの〈内的空間〉を眺めている様子が伝わってきそうである。しかしながら、この箇所は、曖昧性を漂わせた箇所であるとは言え、我々の緊張感を百パーセント高めるようなレベルにはまだ到達していない。それだけではない。この第二巻はデフィーブスの館の場面のちょうど途中で終わっているが、この館の場面は第三巻の終わりまで続いているため、注目しておかなければならない。つまり、作者がここで導入するアクションと場所との不一致が、この段階で浮き彫りになってくるからである。このような不一致が起こる理由は、もちろん、はっきりしている。というのも、トロイルスの運命に変化が見え始めるのは、第三巻からと言うよりもむしろ第二巻からとなっているからだ。

第四巻は、正確に言うと、深刻なまでに絶望的な調子で終わっていると言っても良いだろう。ここはトロイルスが運命の女神から見放される場面である。

苦悩、地獄のありとあらゆる苦しみにも勝る
その苦悩は、人の想像も及ばず、（四・一六九六―一六九七）

この描写は、まさに、語り手自身を屈伏させるような、トロイルスの心的苦痛を大袈裟に類推した箇所と思われるが、それだけではなく、この箇所は、飾り気のない言葉でトロイルスの絶望感を暗示し、彼が己の心を変えることも出来ずに、最後の場面へと向かっていく状況を我々に伝えている箇所である、と言っても過言ではない。さらに、第五巻

は、序詞を取り入れることもなく、唐突な形で始まっているため、この物語を読んできた者にとってみれば、一瞬、目を疑ってしまうほどである。チョーサーは、序詞を省くことによって、クリセイデとトロイルスに迫ってくる〈生の現実〉を我々に直接伝えようとしているわけだが、ここには、これから始まろうとしている二人の運命が暗に示されているようである。つまり、恋愛というものにも、〈表〉と〈裏〉が潜んでいて、「不吉極まる運命が、ひしひしと、近づいて」（五・四）くるのだ。「この町を後にせねばならない」（五・五）クリセイデには、ギリシャの武人ディオメデの影が微かに感じ取られ（もちろん、このとき、クリセイデは己に与えられるであろう次の運命については無知であろうが）、「苦悩のうちに踏み止どまることになる」（五・六）トロイルスの描写にも、〈地上を超えてあの世に旅立つ〉イメージが漂っているように感じられるからである。ある意味で、この第五巻は『トロイルス』という物語を締めくくる最も重要な箇所となっていると言えよう。序詞を省いたのはそのためかも知れない。すなわち、序詞を取り入れなかったのは、〈現実のパラドックス〉を文学的手法として用いながら、〈トロイとギリシャ〉ならびに〈地上と天宮〉との間に広がる〈距離感〉や〈空間的要素〉をこの第五巻にセットし、この物語の悲劇性と魂の救済を微細に訴えようとする「目的」が、詩人チョーサーにあったからであろう。したがって、読み手側からすれば、第五巻で序詞が省かれていることによって、かえって、心的苦痛に苛まれたトロイルスの立場と、この世に〈生〉を留めつつも運命に翻弄されるクリセイデに共感せざるを得なくなってくる。『トロイルス』の初期の版では、第四巻と第五巻は一つにまとめられたものであったとか、また、チョーサーはこの作品を編集し直すとき、それを二つに分けていたのではないか、といったさまざまな議論がなされてきたと言われているが、チョーサーが残した版を受け入れる限り、我々は、序詞が省かれたことを、詩人の意図として受け入れざるを得ないし、また、第四巻までは描写されていた序詞が与える雰囲気を、チョーサーが恣意的に省いてしまったのだ、と認めざるを得ない。[13]

語り手は物語にどの程度介入しているか、といった問題に目を向けてみよう。この問題は、変化していくものに対する〈距離感〉と密接に関わり合っているため、こうした〈介在〉が、かえって、作品における緊張感に貢献することになるからだ。こうした緊張感は、まさに、語り手自身が我々の反応をコントロールしていることから生じているものと思われる。語り手は、一方において、この物語の悲しい結末を我々に警告することにより、また、人間の愛と運命の本質に関する自らの哲学的思考を披露することにより、物語から遠ざかっていく感覚を我々の心に植えつけているかのようである。他方において、語り手は、自らが扱うテクストとレトリックの〈架空の魔術〉によって、我々の判断力を鈍らせてしまうため、結局、我々は、自らの反応が語り手の術策に完全にはまっていることに、後になって気づかされることになる。言い換えれば、語り手がこの作品を左右する重要な担い手となってしまったのだ。あるときは作品の中に巻き込まれ、あるときは共感的となり、また、あるときはモラリスティックになることによって、語り手の意識は、物語の中に潜む〈得も言われぬ力〉と対抗し、我々に〈センテンセ〉（つまり、〈金言〉）と〈ソラース〉（つまり、〈慰め〉）を与えてくれるからである。しかるに、語り手が、作品の中で描かれるアクションならびに諸力の価値に対してどのような態度を取るべきか、その判断に迫られたとき、我々もそれらに対してそのような態度を取ってしまうだろう。さらに、語り手が、第一巻において、トロイルスの恋の苦しみに堪えられなくなり、その苦しみから脱出するためにユーモアを醸し出すとき、我々もその苦しみに堪えられなくなって、意味もなく笑みを浮かべてしまうだろう。また、語り手が第三巻で、ぎごちなく恋にはまっていくトロイルスの姿を見てユーモアを感じるとき、我々もそうするだろう。いや、それだけではない。第四巻と第五巻で、語り手がトロイルスと共に苦しんだり、クリセイデを弁護したりするとき、さらに、ディオメデの世故に長けたずる賢しい姿を見て不快感を感じるとき、我々もそうするだろう。要するに、我々の反応は語り手にコントロールされているのだ。かくて、語り手の複雑な介在によって、この詩作品の曖昧性に対する我々の意識も大いに高められることになる。というのも、彼が形式という枠の中で生みだす緊張感は、解け出すことはほとんどないからである。むしろそれは、代わりに、明確な分裂の意識を生み出すだけだろう。したがって、第五巻におけるチョーサーのクリセイデの扱い方を読んだ者は誰でも、道徳的曖昧性を感じざるを得ない。語り手は、クリセイデに関する道徳的結論を示していない（「……私ではなく、人が言うには」五・一〇五〇参照）ため、我々は、トロイルスに関しても、同じように扱わざるを得ない。だから、物語が終わりに近づくにつれて、我々は、物語そのものを同じように扱わざるを得なくなってくる。だが、そのとき、我々は、この物語のエンディングに、曖昧性に満ちた矛盾が生じていることに気づかされることになる。

『トロイルス』（第五巻）には、エンディングが二つ見られるようだ。一つ目のエンディング（五・一七六五―一七九八）は、トロイルスの愛のプロットを終わらせている箇所であるが、それには、悲劇的作品に似合ったモラリティが示されているということで、この作品を叙事詩の伝統に従わせているように思われる。つまり、この一つ目のエンディングに漂うモラリティは、この詩作品のアクションを通して生まれているからである。だが、二つ目のエンディング（五・一七九九―一八六九）は、一般にエピローグとも呼ばれることがあるが、これは我々が初めから予期している、いわゆる、〈愛の結末〉に対する意識を弱めているように感じられる。この箇所が、主人公トロイルスの〈死〉とその〈神格化〉を通して、プロットを拡大化させているからであろう。つまり、それは、若い恋人たちに対して、何はさて置き、神への愛を強いることによって、一つ目のエンディングが持つモラリティをキリスト教化しているからだ。結局、二つ目のエンディングは、作品全体が持つ価値と唐突に対立し合い、悲しみや苦しみをすべて不必要なものに見えさせ、最終的に〈反悲劇的なもの〉に見えさせているからであろう。チョーサーは、一つ目のエンディングに到達するまでに、自らが扱う作品のジャンルをどのようにすべきか、決めかねていたように思われるが、この物語の冒頭で記された数行を見れば分かるように、この詩作品が悲劇的作品であることは明白である（「トロイルスの二重の悲しみについてお話するのが／……／私の目的である」一・一―五）。アリストテレスの説に従うならば、悲劇というものは、無情な運命へと向かう主人公のアクションを描いたもの、ということになるが、D・W・ロバートソンも論じているように、チョーサーは悲劇というものをそれとは異なった意味でここで使用しているようである。というのも、詩人はギリシャの宇宙観をモデルにしたのではなく、人間の脆さと宇宙の摂理を扱ったボエティウスの『哲学の慰め』の考えをモデルにしたからである。チョーサーの描く悲劇的世界は、かくて、我々が認識している他のすべての悲劇よりも荒涼とした侘しいものになっているように感じられるが、皮肉にも、悲観主義的な『トロイルス』の悲劇的形式は、チョーサーのパラドクシカルな〈愛〉の扱い方からきているようである。

第一巻（二・二二八―二三六）で描写される敷衍法は見事である。愛によって、「傲慢な者は捕らわれ、おとなしい者も捕らわれてしまうからだ」（一・二二四）。つまり、時空を超えて、人間は愛から自由になることは出来ないからだ。「愛の神がすべてのものを縛りつける存在であることは、／過去においても、未来においても、常に変わることは出来ないし、／何人も自然の法則を破ることはできないのだから」（一・二三六―二三八）。第三巻（三・一二五四―一二七四）で描かれるトロイルスの愛の称賛の場面でも、チョーサーは、このような必然的状況を、人間の熱望するものの中で最高の善として語っているようである――しかし、だからと言って、詩人は、必ずしも肉体的愛と精神的愛を区別しているわけではなくむしろ、愛というものを、作品の中のアクションそのものに動機づけを与えるための一般的原理として示しているだけである。

結局、『トロイルス』の悲劇性は、トロイルスの〈視線〉とクリセイデの〈視線〉が〈水平方向〉の形で一致したために起こったことになる。つまり、トロイルスがクリセイデの姿を〈眼〉でとらえていなかったならば、この物語は存在していなかったことになる。したがって、この物語が〈地上の愛〉の悲劇という形で終結するのは当然と言えば当然であろう。〈愛〉は偶然性から生まれ、必然性によって消えていくものかも知れない。この過程をとらえるには、特に第四巻と第五巻が不可欠となってくるものと思われる。語り手、トロイルスおよびクリセイデたちは、交互に、必然性を重視しながら、〈地上の愛〉の価値を考えているようだが、第四巻において、必然性が愛人たちの意志とは逆方向に動き出すやいなや、トロイルスは、哲学的思索によって、己の現実的問題を解明しようとすることになる。ジョーブの寺院で、トロイルスは、己の行動の自由の意味を必然性によって理解しようとしているが、彼は単なる恋に落ちた人間であって、神学者ではない。[14] したがって、彼はただ挫折感を味わうだけなのだ。「尊い博士のオーガスティン様や、ボエティウスや、あるいは／ブラッドワルディン司教がやっているようには」(『尼僧付きの僧の話』三二四一―三二四二) いかない「私」(同、三二四〇) のように、トロイルスは、ただ条件付きの必然性の概念に身を委ねているだけである。いや、それは、哲学夫人の形而上学の手助けがなければ、ボエティウスでさえ乗り越えることが出来なかった問題かも知れない。そういうわけで、トロイルスは己の意志を捨ててジョーブの慈悲に盲目的にすがるわけだが、トロイルスが祈りの対象とするジョーブは、プロットが大詰めに差し掛かると、ただ黙しているだけではなく、この物語の中心人物たちの「致命的とも言える運命」(五・一) を「好きなように」(五・二) 変えてしまうのである。ロバートソンやブルームフィールドおよび他の批評家たちが論じているように、この暗い哲学的転換によって、チョーサーは、人間は自由意志の本質に関する解答を自ら論理的に考えることは出来ない、ということを示そうとしていただけではなく、異教の神々の不要説を語り手に語らせていたのかも知れない。自由意志を放棄する言葉が、

そして、私たちすべての心を天上に向けるべきだとした。(五・一八二五)

と、最後に描写されていることは、注目すべきであろう。チョーサーは、魂の救済を認識するキリスト教徒として、また、聴衆に物事を具体的に例証する教訓的詩人として、初めから、自らの作品の悲劇的形式のために、キリスト教的エンディングを計画していたのであろうか、といった憶測も浮かんでくるようである。『トロイルス』という物語では、初めから、楽観主義が描かれているわけではない。たとえ、愛の力に対する称賛が詩の中で描かれていたとし

ても、愛は、現実的意味合いを含めながら、破壊的効果をもたらすために働いているからだ。この詩作品の悲劇的形式は、歴史的事件がいかに必然性を伴いながら人間の精神を支配し、また、その反面、人間的存在がいかに大切なものであるかを示しているようである。〈空間〉のイメージを作品に適用し、トロイルス、クリセイデおよびパンダルスなどといった主要登場人物たちの〈外的空間〉と〈内的空間〉を描いた詩人のねらいは、そこにあったのかも知れない。

『トロイルス』の悲劇的形式と歴史的事件の結末を合わせて考察すると、第五巻で描かれた一つ目のエンディングは、この物語全体を通して見ると、それほど重要なものとは言えなくなってしまうだろう。確かに、ボッカチオの『イル・テセイダ』では、クリセイダのような肉感的で移り気な女性とはかかわるべきではない、という警告が発せられ、また、チョーサーの『トロイルス』の一つ目のエンディングにおいても、「容色が本当に麗しいご婦人の皆々様、／そして、ご身分の高い女性の皆々様」（五・一七七二―一七七三）がクリセイデのようになって欲しくないということが強調され、同じように、モラリティに基づいた終わり方で終わっているが、しかし、『トロイルス』の世界には、ボッカチオ版には決して含まれていないような、極めて複雑で曖昧な、哲学的かつ心理的問題が山積されているものと思われる。運命の女神によってもたらされた苦しみと絶望感だけが『トロイルス』を支配しているように感じられるが、チョーサーは、地上の愛の〈有為転変〉を、前向きの姿勢で描いているようにも受け取れる。「一切は、空の空である」（五・一八一七）という詩人の言葉から浮かんでくるのは、紛れもなく、この世における〈生の無常観〉そのものである。「彼は下の方に目を向けた、／……／小さな点に」（五・一八一四―一八一六）という語り手の言葉からも分かるように、トロイルスが帰昇した第八天宮の地点から見ると、この地上の世界は、実際、一粒の種にも値しないものに見えるかも知れない。永遠という不滅の世界から見ると、この地上の住人は、あたかも蟻のように見えるかも知れない。だが、それだけではない。語り手は、作品に登場する人物たちの内面でうごめく〈内的空間〉を巧みに引き出しながら、聴衆もしくは読者たちに、〈生〉への関心を鼓舞しているからだ。〈蟻〉がその視点で己の世界を見つめると、己の〈生の秩序〉の意味が見えるように、我々も、その行動の世界において、それを垣間見ることが出来るからである。

詩人チョーサーは、この詩作品において、〈フィクションとは何か〉といった問題を、我々に考えさせようとしているのかも知れない。というのも、詩人は、語り手に登場人物たちの〈内面の姿〉を、あるときは冷静に、また、あるときは情熱的に語らせながら、聴衆もしくは読者たちの〈物事に対する心理的距離感〉を巧みに操っているからだ。つまり、詩人は、物語に内蔵した文学的意匠を、ときには表舞台で使用し、ときには裏側に隠しながら、我々とテクストとの間の距離感をコントロールしているのだ。詩人がこのような手法を、後の『カンタベリー物語』で展開しているのは周知の通りである。チョーサーが、『トロイルス』という作品の中で、〈空間〉の詩学を駆使しながら歴史的物語詩を創造し、コントロールできる詩人として成長していたのは疑い得ない。『トロイルス』が心理文学の先駆けと呼ばれるのは、おそらく、そのためであろう。

注

(1) ジョン・ガードナー『チョーサーの詩学』南イリノイ大学出版局、一九七七年。一三五頁参照。
(2) モートン・ブルームフィールド「『トロイルスとクリセイデ』における距離と運命予定説」、PMLA・七二号(一九五七年)。一四—二六頁参照。
(3) チャールズ・マスカタイン『チョーサーとフランスの伝統』カリフォルニア大学出版局、一九五七年。一三一—一三三頁参照。

（4）Ｅ・Ｔ・ドナルドソン『チョーサー論』アスロン出版社、一九六五年。四四―六六頁参照。
（5）Ｗ・Ｆ・ウッズは、『チョーサーの空間』（ニューヨーク州立大学、二〇〇八年、四頁）において、「空間はニュートンの物理学のみならず、普通の言語にも適用出来、メタファーとして使用し得るものである」と指摘している。また、八木雄二は、『中世哲学への招待・「ヨーロッパ的思考」のはじまりを知るために』（平凡社新書、二〇〇〇年、二一三頁）において次のように記している。「空間性を存在の本質と見るなら、実体の本質の属性は不変性であると見なされる。なぜなら空間はものの変化を包み込むものであり、それ自体は決して変化しない……つまり空間は、それ自体は変化しないものとして構想され、そのなかで変化が把握される。そのとき、より不変的な座標となる空間に一定の位置をもちうるのが、「実体」であると了解される。」
（6）ジェフリー・シェパード「トロイルスとクリセイデ」、Ｄ・Ｓ・ブルーワ編『チョーサーとチョーサリアンたち』アラバマ大学出版局、一九六六年、所収。六五―八七頁参照。
（7）マイケル・Ｅ・コットン「チョーサーの『トロイルスとクリセイデ』における芸術的統合性」、『チョーサー・レビュー』・七号（一九七二年）。三七―四三頁参照。
（8）アルフレッド・デービッドは、「チョーサーが書いた『トロイルス』という作品は、登場人物の悲劇性を扱った作品である」と力説している。アルフレッド・デービッド「『トロイルス』の主人公」、『スペキュラム』・三七号（一九六二年）。五六六―五六八頁参照。
（9）チャールズ・オウエン「チョーサーの『トロイルスとクリセイデ』改訂版の意義」、ＭＰ・五五号（一九五七年―一九五八年）。五頁参照。
（10）Ｗ・Ｆ・ウッズは、〈空間〉を〈パブリック・スペース〉と〈パーソナル・スペース〉に分けている。『チョーサーの空間』参照。
（11）Ａ・Ｔ・ゲイロード「チョーサーの『トロイルス』における友情」、『チョーサー・レビュー』・六号（一九七一年）。一二〇―一二九頁参照。
（12）ジェームズ・ウィニー編『「カンタベリー物語」の「総序」』ケンブリッジ大学出版局、一九七七年。一八頁参照。この「デタッチド・オブザーバー」は、「物事を一歩下がって観察し、冷静に判断出来る人間」という意味。ウィニーは、この言葉を、チョーサー自身に当てはめている。
（13）チョーサー版の『トロイルス』については、Ｒ・Ｋ・ルート『チョーサーの「トロイルス」のテクストの伝統』チョーサー学会、一九一六年出版があるが、オウエンの改訂版が有益。

(14)『トロイルス』の哲学的考察については、次の資料が参考になる。W・C・カリー『チョーサーと中世の科学』バーンズ・アンド・ノーブル、一九六〇年、二四一―二九八頁。H・R・パッチ「トロイルスと決定論」、『スペキュラム』・六号(一九二九年)。T・A・ストロウド「チョーサーの『トロイルス』に対するボエティウスの影響」、MP・四五号(一九五一―一九五二年)。

第２部

イギリス文学

『光と風と夢』をめぐって

——中島敦とスティヴンスン

富士川　義之

本日は「中島敦の会」にお招きいただき、まことに有難うございます。ちょうど二十年前にもこの神奈川近代文学館でお話しをさせていただきました。そのときは、「李陵」を中心に、中島敦がどのようにして「李陵」の文体を構築するにいたったか、などといった問題をめぐって、主として文体面からこの夭折した作家の創作の秘密に迫ってみようとしました。

中島敦は、一九〇九（明治四十二）年に東京・四谷に生まれました。今年二〇一四年はちょうど生誕百五年に当たります。生誕百年がにぎやかに祝われたことは聞いておりますが、一九四二（昭和十七）年にわずか三十三歳で亡くなったこのユニークな作家が、長い間多くの読者によって愛読されつづけ、この近代文学館で、中島敦展が開催されるたびに大勢の熱心な観客が詰めかけるという現象を知るにつけても、いまや中島敦は、日本近代文学における古典的位置を確保するにいたったということを痛感しないではいられません。

とともに、もし彼がもう少し、たとえばもし五年でも十年でもなお生き続けていたなら、何をしでかしたかほとんど見当もつかないくらいの、恐るべき作家的潜在能力、可能性を持っていた人だったのではないかという想いにとらわれることもままあります。中国古典に題材を求めたものにこだわらず、また和洋中にわたるほとんど無数といってもよい頭脳の引き出しがあったようですから、全く読者の意表をつくようなとんでもない傑作、名作のたぐいを書き上げる潜在能力があったと想像してみても、あながち的はずれではないでしょう。

だが、残念ながら現実には、三巻本の全集を残したまま、作家としてはいまだ新人のままであった三十三歳の若さで急逝します。それゆえ、後世に生きる私たちには、残された三巻本のテクストと向き合い、テクストをきちんと読むと言うことが何よりもまず不可欠なのではないかと思います。そうすることが、おそらくは非常に無念な思いを抱いたまま、夭折した中島敦の霊に少しでも報いることになるのではないかという想いを今更ながら強くしております。

私たちのまわりにはいまさまざまな情報が日々あふれ返っています。あまりにも大量の情報が身辺にあふれ返っているため、どんな情報を取り、どんな情報を捨てるか、情報に関して自分なりのきちんとした対応の仕方を持っていないと、ともすると情報に翻弄され、とんでもないことになってしまいます。このような現代のいわば情報洪水の中で中島敦を読む、あるいは読み返すということは一体どのような意味を持つものだろうか。今度久しぶりに中島敦を読み返しながら時々そういうことも思いました。そして私などはもうとっくに中島敦の二倍以上の馬齢を重ねているというのに、私にとって彼の文学はいっこうに古びていない。それどころか教わるところがいまだに色々とあります。たとえば最晩年に書かれた「李陵」には「天」という言葉が何度か出て来ますが、若年ながら天が自分を見ているといういわば思想的な高みに達している中島敦にほとんど畏怖の念さえも覚えるほどです。まさに大人の作家だという印象を受けます。この「天」は晩年の漱石がしきりに述べていた「則天去私」における「天」とたぶん同じものです。私たち現代人は漱石や中島敦のような大人の作家が持っていたような「天」の思想といったものをすでにすっかり見失っています。いま、中島敦を読むということは、情報洪水の中にいる私たち現代人が見失って久しい、そうした「天」の視点というか、最終的には天に到達する表現形式がいかなるものであるかを、自分なりに改めて振り返ってみることにあるのではないのか。そんなふうにも思うわけです。

本日の講演タイトルは「『光と風と夢』をめぐって――中島敦とスティヴンスン」となっております。そこで本日は昭和十七年度の芥川賞候補作になりながら惜しくも受賞を逸した『光と風と夢』を中心にして、「天」の思想、「天」の視点に辿りつく直前の中島敦に注目しつつ、しばらく皆さんとご一緒にこの作品を読んでみたいと考えています。

全集別巻収録の詳細な年譜によりますと、中島敦が『宝島』や『ジキル博士とハイド氏』で知られるスティヴンスンを読み始めたのは、一九四〇（昭和十五）年夏頃からのことのようです。一高時代からの親友でドイツ文学者の氷上英廣からスティヴンスンの著作を三冊送ってもらい、それからまもなく原題は最初『ツシタラの死』であった『光と風と夢』の執筆に着手しています。また、この年の暮頃から喘息の発作がひどくなり、夏は発作が起こらないために、冬は南方に、夏は湿気の少ない満州に転地療養をすることを真剣に考え始めるようになったとも年譜にはあります。

この年譜の短い記述からも伺えるように、中島敦がスティヴンスンに親近感を持つようになる重要なきっかけの一つに持病の喘息があったということがあります。南太平洋のサモア島で晩年の四年間を過ごしたスティヴンスンの生活を扱った『光と風と夢』の「七」にスティヴンスンの喘息について、こんなふうに書き記しています。《幼い頃からひどく気管の弱かった少年スティヴンスンは、冬の暁毎に何時も烈しい咳の発作に襲はれて、寝てゐられなかった。起上り、乳母のカミイに扶けられ、毛布にくるまって窓際の椅子に腰掛ける。カミイも少年と並んで掛け、咳の静まるまで、互ひに黙って、じっと外を見てゐる。硝子戸越しに見るヘリオット通りはまだ夜のままで、所々に街燈がぼうっと滲んで見える。やがて車の軋る音がし、窓の前をすれすれに、市場行きの野菜車の馬が、白い息を吐きはき通って行く……これがスティヴンスンの記憶に残る最初のこの都の印象だった。》

ここで「都」とあるのはむろんスティヴンスンの生まれたスコットランドの首都エディンバラのことです。スティヴンスン家は、代々燈台技師として聞え、スティヴンスンの曾祖父にあたるトマスは北英燈台局の最初の技師長であり、その三人の息子も、それぞれ、この燈台技師の職を継ぎました。小説家の父トマスは、新式の廻転燈や光反射鏡の発明家として、当時、燈台光学の権威とされていました。彼は兄弟たちと協力して、幾つかの燈台を築き、多くの港湾を修理する大変有能な人物でした。また、敬虔なスコットランド教会の信徒でもあり、スティヴンスン家の人たちは極めて宗教的でのちの小説家は幼時からそういう厳格な宗教的雰囲気の中で育ったのです。のちにスティヴンスンの記すところによれば、父トマスは、常に、「自己の価値に就いて甚だしく否定的な考えを抱き、ケルト的な憂鬱を以て、絶えず死を思ひ無常を観じてゐたと」いいます。

　そのような家庭に生まれ育ったスティヴンスンは、子供の頃から将来家業である燈台技師になることを当然期待されるとともに、熱心なキリスト教徒になることを暗黙のうちに強制されてもいたようです。ところが、青年期のスティヴンスンは、こうしたプレッシャーに烈しく反抗し、二十歳の頃から通いなれた教会の代わりに、下町の酒場へと通い出し、作家志望の思いを父に宣言するようになります。こうして父子関係がけわしいものとなり、しばしば衝突が繰り返されるようになります。父親としては、息子の作家志望はどうにか認めはしたものの、その反宗教的な態度だけはどうしても許せなかったのです。『光と風と夢』の中には、そのあたりのことをこんなふうに記しています。

《自分が破滅の淵に陥ってゐることを悟れないほど、未だ子供であり、しかも父の救いの言葉を受け付けようとしないほど、成人（おとな）になってゐる息子を見て、父親は絶望した。この絶望は、あまりに内政的な彼の上に奇妙な形となって顕れた。幾回かの争いの後、彼はもはや息子を責めようとせず、ひたすらに我が身を責めた。彼は独りひざまずき、泣いて祈り、己の至らざるゆえに倅（せがれ）を神の罪人としたことを自ら激しく責め、かつ神に詫びた。息子の方では、科学者たる父がなぜこんな愚かしい所行を演ずるのか、どうしても理解できなかった。》

このような文章を読んでいますと、自分は決して父親のようになるまいとする若きスティヴンスンの低いつぶやき声が聞えて来るような気さえいたします。とともに、私は、中島敦が一番最初に世間に公表することを前提として書いた、昭和八年九月に脱稿した最初の作品「斗南先生」のことを思い起こします。自分の父親についてはほとんど全く何も書き残していないので分からないのですが、少年スティヴンスンと同様に「斗南先生」には、少年中島敦がこういう大人にはなりたくないと思った伯父中島斗南の晩年の肖像が描かれているからです。中島斗南は生涯独身で、漢学者として孤高の人生を送った極めてエクセントリックな人物であったようです。彼は幼いときから成績優秀で、秀才と目(もく)されていた甥の中島敦にことのほか目をかけ、将来を嘱望していたらしい。鶴のようにやせほそり、他人や社会をいつも罵り、国を憂え、一生を放浪者魂を持ってあちこち彷徨したこの「昔風の漢学者気質と狂熱的な国士気質との混淆した精神」の持ち主である伯父を少年中島敦は嫌っていました。ことに親戚の多くから敦の気質は伯父によく似ているとか、年をとってから敦が伯父のようにならなければよいがと口癖のように言われていたことをひどく気にもしていました。そしてその言葉が部分的に当たっていることを認めないわけにはいかなかった。「一生、なんらのまとまった仕事もせず、志を得ないで、世を罵りながら死んで行った」伯父。敦には無目的としか思えないような旅行を何度も発作的に繰り返し、支那へも長く渡っていた伯父。しかも経済的にはいつもほとんどすべて他人の援助に頼っていた伯父を、敦は心の中でいつも非難していたのです。

つまりスティヴンスンの場合も、中島敦の場合も、その少年時代に、将来自分はこうはなりたくない、いわば反面教師のようなかたちで、それぞれ父や伯父の存在があったのではないかということです。しかしながら、両者ともに、大人になるにつれて、父や伯父のことをだんだん理解するようになる。そして少年時代に抱いた偏見や誤解を恥じるようになる。そういう父や伯父と否応なく関わらざるを得なかった自分の運命を直視するようになるのです。そこが両者はともによく似ています。その意味で、中島敦が作家としての第一作に血縁関係の中における自分を探った「斗南先生」を書いたのは、やはり、見逃せないのではないかと思われます。彼はこの短篇を書くことを通じて現在の自分の精神のありようの起源を突きとめようとしたのではないかと思うからです。しかもこれは、いわゆる私小説ではない。後年の彼が得意とした「イマジナリー・ポートレイト」（「想像の肖像」）となっています。『光と風と夢』は、スティヴンスンという実在したスコットランド作家に自分を仮託しながら、事実とフィクションを巧みに混えながら、文学者としての中島敦の精神のありようを追求する「イマジナリー・ポートレイト」となっているのではないのか。あとで触れるつもりですが、いま、いささか先走って結論めいたことを言うとすれば、そんなようなことになります。

先ほどスティヴンスンの生まれ故郷の都市エディンバラのことがちょっと出て来ました。『光と風と夢』十六の中にひどく酔っぱらったスティヴンスンが、サモア島のアピアのホテルまで歩いて帰る途中で「かびのにほいのする暗い地面」に倒れてしまい、半ば意識を失ったまま、地面に倒れている間じゅうずっと、「ここはアピアだぞ。エディンバラではないぞ」と自分に言い聞かせる場面が描かれています。それから木の茂みがざわざわと風に鳴っているかなり広い通りに出た彼は、「何といふこともなしに、その通りを少し行って左へ曲がれば、ヘリオット・ロウ（自分が少年期を過ごしたエディンバラ）の我が家に帰れるやうに考へてゐた。再びアピアといふことを忘れ、故郷の町にゐる積りになってゐたらしい。暫く光に向かって進んでいく中(うち)に、ひよいと、しかしこんどは確かに眼が覚めた。さうだ。アピアだぞ、ここは。――すると、鈍い光に照らされた往来の白いほこりや、自分の靴の汚れにもハッキリ気が付いた。ここはアピア市で、自分は今フンク氏（ドイツ人医師）の家からホテルまで歩いて行く途中で、……と、そこで、やっと完全に私は意識を取り戻したのだ」とあります。

こういうかたちで故郷の町エディンバラの面影は、ほとんどいつまでも、スティヴンスンの脳裏に残っている。そのありさまを、これはどうもこの作家の書き物の中には見出せないのですが、つまり中島敦の想像の産物ということになるのですが、彼は実に鮮やかに想像してみせています。

『光と風と夢』は、スティヴンスンが晩年の四年間を過ごしたサモア島のヴァイリーマでの生活について報告する多数の手紙（これは『ヴァイリーマ通信』として知られている）に主として準拠しながら書かれた作品です。スティヴンスンはヴァイリーマ（ちなみに「ヴァイリーマ」とは五つの小川の意）に四百エーカーの土地を購入し、三千ポンドの建築費をついやして広壮なバンガロー風の屋敷を建て、そこに妻のファニーと住みながら、毎朝決まって五時間ぐらい小説執筆にあたっていました。執筆以外の時間は、もっぱら未開地の開墾や農作業などの肉体労働に熱心に従事していました。夜、くたくたに疲れて眠る夢の中でも、「私は、強情な植物どものつたを引張り、いらくさのとげに悩まされ、シトロンの針に突かれ、蜂には火のように刺されつづける。足もとでぬるぬるする粘土、どうしても抜けない根、恐ろしい暑さ、突然の微風、近くの森から聞こえる鳥の声、誰かがふざけて私の名を呼ぶ声、笑声、口笛の合図……大体、昼の生活を夢の中で、もう一ぺん、し直すのである」と『光と風と夢』にはあります。実際、太平洋が大好きだと言ってもいるように、肉体労働を含めて、ヴァイリーマでの健康的な生活がスティヴンスンはひどく気に入っていて、ロンドン在住の編集者シドニー・コルヴィンや親友の作家ヘンリー・ジェイムズなどに折にふれてそのことに手紙の中で触れております。思い切ってサモア島に移住したことが、彼の持病である肺病や喘息の症状をかなり改善し、小説執筆もおおむね順調であったからです。『ヴァイリーマ通信』からの一節を引きながら、中島敦はこんな具合に書きとめています。

《彼は今ロビンソン・クルーソー、或いはウォルト・ホイットマンの生活を実験しつゝある。「太陽と大地と生物を愛し、富を軽蔑し、乞うものには与へ、白人文明を以て一つの大いなる偏見と見なし、教育なき、力溢るる人々とともに闊歩し、明るい風と光との中で、労働に汗ばんだ皮膚の下に血液の循環を快く感じ、人に嗤はれまいとの懸念を忘れて、真に思ふことのみを言ひ、真に欲することのみを行ふ。」これが彼の新しい生活であった。》

この作品のタイトルがこの箇所から採られていることは明らかでしょう。またこの作品には引かれていないのですが、ヘンリー・ジェイムズ宛の手紙には、「ぼくが町や家や社会や（どうやら）文明も本当に好きだったことは一度もない……酒や島々や島民や島の生活や気候はぼくを本当に幸せにしつづけてくれています。この二年間というもの、ぼくは何度も海に乗り出しましたが、一度も倦きたことがありません。」

ほかの手紙の中でも何度か書いているように、スティヴンスンは、もっぱら生活のために原稿を書くことにつねに追い立てられ、精神面ではうじうじと内向的となり、持病も悪化していた英国での不健康な生活からついに抜け出して、肉体労働が中心の活動的で健康的な生活を送っていることをひどく喜んでいたのです。と言っても、スティヴンスンは必ずしもサモア島での生活に百パーセントの幸せを感じていたわけではない。そう中島敦はくぎをさしています。『光と風と夢』の二の中で、スティヴンスンはこう自問します。

《働きながら、ふと考えた。俺は幸福か？、と。しかし、幸福といふやつは解らぬ。それは自意識以前のものだ。が、快楽なら今でも知ってゐる。色々な形の・多くの快楽を。（どれもこれも完全なものとてないが。）それらの快楽の中で、私は、「熱帯林の静寂の中で唯一人斧をふるう」この伐木作業を、高い位置に置くものだ。まことに、「歌の如く、情熱の如く」この仕事は私を魅する。現在の生活を、私は、他のいかなる環境とも取り換へたく思はない。しかも一方、正直な所をいへば、私は今、或る強い嫌悪の情で、絶えずゾッとしてゐるのだ。本質的にそぐはない環境の中へ強ひて身を投じた者の感じねばならない肉体的な嫌悪といふやつだろうか。神経を逆撫する荒っぽい残酷さが、いつも私の心を押し付ける。蠢き、まつはるものの、いやらしさ。周囲の空寂と神秘との迷信的な不気味さ。私自身の荒廃の感じ。絶えざる殺戮の残酷さ。植物どもの生命が私の指先を通して感じられ、彼らのあがきが、私には歎願のやうに応える。血に塗れてゐるやうな自分を感じる。》

手放しの南洋礼讃ではなく、その礼讃の中には、自分が生まれ育った文明世界の自然や風土や環境とは全く異質のものが感じられてなじめず、時には「強い嫌悪感」や「不気味さ」さえも味わうことがある。そういったいわば二律背反的な感情に引き裂かれるスティヴンスンをとらえる中島敦の眼はやはり非常に鋭いと言わなければなりません。ここでいささか唐突ながら連想されるのは、一九一〇年代から二〇年代にかけてシンガポール、タヒチ、ボルネオ、マレー半島、サモア諸島など、かつて欧米の植民地だった地域を実際に旅行し、「南海もの」と一般に呼ばれる短篇小説を次々に書いたサマセット・モームのことです。かれは「エドワード・バーナードの転落」(一九二一)という短篇で、第一次大戦後に経済的に大きく成長しつつあるシカゴと原始的なタヒチ島を対比させながら、株取引きの失敗で財産を失って、止むを得ずタヒチに移住する猛烈な会社人間のエドワードが、やがて大きな精神的変貌をとげて、自然のままに生きるタヒチでの原始的な生活を大いに賛美するようになり、あくせく働いてばかりいたシカゴでの余裕のない生活を後悔するようになるいきさつを、かなり皮肉な眼で見つめる作品です。この「エドワード・バーナードの転落」を執筆する際に、モームは、おそらく南洋に憧れていたスティヴンスンの生活を念頭に置いていたのではないかと思われるのですが、彼は、一方ではタヒチに住みつきタヒチを賛美するエドワードに対して強い好意を示しながらも、どちらかと言うと、文明社会で長く過ごしてきた人間にとって、未知の南洋での生活に果たして心からなじめるものだろうか、南洋の人々を本当に理解できるのだろうかという皮肉をこめてこの短篇を書いているのではないかという印象を与えられます。タイトルにある「転落」というのが、シカゴの側から、つまり文明社会の側から見た場合の「転落」ということになっていることからも、モーム一流の皮肉な視線が感じられることでしょう。

それはともかくとして、『光と風と夢』を読み直していて改めて目につくのは、これは明らかにドイツや英米によ る植民地支配批判の書ともなっている、ということです。ドイツや英米のサモア島での植民地支配が、白人優位の、いかに過酷なものであるか、という、ある意味で政治的な小説でもあるわけです。スティヴンスンがサモア島に移住した一八八九年頃から島の統治権をめぐってドイツと英米の対立が激化します。スティヴンスンは島民を搾取し、迫害する白人たちの策動を激しく批判する投書をわざわざロンドン・タイムズ紙に寄稿したり、小説を書くかたわらサモア紛争史、あるいはサモアにおける白人横暴史を執筆したりもしています。また、『ヴァイリーマ通信』にも、サモア紛争についてたびたび言及がなされています。

サモアでは、一八五〇年代にドイツの企業がここにヤシ油の製造やココアやバナナを栽培する大規模な農園を造って以来、この島での政治的な覇権を握り、軍艦の碇泊できる港をアピアに建設する。またサモアとオークランドやシドニー、さらにはサン・フランシスコを結ぶ海上航路もすでに出来ていました。サモアからの郵便物はシドニー経由でおよそ一ヶ月でロンドンに届いたそうです。ところが、一八八七年にそれまでサモアの王だったラウペパを強引に退位させたあと、ドイツ側は自分たちの傀儡であるタマセーゼを王位につけます。だが、これに反対する英米の勢力はアピアに軍艦を派遣して互いににらみ合いますが折しも猛烈なハリケーンが島を襲い、アメリカの軍艦二隻とドイツの軍艦一隻が沈没するという予期せぬ出来事が起こり、戦闘は辛うじて回避されることとなる。そして一八八九年夏に英米両国とドイツの代表がベルリンで「サモア協定」を結び、先王のラウペパが復位することになる。だが、タマセーゼに対して暴動を起こした王族のマターファは島民の間で人望があり、彼は復位したラウペパとも敵対し、ドイツ側からは「暴動の指導者」としてにらまれていますが、英米両国からの支持を得て王位に就くべくさまざまな策略をめぐらしています。スティヴンスンは、このマターファの堂々たる体格と威厳ある風貌とに「真の族長らしい魅力」を見出して、彼を王とするべく公然とさまざまな働きかけをするようになります。こうしてスティヴンスンはサモア紛争に巻き込まれていくのですが、その詳細について述べることは『光と風と夢』をお読みいただくことにしてここでは省かせていただきます。そしてスティヴンスンが自分をどのような作家であると見ているのか、という話題に移らせていただきます。

『光と風と夢』十六、一八九四年五月X日という日付のある箇所に次のような注目すべき文学観が述べられています。

《性格的乃至心理的小説と誇称する作品がある。何とうるさいことだ、と私は思ふ。何のためにこんなに、ごたごたと性格説明や心理説明をやって見せるのだ。性格や心理は、表面に現れた行動によってのみ描くべきではないのか？　少くとも、嗜みを知る作家なら、さうするだろう。吃水の浅い船はぐらつく。氷山だって水面化に隠れた部分の方が遙かに大きいのだ。楽屋裏迄見通しの舞台のやうな、足場を取払はない建物のやうな、そんな作品は真平だ。精巧な機械ほど、一見して単純に見えるものではないか。

さて、また一方ゾラ先生の煩瑣なる写実主義、西欧の文壇に横行すると聞く。目にうつる事物を細大洩らさず列記して、以て自然の真実を写し得たりとなすとか。その陋や、哂うべし。文学とは選択だ。作家の眼とは、選択する眼だ。絶対に現実を描くべしとや？　誰か全く現実を捉え得べき。現実は革。作品は靴。靴は革より成ると雖も、しかも単なる革ではないのだ。》

これは、『光と風と夢』を論じる際にしばしば引き合いに出される有名な一節です。そして必ずと言ってもよいほど言及されるのが、これはスティヴンスンよりも中島敦自身の文学論、とりわけ日本近代文学を批判した言葉として注目されるということです。中島敦の批判は言うまでもなく、心理小説と私小説の伝統に対して向けられています。あるいはむしろ、両者がしばしば未分離のまま直結されて自己告白中心の私小説という独特な小説形式を生み出した日本近代文学の特徴的な歪みや偏向への、彼一流の屈折した皮肉の言葉としても受け取られています。いまの引用文のすぐ後には、芥川龍之介が提唱した「筋のない小説」と「筋の面白さ」を強調する谷崎潤一郎との名高い論争を暗示する文章が続いています。それもあってのことでしょう、ここで中島敦は、スティヴンスンの仮面をかぶって、芥川・谷崎論争に割り込んで、東大国文学科の卒業論文である『耽美派の研究』以来の、谷崎の小説観を支持する立場を表明しているという解釈が目につくことが少なくありません。それはそれでよいのですが、ただそこでしばしば忘れられているのは、いま引いた中島敦の文章の多くは、もともとスティヴンスン自身のものでもあったということです。引用文中にある「性格や心理は、表現に現れた行動によってのみ描くべきではないのか」とか、現実を革、作品を靴にたとえる比喩などは、スティヴンスンのある批評文を巧みに換骨奪胎したものなのです。

ここで少しだけ触れておきたいのですが、一八八四年にヘンリー・ジェイムズは'The Art of Fiction'（「小説の技法」）という評論をある雑誌に発表しました。その中で彼はスティヴンスンの『宝島』を激賞しています。ジェイムズのこの評論は、当時の著名な批評家ウォルター・ベサントが、小説を書くときには意識的に道徳的な目的を持ち込むべきだとか、作家は自分が直接見聞した経験以上のことを取り上げるべきではないとかいった主張にまっこうから反対する意図のもとに執筆されたものです。ジェイムズは、小説に道徳的な目的など持ち込むべきではないし、作家はあらゆる人生を、あらゆる感情、あらゆる観察、あらゆる幻想（ヴィジョン）を扱うものである。小説は人生と競い合うようにして、絵画の場合と同様に、リアリティを再現するものなのだ、と強く主張しています。これを読んだスティヴンスンは早速雑誌に「つつましやかな抗議」と題する評論を寄せて、小説は決してジェイムズの言うような「人生の模写」などではなく、人生のある局面の、本質的に巧妙な単純化であると述べます。さらにまた、「芸術作品である小説とは、ちょうど靴がいまだに革で作られねばならないのと同じく、こじつけの材料にほかならぬ人生に似通うことによってではなく、人生との限りない差異によって存在するものなのだ」ということを強調してやまない。つまりリアリズムよりも想像力に依拠する小説を推賞するのです。中島敦の言うとおり、まさに人生という現実が革であるとすれば、それを材料とする作品、つまり小説は靴にほかならない、というわけです。しかも「靴は革より成るといえども、しかも単なる革ではないのです。」

この遣り取りを通じて、スティヴンスンとジェイムズはその後非常に親しい間柄となりますが、二人は当時優勢だったリアリズム、写実主義の文学に対抗して、想像力の自律性を肯定し、ロマンティックな想像力によって作り出す文学の実現を目指すという共通の目的を持っていました。『クラリッサ・ハアロウ』よりも『ロビンソン・クルーソー』を、「読者を納得させるのがリアリズム」であり、「読者を魅するものがロマティシズム」であると中島敦がスティヴンスンに言わせているとおりです。リアリズムの全盛時代であった一八八〇年代に、スティヴンスンはその風潮を十分に自覚しながらも、敢えて理想主義的なロマンスを世に問うたのです。そのことは『宝島』だけでなくサモア島に移住する前に出版された『プリンス・オットー』(一八八五)や、『バラントレイの若殿』(一八八九)といった歴史ロマンスをひもとけば一目瞭然でしょう。私は『宝島』はむろんのこと、そうした彼の歴史ロマンスを愛好する者です。

ともかく中島敦はこうしたロマンス作家を以て任じていたスティヴンスンに強く惹かれていたのです。彼がサモア島で書いた南海を舞台とする短篇「壜の魔物」はすぐにサモア語に翻訳され、島民たちの間で大評判となり、彼はそれ以後島民たちから「ツシタラ」、つまり「物語の語り部」の名で呼ばれ、敬愛されるようになります。このスコットランドの小説家に、しばしば自分を重ね合わせていた中島敦もまた、『光と風と夢』を書き出した頃から、自分もまた優れた「ツシタラ」(物語作者)になりたいという夢をひそかに持っていたのではないでしょうか。「和歌でない歌」の中には、「あるときはスティヴンスンが美しき夢に分け入り酔ひしれしこと」とあり、そこではまさにスティヴンスンは、「美しい夢に分け入り」、「酔ひしれ」る物語作者として思い描かれています。と同時に、そうした美しい夢に酔いしれるだけでなく、幼年時代からしばしば悪夢や幻覚におびやかされ、自己分裂の不安にさいなまれていたスティヴンスンのダーク・サイドを見過ごしてはならないと思います。そうした彼のダーク・サイドを中島敦は敏感に感じ取っていました。それは、「自分は何者であるか」という幼い頃から彼を悩ませていた存在論的な疑問に不意に襲われる場面からもうかがえます。

夏の午後の日盛りに、スティヴンスンは独りでアピア街道を歩いていました。道からはちらちらと白い炎が立っており、街道の果てまで人っ子一人見えず、あたりは静まり返り、さつまいもの葉摺れのほか、何の物音も聞えない。

《私は自分の短い影を見ながら歩いてゐた。かなり長いこと、歩いた。ふと、妙なことが起った。私が、私に聞いたのだ。俺は誰だと。名前なんか符号に過ぎない。一体、お前は何者だ？　この熱帯の白い道に瘦せ衰へた影を落して、とぼとぼと歩み行くお前は？　水の如く地上に来り、やがて風の如くに去り行くであろう汝、名無き者は？》

ここでは詳しく述べることを差し控えますが、スティヴンスンの「自分は何者だ」というこの疑問が、たとえば「狼疾記」に書き記されているような幼年期から青年期にかけて悩まされつづけていた、自分とは何か、何のために自分は生まれて来たのか、世界とは何かなどといった根源的・哲学的な問いを折りにふれて自分自身に突きつけずにはいられない中島敦をすぐにも想い起こさせます。彼はそうした「存在の不確かさ」をことあるごとに鋭く意識しないではいられず、つつましやかで平凡だが、幸福な生活からは完全に見はなされている自分の資質を、「狼疾」と呼んだのです。スティヴンスンもまた、そのような「狼疾」を生来かかえ込んだ人間としてとらえています。精神的に絶えず不安定な状態にあったスティヴンスンの生涯を知るにつけても、これは非常に正確な人間理解ではないかと思います。「狼疾の人」であったからこそ、スティヴンスンは、『ジキル博士とハイド氏』のみならず、『プリンス・オットー』や、とりわけ『バラントレイの若殿』であれだけ悪の問題を鋭くえぐり出すことにこだわったのではないかと思えるからです。

中島敦は、こうした自分の資質を文学を創造することを通じて何とか克服し、乗り越えようと企てたのではないでしょうか。しかもスティヴンスンのような物語作者、ツシタラとなることによって。では、どのような文学形式を用いることによって自分の意図が実現できると考えたのでしょうか。スティヴンスンの口を借りて語らせているように、彼には自己告白は書けなかった。「かめれおん日記」や「狼疾記」で試みているような私小説風なスタイルも自分には合わないということがだんだん分かって来た。現代史の深部にせまる『北方行』のような極めて意欲的な長篇も行き詰ってしまい、ついに未完のままになってしまう。そんな暗中模索の時期に出会ったのが、スティヴンスンだったのです。この作家と出会うことによって、創作上のいわば方向づけがある程度可能になったのではないでしょうか。『光と風と夢』は、サモア島における晩年のスティヴンスンの生活を中心に据えながら、彼の生い立ちや父親との葛藤や病気のことやその文学観や執筆生活やサモア紛争などについても随処で触れている、伝記とも小説とも回想録ともエッセイとも一概には言えない、しかしそれらの文学ジャンルと何らかのかたちで自由に接している一種独特な作品となっています。こんな作品はいままで見たことがない、読んだことがない、というのが、発表当時の大方の読者の正直な反応であったことでしょう。事実、外国人作家を語り手とする作品が書かれたのは、日本の近代文学史上最初のことであったのです。

先程ちょっと触れたように、私はこの作品をウォルター・ペイターにならって、「イマジナリー・ポートレイト」（「想像の肖像」）と呼んでみたいと思います。イマジナリー・ポートレイトとは、実在架空を問わず、想像によって人物を描き上げてゆく創作のことをいいます。つまり、「ポートレイト」という言葉が人物の肖像画を文字通り意味するとしても、「イマジナリー」という形容辞はこの肖像画が単なる写実的な再現ではないことをあらかじめ規定してしまっています。そこに作者の夢想が介入する余地がたぶんにあると言ってよいのですが、人物の生きた幾つかの重要な瞬間についてさまざまな夢想や想像を働かせるところに「イマジナリー・ポートレイト」の特性が見出せると言ってよいでしょう。しかもペイターの場合、そうした夢想、あるいは想像が、自己告白に傾きがちな自己中心的な傾向から逃れるためのいわば格好の隠れみのとなっている。とともに、さまざまな夢想や想像によって紡ぎ出される物語中の人物は、スティヴンスンならスティヴンスンについてと同時に、中島敦なら中島敦自身の精神のありようについても低声で語っているという仕掛けになっています。こうして中島敦は、簡略に言いますと、史実に基づく夢想を描くという文学形式である「イマジナリー・ポートレイト」である『光と風と夢』を書くことを通じて、最晩年の「弟子」や、それ以上に「李陵」といった傑作を、つまり中国古典に依拠する、もっと洗練され、もっと完成された、最終的にはつねに天の下にいる個の存在や運命というものを感じさせずにはおかない、より雄大な「イマジナリー・ポートレイト」を描くことができたのではないでしょうか。私にはそんなように思われます。ご清聴ありがとうございました。

（付記）本稿は二〇一四年九月二十三日に催された神奈川近代文学館での講演原稿です。

ヘンリー五世の〈放蕩息子伝説〉

石原　孝哉

一　歴史から文学へ

ランカスター王家の二代目の国王ヘンリー五世は、宿敵フランスを打ち破った武勇の誉れ高き理想の国王として、今でも国民の間で人気が高い。若いころはハルの愛称で呼ばれ、無頼の仲間と交流するなど放蕩の限りを尽くしたが、父の後を継いで国王となるや善政を敷き、フランスに侵攻してアジンコートの戦いで大勝利し、自らをシャルル六世の後継者として認めさせた。その人間的な魅力と華々しい武功ゆえに、ヘンリー五世は「万人に愛された国王」の別名を持つにいたる。

以上は多くの人々が思い描いているヘンリー五世像であるが、このイメージは歴史上のヘンリー五世の実像ではなく、文学などその後の影響によって生まれたものである。このようなイメージが確立した背景には、シェイクスピアが描いたヘンリー五世の影響を無視することはできない。本稿では、歴史と文学のはざまで揺れ動くヘンリー五世の青年時代にスポットを当て、その〈放蕩息子伝説〉について考えてみたい。

『ヘンリー四世・第一部』は放蕩無頼の王子ハルが、父が理想の男としているホットスパーを倒して、理想的な王位継承者へと再生してゆくプロセスを主筋として展開する。それを左右から支えているのが、名誉を何よりも貴ぶ中世的騎士の原型としてのホットスパーと、名誉など何の役にも立たないとうそぶく放埓なフォールスタッフである。

ハルは最初フォールスタッフに象徴される堕落の世界に身を置き、やがて騎士道の鏡として父が理想とするホットスパーに挑戦し、それを打倒することによってホットスパーの世界を継承してゆく。これは自己疎外から自己回復への道をたどる放蕩息子の寓話と重なる。この寓話の骨格は、天国に身を置いた者が地獄に落ち、葛藤のあげくに贖罪にいたるというもので、シェイクスピアはこの構造を巧みに取り込んで、理想の君主としてのヘンリー五世像を完成させている。

シェイクスピアが描く青年時代のハルは、父親のヘンリー四世にとって頭痛の種の放蕩息子である。王はノーサンバランド伯の息子ヘンリーと対比してわが子の不甲斐なさを嘆く。彼は若年ながら勇猛果敢で、その激しい戦いぶりからホットスパー（熱い拍車）の異名をとる戦士で、騎士道の模範である。一方ハルは、不良老年のフォールスタッフ等と謀って、多額の奉納金をもってカンタベリー大聖堂へ向かう巡礼や、商売のために大金をもってロンドンに向かう商人たちを襲って、金を巻き上げる相談をしている。もっともハルは、追いはぎという危険な仕事はフォールスタッフ等にやらせて、彼らが獲物を手に入れたところで、それを横取りするという意地の悪い計画を立てている。見どころは、まんまと獲物をさらわれたフォールスタッフがそれをいかに弁明し、どんな大ボラを吹くかで、『ヘンリー四世・第一部』の喜劇的な見せ場になっている。

二　歴史が語るハルの実像

シェイクスピアの描くハルは典型的な放蕩息子であるが、歴史上のヘンリー五世は別人である。

ヘンリー・プランタジネットはダービー伯ヘンリー・プランタジネットとメアリー・ブーンの長男として一三八七年九月一六日に生まれた。モンマスで生まれたところからモンマスのヘンリーと呼ばれ、ランカスター公ジョン・オヴ・ゴーントの孫にあたる。生まれたときは非常に小さく、幼少時は病弱で、八歳の時には重病にかかって引付けを起こした。しかし、一三九〇年代の少年時代はおおむね健康で、魚釣り、鷹狩、狩猟などを楽しみ、時には馬で、時には自分の足の続くかぎりイングランドの田園地帯を駆け回った。一三九〇年代半ばに、刀の鞘を購入したとの記録から、幼少時から剣術の修業をしていたことが分かる。ハルは幼いときから言語、文学、音楽を学んでいたが、これは父がこの分野に高い教養をもっていたことと無縁ではない。実際ハルは七歳の時にロンドンで数冊のラテン語の本を買い与えられている。成人するころには、ラテン語、フランス語、英語を読み書きすることができた。彼が法律や神学の本を読みふけっていたとの証言が示すように、知的な好奇心も旺盛であった。オクスフォード大学のクイーンズ・コレッジに住んで、叔父のヘンリー・ボーフォートの指導を受けていたともいわれている。叔父は一三九七年から九八年当時、オクスフォード大学の総長であった。トマス・モアは十四歳でこの名門に学んだが、ハルはまだ十歳で、学寮に彼が住んでいたとの記録も残っていないから、正式な学生ではなかったのであろう。(1)

このように見てゆくと、シェイクスピアの描くハル王子のような放蕩無頼とは無縁の、まじめな優等生というイメージが浮かんでくる。しかしながら、ヘンリー五世のチャプレンの一人トマス・エルマムは、子供のころのことを語った文章の中で、彼の「怠惰な習慣」に言及している。ただ、この文章もよく読めば、彼が夢中になって兵士としての武術の鍛錬に励みながらも、その合間には「怠惰な習慣」もあったということで、特に多くの時間を割いたのが楽器であったことが分かる。(2) 一三九七年の購入記録には「ヘンリー殿下のハープの弦」の項目があるから、ハープがお気に入りの楽器の一つであったことがわかる。(3)

ヘンリー五世は、シェイクスピアが一連の作品で描いているように「戦好きのハリー(ウォーライク)」、「武王(ウォリアー・キング)」としてのイメージが強烈だが、彼が音楽を愛する文人であったことはあまり知られていない。例えば、「オールド・ホール写本」という中世の音楽について記載した写本が大英図書館にあるが、その中に「ロイ・ヘンリー」作とされる作品がある。ちなみに、roy は roi（王）と混用されていたから、「キング・ヘンリー」の意味で、今日ではヘンリー王と解説されている。実は、「ロイ・ヘンリー」作とされる曲は二つあり、多くの音楽学者はこれがヘンリー五世によって書かれたものだと考えてきた。しかし最近、アメリカの音楽学者リチャード・タラスキンが、この二つの作品のスタイルが全く違っていることから、一方はもう一人のキング・ヘンリー、すなわち父のヘンリー四世によって書かれたものであろうと主張して注目を集めている。今日ではまだ作者の論争に決着はついていないが、少なくとも一つはヘンリー五世の作品であることは確かである。ここでは、ハルの「怠惰な習慣」が、今日に至るまで人々を魅了する優れた音楽を作れるほどの領域に達していたことを確認すれば十分である。

三　父の追放

一三九八年、突然の災難が十二歳のハルの身に降りかかる。父のボリンブルックが国外追放の処分を受けたのである。幼いころに母を失ったハルは教父のリチャード二世のもとにあずけられたが、これは事実上の人質であった。この間に、祖父のランカスター公ジョン・オヴ・ゴーントが死亡すると、リチャード二世はボリンブルックの追放処分を終身とし、ランカスター公領の相続権を事実上剥奪した。

この措置を講じてから、リチャード二世はハルを伴ってアイルランドに遠征した。王はハルをかわいがり、騎士の称号を与えた。しかし、アイルランドに不吉なニュースが届いた。父のボリンブルックが、リチャード二世の措置は（追放中であっても遺産相続権を保障する）との以前の約束に反すると主張して、無断で帰国し、イングランド東北部のレイブンスパに上陸したのである。これを知った国王は、ハルを呼び出し、激しく詰問した。これに対してハルは年に似合わぬ立派な態度で、次のように答えたという。「仁愛あふれる国王陛下、この件につきまして私も大変心を痛めております。しかし、陛下は、私がこのたびの父の所業に対して全く無実であることをご理解いただいているものと信じております。」[4]この立派な態度にリチャード二世は、ハルを赦し、ともにイングランドに帰った。この間に、ボリンブルックの下には、ランカスター公領から家臣がそれぞれの部隊を伴って続々と結集し、これを見たパーシー、ネヴィルといった北部の大貴族までがこれに加わるに及んだ。国王の叔父で摂政のヨーク公は軍隊を集め、対決の構えを見せたが、小規模な抵抗を一度試みたのち、カンタベリー大司教らの説得を受けた国王はボリンブルックに面会することになった。ハルのところには、父から直ちに国王の下を去るようにとの密命があったが、ハルは国王から、「よき息子ヘンリー、お前が父の命令に従うことを許す。我に仇をなすヘンリーがいることは存じているが、あのヘンリーはお前とは違うようだ。余は、そなたがわが友でいることを祈っておる」[5]と正式な許可を得るまで父の下に向かおうとはしなかった。面会に行ったリチャード二世はそのまま囚われの身となり、その後ポンテクラフト城で、おそらくヘンリー四世となったボリンブルックの命で暗殺された。

少年ハルがこの事件をどのように見ていたかは分からない。しかし、教父とはいえ、一時はともに暮らしたハルが、この悲劇の王に対して、父親よりは深い愛情を持っていたことは想像できる。ヘンリー五世として王座に就いたハルが、リチャード二世の遺骨を自らの手で、ウエストミンスター寺院に丁重に再埋葬したという事実はその裏付けとなろう。

四　シュルーズベリーの戦い

さて、父親がヘンリー四世として王位につくと、ハルの生活は一変した。皇太子、コーンウオール公、チェスター伯、アキテーヌ公、ランカスター公など彼の肩書は一挙に増えた。リチャード二世は廃位され、新たにヘンリーが王位に就いた。議会によって承認されたという建前にはなっているが、事実上の王位簒奪には違いなく、王位は決して安泰ではなかった。ウエールズを筆頭に次々と反乱が続いたが、なかでも大規模だったのがノーサンバランド伯ヘンリー・パーシーによるものであった。パーシーは、ボリンブルックを支援して、ヘンリー四世誕生の立役者の一人であったが、ほどなく踵を返して、王家に敵対するようになった。王軍とパーシーの反乱軍は一四〇三年七月二一日、シュルーズベリーで激突した。ハルも王軍の一員として戦闘に参加し、弱冠十六歳ではあったが勇敢に戦った。

戦いのさなかに一本の流れ矢が皇太子の右頬に突き刺さった。倒れたハルを側近が助け、撤退を進言したが十六歳の少年は、退却すれば味方の士気が落ちるとこれを聞き入れなかった。それどころか、「負傷した自分を、最前線へ連れて行け。自分は王子として、戦士たちを言葉によってではなく行動によって励ましたいのだ」[6]と言って踏み止まった。

この戦いで、パーシーの息子、ホットスパーは戦死した。シェイクスピアでは、ホットスパーはハルと対比するために同年齢に描かれているが、実際はホットスパーの方が二十三歳も年上であった。また、シェイクスピアでは二人が一騎打ちをして、ハルがホットスパーを倒し、その死体をフォールスタッフが見つけて自分の手柄にするのだが、これも史実とは違っている。

ホットスパーはプレート・アーマーと呼ばれる全身を金属板で覆う甲冑に身を固めていた。これは全身に装甲を張り巡らした気密性の高い鎧で、防御には万全と言われていた。その分重量があり、戦闘では体力を消耗するし、気密性の高いヘルメットの内部は息苦しくなるという欠点がある。シュルーズベリーの戦いで、ホットスパーは、息苦しさからヘルメットのバイザー（頬当）を上げて新鮮な空気を吸おうとした。一瞬顔が現れた瞬間、一本の流れ矢がホットスパーの口付近に命中した。これが致命傷となって稀代の英雄はあっけない最期を遂げた。同名のヘンリーではあったが、同じように顔に矢を受けながら、ホットスパーは死に、ハルは生き残った。事実は小説、いや戯曲よりも奇である。

五　数奇な運命

さらに奇なのは、そのあとの二人の運命である。ハルの右頬に刺さった矢は六インチの深さに達していた。この傷がありながら、戦闘を継続するというのは、今日の常識では考えられない。勝利を見届けた後に治療を受けたのだが、矢を引き抜こうとしたときに鏃だけが体内に残ってしまった。鏃は深く、医者たちも手の施しようがなかった。そこでロンドンからジョン・ブラッドモアという外科医が呼び寄せられて治療にあたった。後に彼は『フィロメナ』という本を書いて、その経過を詳しく説明している。それによれば、彼はこのために特性の鉗子を作らせた。それはピンセット状の先端を鏃の穴に差し込んでねじを回すことによって徐々に広がり、しっかりと鏃をとらえることができるという画期的な発明であった。この道具によって、また（神の手助けによって）首尾よく鏃を取り出すことができた。ブラッドモアによれば、矢は左の頬を上から斜めに鼻の方に向かって六インチ刺さっていたという。しかし、これはその後の検証から右の頬であることが明らかになっている。とにかく、ハルは命を取り留め、二十日後には傷も癒えた。しかし、ハルの右頬には大きな傷跡が残った。この肖像画[7]が左の横側から描かれているのは、この傷をかくすためであろうといわれている。

同じように流れ矢に当たったホットスパーであったが、彼にも数奇な運命が待ち構えていた。彼の遺体はヘンリー四世のもとに運ばれて、検死を受けた。王は敵とはいえ英雄の死を嘆き、涙を流したという。王はトマス・ネヴィルに命じて、遺体をシュロップシャーのウイットチャーチに丁重に埋葬させた。ところが、民衆は彼の死を信じず、

「この稀代の豪傑が死ぬはずがない」、「彼は生きている」、「どこかに身を潜めている」といった噂が蔓延した。これに手を焼いたヘンリー四世は、今までの騎士道精神をかなぐり捨て、遺体を発掘して、シュルーズベリーの市場で晒しものにした。それでも飽き足らず、四つ裂きの刑に処して、首都のロンドン、戦場に比較的に近いブリストルとチェスター、それにパーシー一族所縁のニューカッスル・アポン・タインに晒した。首は北部の中心都市ヨークに送り、串刺しにして市の北門の上に晒した。遺体が妻のエリザベスの元に戻されたのは十一月になってからで、彼女はヨーク大聖堂に丁重に埋葬した。なお、ホットスパーが公式に弾劾され、反逆者として布告されたのは一四〇四年になってからである。その所領は没収されて王家の所有となった。

シュルーズベリーで干戈を交えた二人のヘンリーは、一人は英雄として国王の座に就き、もう一人は反逆者として指弾されるという皮肉な結果になった。

六　父との対立

ハルの青年時代はウエールズの反乱鎮圧抜きでは語れない。ウエールズにおける反乱の首魁はオウエン・グレンダワーで、ウエールズ人の愛国心を巧みに煽って、一四〇三年ごろにはウエールズのほぼ全域を支配するに至った。一四〇三年に、ヘンリー四世は十六歳のハルをウエールズにおける国王代理に任命した。それからの六年間、すなわち十六歳から二十二歳に至る彼の青春時代の大部分は、ウエールズの反乱鎮圧という任務と切り離して考えることはできない。この間に彼は実戦を通じて、軍隊の指揮、人事管理、戦費の調達、包囲戦のための組織、要塞化した街や城の管理法、効率的な補給線の維持といった武将としての基礎的経験を積んだ。(8)

二十歳になったころには、ウエールズの戦いはすでに峠を越え、ハルの仕事はロンドンで国王を補佐することも多くなった。というのも、ヘンリー四世の健康状態が一四〇八—九年の冬にかけて思わしくなかったからである。それまで政治を主導していたカンタベリー大司教トマス・アランデルに代わって、ハルと叔父のウインチェスター司教ヘンリー・ボーフォートを筆頭とする一党が次第に勢力を拡大し、一四〇九年の十二月にハル一派は実権を握るに至った。病弱の国王の影響力は後退し、代わってハルと、ウインチェスター司教とその弟のサー・トマス、それにウエールズで共に戦ったハルの戦友たちが政治を動かしていった。

ランカスター王家にとって最大の課題は財政問題と外交問題であった。イングランドの長年の敵であったフランスでは、当時ブルゴーニュ派とアルマニャック派が対立していた。両派の対立の中で、ヘンリー四世はアルマニャック派に傾いていたが、ハルの影響力が拡大すると、親ブルゴーニュ派が主導権を握った。(9) しかし、ヘンリー四世の健康が回復し、再び親政を回復すると事態は急変した。国王はそれまでの政策を一変させたのである。それは表向き、アルマニャック派との同盟回復という形をとったものの、実は財政、政策などすべてを逆転させるものであった。その原因は、ウインチェスター司教などハルの側近が国王の退位を計画しているとのうわさが蔓延していたことにある。自らの関知しないところで退位の話が進んでいるとの噂は国王を激怒させた。国王は、皇太子のあらゆる権限をはく奪し、それを弟のクラレンス公トマスに与えた。ウインチェスター司教や一党も粛清され、ハルは枢密院への出席はおろか、政府のいかなる任務からも外された。

一四一二年五月のブールジュ条約では、イングランドがアルマニャック派と連携することが明記された。この条約に、ヘンリー四世の四人の息子全員が署名を求められた。こうして、皇太子ハルのとった対仏政策はすべて逆転された。

ハルは窮地に追い込まれていた。何としても王位簒奪のような噂をそのままにしておくようなことはできなかった。そこで彼は噂に反駁する声明を発表した。それは、「父と息子の間にいさかいの種をまいて、彼が弟のアキテーヌ遠征を邪魔したばかりか、王座を奪おうと企んだ」[10]と彼を非難するような非道な輩に反駁したものであった。これは、（国王が皇太子ハルではなく弟のクラレンス公に王位を譲ると言いふらしている蛇のごとき陰険さの持ち主）を糾弾したものであった。それから二週間後、彼は多くの貴族や紳士に伴われてロンドンに赴き、彼を中傷した者を追放し、処罰するよう求めたのであった。

これに対して国王は、「彼を誹謗した者は議会で裁かれるので、それをもって彼も了とすべきだ」[11]と答え、事件は一件落着したかに見えた。しかし、彼を悩ます新たな噂が蔓延した。すなわち、（カレーの総督として皇太子が守備隊員の給料を横領した）との悪意ある中傷であった。これに激怒したハルは、一四一二年の九月、再度多数に伴われてロンドンに上り、聖体拝領を受け、告解をしたうえで拝謁を願い出た。当時国王はウエストミンスター・ホールで静養していたが、その中の秘密の一室にハルを通した。ハルは国王の前に跪き、次のように述べた。「恐れ多き陛下にしてお父上、この度は臣下として、また実の息子として、あらゆることに関して陛下でありお父上の命に従うために、御前に参上いたしました。私は自分の行動について陛下が疑念を抱き、私が陛下の御心に背いて王座を簒奪することを恐れていらっしゃることを承知しております。実の息子として、また臣下として、陛下にそのような恐れを抱かせるくらいなら、死を賜った方がましです……。それ故に、恐れ多き陛下にしてお父上、私は神の名誉にかけて願うものですが、陛下の心の不安を取り除くために、私を御前にてこの短剣で刺し殺してください。」[12]こう言って国王に短剣を差し出したのであった。この言葉を聞いて、国王は心を和らげ、短剣を投げやって、王子を抱きしめ、キスをした。そしてハラハラと涙を流しながら、次のように語った。「わが愛しき、心より愛する息子よ、確かに余は一部疑念を抱き――そして今わかったのだが――そなたを不当に疑っていた。だが、そなたの謙虚な振る舞いと誠実さを見て、余はそなたを殺したりせぬし、今後はいかなる虚報もそなたに信じさせるようなことはしない。よって余はそなたをわが名誉に引き上げるものとする。」[13]これを機に父子は和解し、カレー総督にまつわる不信は完全に払拭され、以後二人の信頼感が揺らぐことはなかった。

以上みてきたように、この父子の対立とハルの恭順は、シェイクスピアの描く放蕩息子の寓話とはかなり異質のものである。

七　放蕩伝説

それではハルの放蕩伝説はどこから生まれたのであろうか。シェイクスピアが『ヘンリー四世・第一部、第二部』、『ヘンリー五世』の後期三部作を書く際に種本としたのが『ホリンシェッドの年代記』であるが、そこには、ハルが「取り巻きや野次馬を相手に酒を飲んだが、彼らとはよくこのような気晴らし、運動、楽しみを共にした」[14]との一文が見える。しかし、ここには強盗やイーストチープでの乱行については一切触れられていない。

放蕩伝説について具体的に記述しているのは『ヘンリー五世の名高い勝利』という作者不明の作品で、これは今日ネット上で公開されていて、だれでも原本を読むことができる。シェイクスピアがこの作品を下敷きにしたのか、現在は残っていない他の劇を参考にしたかについては議論が分かれるが、何よりもその類似性が両者の関係を雄弁に物語っている。すなわち『ヘンリー五世の名高い勝利』では、ハル王子とその無頼仲間が強盗を働くこと、イーストチープの酒場で馬鹿騒ぎをやること、ヘンリー五世として戴冠するとそれまで対立していた裁判長と和解すること、昔の無頼仲間と縁を切ること、フランス王太子がテニスボールを送って嘲笑すること、フランス侵攻とアジンコートの戦いで華々しい勝利を挙げること、フランス王女キャサリンと結婚することなど、シェイクスピアと多くの共通点を持つ。

この作品には『ホリンシェッド』にはない放蕩伝説があり、そこで王子は無頼仲間のジョッキー（オールドキャスル）と組んで強盗を働き、国王の収税吏から千ポンドの大金を巻き上げる。その金をもってイーストチープの酒場に行き、五百ポンドを一晩で使って大騒ぎをする。裁判長は、酒場での王子の所業や通りで剣を抜いて喧嘩をするなどの乱行を聞いて、王子とその無頼仲間の逮捕を決断する。父の国王も王子の放蕩無頼に手を焼き、嘆き悲しんでいる。王子は裁判長を恨んで仕返しを図るが、父に国王の義務について懇々と諭されると、自分の所業を悔いて、それからはまじめに生きようと決心する。以上が『ヘンリー五世の名高き勝利』における放蕩息子に関する部分の概略である。

これより前に放蕩伝説に言及しているのはジョン・ストウで、彼は一五八〇年にハルの乱行について言及している。そこには、「ハル王子は父の存命中に、若い貴族や紳士とともに変装して自分の収税吏を待ち伏せ、強迫して金を出させたことがあった。だが、収税吏が不満の申し立てをすると、彼は失った金を免責したうえに、彼らに多額の褒美を与えた」[15]と書かれている。確かにストウはハル王子が収税吏から金を取り上げたとは書いているが、それは国王の収税吏ではなく、自分の臣下の収税吏で、しかも不満の申し立てを受けると免責、褒美という対応をしている。中でもひどい扱いを受けたり、勇ましく抵抗した人物には褒美も厚くするなど、乱行というより茶目っ気のある悪戯といった方が事実に近い。

放蕩伝説が明確な形で文献に現れるさらに古いものは『ホールの年代記』で、「ヘンリー五世の勝利の時代」で始まる項目の最初のページにハルの乱行が簡単に触れられている。ここには「彼は立派な国王であったが若いころは無頼の仲間と不埒な気晴らしにうつつを抜かし、羽目を外した。ある時には、彼の無頼仲間が牢屋に入れられたのに腹を立てて拳で裁判長の顔を殴りつけたことさえあった。この狼藉ゆえに彼は牢屋に拘禁されたのみならず、激怒した国王が不快と非難を形で示すために彼を枢密院からはずし、宮廷から追放して、弟のクラレンス公トマスを後任に据えた」[16]と記されている。ここからホールは、フランス外交をめぐる父子の対立を放蕩伝説ととらえていることが分かる。

後世の人々はこのホールの記述のせいでヘンリー五世の輝かしい経歴に汚点が残されたと考えたようで、実際、メアリー女王はこの故をもって『ホールの年代記』を読むことを禁止したといわれている。[17] これより早い一五三一年、トマス・エリオットが王子の乱行に言及している。召使いの釈放をめぐって裁判長ウイリアム・ガスコインと対立して逮捕されたといういかにも真相めいた話だが、裁判記録や収監記録には一切記載がない。いずれにせよ放蕩伝説は一六世紀になってから生まれたことが分かる。

八　伝説の根源

ここで年代記や劇を離れて、他の資料を当たってみよう。放蕩伝説が生まれた原因の一つは、ハルがそれまでの王族とはちょっと変わった性質の持ち主であったことが関係している。音楽に通じ、ラテン語、フランス語のほか英語にも堪能であったことは既に述べたが、実は英語はまだ支配階級の言葉ではなかった。ジェフリー・チョーサーは英語で物語を書いていたが、王侯の言葉はいまだにノルマン・フレンチと呼ばれるフランス語であった。しかるにハルは自在に英語を操った。しかもエリザベス朝の伝説によれば、「ヘンリー五世は若き頃放蕩を重ね、居酒屋やエール・ハウスで初めて英語を習得した」[18] といわれている。王族であるにも関わらず、平気で下町に出入りし、庶民と同じ言葉を話す。これがいつしかイーストチープの居酒屋に入り浸っていたという「イーストチープ伝説」となったと思われる。ハルが本当に居酒屋で英語を習ったかどうかは別にして、彼が英語を宮廷における公用語としたことは事実であり、議会における言語を英語としたことも事実である。ちなみに（キングズ・イングリッシュ）という言葉のキングはヘンリー五世を指したものといわれている。

放蕩伝説の根源をさらにたどってゆくと聖書の放蕩息子のたとえ話に行き着く。すなわち、父の生前に財産を要求した下の息子は、放蕩三昧の挙句、全財産を使い尽くし、極貧の中で自分の愚かさに気づいて、父の下に帰って許しを請う。父は、このすべてを赦して息子を温かく迎えるという「ルカによる福音書」十五章の話である。

放蕩息子の話は、レンブラントの絵画にみられるように、西洋ではよく知られた逸話で、小説や戯曲の題材として今日でも人気がある。「ルカによる福音書」には、百匹の羊の話、十枚の銀貨の話と並んで、この放蕩息子の話が載っている。神は九十九人の正しい人よりも、一人の悔い改めの方を喜ぶという教えがその骨子である。文学における放蕩息子の話は、自己喪失、自己回復、贖罪という過程をたどる。これは天国に始まり、地獄に落ち、様々な経験を経て本来の自分を回復し、前非を心から悔いて輝かしい成功を収める話である。このような構造を持っているがゆえに、放蕩息子の話は文学の素材としては実に魅力的で、今日まで多くの作品に生かされている。エリザベス朝の民衆の中にも、ヘンリー五世の姿に聖書の放蕩息子を重ねる者が多数いたという。ヘンリー五世は、フランスを屈服させてイギリス人に自信と誇りをもたらした理想の君主であったが、シュルーズベリーの戦いでは負傷して生死の境をさ迷ったばかりでなく、一時父親と対立して公職を追われたり、カレーの総督として横領の濡れ衣を着せられそうになるなど、幾度となく地獄に落ちるような経験をしてきた。一方で、王侯には珍しく、下町に出入りして庶民の言葉である英語を自由に操るなど身近な存在でもあった。スティーヴン・ミュラニーは聖書の放蕩息子の話とハルの粗野な青年時代の伝説は、シェイクスピアが三部作を書いたころには、誰でも知っている話であったと述べている。[19] 放蕩息子の伝説は、悔い改めた者がより神に愛されることを教えているが、ヘンリー五世自身が神に愛でられた人物というイメージを演出していた可能性もある。例えば、すでに紹介した肖像画にみられる特異なヘアー・スタイルである。これは明らかに聖職者の髪形である。彼は祈りや告解に多くの時間を費やし、絵画やパジェントではセント・ジョージを好み、戴冠式で使う香油をわざわざフランスから取り寄せるなど敬虔であった。さらに父親との和解の時に短剣を差し出したことは既に述べたが、伝承によればこのときハルは無数の針をあしらったガウンを身にまとっていた。

針は倹約を象徴し、悔い改めた放蕩息子を示したものといわれている。

テューダー史観の中でヘンリー五世は特別な存在であった。テューダー王家を開いたヘンリー七世は、祖母のキャサリン・オヴ・ヴァロアの夫ヘンリー五世に格別畏敬の念を持っていた。また、ランカスター王家の後継者としての自らの立場を示すためにもヘンリー五世は鍵となる存在であった。このようなテューダー王家の意向は多くの年代記にも反映され、ヘンリー五世は国民的な英雄として定着していた。シェイクスピアはこのような状況を巧みに利用し、悔い改めた放蕩息子＝理想的な君主としてのヘンリー五世像を完成させたのであった。

注

（1）Dockray, Keith, *Henry V*, Tempus, 2004, pp.79–80.
（2）Lortz. E, Rosanne, Henry V: King, Conqueror and … Musician?, http://englishhistoryauthors.blogspot.jp/2013/06/henry-v-king-conqueror-andmusician.html, 2013/06
（3）op.cit., Dockray, p. 80.
（4）ibid., p. 80.
（5）ibid., p. 81.
（6）Translator of Livius, *The First Life of King Henry The Fifth*, ed. Kingsford C.L. , Oxford, 1911, p. 9.
（7）http://en.wikipedia.org/wiki/Henry_V_of_England, 11 December 2014.
（8）op.cit., Dockray, p. 86.
（9）ibid., p. 88.
（10）ibid., p. 90.
（11）ibid., p. 91.
（12）op.cit., Translator of Livius, p. 12.

(13) ibid., p. 13.
(14) Holinshed, Raphael, *Holinshed's Chronicles*, printed for Johnson etc. London, 1808, vol. 3, p. 61.
(15) Stow, John, *The Chronicles of England, from Brute to this present years of Christ*, 1580, SCENE 1 srow, pp. 582–83.
(16) Halle, Edward, *Union of Famous Family of Lancaster and York*, printed for Johnson etc. London, 1809, p. 46.
(17) 森護『英国王室秘話』大修館、一九八六、二〇一頁。
(18) Mullaney, Steven, *The Place of the Stage-License, Play, and Power in Renaissance England*, Michigan, 2003, p. 80.
(19) ibid.

ジョージ・エリオット作『ダニエル・デロンダ』
——第三十七章「仏教説話」の異文化世界について

高野　秀夫

序

ジョージ・エリオット文学の特徴は、チョーサー同様ユーモアとペイソスである。[1] エリオットの場合は、登場人物の本性、生き方を丹念に書くという行為そのそのものがもたらすものである。エリオットの最後の作品『ダニエル・デロンダ』には、西洋キリスト教世界に生きる主人公デロンダ氏が、ヘブライズムのユダヤ民族国家のために立ち上がるまでの生き方が描かれている。しかも主人公が東洋仏教文化の異文化の本質に迫る「捨身飼虎」（大慈悲）の話が三十七章で語られている。なぜブッダの話が取り上げられたのであろうか？　ブッダはサンスクリットで「覚者、知者」の意味であり、旧約聖書のダニエルも覚者である。

ジョージ・エリオットは、真実を追求し、より良い社会を作るのに寄与する覚者となり、また全知の語り手になるためにも絶えず現実と幻想の世界に対峙して最後に『ダニエル・デロンダ』を書いたのである。デロンダ氏は、エリオットの覚者を目指して生きる主人公たちの集大成である。三十七章の筋を追いながら仏教説話の異文化世界について考察していきたい。

一

三十七章の「見出し文」は、城主、フロスパータと家臣、アスパーンとの会話。アスパーンは、ギリシャ神話の魔女から逃れてきたジーギスムント氏がセシリア姫の愛を得たいと願っていることを城主に伝える。アスパーンは、てっきり城主が恩赦状を保管しているので姫の愛は得られるものと勘違いする。しかし城主は、恩赦状を保管していると言ったが、結婚については同意していないと話す。

ヘレニズムのギリシャ神話の題材で、人の言葉の重大な勘違いについて述べられている。普段、何げなく交わされている会話に起きる出来事である。時に、言葉の勘違いによる誤解は、最悪の場合、生死に関わる。それゆえ、「口は災いのもと」、普段から言葉の勘違いのないよう心掛ける必要がある。

主人公、デロンダ氏が友人のハンスに会いに行く。そして語り手のコメントが続くのである。

悪魔に魂を売るゲーテの『ファウスト』の話が語られる。悪魔は、誤解のないよう心掛ける人の行動を笑いものにする。つまり人間の日常の注意深い気配りが、試されている。そしてデロンダ氏の度量がハンスの家で試されることになるのである。

デロンダ氏は、ハンスが予想に反してマイラに恋心を抱いていることに腹を立てたり、彼の話を勘違いしたりして怒り出す。マイラは、テムズ河に身投げする時にデロンダ氏によって助けられ、ハンスの家に世話になっている。デロンダ氏もマイラに好意を持っているので余計ハンスに酷い言葉を投げかける。デロンダ氏のこの日常の何気ない態度は、悪魔によって罠に掛けられ笑われていることになる。そしてひどく頭にきたデロンダ氏の心内が語られ、反省している文が続く。特に仏教文化の世界では、どんなことがあっても怒る行為は戒めなければならない。またなぜそのような気持になったのかの原因を突き止め、いつも平穏な気持を持ち続けることである。デロンダ氏はその心の用意ができていなかった。ハンスの気持ちになって物事を考えると、怒る気持ちにはなれないであろう。自分のことばかりでなく、他者の身になって話をする心の準備が大切である。日常の細かな言葉、行動、生活、考え、思いやり、意見等を反省し改める、真実追求の姿勢は、まさに仏教文化に応えている。悪魔は、人の間違えを嘲笑し自分勝手に行動する、もう一人の自分の姿が投影されているのであろう。毎日の何気ない行動や言葉の中にこそ、重大な出来事を引き起こす要因が隠されているのである。

デロンダ氏は何かとハンスの手助けをしてきたが、まだ覚者に成れない。だが覚者を目指して自己を高めるために一生懸命生きている。普通の人でも、人助けができるよう自分に忠実に生きることは、目立たないがより良い社会の歴史を作ることになる。日常のちょっとした言葉にも他者を思いやる気持ちの大切さが語られている。

三十七章は「モーデカイ」で、この作品の第五編目の表題である。モーデカイはマイラの兄でユダヤ教を心酔している。デロンダ氏はキリスト教徒のハンスによって、改宗してでもユダヤ人のマイラと結婚したいと打ち明けられる。キリスト教とユダヤ教の対立軸が鮮明になる。デロンダ氏は、貴族であるヒューゴー卿によってキリスト教プロテスタント世界の一員として育てられている。しかも国の最高学府のケンブリッジ大学という、今でも世界を牽引する知識人を多数輩出しているイギリスの誇る大学で学問を身につけている。主人公が、この作品において初めて、貴族階級に属する人物である。だが彼の生い立ちは明かされていない。デロンダ氏は、世間の人の眼には生粋のキリスト教徒である。後に知らされることになるのだが、デロンダ氏はヒューゴー卿の里子でユダヤ人である。エリオットは、この作品で、初めて、ユダヤ教とキリスト教の異文化の世界で思い悩み、苦しむ主人公を描き、異文化の視点で自国のキリスト教社会の実像に迫るのである。

ハンスは、人を笑わせるのが得意で、笑いの絶えない明るい家族の長男として描かれている。ローマから画家志望のハンスの部屋に絵の荷物が届く。ハンスは、今、五枚続きのユダヤ王妃の絵に取り掛かっている。王妃はその絵の主人公、ベルナルシーであり、ローマ皇帝に嫁ぐが、ユダヤ人という運命ゆえに、無残にも愛する夫とも別れなければならない。その最後の絵には、イスラエルの廃墟のなかで一人呆然と立ちすくむ王妃ベルナルシーが画かれている。ハンスはマイラがその絵の主人公のモデルであると話す。デロンダ氏は、ユダヤ人のマイラを人目に晒す話に心が動揺し取り乱す。ハンスによってミルトンの芸術に対する考えが述べられる。自分の愛する人の絵の中に魂を吹き込むという最も大切な芸術の神髄が語られている。

二

前作の『ミドルマーチ』とは異なり、この最後の作品では、人の「魂」と「言葉」の問題が大きな焦点になっている。異文化とは、ある意味で異質の言語と言語、魂と魂のぶつかり合いで、言語は国境を作るが、魂は国境のない自由な世界である。この作品の最終場面で、デロンダ氏は、もう死がまじかいマイラの兄モーデカイを彼女と一緒に抱きかかえる。モーデカイは、自分の魂をデロンダ氏に吹き込み共に生きる、としっかりとした言葉で話す。エリオットの作家人生の集大成として、死線を越えて生きる魂の継承でこの小説は終っている。『アダム・ビード』の五十章で、エリオットの「魂の言語」についての考えが述べられている。人と人との心の絆が出来上がる過程が分かる文である。

男女二人が愛し合っている。愛する心が一つになるまえ――

その二人のちょっとした言葉、眼差し、触れ合いが、
魂の言語の一部であると私は思っています。

厳しい冬が終わり、やっと「最も早い春の訪れを知らせるきざし」に思わず心がおどり幸せな気分になる文である。

私は信じているのですが、最も素晴らしいい言語は、おもに「光」「音」「星々」「音楽」のような目立たない言葉からなっています。それら自体は、「木の切れ端」「おがくず」以上に全く見たり聞いたりする価値のない言葉です。それらは、本当にたまたま、言葉では言い表すことのできないほどの偉大で美しいもののきざしと成るのです。愛もまた偉大でうつくしいものとの考えを私は持っています。もし同意して頂けるのでしたら、愛の最も些細なきざしは、むしろ「光」「音」、そのようなささやかな言葉のようなものです。そのきざしのおかげで、曲がりくねった記憶の繊維が震え、現在が最も貴い過去によって豊かになるのです。

エリオットが、読者に同意を求めている。そして一緒にこの人生の大きな「愛」の問題を考えましょう、と心の底から問いかけている。人はいかに生きて本当の自分に出会うことが出来るのかの問いである。ハンスとデロンダ氏の日常生活のなかの何気ない「光」「音」（絵画、音楽）にも、人生を大きく変えるヒントが隠されている。それゆえ、二人のたわいのない言葉にも十分注意を払って筆者の意図を享受することで、人生が面白く見えてくるのである。

奇抜でコミカルな態度で語るハンスと真面目なデロンダ氏による、古今東西の覚者たちが登場する絶妙な会話の場面が続く。デロンダ氏にとって「言い表すことの出来ないほどの偉大で美しいもののきざしとなるもの」は何か。それはデロンダ氏がハンスと二人で絵を通して真剣に話し合っているマイラへの思い、つまり愛ではないだろうか。デロンダ氏とマイラの強い心の絆となるささやかなきざしが、見落とされることなく描かれている。見事にハンスとデロンダ氏の本性、生き方が浮き彫りになるような会話が展開されている。この章は未来を先読みし、時代を超越した覚者（ホーマー、シェイクスピア、ドンキホーテ、ゲーテ、ミルトン、ラファエロ）たちの名をあげ、その言葉の威力が活かされる場面になっている。それゆえハンスはマイラとは一緒になれず、嘆き悲しむ彼の未来も読み込める。

言葉の端々に二人の人生観の織りなすユーモアとペイソスが感じられる。つまり過去、現在、未来の時の流れにも耐えうるいろいろな国の異文化の覚者たちの登場で、この世の現実はほんの氷山の一角であり、異文化の視点でこの世を見ると、現在の今という時空は変質する。人生を豊かにする視点は沢山あることが分かるのである。

人生や社会を語る時に、エリオットはよく植物の例を取り上げている。まさに国境のない「魂の言語」は、種から芽が出て、茎が伸び，枝から可愛い蕾が膨らみ、花が咲き、実がなるように豊かな人生を送るための言葉である。世間の厳しい人間関係のもとで自分の狭い殻に閉じこもりあくせくして生き続ける人生から目覚めて、より自由で豊かな人生を歩み出すためには、「最高の言語」に気づいて、異文化の視座でも現実を捉えると、この世は変質して見えてくるのである。

三

ハンスの外出中に、デロンダ氏は彼の家を訪ねる。マイラはデロンダ氏の口添えでハンス宅に泊まっている。デロンダ氏は、初めてマイラの笑顔に出会う。マイラはハンスの家で、楽しい時を過ごしている。多くの辛い、悲しい経験を通して生きて来たマイラが、生れて初めて心の底から笑ったことをデロンダ氏に話す。「私も」とデロンダ氏が相槌を打つ。さらにマイラが「そうなの？」と悲しそうに言う。デロンダ氏も人生において両親との暖かな家族団欒の時を一度も経験したことがなかった。普段、両親のもとで何事もなく暮らしている家庭生活が、言葉に言い表せないほど如何に幸せなものであるのかが分かる。マイラとデロンダ氏にとっては、家族団欒という言葉が持つ楽しいイメージが、全く逆転し悲しい言葉のイメージに変質している。瞬時に、家族団欒の言葉のイメージは変わる。心の世界は変幻自在である。デロンダ氏とマイラは、家族団欒のその、言葉と心、さらにその共感がもたらす人生の逆転劇のイメージをあれこれ思い描くことになる。共感によってもたらされる人生の妙味が、見事に描かれている。つまり、マイラは、鏡に映すように自分の身の上の悲しさも重ねてデロンダ氏の身の上に同情し激しく心が動かされる。そしてデロンダ氏も、マイラの味わった家族団欒による「新たな感じの光の下」でマイラのことを思い激しく心が動かされる――この心の共感の表現は、まさにエリオットの見事な言語芸術である。

しかもマイラがしっかりデロンダ氏を見つめているのである。その愛の眼差しには不幸な二人の過去の悲しい運命が感じられる。人はそれぞれ愛に裏打ちされたいろいろな人生の悲しみを共有しているからこそ、いずれは訪れる最愛の人たちとの別離は人の心を激しく動かすのである。言葉、眼差しによる過去、現在、未来に繋がる心の愛と悲しみの共感の言語表現にエリオットは長けているである。現在に過去と未来を読み込むのである。

『ダニエル・デロンダ』の完成後二年目に、エリオットにとって最愛の人、ジョージ・ヘンリー・ルイスが亡くなる。その時、エリオットが眼差しの表現に優れているチョーサーの作品、イギリス文学史上三大詩歌のひとつである『公爵夫人の書』を読み、日記に書いた一文がある。

明日私を最初に見た人は
悲しみに出会ったと言うでしょう、
なぜなら私は悲しみであり、悲しみは私だからです。(2)

最愛の妻を亡くした黒衣の騎士による悲しみの心の変質がチョーサーによって見事に描かれている。この悲しみは愛なのである。愛しているからこそ悲しいのである。愛している気持が高まれば高まるほど、悲しさも増す。愛する心は悲しみになる。そしてその悲しみは心の中に生き続け、愛の絆はますます深まり、人生に実り豊かな時がもたらされるのである。人を愛することは素晴らしく感動的である。まさに愛の妙薬のなせる業である。この世は、心の持ちようで深い、深い奈落の底にも極楽にもなる。そのような経験こそが逆に共感の心が深まり人生において無上の喜びをもたらすことをエリオットは説いているのである。

エリオットは「私は、心の中から押し出される以外の言葉では、書くことができません」[3]と述べ、自分自身の心に嘘、偽りのない正しい言葉の表現を心掛けて作品を書いている。エリオットは愛する人を亡くしたとき、チョーサーの「悲しみ」という一言に変わる、心の変質の表現に共感したのである。また「それで悲しみは、愛の一部です、愛は悲しみを投げ捨てることを求めないのです」[4]と言う、「悲しみ」と「愛」の切っても切れない強い心の絆の表現がある。デロンダ氏とマイラの二人の心に芽生え始める細やかな愛のきざしが感じられる眼差し、言葉には、もはや二人がこれから歩む人生における深い心の絆、そしていつの日か、別れなければならない深い悲しみ、だが実り豊かな愛が読み込めるのである。

四

チョーサー同様にエリオットの文学もペイソスによる共感 (sympathy) の文学と言えないだろうか。『アダム・ベード』（五十章）で悲しみは苦しみに変わり、そして苦しみが共感に変わる。悲しみと共感が次のよう述べられている。

悲しみは、私たちの中でなかでは不滅の力として、権勢がいろいろ変わるようにその形を変えて生きているのです。そして悲しみは苦しみに、さらに共感に変わるのです――共感とは、すべての最善の、洞察力と愛を含んでいるひとつの取るに足りない言葉なのです。

人には誰でも共感の気持ちがある。それゆえ共感を通し「すべての最善の、洞察力と愛」を身に付け、覚者にも成ることが出来るのである。なぜエリオットは、異文化のユダヤ系イギリス人の主人公を見事に描くことが出来たのか。それはミルトンと同じようにヘブライ語もしっかり習い、ラテン語、ギリシャ語、ドイツ語、フランス語、イタリア語も学び、さらにサンスクリットにも関心があるからである。異文化理解には、他国の人たちとの、言葉による心の共感、他言語の習得は欠かせない。デロンダ氏もヘブライ語をしっかり学ぶことになる。エリオットは、十九世紀の自国の力を世界に誇るイギリス人にとって見落としてならないことは、異文化の弱小国、植民地の人たちに対する思いやりの、共感の心であることに、気がついている。当時の世界において文化国家の民となったイギリス人は、エリオットのそのような意図の小説を求めていた。なぜならば、この作品は最高傑作の『ミドルマーチ』を凌ぐほどの売れ行きであった。作品を通して新しい時代精神に応えて、他言語の文化を受容し、国境のないより自由な世界の素晴らしさを享受する、エリオットの喜びは、想像を絶するところがある。彼女の並はずれた知識が、作品の中に活かされて異文化世界が展開されており、しかも百科事典の知識の羅列ではなく、人生を語るものとして生き生きしている。エリオットは新たな時代でも生き続ける真、善、美の心を大切にして、より広い視野で等身大の社会の実像を丹念に描こうとしている。また、特に、社会的弱者や悲しみ悩み苦しんでいる人たちの心を癒す覚者となることを目指した若き日の自分の姿を主人公のデロンダ氏に投影している。そして東洋仏教文化の最も有名な説話「捨身飼虎」で、覚者ブッダの大慈悲の心に応える共感（sympathy）と癒しの精神を主人公とマイラに語らせているのである。

エリオットの東洋仏教文化にも迫ろうとする未知なるものへの作家魂は、『ロモラ』におけるルネッサンスの有名な芸術家ピエロ・デ・コジモの記述にも繋がる。その芸術家の「絵画」と「人の像」は、悪行故に無残な死をとげるロモラの夫ティートの結末を予告する。それは、ティートの堕落の人生が東洋仏教文化思想の因果応報に通じるようにこと細かく丹念に描かれているからである。如何に人生を生きるか問うために、エリオットは、絶えず宗教家や時に芸術家、そして画家、音楽の題材で真、善、美が人生に果たす役割を小説の前面に出して描いている。その一端がハンスの絵にも投影されている。ハンスの最後の絵は五十歳のベルナルシー王妃の嘆き悲しむ姿である。その絵から何を読み解くことが出来るのか。ハンスも、ベルナルシー王妃のように辛いけれど愛する人と別れなければならないことになることか。絵も音楽も言葉も、視点を変えるだけでいろいろな世界が見えてくる。悲しみに共感する心で、視点も人生も変わる。絵も言葉も音楽も共感の心である。

デロンダ氏は、マイラ、グウェンドレンにとってまぎれもない命の恩人であり、なんでも打ち明けられ、頼れる存在であり、覚者にもなれるような主人公として描かれている。マイラは家族が離散し死ぬほど辛い経験をしてきたハンスの家族は、彼女が心から信頼できる人たちである。

そしてマイラがデロンダ氏に話しかける。

「しかし、昨日ハンスさんはあなたが他人のことを良く思い、ほとんど自分のものはなにも求めない、と言っていましたわ。ハンスさんは、飢えた母虎を救うために身を投げ出す、ブッダの素晴らしい話をしてくれましたわ。そしてあなたがブッダのようだとも言っていましたね」

それに対してデロンダ氏が応える。

「私が他人のことをよく考えることが、真実だとしても、それは自分のために物を求めない、という意味ではありません。ブッダがメス虎に我が身を食べさせたとき、彼自身もひどく飢えていたのでしょう」

東洋仏教文化の「自利利他」、つまり「自分の得になることは他人の得にもなる」に通じるデロンダ氏の会話である。デロンダ氏は、「自分のためは、他人のためでもある」という意味にも気付いているようである。ブッダも飢えていたというデロンダ氏の冗談を誘う発想のセリフ、そして、それに応じる冗談の好きなハンスの妹によるコミカルなセリフは、非常に重い「捨身飼虎」の仏教説話を日常茶飯事の話に変えている。つまりエリオットの見事なユーモアのセンスである。

この説話は、人が動物の食べ物になるという、全く普通では考えられない「逆転の発想」の話である。またエリオットによる大慈悲のセリフの発想は、当時盛んに求められた科学の逆転の発想に呼応し、ダーウィンの『種の起源』の考えにも通じる。科学は、逆転の発想がなければ、進歩もない。つまり明治時代には、月に人が到着する話などは絶対に考えられないことである。ブッダのその逆転の発想こそが科学の原点ではないだろうか。エリオットは、自国における産業革命による科学や民主主義の新しい時代の荒波が押し寄せている時に、どうしようもなく悲しみ、苦しんでいる人の心を癒すために神話の本質に迫っている。神話には何か新しいものを生み出す逆転の発想が隠されている。その会話が続く。

「どうかそんなことは考えないで、マッブ。そんな話になったら、ブッダの行いの素晴らしさが消えてしまうわ」とマイラが言った。

「しかしマイラ、もしあなたの話が正しいなら、いつも美しいものは、真実であるかのように考えるのね」と理性的なエイミーが言った。彼女は教鞭の仕事の半日休暇を取っていた。

エリオットは、東洋仏教文化思想の話と、西洋キリスト教文化思想の小説にとって大切なキーワードの真、善、美の話とをマイラに語らせている。東洋と西洋をつなぎ合わせたり、融合させたりする逆転の発想は、まさにブッダによる「捨身飼虎」の発想に通じる。

また古代ギリシャの神話に夢中になったロマン派の詩人キーツの有名な言葉「美は真、真は美、それがすべて」を想起させる言葉は、理性的なエイミーの問いの話として語られている。優しく見守るメイリック夫人、冗談の得意なマップ、理性的なエイミー、一生懸命に考えているマイラ、そしてまとめ役のデロンダ氏の実に自然な会話である。家族全員が仲の良い平和なハンスの家庭の世界こそ、世界平和につながる証である。

エイミーによる真と美の問いに対してマイラは、母を念頭において善についての言葉を述べる。

「そう、その通り。もし最も、美しく、善いものについて思うなら、それは真実に違いないわ。いつでも、それは、ありますわよ」とマイラは優しく言った。

「ところで、マイラ、あなたは何を意味しているの？」とエイミーが言った。

デロンダ氏が、助け舟を出して、「私はマイラの話が分るよ。それは、行動では決して実現されなかったことでしょう。しかし、考えの上では、真実だ。それは、ひとつの考えとして生きているのだよ」と言った。

日常会話中、言葉のイメージに生じる人の「行動」と「考え」の是非による究極の話である。エリオットは、仏教文化思想の毎日の考えと行動に眼を向けて、東洋の話を西洋の真、善、美の話に結び付けて、異文化による自国の文化の向上を説くのである。

エイミーは、話の意図を変える。デロンダ氏も含めた仲の良い家族の会話が続く。

「しかし、ブッダが自分の身を食べさせることは美しいことだったの。それは悪い見本でしょう」とエイミーが言った。「世の中は、太った虎で一杯になってしまうわ」とマッブが言った。

デロンダ氏は、笑ったが、神話を擁護した、「それは、情熱的な言葉のようです、その誇張表現は、熱情のひらめきだ。それは、毎日、起きていることの究極のイメージで、自己の変質だ」

日常の考えも行動も、時にそのイメージが、一人歩きしてしまうことが多い。だが、それが逆にユーモアを誘い、人の心を和ませる。言葉のイメージの世界は視点を変えるだけでいかようにも変化する。まして会話となると変幻自在に言葉のイメージが変わる。チョーサー文学は、口承文学であり、ユーモアが溢れており意外性があり面白い。口語の利点も視野に入れた会話文の得意なエリオットは、いろんな人たちの会話のなかで醸し出されるコミックな逆転の発想の描写に長けている。日常の何気ない会話は、人生を変える、時代を変えるヒントが満載であることをエリオットは説いているのである。

デロンダ氏の言葉の内容には、仏教文化の本質の考えに鋭く通じているような感がある。他国の異文化の本質に迫るには、その国の言葉をまず習得することである。デロンダ氏もエリオットと同様にヘブライ語を身に付けることになる。文化と言語は切っても切れない深い関係である。言葉、話の究極のイメージは心の持ちようで変質する。これはいつでもどこでも毎日起こっている。エリオットの有名な言葉に、「あなたは、成っていたであろう人に成るのに、決して遅すぎることはない」がある。人はいつでも変質することができる。心の持ちようで今まで不可能と思われていたものが可能になり新たな人生が開けてくる。まさにそれこそが、ブッダ、覚者（大慈悲）のイメージの姿である。人生の逆転の原点になる発想が神話にはある。それゆえデロンダ氏も、マイラも、グウェンドレンも逆転の人生をしっかり歩むことが予想される。神話は時に一見、ほとんどあくまでも虚構と現実の話のように思われるが、大切なのはその精神を読み込み書き表わすことである。エリオットは、「書くことは私の宗教の一部です」[5]と述べ、この世が少しでも明るくなるよう願い祈り念じ作品を書くことが作家としての義務と考えている。

悲しい辛い過去を持つマイラは、離散してしまった母への心の深い思いを語る。

「最も美しいものが心に浮かんだとき、それは、今まで私にとって母の存在のようですわ。母は、本当に周囲の総ての人たちと同じように、私と一緒にいるのですわ――いや、しばしば、ほかの人たちよりも、もっと一緒にいてくれるのですよ」

「最も善いもの」と母への思いが、強く結びついている。今、生きている人たち以上に亡き人の存在が大きい、と言う心の有様が述べられている。理屈では解けないほど深い母の愛のおかげで、マイラは善行への思いを心に留めている。理想形の母の愛が述べられている。人々を愛し自分に忠実に生きることがより良い社会のためになることが分かる話である。

エリオットは本当の人間愛とは何かを問いかけている。マイラは、旅役者の父にプラハで売り飛ばされそうになっても父を許し、しかも他人から冷たく扱われ可哀相な父の身の上を思い、あれこれ気配りもできる娘である。父にとっては、辛い目にあわせた我が子マイラが天使のように思えたであろう。マイラのように母の愛を受け継いだやさしい娘が、本当にこの世にいるように、細やかな丹念な描写になっているのである。

五

この世も人生も、エリオットの最後の作品、三十七章では、チョーサーの『公爵夫人の書』のように、心のあり様で変わることが述べられている。それは東洋仏教思想による「一期一会」にも通じる。つまり、ジョージ・エリオットの人生において出会う一語の使用の機会でも疎かにしない作家魂が感じられるのである。

ダニエルにとっての「父」と「母」の言葉は、その言葉自体に、祭壇の火が入れられていた。つまり、総ての私たちの本性についての、ごく親しい人たちとの人間関係についての思いには、少年の頃に首や耳がほてってしまったと言うような、なにか神秘的な力のようなものが今でもあった。

語り手は、今までずっとダニエル・デロンダのデロンダ氏の「姓」で表記してきたが、この箇所の一か所だけダニエルの「名」が使われているのである。両親が健在のごく一般の人にとって、毎日使用している父と母の子に対する言葉は、些細なほんの一語の感がある。だがデロンダ氏にとって、子供の頃、本当の父と母に「ダニエル」と言われたことのないその名の言葉には、言葉で言い表すことの出来ないほど深い悲しい響きがあるのである。エリオットは目立たない一語の言葉にもこだわり、主人公の幼児、少年期の言葉とその記憶が人生において果たす役割、意義にも言及して、この世の虚構と現実の実体に迫っている。優しく呼びかけてくれる両親不在の辛い運命を背負ったユダヤ人ダニエル・デロンダの「姓」と「名」の言葉を通して、エリオットは十九世紀イギリス社会の人間関係における、人の言葉の果たす人生における厳しい実体をしっかり捉えている。デロンダ氏は、それによって自己のアイデンティティに目覚めることになるのである。「ジョージ・エリオット」の筆名の中にも、女性作家でありながら男性名を使わざるをえない十九世紀イギリス社会の厳しい日常生活の人間関係の虚構と現実の実体が隠されているのである。

六

登場人物の人生を考えるとき、エリオット文学において家族の心の絆の世界、特に子供の、心と記憶の世界は、他の作家では考えられないほどの大きな絶対的な存在感がある。エリオットは、『ミドルマーチ』（五十章）で主人公ドロシアの妹の赤子を「この世の無意識の、中心と平安」、「西洋風ブッダ」と述べている。これは、人の心を癒し、安らぎを与え、人を救済するために、ブッダがいろいろな姿に変わる東洋仏教思想の異文化の神髄を思わせる。[6]

インド哲学ではこの世は幻想である。エリオットは、東洋の仏教文化の幻想も視野に入れ現実と対峙して独自の文学世界を築き上げた。ハンスの妹たちの家族は、エリオットがコヴェントリーの時代に世話になった急進主義者チャールズ・ブレイの家族と言われている。

エリオットが、その家族の一員でもあり、仏教にも興味を持っている生涯の親友セアラに書いた手紙がある。

私は一種の狂気が自分に増大するのを感じています。つまりまさに私たちの身体全部が、部屋中に一杯になる空想を創り出す精神錯乱の反対を感じます。つまり私はあたかも縮こまり、数学的な象徴の一点となり、まったく本当に、私は長さ、あるいは幅の意識が失せるほどに手ずるがなくなるのです。（ハイト、一巻、二六四）[7]

『不思議の国のアリス』における涙の海の空想世界に通じる文である。またジョージ・エリオット創作の原点となる考え方「一点」に、一期一会（一つの出会いにも人生が全部詰まっている）が読み込める文である。

エリオットは、処女作の「エイモス・バートン師の悲運」（二章）で「いとおしく、親しい幻想」と述べ、それ以後も写実主義の作家として絶えず現実と幻想に対峙し、最後の小説まで書き続けた。デロンダ氏と同じように自国のみならず他国の異文化世界にも眼を向けることによって、ジョージ・エリオットは自己の文化（self-culture: 覚者の文化）[8]にも目覚め、この世の平和、世界平和を目指して国境のない世界を求め、イギリスの写実主義女性作家としての自己のアイデンティティを確立したのである。

注

テキスト

Eliot,George. *Daniel Deronda*. Everyman's library, 1904.

（1）Cf. Miles & Pooley; *A History of English Literature*, ed. Naoshi Koriyama. The Hokuseido Press, 1948.

（2）Phillips, Helen, ed. *Chaucer The Book of the Duches*. The University of St. Andrews,1982. 2595–7

（3）Cross, J. W. *George Eliot's Life*. Boston, Dana Estes & Company, 1968. p. 350.

（4）Eliot, George. *Adam Bede*. A Signet Classic, 1961. p. 315.

（5）Cross, J. W. op.cit., p. 350.

（6）高野秀夫『ジョージ・エリオットの異文化世界』春風社、二〇一四　参照。

（7）Hardy, Barbara. *The Novels of George Eliot*. The Athlone Press, 1963. p. 198.

（8）Eliot, George. *Middlemarch*. Penguin Book, 1968. p. 501.

13

ラーキンとナーサリーライムとの関わり

高野　正夫

　ラーキンの理性主義を特徴とする詩を大まかに見渡すと、そこにはあまり超自然的な、おとぎ話やマザーグース的な要素は比較的少ないように思われる。初期の作品に見られるイェイツ的な神秘主義が多少それに近いものと考えられるが、しいておとぎ話のような要素や主題を含む作品としてあげられるのは、処女詩集『北航船』の「おとぎ話」、「踊り子」、「北航船」の〈北緯七十度　占い〉や、第二詩集『欺かれること少ない者』の「お次、どうぞ」、「もしも、彼女が」などぐらいである。なぜラーキンがこのような主題を多く選ばなかったのかについては明白ではないが、一九五二年十一月二十九日付けのモニカ・ジョーンズへの手紙で、パッツイ・ストラングに自分がビアトリクス・ポターの動物だけが好きなのだと、責められたことを語っている。そして、「僕は時々、こういう可愛い小さなウサちゃんが好きなことを恥ずかしく感じるけど、感情がそこにはあり、彼女はそれに触れるんだよ」（スウェイト　九四）と続けて書いていて、ピーターラビットのような動物たちへの愛情を抱くことを恥ずかしいことだと告白している。大の大人がピーターラビットに夢中になるということは、子供じみていてあまりふさわしいことではないという、一般的で常識的な判断がそこにはあったのであろう。それは子供のための物語であり、そこに登場する無邪気な動物たちも子供たちのものであり、大人が真面目に読んで論じるものではないというような考えを、ラーキンは持っていたのであろう。ある意味では、自らの未成熟と思われがちな一面を表に出すことを意図的に避けようとした、ラーキンの詩人としての別な一面が感じられるが、このような数少ないおとぎ話的な要素を含んだ詩を垣間見ることも、また新たなラーキニスクの世界への扉を開くことになるであろう。

「おとぎ話」という題名の詩は、主人公である語り手が思い出すその男（彼）が、月明かりの夜に通された不気味な部屋の描写から始まっている。

ただ私が憶えているのは、
騎手、月明かりの生垣、
突然中庭に閉じ込められた蹄の音、
かんぬきを外した戸を探る手だけ。
そしてその男の通された部屋は、暗く覆い被さり、
蝋燭に照らされていたことを思い出す。

ゴシック的な雰囲気に包まれた大きな部屋に一人入っていく彼の姿は、きわめて不安げに描かれている。大勢の招待客が集まる舞踏会の賑やかさはまったくなく、誰もいない薄暗い部屋を照らすのは蝋燭の弱い灯りだけで、その場に漂う静寂は、主人公の不安をさらに募らせている。そして、次に描かれたその部屋の食卓の風景は、その男の言いようのない恐怖感を増している。

食事のようなものが見せかけに並べられている。
というのも、彼の席は用意されていたが、ただあるのは、
磨かれていない銀の皿一枚だけで、ハシボソ烏の
潰れた死骸が載っていたからだった。

彼をもてなすために用意された銀の皿は、きれいに磨かれたものではなくくすんで汚れていた。それだけでなく、皿の上に出された料理は、無残に潰れたハシボソ烏の死骸であったという見るに堪えないもので、主人公の不安や恐怖をこれ以上ないものにしている。ラーキンがこの詩にあえて「おとぎ話」という題名を付けた理由は明らかではないが、古くからあるナースリライムの一つに「楢の木にとまったハシボソ烏」というのがある。

楢の木に止まっていたハシボソ烏は、外套を仕立てている洋服屋を見ながらカーカー鳴いていた。気になった仕立て屋は、妻に弓を持って来させハシボソ烏を打つが、弓は当たらず、彼が飼っていた雌豚の心臓を射ぬいて、大切な豚を殺してしまう、というきわめて皮肉な内容である。ラーキンの詩に歌われたハシボソ烏は死骸ではあるが、腐った死肉を貪る鳥で死を連想させるものであるという点では、「楢の木にとまったハシボソ烏」と同じものであり、ラーキンがこのナーサリーライムからハシボソ烏のイメージを使ったと推測することも出来るであろう。

一般的には烏は死の象徴として描かれ、この詩においてもその男の死を暗示するものである。ビアトリクス・ポターの第一作『ピーターラビットのおはなし』の冒頭でも、ピーターのお母さんが、お父さんはマグレガーさんの畑で捕まって肉のパイにされてしまったのですよという、非常にショッキングな話がピーターたちに語られている。マザーグースやおとぎ話に潜む残酷な話は、おとぎ話の別の一面を語ることによって現実の世界の厳しさや危険さを子供たちに伝えているが、ラーキンの詩に描かれた不気味で異様な食卓の風景は、おとぎ話の残酷な一面に通じるものなのであろう。しかし普通では、腐った死肉を貪るハシボソ烏が、おとぎ話の中とはいえ、食卓に出されるという発想は、多少病的であり、おとぎ話の残酷さを物語るには強烈過ぎるかもしれない。

詩の後半の第二連では、死の不安を予感するその男の陰鬱な話から、語り手の現実の人生に起こる失敗に突然焦点が移っている。

かくして旅をするたびに
私は、おとぎ話の中の男のように
新たな待ち伏せや鮮明な過ちに出くわす。
かくして私が始めるあらゆる旅は、
死肉の口づけや死肉の別れが広がる
夜明けのけだるさを予告する。

ここでは、「病的な心理は絶望に置き換えられている、と言うより、置き換えられるであろう」（ヴィアヌ）とリディア・ヴィアヌも述べているように、第一連の不気味な病的な情景描写は、語り手自身の成功とは縁のない日々の生活に変わっているが、その根底に潜む暗い否定的な運命の流れは、場面が変わってもそのまま引き継がれている。語り手は「新たな待ち伏せや鮮明な過ちに出くわす」と言っているが、このような心境は、この詩を書いていた一九四三年から四四年の時期のラーキンの試練の日々に重なるところがある。つまり、一九四三年六月に最優秀成績でオックスフォードを卒業したラーキンは、両親と同居しながら最初の小説『ジル』や詩を書いていた。そして、二度公務員試験を受けていたが失敗していた。第二次大戦の最中ということもあり、オックスフォード出のラーキンにとっても就職するには厳しい状況であった。一九四三年十二月にシュロップシャーのウェリントン市立図書館の司書になるまでの半年間は、ラーキンにとっては失敗の時期であった。そして、バリー・スパーも、「失敗はラーキンにとっては人生の生き方である——『北航船』の「おとぎ話」の中で主観的に紹介された主題である」（スパー　六三）と述べているが、第二連の語り手は、ラーキン自身と見ることもでき、『北航船』の多くの詩と同じように、ここでもラーキンは自らの個人的な体験を述べている。

語り手が詩の結部で感じる「夜明けのけだるさ」は、オックスフォード卒業後に人生をどのように生きていくべきか模索しながら、先の見えない将来に強い不安と無力感を覚えるラーキンの率直な思いの反映なのであろう。そして、ラーキンの失敗を象徴するような「夜明けのけだるさ」には、最終行の「死肉の口づけや死肉の別れ」が広がり、その男のために銀の皿に載せられた「ハシボソ烏の潰れた死骸」と同じように、ラーキンの人生の行く末の不安や困難を暗示している。おとぎ話という「幾分軽蔑された文学のジャンルを喚起させる」（オズボーン　七九）題名をあえて使いながら、ラーキンは、これから向かって行く人生の旅において「新たな待ち伏せや鮮明な過ち」に出くわすことを素直に予感している。そして、おとぎ話の主人公が登場する空想の世界が、現実の将来の生活においても形を変えて現れ、新たな失敗や試練をもたらすことを感じている。

「おとぎ話」に見られる幻想的な要素は、同じ時期に書かれた「踊り子」においても描かれているが、「おとぎ話」とはまったく対照的な明るい雰囲気を振りまいている。

冒頭では踊り子の問いかけがエピグラフとして印象的に投げかけられている。

蝶々
それとも、舞い落ちる木の葉
踊るとき
どちらを真似たらいいのでしょうか。

チャタジーは、芸術がこの詩の主題であると捉えている（チャタジー　七一）。彼は、踊り子がどちらを真似たらいいのか迷っている、「蝶々」そして「舞い落ちる木の葉」の動きをそれぞれ対照的なものと捉えている。蝶々の動きは「空気を制御する」ものであり、木の葉の動きは「空気に制御されている」（チャタジー　七一）と考えている。つまり、蝶々は能動的に自由に羽を羽ばたかせながら自分の力で空を飛んでいくが、木の葉は自分の力では飛ぶことも出来ずに受動的に、空気の動きに制御されて宙を舞い地面に落ちていく。

踊り子の心構えとしてどちらが良いのかという問いかけは、詩人に対してだけでなく読者に対してもなされているのであるが、その答えは容易に返すことは出来ない。しかも、積極的に行動したらいいのか、また逆に消極的に自然のままに行動したらいいのかという二者択一の問いかけは、芸術に関わる問題としてだけでなく、チャタジーは、詩人自身の問題としても捉えている。「詩人は、芸術全般で創造される世界の性質そのものの真実と、現実の世界とのその関係について検討しようとしている」（チャタジー 七二）と、チャタジーは述べている。詩人にとっての芸術としての詩と、現実との関わりという問題にまで果たして、ラーキン自身が詩の主題として意図していたのかについては、多少疑問のあるところではあるが、人間の人生の一つの生き方の問題として捉えれば、冒頭の問いかけはきわめて分かり易いものであろう。

最初の謎めいた問いかけに続いて、第二連の前半では幻想的な二つの問いかけがさらになされて、読者は当惑する。

もしも彼女が、自分の足で織って作った
世界が葉もなく不完全であると、
認めたら、
もしも彼女が、その世界を見捨てて
ピボット・ダンスを止めて
観客を自由にさせたら、

第一連の真面目な踊り子の問いかけに対して答えを考えあぐねている読者に発せられた、この奇妙な問いかけは、まさにおとぎ話の中に見られるような奇想天外なものであり、ラーキンの真意がどこにあるのかまったく分からなくなってしまう。不完全な未熟な踊りを続けることに恥じらいを感じた踊り子が、突然踊りを止めて観客を放りたらかしにすることなど、普通はあり得ないことであるが、おとぎ話のような世界では、現実と空想がひっくり返ってしまうことがあるように、ここに描かれた踊り子の世界は、彼女の幻想的な空想の世界と見なすことも可能であろう。

しかも、この詩が『北航船』においては、「おとぎ話」と反対の見開きのページにわざわざ置かれたということからも、詩におとぎ話的な要素が込められていると考えることも出来る。いわば、遊び心に富んだこの詩の無邪気な雰囲気は、第二連の後半に用意された詩人の答えによってさらに増し、現実には考えられない展開となる。

その時には、月は荒れ狂い、
月は、錨をなくした
月は、急に向きを変えて、
破滅をもたらす口づけをしようと地球に落ちて来るだろう。

第二、第三の問いかけ以上に無邪気で空想的な答えは、まさに戯画的である。詩人のきわめて子供っぽいが、多少象徴的でもあるこの答えは、答えそのものや説明をはぐらかす曖昧模糊としたものになっている。

このような無垢な空想に満ちた「踊り子」の主題は芸術であると指摘したチャタジーは、「芸術の世界は本質的に幻影である。なぜならば、幻影は、たとえ自然の事物を真似たとしても『模倣』であり、それ故『不完全で』裸の（『葉もない』）木に似ているからである」（チャタジー　七二）と、この詩に込められた大きな主題をコンテキストに沿って説明している。踊り子が自分の足で生み出した「世界が葉もなく不完全である」というラーキンの言葉をチャタジーの解釈に従って読む時、きわめて自然な印象を受ける。彼はさらに、「この詩はしたがって、『欺かれること少ない者』の詩で、とても念入りに執拗に描かれた幻影と欺き（なぜならば踊り子は自分自身と観客の双方を騙しているからである）の主題の種を含んでいると言えるかもしれない」（チャタジー　七二）と続けている。踊り子の蝶々や木の葉の動きを真似ながら、一心不乱に踊る姿に魅了される観客は、ある意味では、彼女自身の真実の姿というよりは、彼女の変身した幻影に騙されているのかもしれない。

チャタジーは、「詩人の芸術に対する態度はここでは否定的である」（チャタジー　七二）と明言し、芸術に対するラーキンの詩人としての姿勢を好意的には見ていないようであり、そのような見方を強調しながら、「彼は、すべてや真実を犠牲にしても、現実の世界を養う芸術の世界のまさに本質に横たわる壊れやすさや脆さを狡猾にほのめかしている」（チャタジー　七二）と言葉を続け、この詩に隠されたラーキンの否定的な思いをきわめて明快に分析している。ラーキン自身はこの詩について詳しい言及や説明をしていないので、チャタジーの見解が決定的なものとは言えないが、こうした見方やその他の解釈も可能なほど、この詩はまさに一瞬のうちに読者を不可思議な幻想の世界に引き込んでしまっているようである。そして、いつの間にか我々は魔法の鏡で、現実と空想がひっくり返るおとぎ話の不思議の世界を覗き見ているのかもしれない。

さて、「踊り子」に秘められた幾つかの幻想的でおとぎ話的な要素から、ラーキンはこの詩をナーサリーライムとして書いたのかもしれないと考えることは、「おとぎ話」の次に意図的にこの詩を配置したことや、その奇想天外な内容からも可能であろうが、詩の結部では、荒れ狂った月が、破滅の口づけをしようと地球めがけて飛んで来ると、茶目っ気たっぷりに戯画的な月が描かれている。ナーサリーライムには月を歌った唄が幾つかある。代表的なナーサリーライムとして真っ先にあげられる、「マザーグースおばあさん」にも月が登場する。ジャックの母さんが、がちょうを捕まえ、その背中に乗って月まで飛んでいったのさ、という無邪気なものである。「メリー・ゴー・ラウンド」では、一ペンスを見つけたジョニーが、「空を抜けて／月まで／飛ぶたこを買おう」と思いつくが、月の男が長い手でたこを引っぱり込むから、月に着いても空中にとどまっているようにとたしなめられる。メリー・ゴー・ラウンドに乗ってぐるぐる回っているうちに空に浮かぶ月にまで飛んで行ってみたくなる子供の素直な気持ちが歌われている。
また、ナンセンスな唄として分類される「月に住んでいた男」では、月に住んでいた男が地球に降りて、ノリッジへ行く道を尋ねていくが、「冷たいプラム入りの粥をすすったため／口にやけどをした」と、実際常識ではあり得ないことが歌われていて、子供たちの空想や想像力を掻き立てている。遠い昔のように月にウサギが住んでいるという話を信じる子供はいない現在の世の中ではあるが、昔から夜空にこうこうと輝く月は、神秘的な存在で、子供たちに様々な空想や夢を与え続けている。さらに、ナンセンスの唄の中でも最も有名なものと言われる「ヘイ・ディドゥル・ディドゥル」でも、「猫がヴァイオリンを弾き／牝牛が月を跳びこえた／子犬がそんなふざけを見て笑い／お皿はおさじと駆け落ちした」と動物たちが擬人化されてナンセンスな面白さをさらに増している。この唄では月に関する描写では、「牝牛が月を飛びこえた」という短いものであるが、子供たちの空想の世界では現実を越えた不思議なことなら何でも起こるのであろう。

伝統的なナーサリーライムに描かれた月を見ると、ほとんどが遠い空に浮かんでいるものであるが、ラーキンが「踊り子」で描いた月は、それとは異なって、それ自体が意志を持った生命体であるかのように動いて、地球に落ちて来る。古い伝説では、満月の夜に人は狂気に陥るとよく言われるが、ここでもラーキンは、そのような月に纏わる言い伝えを多少意識しているようである。結部にも「その時には、月は荒れ狂い」とあるが、ラーキンの描いたナーサリーライムの月は、まさに伝統的なナーサリーライムに描かれた幻想的な月の範疇を越えた型破りの月と言える。

このようなナーサリーライム的な要素は、『北航船』のタイトル・ポエムである五つの短い詩からなる「北航船」にも見られる。最初の詩である〈伝説〉では、「三隻の船が進んでいくのを見た」という非常におとぎ話的な書き出しで、三隻の船が描かれている。西に向かった最初の船は、「無事に豊かな国へと運ばれ」、東に向かった第二の船は、風向きに災いされて容易に進まず、そして北に向かった第三の船は、風も吹かない暗い海を漂うだけである。西と東に向かった船は、それぞれ「幸福に、あるいは不幸に」戻って来るが、北に向かった北航船だけは、「容赦のない海」を北上していく。

北航船の探求への航海は、最後の詩である〈北緯八十度以北〉まで続くのだが、チャタジーは、最初の詩に描かれた船、海、そして風を、人間の状況に象徴的に相当するものとして捉え、「船は個人を、海は人生を、そして風は状況を表す」（チャタジー　四八―九）ものと考えている。彼の解釈に従えば、この詩は、三人の異なった人間の人生を表現した寓話的な詩ということになる。恐らく作者のラーキンは、語り手として、幸福な人生を送る最初の人や、不幸な人生を送る第二の人、そして、厳しい冒険の人生を送る第三の人のそれぞれの航海を、海を見下ろす高い崖から悠然と眺めているのであろう。

船を歌った伝統的なナーサリーライムは幾つかあるが、その中でも最も有名なものが「三隻の船を見た」である。唄の題名からも分かるようにラーキンの詩と同様、三隻の船が登場する。クリスマスの日の朝に、イエス・キリストと聖母マリアの乗った三隻の船がベツレヘムに向かう様子を描いた唄で、イギリスでは昔から長く歌われてきた誰もが知っている唄である。この唄では、三隻の船はすべて幸福のしるしと考えられているが、ラーキンの歌った三隻の船では、第一の船だけが幸運を象徴するものであった。ラーキンが「三隻の船を見た」というナーサリーライムから詩のヒントを得たという確証はないが、「おとぎ話」や「踊り子」に見られるナーサリーライム的な要素から考えると、その可能性はまったく無いとは言えないであろう。

次にナーサリーライム的な要素が色濃く反映された作品としてあげられるのが、「お次、どうぞ」である。イギリス人の日常風景でよく見かける、様々なお店や、銀行、郵便局などに並ぶ人の列で、自分の番が来ると呼び掛けられる「お次、どうぞ」というきわめて口語的な、誰にとっても聞き慣れた表現である。ジェイムズ・ブースは、「『お次、どうぞ』は、人生を清算台に並ぶ人の列に変えている」(ブース　一七九)と、この詩におけるラーキンの意図を簡潔に捉えているが、このような誰にとっても身近な言葉を、題名に付けたということだけでも、ラーキンの詩の特徴のひとつである、気取りのない率直な分かり易さというものが感じられる。しかしながら、内容に関しては、そのありふれた題名とは裏腹に、ラーキンの最も大きな主題とも言える人間の死を扱ったものである。

ロジャー・デイは、「ラーキンは理性主義者でもある(反宗教的であるという意味において)が、詩の認識に基づく悲観主義や運命論者的な底流があり、それは、このグループの作家たちの中では彼だけである」(デイ　三三)と述べ、その一例として「お次、どうぞ」をあげ、あの有名な最後の四行連句を引用している。

ただ一隻の船が我々を探しに来る。黒い帆を掲げた、
見慣れぬ船で、竜骨には
巨大な静寂を引きずり鳥さえ飛ばない。航跡には
波も生まれず砕け散ることもない。

ラーキンはその多くの詩の中で人間の死を様々な言い回しで表現している。その根底にあるのは彼自身の否定的な、悲観的な人生観である。「ドッカリーと息子」の結部でも「私たちに見えない何かが選んでくれたもの」と表現されているように、人間はいつかは死ぬことを運命づけられているのだという、誰にも避けることの出来ない真実は、常に一種の強迫観念としてラーキンの人生を支配していた。「きらめく約束の艦隊」と表現された、未来が、いつかは「あらゆる良いもの」を私たちにもたらしてくれるのだという期待を抱いて生きているうちに、その期待もいつかは「失望という／哀れな花の茎」に変わってしまう。そして、最後に残るのはただ死だけであるという、いつも

のラーキンの暗い陰鬱な人生観が語られ、それは、断崖に立ちながらはるかに遠ざかる「約束の艦隊」を静かに見つめる詩人の俯瞰的な視点で捉えられている。

「お次、どうぞ」は、最後の四行の象徴主義的な結論に描かれた「黒い帆の船」に代表されるように、多くの印象的なイメージで鮮やかに彩られている。リーガンは、「『お次、どうぞ』は、多くの修辞的な技巧を使用している」（リーガン 八九―九〇）と述べ、その具体的な例として、題名の“Next, Please”と「詩の支配的なイメージ」である「船」などをあげている。彼は、「題名の『お次、どうぞ』は一種のブラック・コメディ」（リーガン 九〇）であると、ラーキンが詩の題名に込めた真意を解釈している。そこには冷笑的で辛辣な風刺やユーモアが溢れていると誰でも感じるであろう。人々が買い物の支払いを済ませようとして並んでいる精算台を死に例えている。「お次、どうぞ」と呼び掛けられた人々はそれぞれ順番通りに人生の清算を済ませて、いつかは死者の国へと向かう。ラーキンの冷静な洞察力には、時としてこのような人々をぞっとさせるブラック・ユーモアが潜んでいるのである。

次にリーガンは、この船のイメージは、「人気のある定着した諺に基づいている」（リーガン 九〇）と述べ、この詩に登場する船の由来について説明している。ラーキンの処女詩集のタイトル・ポエムである「北航船」にも、ナーサリーライムの「三隻の船を見た」という唄が反映されていると推測されるが、この詩においてもラーキンは、お気に入りの船のイメージを使用している。「三隻の船を見た」に現れる船は幸福の象徴であった。そして、ラーキンが「お次、どうぞ」の結部の第六連を除いた他の連に描いた船は、リーガンによれば、「いつかはあなたの船はやって来る」という、イギリスに古くからある諺に由来し、それは、「いつかは人はお金持ちになって成功する」という、人々の幸福や願いを表した素朴なものである。

このように二つの異なったイメージで自らの船を仕上げながら、ラーキンは巧みに人間の人生の虚しさを描いていたのだが、ちなみに、「黒い帆を掲げた、／見慣れぬ船」の、「見慣れぬ」を意味する unfamiliar のもとの言葉 familiar

には、「魔女などに仕える邪悪な妖精」（マーシュ　一二七）の意味もあるということであり、多少この詩におけるナーサリーライム的な要素がこの言葉からも推測される。

このような諺以外にも、「私は船が航海するのを見た」という、古くからあるナーサリーライムに歌われた船も、「三隻の船を見た」と同様に、子供にとっての幸福を主題としている。恐らくラーキンも子供の頃に聞いていたものと思われる、この唄に登場する船は、船長がアヒルで、船員は二十四匹のネズミで、ラーキンが愛したピーターラビットの物語のように、動物たちが擬人化された話である。しかも、船室には砂糖菓子、船倉にはリンゴがあり、帆は銀で、帆柱は金で出来ていたという、まさに宝船のような装いの船であった。子供たちは、長い航海から故郷の港に帰って来る船の話に空想を膨らませ、胸をわくわくさせたことであろう。子供たちの宝物と期待を載せた船と同じ様に、ラーキンの「お次、どうぞ」に登場する「約束の輝く艦隊」も、「すべての良いもの」を運んでくれる幸福の象徴と思われた。

しかし、幸せなままで終わらないのがラーキンの特徴であり、結部までに描かれた幸せの象徴としての船のイメージは、最終連の黒い帆の船にとって代わられる。晴天の青空の下穏やかな海を進む、期待と希望の船は、絶望の死の船に姿を変えてしまう。このドラマチックな筋の展開に関して、ジェイムズ・ブースは、「詩の終わりで『死の船』（あるいは中世の『愚者の船』）の文学的な『知識人向きの』隠喩は、富と成功の船の民話的なイメージを打ち負かす」（ブース　一八〇）と述べている。このような陰鬱な暗い結論は、いつものラーキンの否定的な人生観に慣れてしまった者にとっては、きわめて自然な流れであり、まさに死は人間の人生を虚しい暗闇の世界に変えてしまう。民間伝承的な諺から引用したと思われる、「富と成功の船」がいつかはやって来ると信じていたのとは裏腹に、実際にやって来るのは、死を象徴する「黒い帆を掲げた、／見慣れぬ船」であることをラーキンは、さりげなく言い放っている。

さて、ラーキンの詩全体から見て言えることは、ナーサリーライム的な要素を持った詩の数がきわめて少ないということである。その理由について彼は直接述べてはいないが、彼の詩についての考え方を知れば、それは自ずと想像できるであろう。

ラーキンは、「詩は正気の事柄で、あるがままに物事を見るものなのです」(モーション 一二)と述べ、曖昧でぼんやりとした、正体の分からないものに対する自らの強い嫌悪の気持を明言していた。ある意味では、それは、ナーサリーライムの荒唐無稽さにも通じるものでもあろう。現実では起こり得ないことが普通に起こるおとぎ話の空想の世界は、実際に詩作するラーキンにとっては容易に受け容れられないものであったのかもしれない。

また、詩の何ものにも束縛されない自由な発想を強調しながら、自らの詩における教訓性について次のように述べていた。「私は教訓的であったことはありません。詩に物事をさせようと試みなかったし、外に出て詩を探すこともしませんでした。私は、詩が、何であれそれが選んだ形で私の所にやって来るのを待ちました。」(ラーキン 七四)自らの詩における教訓性や道徳的な意図を否定したラーキンにとっては、ナーサリーライムにしばしば見られる教訓的な要素は、このような素朴な詩についての見方とは自然と相容れないものであったのかもしれない。現実では不可能な幸福な夢の世界が、時には展開するナーサリーライムの世界は、常に真実を書くことを求めた詩人ラーキンにとっては、必ずしも真実をもたらすものではなかったのであろう。

引用・参考文献

Thwaite, Anthony, ed. *Philip Larkin: Collected Poems*. London: The Marvell Press and Faber and Faber, 1988.
Booth, James. *Poet's Plight*. Palgrave Macmillan, 2005.
Chatterjee, Sisir Kumar. *Philip Larkin: Poetry that Builds Bridges*. Atlantic, 2006.

Day, Roger. *Larkin*. Open UP, 1987.
Larkin, Philip. *Required Writing: Miscellaneous Pieces 1955–1982*. Faber and Faber, 1983.
Marsh, Nicholas. *Philip Larkin The Poems*. Palgrave Macmillan, 2007.
Motion, Andrew. *Philip Larkin*. Routledge, 1988.
Osborne, John. *Larkin, Ideology and Critical Violence*. Palgrave Macmillan, 2008.
Reagan, Stephen. *Philip Larkin*. Macmillan, 1992.
Spurr, Barry. 'Alienation and Affirmation in the poetry of Philip Larkin.', in *Sydney Studies in English*, vol.14. U of Sydney, Department of English, 1988.
Thwaite, Anthony, ed. *Philip Larkin: Letters to Monica*. Faber and Faber, 2010.
Vianu, Lidia. 'Poets: Philip Larkin.' <http://www.e-scoala.ro/lidiavianu/poets_philiplarkin.html>

幻の『トム・ジョーンズ』
――作者としてのジェニー・ジョーンズ

白鳥　義博

小説『トム・ジョーンズ』の物語の核は、主人公の出生の秘密である。トムの本当の母親が明らかにされることが、他のいくつかの発見と重なった時に、主人公は莫大な財産の相続人という幸福な立場に到達することになる。逆に言えば、トムの物語を動かした人物は、トム本人ではない。主人公の出生の秘密を握っていた人物が、物語の進行と展開に主導権を握っていた。この事情について、ジョン・リケッティは『歴史の中のイギリス小説』の中で次のように説明している。

小説［『トム・ジョーンズ』］の中で、ブリフィルは最も完璧に政治的な人物である。なぜならば、彼は決定的な秘密を完璧に隠し、それがプロットを動かしてゆくからである。面白いことに、作品の語り手はブリフィルにとても良く似ている。というのも、語り手がブリフィルのように心のなかの動機を偽り、重要な情報を見えないように策を練るからこそ、読者は先を読み続けようという気持ちになるのである。（一三九―四〇）[1]

主人公の敵役となる悪役ブリフィルがフィールディングの「語り手にとても良く似ている」というとき、リケッティが示唆しているのは次のようなことだ。物語文学における「政治的」な力とは、「プロット」を自由に編み上げることの出来る力、つまり、登場人物の生殺与奪の権を、まるで「作品の語り手」（すなわち、フィールディング小説の場合には、作者その人と、言い換えてもよいだろう）のように、自在に振るう力のことを言う。作者フィールディングはブリフィルのような登場人物を選んで自分のいわば代理人とし、プロットを操る政治力を与えているのだが、『トム・ジョーンズ』においてその力は、ブリフィルにはあってもトムにはない。トムはおよそ「政治的」な性格を持たない人物であるがゆえに読者の共感をブリフィルよりも多く得るかもしれないが、しかし自分の人生という物語を創りだし、書きあげてゆく力を持たないという点で、トムの力はブリフィルに大きく劣っていると言わなければならない。(2)

『トム・ジョーンズ』がトムではなくブリフィルによって書かれた小説であるというリケッティの示唆は含蓄に富んでいるし、十分に首肯し得る見解である。しかしながら、ブリフィルを作品の中で「最も完璧に政治的な人物である」と断定するのは、勇み足というべきかもしれない。それは、『トム・ジョーンズ』の実際の結末が、ブリフィルが予期し、望んでいた結末とは、全くと言っていいほど違うからである。それに、物語の核であるトムの出生の謎という「決定的な秘密」を、ブリフィル以上に「完璧に隠し」てのけた人物、すなわちブリフィル以上に「政治的」な作者が、作品の中に存在するからである。その作者とは誰であるか、すなわち、『トム・ジョーンズ』という小説は、ブリフィルではない誰が書こうとした物語に一番近いのか、考えてみよう。

すでに述べたように、『トム・ジョーンズ』の物語の大部分は、ブリフィルを作者とするトムの物語と一致しており、リケッティも指摘しているように、トムの出生の秘密が「完璧に」隠匿されるブリフィルの「プロット」によって、トムは破滅への道をたどってゆく。嘘をつくことや重要な情報を隠すことによって、ブリフィルは次第にトムの人生を変化させる力を持つようになる。例えば、トムがオールワージの妹ブリジットの子供であるという重大な事実を知りつつ、ブリフィルは自分の立場を不利にしかねないこの「重要な情報を見えないように」ひた隠しにして、トムをオールワージの屋敷から追放させる「策を練る」のであった。しかしながら、ブリフィルが当初思い描いた通りの結末は、現実の『トム・ジョーンズ』において実現していない。最終的にトムは奈落の底から救い出されるからである。幻となったブリフィルの『トム・ジョーンズ』は、一体どのような結末の構想を持っていたのだろうか。それが明らかになるのは、作品の最終段階である。作品の早い段階から、フィールディングの語り手は絞首刑という不吉なキーワードを繰り返しているのであるが、ロンドンでの乱闘沙汰で収監されたトムが刑場の露と消えるように、ブリフィルは「政治的」な画策を実行する。(3) それは、オールワージの顧問弁護士ダウリングを関係者の元へ差し向けて、トムに関する不利な証言を集めることであった。ダウリング本人が後にオールワージの前で証言しているように、ブリフィルは弁護士に

決闘の目撃者を探して来いとおっしゃって、ジョウンズ様やそのお友達の手がまわらないうちに、とおっしゃいました。血には血をもって答えねばならぬ、殺人犯を隠すものはもちろんだが、犯人が法の正しい裁きを受けるように自分の力にかなうことを何なりとも怠ったものも、その罪に加担したことになる、ともおっしゃり、あの悪漢に法の裁きを受けさせることは実はオールワージ様も強く望んでおられるのだが、どうも直接乗り出されるのはまずいのだ

と述べて、オールワージを欺く形でトムに無実の罪を着せようとした（八四三）。(4)

引用した一節には、リケッティがいみじくも指摘したように、「心のなかの動機を偽り、重要な情報を見えないように策を練る」という、政治家および作家としてのブリフィルの本質がよく現れている。ブリフィルの真の「動機」は正義にあるのではもちろんない。いみじくもウエスタンが叫んだように、トムが殺人犯の汚名を着せられて、「あいつが絞首刑になって邪魔さえなくなりゃ――タララッタンタララッタン！　こんな吉報はない――万事わしの思い通り」になるような世界の到来こそ、ブリフィルが真に望んでいた結果であった（七八六）。

しかし、フィールディングの『トム・ジョーンズ』は、そんな「吉報」では結ばれない。周知の通り、フィールディングが書いたトムの物語には、典型的と呼びたくなるように幸福な結末が用意されている。トムを「絞首刑」という結末へと導こうとしたブリフィル版『トム・ジョーンズ』の「プロット」が破綻した原因は何であろうか。ひとつには、ブリフィル以上に「完璧に政治的な人物」と呼びうる人物が、トムに関する「決定的な秘密」を「完璧」なタイミングでオールワージに告白したことだ。その人物とは、ジェニー・ジョーンズである。トムの本当の両親が誰かという事実を、トムの母親であるブリジット以外でおそらく一番早くに知ったのは、このジェニーである。彼女はこの「決定的な秘密」をまさしく「完璧」に秘匿して、自分がトムの母親であるという大芝居を演じてのけた。小説の最終段階で、それまで完璧な政治家として物語の世界に君臨してきたブリフィルの実像を暴き、彼を窮地へ追いこんだのは、すべての真実を告白したこの女性であって、小説の題名にジョーンズという彼女の姓が与えられていることからもわかるように、ジェニーはブリフィル以上に作品に欠かせない、極めて重要な登場人物なのであるが、彼女を重視して作品論を展開させるフィールディング研究は、これまでなぜかあまり書かれてこなかったようだ。(5)

『トム・ジョーンズ』の中のほとんどのページは、ジェニーがトムの母親であるという嘘を前提にして書かれており、読者もこの嘘が真実だと誤解して小説を読み進める。この作品の物語がかなり長いが、しかしよく練られた構成を持っていることは、有名である。大別すれば、『トム・ジョーンズ』は三つの部分に分けられる。最初がサマセットシャーのパラダイス・ホールを舞台にした発端の部分（第一巻より第五巻まで）であり、次が道中での展開の部分（第六巻より第一二巻まで）であり、最後がロンドンでの収拾の部分（第一三巻より最終の第一八巻まで）である。これら三つの大きな部分には、それぞれ核となる重要な場面があるのだが、そのほとんどすべての中心的な場面において作者フィールディングが、トムの仮の母親役を演じるこのジェニー・ジョーンズをいわばキー・パーソンとして使っていることは、もっと注目されて良い事実であると思われる。第一の部分においては、オールワージの寝床に捨てられていたトムが一体誰の子供なのかという疑問が物語を動かし始め、ブリジットの召使いから疑いをかけられたジェニーは、トムが自分の子供であることをあっさりと白状する。実はトムはオールワージの妹ブリジットが密かに産んだ子供であるが、この重大な秘密をオールワージに隠すため、ブリジットはジェニーに身代わりを頼んだのであった。私生児を捨てたことを責めて、オールワージは村からジェニーを追放するが、その代わりにトムの養育をジェニーに約束する。トムの父親が誰だったかを決して打ち明けなかったジェニーだが、のちに父親と思しき人物が発見され、オールワージは証言のためにジェニーを探すが、用意してもらった新しい場所からジェニーはすでに姿を消していた。

物語の第二の部分で、ジェニーは再び姿を現す。結婚をしてウォーターズ夫人と名前を変えた彼女は、ブリフィルの奸計によって故郷を追われてさまようトムと、道中ばったりと再会する。再会といっても、トムもジェニー改めウォーターズ夫人も、お互いが誰かを悟らない。『ジェーン・エアは幸せになれるか』の中でジョン・サザランドは、ブリジットがトムの母親であることは慧眼の読者であればすぐに、簡単に見抜けるだろうと述べている（一九）。だが、このウォーターズ夫人がジェニー・ジョーンズであると初読で見抜くのは、なかなか難しいかもしれない。たとえ見抜けたとしても、後味はあまり良くないだろう。というのも、ウォーターズ夫人とトムはアプトンの宿屋で寝床を共にしてしまうのだから。アプトンでの一連の場面で、ウォーターズ夫人がジェニー・ジョーンズであるとは読者に気づかれないように、作者フィールディングは細心の注意を払って筆を運んでいるようだ。インセストの可能性が読者にも、またトムとジェニーにも明らかにされるのは、物語の終盤、ロンドンでの大詰めの場面である。すでに紹介したように、トムは傷害罪で収監されるのだが、獄中にジェニーがひょっこり姿を現す。アプトンで一夜を共にした男性が苦境に陥っていることをたまたま聞きつけて、励ましに来たのであった。「驚きはごもっともです。私に会うとは意外だったでしょう。こんなところにまでうるさく訪ねてくる女は、その人の奥さんででもなけりゃありませんもの」（八一〇）。

再会の場面の直後、二人はお互いが本当は誰であるかを知る。トムは、ウォーターズ夫人が自分の産みの母親とされた女性であることを知らされ、恐ろしい罪を犯したことを激しく後悔する。「ああ、なんということ！　不倫！　母親と！　生きながらえて何になろう！」（八一四）ウォーターズ夫人ことジェニー・ジョーンズも、獄中に見舞った男があのトム・ジョーンズであることを知らされ、驚きのあまりトムへ手紙を書く。「お別れしたあとある紳士にお会いしたところ、その方からあなたのことであることを伺い、たいへん驚きもし心配もしています。［中略］ああジョーンズ様、あのアプトンの幸福な一日を過ごしたとき、それを思うと私のこれからの生涯は真暗になるのですが、あの申し分のない幸福を与えてくれたのがどういう人か私は考えて見なかったのです」（八一五）。ウォーターズ夫人が記した「ある紳士」とは、先にも言及した弁護士ダウリングである。すなわち、トムに不利な証言を探したブリフィルの悪巧みによってダウリングはウォーターズ夫人のもとを訪ね、そこから彼女は思いもかけない真実に気付かされたのである。そして彼女は、それまで堅く守ってきた秘密を暴露することを、決意する。そのきっかけは、「これからの生涯」を「真暗」にしないようにしたいという彼女の利己心なのか、それとも「生きながらえて何になろう」という究極の絶望からトムを救い出すことにあったのだろうか。あるいはそのどちらでもない、別の動機があったのだろうか。

確かなことは、獄中でのこれら一連の場面を境にして、ブリフィルの作者としての力は急激に減じてゆき、それに代わってジェニーが、小説内でプロットを動かす政治的な作者として君臨し始める、ということだ。オールワージの元を訪ねたウォーターズ夫人は、自分がジェニー・ジョーンズと呼ばれていた頃の一つの秘話を、語り始める。

「それが大変申し上げにくいのです、」ウォーターズ夫人が答える。――「それだけ言い渋るところから察すると、わしに縁のつながるものだな？」――「ごくお近いお方です。」オールワージがギクリとする。女は続けた、「あなたにはお妹御がおありでした。」――「妹！」と彼はおうむ返しに言って真蒼になる。――「そのお妹御こそ正真正銘、あの棄て児の母親だったのです。」――「そんなことが！　とんでもない！」――「どうぞ落ち着いてください。すっかりお話し申しましょう。」(八三五―三六)

ジェニーがここで告白していることの本質を、作者性という観点から、じっくり考えてみよう。『トム・ジョーンズ』でのトムの物語は、そもそも、作者ブリジットの立案したプロットに従って、進行していた。トムも、ジェニーも、あるいはオールワージも、ブリジットによって創りだされたキャラクターの枠を出ていなかったのである。オールワージへのジェニーの告白の中に、このことを裏付ける一節が含まれている。

「それにしても、死ぬまで打ち明けなかったとは妹もけしからんやつだわい。」――「いいえ、お妹さまのお気持ちはそうではなく、いずれあなたにお話したいと何度も私にはおっしゃっていました。自分の計画("Her Plot")がうまくいって、お兄様がご自分からあの子をあんなに好きになってくださったから、こんなうれしいことはない、この分ならまだはっきり申し上げるには及ばない、と言っておいででした。」(八三七)

「自分の計画がうまくいって」とは、興味深いことばである。ブリジットも、「プロット」を動かしうる力を持った登場人物の一人だった。彼女はオールワージがトムを養育するだろうと彼の性格をよく見抜いていたし、またそのような好ましい展開になるようにうまく事を運びもした。もちろん、ブリジットはそんな「心のなかの動機」を、オールワージにはひた隠しにすることが出来たのだ。だから、リケッティのいう「完璧に政治的な人物」や「作品の語り手にとても良く似ている」といった一種の賛辞は、ブリフィルやジェニーだけでなくブリジットにも与えることができるのかもしれない。現に、小説の前半部分を読めば、ブリジットが書いた物語をオールワージがとても好意的に受容していたことが、よく分かる。しかし、たいへん皮肉なことに、ブリジットの「計画」は、第一の部分の後半において彼女がブリフィル大尉と結婚するとき、破綻へと進み始める。ブリフィル大尉も、この夫との間に生まれた息子も、オールワージの財産相続という野望にとってトムが邪魔者になると考えたのだ。こうしてブリジットによるトムの物語のプロットは二代のブリフィルによって大きく改竄され、ブリジットの願いも虚しくトムはオールワージの庇護下を離れて流浪の旅に出される。つまり、作者の地位がブリジットからブリフィルへと、簒奪されてしまったのだ。その点で、リケッティが指摘するように、ブリフィルは政治劇の巧者であるのだが、その彼をもってしても、ジェニー・ジョーンズが最後に作者の地位を奪還することを、予期も防止も出来なかった。

ブリフィルが母親から引き継いだ新しいトムの物語の最後で、弁護士ダウリングによって自分がかつてこのトムの偽りの母親を演じていたことを思い出した時、ウォーターズ夫人ことジェニー・ジョーンズには作者としての自覚が芽生え、新たな使命に全力を傾ける。その使命とは、作者ブリジットによる、未完の、幻の『トム・ジョーンズ』を復活させることに、他ならない。トムをオールワージの庇護下に戻す結末に向けたプロットを駆動させるために、ジェニーは自らの意志で、最も適切なタイミングで、「決定的な秘密」を暴露する。こうして『トム・ジョーンズ』はあの祝祭的な結末の瞬間を迎える。「オールワージも結婚とともにジョーンズに惜しみなく物を与え、夫妻に愛情を示すどんな機会も逃さない」(八七四)。ヒロインとの結婚というジェニーによる、すなわちフィールディングによるトムの物語の結末と、ブリフィルが書きたかった絞首台にトムが立たされる結末と、どちらのほうがより良い結末なのだろうか。ジェニーの告白を聞いたオールワージは「まさかお前がそれだけの話を捏造して、ありもしないことを証言するはずもない。またそんなことはできることでもない」(八三七)と断言するのだが、これはすなわちリアリズム小説家としてのジェニーの才能や力量への、逆説的な賛辞として解釈するべきだろう。少なくとも、オールワージは皮肉を言っているわけではないし、この結末に泉下のブリジットも「こんなに嬉しいことはない」といってさぞや喜ぶであろう。作者としてのジェニー・ジョーンズの功労で実現したこの結末こそ、ブリジットが幻の『トム・ジョーンズ』のために用意していた展開に、最も近かったはずなのである。

注

（1）特記のない限り、英語からの引用は拙訳である。
（2）ブリフィルが持つ作者的な力についての詳細は、拙論「ブリフィルが書いたトムの物語」を参照のこと。その論文と本稿の両方で、筆者は小説内部における「作者」の存在について考えているのであるが、一連のこの探求の発端に原の「物語の不在と不在の物語」があることを、ここに明記したい。（筆者にとって得るところの多かったこの論文の中で、原自身は「作者」ではなく「著者」という語を用いている。）
（3）『トム・ジョーンズ』において繰り返される絞首刑というキーワードと、主人公トムの多面的な人物造形の関係性については、拙稿「トム・ジョーンズの隠された多面性について」において詳しく説明されているので、参照されたい。
（4）『トム・ジョーンズ』からの引用は、朱牟田夏雄訳（岩波文庫版）を参考にした。
（5）フィールディングが描いた女性についての研究は、例えばキャンベルの優れた、詳細な研究書など、すでにかなり開拓されている研究領域であるが、それでも筆者は本格的なジェニー・ジョーンズ論がもっと書かれるべきだと考えている。その意味では、スティーヴンソンの著書のように、作品内の比較的に無名な登場人物に焦点を当てて作品全体の新しい意味合いを解明する研究が、有益かもしれない。（ただし、スティーヴンソンにおいても、本論が目指すような、ジェニーの役割や存在意義についての解明はなされていないように、思われる。）

引用・参考文献

Campbell, Jill. *Natural Masques: Gender and Identity in Fielding's Plays and Novels*. Stanford: Stanford UP, 1995. Print.

Fielding, Henry. *The History of Tom Jones, A Foundling*. 1749. Ed. Thomas Keymer and Alice Wakely. Harmondsworth: Penguin, 2005.

Print.
Richetti, John. *The English Novel in History: 1700–1780*. London: Routledge, 1999. Print.
Stevenson, Robert Allen. *The Real History of Tom Jones*. New York: Palgrave, 2005. Print.
Sutherland, John. *Can Jane Eyre Be Happy?: More Puzzles in Classic Fiction*. Oxford: Oxford UP, 1997. Print.
白鳥義博「ブリフィルが書いたトムの物語――『トム・ジョーンズ』の実相」『英語文化研究――日本英語文化学会40周年記念論文集』日本英語文化学会編、東京：成美堂、2013. 55–64. Print.
――「“He Was Certainly Born to Be Hanged” ――トム・ジョーンズの隠された多面性について」『18世紀イギリス文学研究』第四号、日本ジョンソン協会編、東京：開拓社、2010. 193–206. Print.
原英一「物語の不在と不在の物語――チャールズ・ディケンズ『大いなる遺産』の場合」『現代批評のプラクティス１――ディコンストラクション』富山太佳夫編、東京：研究社、1997. 93–124. Print.

アンナ・シュウエル『黒馬物語』論

大渕　利春

はじめに

アンナ・シュウエルの『黒馬物語』は一八七七年に発表され、ベストセラーになった小説で、シュウエルはこの一作のみで文学史に名を残した。これは主人公の黒馬「ブラック・ビューティー」の一人称で語られる小説で、馬の目を通して、人間社会を批判的に描いている。とりわけ、人間の動物に対する残虐行為に対する非難が目立つ作品で、『エンサイクローペディア・オブ・アニマル・ライツ・アンド・ウェルフェア』のシュウエルを扱った項目では、「最も影響力の強い反残虐行為小説」と評価されている。[1] シュウエルの伝記作者によると、この小説が痛烈に批判しているあげ綱（ベアリング・レイン、馬の頭を下げさせないための手綱）の使用がのちに廃止されたのも、この小説の影響によるところが大きいという。[2] 自身も文筆家であった母親メアリの影響で、アンナは幼いころから動植物を愛する心を育み、また母親とともに貧しい人々に食物を与える旅をしたりしている。馬はアンナが特に愛した動物であった。

シュウエルが生きた十九世紀中~後期は、産業革命以来の科学技術が飛躍的発展を遂げた時代であった。科学技術の発展は、経済的繁栄をイギリスにもたらし、富裕な有閑階級が生まれた。一方、ヴィクトリア時代のイギリスは、男女の役割分担が明確化、固定化し、女性がかつてないほど抑圧された時代でもあった。本論文では、機械文明時代の到来と経済的繁栄、その時代における動物観、女性観の変化という視点から、『黒馬物語』を論じるものである。

一　機械化時代の到来と鉄道の発展

ジーグフリート・ギーディオンは『機械化の文化史』において、自然を機械と見なすデカルト以来の思想が、十八世紀末から十九世紀にかけての生理学の発展とともに、人間を含めた動物の生命活動を数値化、グラフ化し、運動を視覚化する動きにつながったことを指摘している。つまり、動物の動きを解明し、その活動を機械でもって計測する時代になったのだ。これは動物を動く機械とみなす風潮の一つの現れである。写真家のマイブリッジが馬の運動の連続写真を撮影し、それまで謎とされてきたその足の動きの真実を解明したことも、馬の動きを機械的に見ようとする傾向の一つの現れと言えるかもしれない。世紀中頃を中心に流行した動物の生体解剖もまた、動物は動く機械であり、痛みを感じない存在であるとする思想から派生した行為である。再びギーディオンによれば、機械化の波は工場などにとどまらず、農業分野や、家庭内にまでもで及んだ。すなわち、農産物の刈取り作業に用いる機械が改良され、さらには家具にまで機械化が及んだ。ウィリアム・モリスを中心としたいわゆる「アーツ・アンド・クラフト運動」は、家具の機械化に抗する運動であった。そうした機械文明の到来の中でも、とりわけインパクトが大きかったのは鉄道の登場である。

ヴィクトリア時代を代表する作家、チャールズ・ディケンズは、一八四六年から四八年にかけて発表した長編小説『ドンビー父子』の中で、鉄道という新しい文明が社会に与えた衝撃を以下のように描写している。

> 大地震の最初の衝撃が、ちょうど当時、この界隈を真っ二つにつん裂いていた。そのツメ痕がここかしこに認められた。家は叩き壊され、通りはぶった切られ、穴や堀がごっぽり口を開け、泥沼がどっかと盛られ、礎をくり抜かれてヨロけた建物が大きな梁に寄っかかっていた。（中略）要するに、未だに完成と開通を見ぬ『鉄道』が胎動していたの

だ。この凄絶な無秩序の正に核心から、巨大な文明と進歩のレールに乗って、するすると伸びていたのだ。

（『ドンビー父子』八八—八九）

レイモンド・ウィリアムズは、鉄道に象徴される機械文明の台頭する時代の中で、ディケンズの関心は「相次ぐ先例のない変化と、原形をとどめないほど変わってしまった風景のなかで、人間的な感覚と人間らしい優しさを生かしておくことにあった」としている。[3] サミュエル・バトラーの『エレホン』（一八七二）には「機械の書」と題された章が設けられているが、バトラーはここで機械文明に警鐘を鳴らしている。バトラーは「機械類は結局人間を駆逐して、動物が植物にまさるように、動物の生命力とは違っていてまさる生命力が充ち溢れるようになる」[4]と述べている。架空の国エレホンでは機械類は放棄され、エレホンに迷い込んだ主人公も、ただちに腕時計を没収される。ディケンズやバトラーのこうした態度から察せられるように、ヴィクトリア時代のイギリス人の機械文明に対する態度はアンヴィバレントなものだった。新しい技術を熱烈に歓迎しながら、一方で変化に対する恐れ、とりわけ見慣れた風景が失われ、人間的な感覚が失われていくことへの恐れが存在したのである。そして鉄道の登場は、イギリス人の移動手段に革命をもたらしたのみならず、馬に対する観念にも変化をもたらした。

ここでイギリスにおける鉄道の歴史を簡単に述べておく。十八世紀にはトレヴィシック、ニューコメン、ワットらが蒸気機関を発明、改良した。そして、一八二五年、スティーヴンソンがダーリントン—ストックトン間三十二キロに機関車「ロコモーション号」を走らせたのを皮切りに、イギリスの鉄道網は急速に整備されていった。一八三〇年には、やはりスティーヴンソンがマンチェスター—リヴァプール間二・四キロを二十回往復する競技会を開催し、スティーヴンソンの「ロケット号」は時速四十六キロを記録したという。[5] 一八四四年に、画家のターナーは有名な『雨、蒸気、速度——グレート・ウェスタン鉄道』を描いている。ターナーは「うさぎとかめ」のエピソードから速度と結び付けられることの多いうさぎをこの絵に描きこむことで、鉄道の圧倒的なスピードを表現した。一八三〇年代後半には、イギリス国内の鉄道線路の総延長は一六〇〇キロに及んだ。より速く快適な輸送手段が登場したことで、それまでイギリス人の移動手段として利用されていた馬車は次第にその姿を消していった。自然の力、蒸気で動く鉄道は、自然を征服する科学技術の象徴であり、当時のイギリスの人々はそれに熱狂したのだ。

二　イギリス人と馬

馬はイギリス人に最も馴染み深い動物のひとつである。古くから馬は農耕に用いられ、また馬車を引くことで、イギリス人の移動手段として欠かせないものであった。十九世紀にはオークスやダービーの競馬が人気を呼んだし、貴族の間でも、勇気や寛容を象徴するとされる馬はもてはやされた。文学を見ても、例えばスウィフトの『ガリヴァー旅行記』に登場する馬の国フウィヌムなど、馬の登場する作品は数多い。美術の世界でも、馬の絵を多く描いた画家ジョージ・スタッブスは有名である。また、軍隊においても、少なくとも第一次世界大戦までは馬は重要な役割を担った。

そして、蒸気機関の登場以来、移動手段や、農業での使役といった実用的な馬の使用は減少した。当然、蒸気機関よりも速度、パワー、持久性など、あらゆる側面で圧倒的に劣る馬車は、姿を消す運命にあった。モイラ・ファーガソンによれば、「馬車の黄金時代は一八三〇年代までに終わった」。[6]『黒馬物語』にも、「百人のうち、九十九人までは、馬をなでるくらいなら、汽車を引っ張る蒸気機関車をなでたでしょう」という記述がある。[7]しかし、蒸気機関車の登場とともに、馬車が即座に消え去ったわけではない。列車による旅行ブームと到来とともに、駅までの移動手段として、短期間とはいえ逆に馬車の使用は増加した。そして、蒸気機関に象徴されるスピード化の時代にあって、馬にも同等の機能を求める動き、すなわち馬を機械視する動きが現れたのである。

同時に、空前の経済的繁栄の中、馬は競馬や乗馬といった、貴族や富裕層の娯楽やスポーツに用いられることも多くなった。ソースティン・ヴェブレンは『有閑階級の理論』で、十九世紀後半の大量消費社会における「顕示的消費」の理論を展開したが、馬は貴族やヴィクトリア時代に新たに登場した富裕層の貴族性や富を象徴し、顕示する存在となったのである。

三　馬の調教、機械化

『黒馬物語』は全編が動物に対する虐待行為に対する非難の小説と言って良い作品である。初めは田園地帯で親切な飼い主のもと、幸福な生活を送っていたブラック・ビューティーだが、やがてロンドンの飼い主のもとに売られ、過酷な労働を強いられることになる。第二十九章で、ロンドンで馬車馬として使役されるブラック・ビューティーは、ロンドンっ子たちの馬の走らせ方について次のように述べている。


　つぎには、蒸気機関車式の乗り方というのがあります。こういう乗り方をする馭者は、たいてい町から来た人たちで、じぶんの馬を持ったことがなく、ふつうは、汽車で旅行する人たちです。

　こういう人たちはいつも、馬は蒸気機関車のようなもので、ただ、それより小さいのだと考えていたようです。（二〇二）

シュウエルは急速に都市化、近代化していくロンドンに嫌悪感を抱いていた。そのため、ロンドンで動物と接する人間は、その多くが動物虐待者として描かれている。鉄道で移動し、自然と隔絶した生活を送るロンドンの人々が動物と接する機会と言えば、愛玩動物として飼育されているイヌ、ネコなどか、競馬の馬か、あるいは動物園で飼育されている、すなわち不自然な状態にいる動物程度であった。つまり、ロンドンをはじめとする都会に住む人々は、動物の自然の姿を見る機会を失いつつあった。彼らは、馬をあたかも機械であるかのように、蒸気機関車と同じように走らせようとしたのである。『黒馬物語』の第二十九章はすべてこの「蒸気機関車的乗り方」に対する批判にあてられている。蒸気機関車的乗り方は、馬もまた生物であることを無視した過酷な乗り方で、『黒馬物語』では馬たちがそれによって大いに苦しめられていることが語られている。

馬という自然の存在を、鉄道のごとく制御するための道具として馬具の使用がある。リン・ホワイトJr.によれば、そもそも中世に登場した馬具の使用が「軸つきの前輪とブレーキを備えた馬車」の発達を促したという。『黒馬物語』の中でシュウエルが最も痛烈に非難しているのが、まさに調教であり馬具の使用、中でもあげ綱の使用である。第三章で、ブラック・ビューティーは調教と馬具について次のように述べている。

馬の調教とはどんなものか、みなさんは、ご存じないかもしれませんから、お話しておきましょう。(中略) そして、馭者ののぞむままに、速く歩いたり、おそく歩いたりしなくてはなりません。何を見ても、けっして、驚いてはいけませんし、ほかの馬に話しかけてもいけません。かんでもいけないし、けってもいけないし、何ひとつ、じぶんかってなことをしてはならないのです。どんなにくたくたに疲れていても、お腹がすいていても、いつも、主人の意志通りに動かなくてはなりません。ところで、何よりもたまらないのは、一度馬具をつけるともう、うれしいからといって、飛びあがることもできなければ、疲れたからといって、横になるわけにもいかないことです。これで、この調教というものが、なかなかたいへんなことだということが、おわかりになるでしょう。(中略) じぶんの口にハミをはめられたことのないひとには、それがどんなに気もちのわるいことか、考えられるものではありません。(二一―二二)

この調教の場面のすぐ後に、ブラック・ビューティーが初めて蒸気機関車を見たときのことが言及される。ブラック・ビューティーは、すさまじい音と煙を吐きながら近づいてくる蒸気機関車に恐怖したと述べ、他の馬たちも同様に怯えていたとしている。調教され、馬具を装着された馬、すなわち「自然」を抑制され、より機械化された馬と、自然の力を制御して走る機械である蒸気機関車を並列することで、両者の類似を引き立てている。蒸気機関車に対する馬の恐れ（一方でウシや羊はまったく蒸気機関車を恐れない、との記述がある）は、機械化されることへの馬の恐れであろう。ジャスティスという馬は、自分のひく荷馬車に車輪がついているのを見て気持ちが悪くなることがあると述べる。メリーレッグスという牡馬もまた、人間が馬を蒸気機関車や脱穀機のように考える傾向があったと述べている。

第十章では、ジンジャーという名の雌馬が、人間がイヌや馬の体を自分たちの好みに合わせて改変することについて次のように述べている。

人間がそんなに賢いんなら、これからさき、子馬はみんな、顔の横ではなく、ひたいのまんなかに目玉をつけて生まれるべきであるってな命令でも出してもらいたいもんだ。人間は、いつだって、自然を改良したり、神さまのおつくりになったものを改良したりできると思ってるんだからね。（七七）

イギリス人が多くの動物の品種改良を行ってきたことはよく知られているが、サラブレッドはまさにその典型である。イギリスにおける競馬は十八世紀ころから大きく変容し、今日に繋がる近代競馬が誕生した。それ以前の競馬は、自然の環境の中を時間をかけて行うものであったが、近代競馬は「人工的に設えた常設のコースにおいて、短時間に決着をつけるという、まことに忙しない競馬」になった。(8) 近代競馬の特色もまた、人工的とか、馬の機械化というキーワードで語ることができるようだ。サラブレッドは、短い距離を、速く走ることだけに特化した種であり、極めて人工的で機械的と言える。山本雅男はイギリス近代競馬の発展が工業化と一体であったことを指摘している。ジンジャー、そしてシュウエルにとっては、人間の都合で動物の体を作り変える行為は神がつくった自然に手を加えることで、自然やその背後にいる神に対する冒涜であったのだ。人間たちは流行に合わせて動物の体に手を加える、例えばイヌの耳をとがらせたりする、といってサー・オリヴァーという老馬は憤慨する。動物の品種改良も、一種の動物の機械化ととらえることができるであろう。

また、人間の目から見て質の高い、流行の動物を保有することは富、社会的地位の顕示であり、ヴェブレンの言う「顕示的消費」に該当すると言って良い。競馬に関して付言すれば、イギリスの競馬に関する業務を統括するジョッキー・クラブが創設されたのは十八世紀半ばのことだが、そこに女性会員が認められるのは一九七七年まで待たねばならない。競馬の世界は圧倒的に男性の世界であった。馬丁の仕事も男性のもので、『黒馬物語』で馬を酷使する御者はすべて男性である。科学、医学の担い手も当然男性であった。すなわち、馬を機械化する主たる担い手は男性であった。

四　女性の機械化

ジーナ・M・ドレは『黒馬物語』に見られる調教の場面、あるいは馬具の使用に関する記述に、当時流行していた女性のコルセットの使用との類似を指摘している。[9] 古賀令子によれば、中世以来ヨーロッパで発展してきたコルセットも、産業革命以後の技術革新の結果、十九世紀にはほぼ完成形に至った。コルセットの利用は、貴族階級のみならず、中流階級にまで広がる流行を見せた。一方で、ウェストのくびれを強調するために鉄製のコルセットをきつく胴体に巻きつけることは、極めて不自然な体型を生み出すことになり、女性の健康を損なうものだという批判も同時に上がり始めた。コルセットのみならず、例えばクリノリンらの同時代に流行した他の女性の衣装も、服というよりももはや装置と呼んだ方が適切なものも多く、介助する者がなければ装着できないほどであった。古賀は次のように述べている。

十九世紀は、男女の役割が最も分化した時代であり、男性には経済力を含めた「男らしさ」が求められ、黒っぽい地味な服装に身を包むようになったブルジョアジーの男性は、妻を飾り立ててその経済力を誇示する看板とする傾向にあった。コルセットによる不自然なタイト＝レイシングも、陽にさらされていない青白い肌色、白くて小さい手、いかにも動きにくいクリノリンやバッスルなどとともに、働かなくてもいい立場の女性であることや夫の経済力の象徴としての役割を担っていた。(『コルセットの文化史』八二)

コルセットの使用が健康被害をもたらすか否か、あるいは男性の欲求に応えるためだけに、こうした衣装が流行したのか否か、には様々な見解がある。しかし、こうした女性の不自然な衣装が、女性抑圧の一つの象徴であったことは確かであると思われる。二十世紀に入ると、マスメディアの発展と相まって、女性の体を男性が生み出す流行に合わせて改変し、商品化する傾向にますます拍車がかかる。女性の体はさらに機械化され、マーシャル・マクルーハンの表現を借りれば、「機械の花嫁」が求められる時代になる。

『黒馬物語』では、雌馬ジンジャーが女性の声を代弁している。ジンジャーはその気性の激しさから名を取られた馬で、人間の残虐行為に対して比較的穏健なブラック・ビューティーに比して、より激しい口調で人間を非難する。ルース・パデルはジンジャーを「怒れるフェミニスト」と呼んでいる。[10] ジンジャーを厳しく調教する男の名前はサムスンで、この旧約聖書からとられた名は、男性の肉体的力の象徴であろう。サムスンがジンジャーを調教する姿は、文字通り十九世紀における『じゃじゃ馬ならし』である。ファーガソンはサムソンがジンジャーを厳しく調教する場面にレイプの隠喩があると指摘している。[11] また、ブラック・ビューティーが飼い主から飼い主へと次々に売りまわされていく姿に、次々に男性客をとる娼婦の姿を見る研究者もいる。[12] これらの見解の真偽はともかく、『黒馬物語』における馬と女性の類似性は明らかである。すなわち、コルセットで体の自由を制限され、男性の生み出す流行に沿って身体を改変することを強いられ、男性の富の象徴とされ、男性に従うことを要求される女性と、馬具で自由を奪われ、目的に合わせて品種改良され、男性の乗り手によって酷使され、やはり富の象徴とされる馬との間の類似である。ドレは次のように述べている。

ヴィクトリア時代の馬と同様、女性はしばしば富を伝える単なる手段とみなされた。その身のこなし、歩く様、そして姿勢は女性の育ちと階級を示し、それがその市場価値に影響を及ぼす。さらに、穏やかな気質は女性と馬のどちらの場合も卓越していることを示すのである。[13]

シュウエルは男性中心の機械文明社会において、犠牲者の立場にいる女性の一人として、同様に犠牲者である馬に共感し、女性と馬の解放を希求し、この『黒馬物語』を執筆した、と考えられる。『黒馬物語』では、声を上げると鞭で打たれるといって馬たちが嘆くが、あげ綱の使用は、馬の声を封じる役目も負っていたことをモイラ・ファーガソンは指摘している。[14] シュウエルが深く憤ったあげ綱は、体の矯正だけでなく、声を奪うものでもあり、ヴィクトリア時代の女性たちもまた発言権を奪われていた。『黒馬物語』に登場するある女性は次のように述べている。

わたしたちには、しっかりしたわけもないのに、神さまのつくりになったものを苦しめる権利はありません。わたしたちは、物の言えない動物などと言っていいます。じぶんの感じてることを言えないのですから、そうにちがいあり

ません。でも、ものが言えないからと言って、苦しみがすくないわけではありませんわ。（三二九―三三〇）

このような言葉を女性登場人物に語らせていることには意味がある。あげ綱を装着された馬は、家庭においても政治においても発言権のない女性たちの隠喩でもあろう。

まとめ

ヨーロッパには、十六世紀のデカルト以来、自然を機械として見る考え方が存在した。デカルトは動物は魂をもたない、動く機械であるとみなした。イギリスにおける近代科学はフランシス・ベーコンを嚆矢とする。ベーコンは自然をコントロールすることこそ科学であると考え、「自然の利益の搾取を容認する新たな倫理」[15]を確立した。これに続くトマス・ホッブスも、社会的無秩序を克服するための機械的社会像を説いた『リヴァイアサン』を執筆する。ホッブスにおいては、無秩序を回避するための秩序の成立と権力が結びついた。

自然の一部としての動物たちも、秩序をもたらす権力を有する人間――科学によって搾取される対象となった。象徴的なのが、先に言及した動物を用いた生体解剖の流行である。十九世紀のイギリスでは、医療技術の向上という大義のもとに、多くの動物たちが手術台にのせられ、時には娯楽として、殺戮された。ダーウィンの進化論は、人間と動物の断絶を取り払ったかにみえたが、一部の者たちは、人間の優越性が確立される過程を証明したものととらえた。すなわち、進化論は動物愛護の精神と必ずしも結びつかなかった。[16]産業革命による機械文明時代の到来により、農耕や馬車に使用されてきた馬たちも、機械のごとく人間に奉仕すべきであるとする考えが生まれてきたのである。

こうした科学の主たる担い手は男性であった。他方、女性はより自然に近い存在であると考えられ、キース・トマスによれば、動物の魂の存在の有無を問う議論が、女性にも適用される事態まで発生した。[17]熊いじめ、牛いじめ、闘鶏、生体解剖などの動物虐待行為に、女性たちが異を唱え始めたのも必然であった。一八二四年に設立された動物愛護協会には、多くの女性が参加している。

『黒馬物語』は多様な読みを可能にする小説である。タイトルが示すように、馬の酷使の姿の描写に、黒人奴隷酷使の姿を見ることも可能であり、モイラ・ファーガソンの論文は概ねこの視座に立って展開されている。すなわち、シュウエルにおいては、男性社会において酷使され、体を改変され、顕示される存在として、馬に代表される動物、女性、そして黒人奴隷は近しい存在であった。それらの解放を願った小説こそ、この『黒馬物語』であり、彼女の目的は一定の成果を上げたと言えるだろう。あげ綱の使用は廃止され、一八八〇年代から一九四〇年代にかけて『黒馬物語』に影響を受けた多くの動物小説が書かれることになるのである。

注

（1）*Encyclopedia of Animal Rights and Animal Welfare*. 313.
（2）Susan Chitty. *Anna Sewell: The Woman Who Wrote Black Beauty*. 251.
（3）レイモンド・ウィリアムズ、山本和平訳『田舎と都会』二一二。
（4）サミュエル・バトラー、石原文雄訳『エレホン』八五。
（5）本城靖久『馬車の文化史』第９章「馬車から鉄道へ」参照。
（6）Moira Ferguson. *Animal Advocacy: and Englishwomen, 1780–1900*. 78. 日本語役は論文筆者による。
（7）『黒馬物語』二七三～七四。なお、『黒馬物語』からの引用は、すべて岩波少年文庫の土井すぎの訳による。
（8）山本雅男『イギリス文化と近代競馬』六一。
（9）Gina M. Dorré, *Victorian Fiction and the Cult of the Horse* の第三章に、馬具とコルセットの関連についての詳しい考察がある。

（10）Padel, Ruth. "Saddled with Ginger: Women, Men, and Horses," *Encounter* 55 (1980) 52.
（11）Ferguson, 84.
（12）Dorré, 104.
（13）Dorré, 99. 日本語訳は論文筆者による。
（14）Ferguson, 88.
（15）キャロリン・マーチャント『自然の死』三一〇。
（16）ハリエット・リトヴォ『階級としての動物』六九。
（17）キース・トマス『人間と自然界』五四。

引用・参考文献

Bekoff, Marc ed. *Encyclopedia of Animal Rights and Animal Welfare*. Westport: Greenwood, 1998.
Chitty, Susan. *Anna Sewell: The Woman Who Wrote Black Beauty*. Stroud: Tempus, 2007.
Dorré, Gina M. *Victorian Fiction and the Cult of the Horse*. Aldershot: Ashgate, 2006. Ferguson, Moira: *Animal Advocacy: and Englishwomen, 1780–1900: Patriots, Nation, and Empire*. Ann Arbor: The University of Michigan P, 1998.
Gates, Barbara T. *Kindred Nature: Victorian and Edwardian Women Embrace the Living World*. Chicago: The University of Chicago P, 1998.
Padel, Ruth. "Saddled with Ginger: Women, Men, and Horses," *Encounter* 55, 1980.
Sewell, Anna. *Black Beauty*. London: Penguin, 2008.
アンナ・シュウェル、土井すぎの訳『黒馬物語』岩波書店、一九八七。
キース・トマス、山内昶監訳『人間と自然界　近代イギリスにおける自然観の変遷』法政大学出版局、一九八九。
キャロリン・マーチャント、団まりな訳『自然の死　科学革命と女・エコロジー』工作舎、一九八五。
古賀令子『コルセットの文化史』青弓社、二〇〇四。
サミュエル・バトラー、石原文雄訳『エレホン　倒錯したユートピア』音羽書房、一九七九。

ジークフリード・ギーディオン、榮久庵祥二訳『機械化の文化史　ものいわぬものの歴史』鹿島出版、一九七七。

チャールズ・ディケンズ、田辺洋子訳『ドンビー父子』こびあん書房、二〇〇〇。

ハリエット・リトヴォ、三好みゆき訳『階級としての動物　ヴィクトリア時代の英国人と動物たち』国文社、二〇〇一。

本城靖久『馬車の文化史』講談社、一九九三。

山本雅男『イギリス文化と近代競馬』彩流社、二〇一三。

リン・ホワイトJr.、内田星美訳『中世の技術と社会変動』思索社、一九八五。

レイモンド・ウィリアムズ、山本和平訳『田舎と都会』晶文社、一九八五。

ダブル・ビルとしての『ブラウニング・ヴァージョン』と『ハレクイネイド』

落合　真裕

はじめに

『フランス語入門』（一九三六）で華々しく演劇界にデビューし、英国伝統の風習喜劇作家としてその名を世に広めたテレンス・ラティガン（一九一一―一九七七）。当時、リアリズム演劇や不条理演劇、新しい演劇を求めている者たちも多く、特に英国の演劇界に強い影響力を持っていた批評家たちからは厳しいコメントや辛辣な批判もあった。だが、デビュー作が千三十六回の上演、『お日様が照る間に』（一九四三）は千百五十四回と、歴史に残る上演記録を樹立し、ユーモアのセンスと機知に富んだ台詞によって観客たちを魅了し続ける劇作家であった。

映画製作やニュー・ヨークでの上演にも力を注ぎつつ、一九四六年には多くの英国民が関心を寄せた裁判事件をベースに創作した『ウィンズロウ・ボーイ』（一九四六）を上演した。それまでの作風とは異なるシリアスなドラマの挑戦であったが、見事に成功を収めて、英国を代表する劇作家として、その地位を揺るぎないものへと築きあげていった。『ウィンズロウ・ボーイ』に続いて彼が世に送り出したのがダブル・ビルと呼ばれる一幕物の二本立て劇の上演であった。『プレイビル』（一九四八）とタイトルが付けられ、一本目がシリアスなドラマで『ブラウニング・ヴァージョン』（一九四八）、二本目は軽快なファルス風喜劇『ハレクイネイド』（一九四八）である。

ラティガンは自分の作品を観に訪れる観客の嗜好を常に探求し続け、彼らが見たいと思うものを創作することが自分の務めであることを強く意識をしていた。[1] そして、常に観客が劇場で何を思い、何を感じているのかを鋭い観察眼でとらえて、作風や技法の工夫を凝らしていった。ダブル・ビルを取り入れたのもそのような観客の反応を考慮してのことのようであった。『ラティガン・ヴァージョン』（一九八八）の著者B・A・ヤング（一九一二―二〇〇一）は著書の中で、舞台の休憩時間の度に観客がバーで自分たちの話をしたり、はたまた幕切れのシーンの批判をするような状況が生じるが、一幕物であれば彼らの集中力が途切れることはなく、その特性をラティガンが活かしたことに言及している。[2]

しかし、ロンドンにあるフェニックス・シアターでの上演後、ブロード・ウェイやシャフツベリー・アヴェニューでの上演、更に映画においても『ブラウニング・ヴァージョン』単独での上演、上映が主流となり、『ブラウニング・ヴァージョン』、『ハレクイネイド』の順で二本立ての上演することに拘ったラティガンの意向とは異なる形式へと変化していった。[3] だが、ラティガンはもともと異なる二作品の主要登場人物たちを同じ役者たちに演じさせて、二本立てで上演することを前提に創作したのであり、そうすることで意図したことが浮かび上がるように描かれていると考えられる。ラティガンの伝記本『テレンス・ラティガン　ある伝記』（一九九七）の中で著者のジェフリー・ワンセル（一九四五―　）は『ハレクイネイド』のテーマについて次のように述べている。

テーマは隠蔽と暴露であり――必然的に――結果として鏡に写したように似ているが陽気な『ブラウニング・ヴァージョン』で、それはまたラティガンが二作品を同時に上演すべきだとした理由の一つでもある。（ワンセル　一七四）[4]

ワンセルは二作品が一緒に上演されることを前提としてラティガンが作品を創作したこと、そして、両作品のテーマが共通していることを指摘している。そこで、このワンセルの言葉を手掛かりに、一本立てではなく二本立てにすることで隠蔽と暴露がどのように描かれ、そこから浮かび上がってくるものはなにか、それぞれの作品の中心的存在のアンドリュー・クロッカーハリスとアーサー・ゴスポートを中心に『ブラウニング・ヴァージョン』と『ハレクイネイド』の両作品を比較し探ってみる。

一　マナーに囚われて仮面をつけるアンドリュー

パブリック・スクールで古典ギリシャ文学の教師として十八年間教鞭をとってきたアンドリューは定年を前に健康上の理由から、学習の遅れている生徒のための学校に赴任することになる。妻のミリーとの間に子どもはなく、彼女は夫の同僚で科学を教えている若い人気教員フランク・ハンターと恋人関係にある。学期の終了二日前のことである。年金も支給されず、表彰式での挨拶の順番もクリケットで勝利へと導いたコーチに譲ることを要求されるなど、学校からの不当な扱いを受けるアンドリューのもとへ、ギリシャ語の補習を受けるために生徒タプロウが訪れる。タプロウはアンドリューが不在であることを知ると、彼が生徒たちから五年下級のヒムラーと呼ばれていることや、彼のユーモアのセンスが生徒たちには理解できず、不人気であることなどを、後からやってきたフランクに話し、アンドリューを笑い者にする。だが、補習後に、タプロウはアンドリューにギリシャ悲劇『アガメムノン』のブラウニング訳の初版本をプレゼントして、アンドリューを感動させる。そのことを知ったミリーは単に進級させてもらうためにタプロウはゴマすりをしたのだと冷たくあしらい、アンドリューを傷つける。それを耳にしたフランクはミリーに対し嫌悪感を覚えて、彼女との関係に終止符を打つことを決意する。アンドリューは自分に対し酷い仕打ちをしてきた校長に表彰式での最後の挨拶の順番は譲らないことを伝えて、ミリーともこれまでと変わらない生活を続けていくことを決心して幕は閉じる。

ワンセルが指摘していたように主要人物たちの隠蔽が少しずつ明らかになりながらストーリーは進んでいく。この作品において主要人物であるアンドリュー、ミリー、フランクとも皆それぞれに対して嘘をつき、仮面を被りながら接しているが、徐々にそれらが明らかにされていく。アンドリューはフランクと浮気していることを妻のミリー本人から直接告げられており、彼らの関係が始まった当初からフランクには知らないふりをして、友人として接している。フランクはミリーと恋人関係にありながらも、二人の関係を隠しつつ、同僚のアンドリューとの交際を続けている。ミリーはフランクとの関係をアンドリューには伝えているが、そのことをフランクに告げることはない。三人がそれぞれ仮面を被った状態でこれまで接してきている。

ミリーの場合はアンドリューに自分たちの関係を話したとフランクに伝えることで、彼との関係に亀裂が入るかもしれない為、フランクには隠したままにしておく。フランクの場合もミリーとの関係をアンドリューに知られてしまうことは自分にとって不利益につながる可能性があるために明かさない。つまり、ミリーとフランクは自分の損得のために仮面をつけて真実を隠している。

ところが、アンドリューの場合は、二人とは異なる理由で仮面を身につけている。ワンセルは『テレンス・ラティガン　ある伝記』の中で『ブラウニング・ヴァージョン』のテーマについて次のように述べている。

> 英国社会、特にアッパー・ミドルクラスの者たちの抑制が効いた控えめな態度の背後にある苦痛や孤独感が広がっている。（ワンセル　一七〇）

アンドリューの仮面は、ワンセルが指摘するような英国社会におけるアッパー・ミドルクラスで求められる抑制が効いた控えめな態度から生じているもので、それによってあらゆる感情を隠している。

補習のためにアンドリューの自宅を訪れたタプロウが、アンドリューが不在であることを知ると、彼は後からやってきたフランクに、アンドリューの物まねを見せる。アンドリューを「老いぼれ」(Crock) 呼ばわりして、彼の思いやりのなさから「あの人はほぼ人間らしくない。」(三七九) のだと主張する。更に、他の生徒たちがアンドリューに怯えていることを明かすとこう続ける。

タプロウ　ともかく、あの老いぼれはサディストじゃないんです。僕が言っているのはそのことなんです。もしそうならあれほどぞっとはしないです。だって、少なくともそれなら感情っていうものを見せるでしょう。だけど、彼にはそれがないんですよ。木の実のように中で縮こまっていて、自分を好いてくれる人を酷く嫌うような感じなんです。可笑しいですよね。とっても。好かれるのを好まない先生なんて他に知らないですよ。(三八〇)

タプロウの言葉から、アンドリューは感情を持っていない冷酷な人間のように生徒たちから受け取られていることがうかがえる。

だが、学校内で五年下級のヒムラーとまで呼ばれて恐れられているアンドリューは、生徒に好かれたくて懸命な努力を重ねていて、彼等から笑いが得られた時の喜びを、後任の若手教師ピーター・ギルバートに明かしている。だが、その若かりし栄光の姿を喜ばしく語っている途中で、急に冷静になり話を止め、「これはあまりに個人的なことであなたを困惑させてしまいましたね。失礼いたしました。」(三九六) と、喜びの強い感情を他人に見せたことに謝罪し、再び自分の感情を隠してしまう。これは英国人独特の冷静さと感情の抑制が表れている部分だといえる。

イギリスのパブリック・スクールの厳格な規律と人格形成について述べている池田潔氏は、著書『自由と規律』

（二〇〇〇）の中で感情を隠すイギリス人の特性について次のように述べている。

赤裸の感情を人に見られることを厭い、自己の感情のプライヴェシーを飽くまで固守する。（略）己の激動した感情を露出することは、これによって他の感情の平静を掻き乱すことが多い。彼等の間に、感情の抑制を美徳としその誇張を不躾とする戒律の生れた所以である。（池田　七六―七七）

池田氏が指摘しているような感情の抑制がアンドリューにとっては美徳であり、その振る舞い、即ちマナーによって自身の本心や本音を隠し、それを尊重するがゆえに学生からは感情がなく冷酷な人間としてうけとられてしまい、うまく関係が築けないのである。つまり、マナーに囚われて仮面をつけるために苦悩が生じてしまうのである。

タプロウからブラウニング訳の『アガメムノン』をプレゼントされた時にも同様の反応が表れている。アンドリューはそれまで押し殺してきた心奥から込み上げてくる感情を抑えきれなくなってしまい、そんな自分を隠すために薬を取ってくるようにタプロウに頼むのだが、彼が戻ってきても感情を抑えきれない。そこで次のように自身を恥じて謝罪する。

（アンドリューはタプロウが立ち去るとすぐに、倒れ込み、抑えきれないほどに泣きじゃくる。しばらくして、必死に感情を抑えようとするが、タプロウが戻ってきたとき、まだ彼の感情ははっきりと見て取れるほどである。）

アンドリュー　（グラスを取って。）ありがとう。（飲みながらタプロウに背を向ける。ようやく。）タプロウ君、こんな風に弱さを見せてしまって申し訳ない。実はここ最近ずっと張りつめていたんでね。（三九九）

妻ミリーの言葉からも、アンドリューがマナーに囚われて仮面を被っているがゆえに、誤解されて不仲になっていることがうかがえる。ミリーはフランクとの関係をアンドリューに明かしている上に、年金を受給できないことや生徒に人気がないことを皮肉る。挙句の果てには、退職のプレゼントとしてタプロウから「神は優しい師匠を優しく見ている」というメッセージが添えられた『アガメムノン』のブラウニング訳を受け取り感動しているアンドリューに対して、単に進級のためのゴマすりに過ぎないと告げて、彼を酷く傷つける。それを聞いたフランクは、彼女の言動を非難し、傷ついたアンドリューを看るべきだと主張するが、ミリーはタプロウのように「傷つく？　アンドリューが？　傷つけるなんて無理よ。彼は死んでいるんだもの。」（四〇二）と、彼が何も感じない冷酷な人間だと認識していることを明かしている。

アンドリューは極端に弱みを見せること、即ち感情をあからさまにすることは恥ずべきことだという一種のマナーに束縛されているがゆえに、周囲から理解されず、もがき苦しみ、生徒たちから人気も得られない。また、大人とも良好な人間関係が築けず、結局は苦痛や悲哀に押しつぶされ極限状態まで陥ることになる。更に、感情を抑えきれない状況にまで追い込まれて、自分の本心や感情を一瞬垣間見せた後でも、マナーに囚われた強固な仮面に包まれたまま、結局は感情を抑制し、控えめな態度で応じる。表彰式での挨拶の順番を変更しないよう校長に反論する時の言葉にそのことが克明に表れている。

アンドリュー　……ああ、ところで校長。表彰式のことで気が変わりまして、フレッチャー君の前ではなく後に話すつもりです。私の特権ですからね。……ええ、よく分かっています。ですが、そのことに対して違った見方をしてまして……分かります。ですが、たまには期待外れの結末も意外にも効果的であるという意見を私は持っておりますから。では、失礼いたします。（四〇八）

怒りの感情や高慢な態度を取って相手を説得するのでもなく、冷静に自分の挨拶が期待外れであると、自虐ユーモアで心の余裕を見せつつ、謙虚な態度で自分の主張を伝える。また、電話を終えた後に食卓につき、精神的苦痛を与え続けてきたミリーに対しても、冷静に「さあ、早く。夕食を冷ましてはいけないよ。」（四〇八）と告げて幕は閉じる。終始、他人からの裏切りや孤独感からくる苦痛を隠しながら、控えめで感情を抑制した態度で、マナーを何よりも重視した生き方を貫くアンドリューの姿がこの作品の中では描かれている。彼は強固なマナーに縛られた仮面を身につける人物だと言うことができるだろう。

二　アーサー・ゴスポートと虚構空間でのマナー

『ハレクイネイド』は副題にファルスと記されているように笑劇風の作品で『ロミオとジュリエット』のドレス・リハーサルをしている地方巡業劇団のドタバタ騒ぎの劇である。年老いたアーサーとエドナ・セルビーは有名な夫婦役者で、それぞれがロミオとジュリエットを演じることになっている。照明の当たり具合や二人を若々しく見せるための演出について議論をしていると、様々な現実世界での問題が舞台に舞い込んでくる。突然、ステージにミュリエル・パーマーと名乗る若い女性が夫と子供を連れて訪れる。実は、アーサーは現在いるブラックリーで、過去にある女性と出会い結婚をしていた。彼女はアーサーとその女性との間に生まれた娘であった。だがアーサーは彼女が生まれる前に妻のもとを去っているため、彼女の出生については知らなかった。アーサーは現在、エドナと結婚をしており息子をもうけている。そのため、彼は重婚罪に問われる可能性が生じるのではないかと劇場関係者たちが大騒ぎをし始める。だが、ロンドンにいるマネージャーから、一回目の結婚のことを知っている上でアーサーと結婚したという内容の書類にエドナがサインすれば自分との結婚が全く無効になり、重婚罪には問われないことになるのだという報告がなされる。一同は安堵してゴスポート夫妻が演じる『ロミオとジュリエット』の舞台が幕を上げるところで終わる。

アーサーとアンドリューの共通点は、過去の隠蔽が明らかにされ、どちらも過酷な受け入れ難い現実に直面するという設定である。アンドリューは生徒からの人気も得られず、妻から何度も浮気をされていて、学校長や同僚からも酷い扱いを受ける。アーサーの場合は、ロミオを演じるには歳を取り過ぎていること、自分の知らぬ間に娘と孫がいたこと、重婚罪に問われる可能性があることなどである。現実世界においてアーサーが直面している問題は非常に頭を悩ますものであり簡単には片づけられない。だが、アーサーはいずれの問題に対してもアンドリューのような苦しみを抱くことはない。というのも、そもそも劇場は現実世界に存在する空間ではあるが、舞台で演じられるものは想像の世界で現実ではない。ゴスポート夫妻の生活は演劇的人生 (theatrical life)(5) であり、生活は現実のものでありながら全てが非現実的で現実世界の規範やマナーにとらわれないのである。舞台監督のジャックは婚約者のジョイスにゴスポート夫妻と演劇について次のように語っている。

> ジャック［……］つまり、ゴスポート夫妻は永久不滅なんだ。彼らは最悪の状態でも最高の状態でも演劇なんだ。彼等こそ真の演劇なんだ。だって、彼等は完全に自己中心的で、自己顕示欲が強くて、おまけに間抜けで、それから、外界のことに対して全く歩み寄らない。（四二八―九）

ゴスポート夫妻の生活の基準は舞台、劇場にあり、外界、いわゆる現実世界の諸事実や一般的に重要視されるものについては深刻にとらえず軽視する。あくまで芝居、つまり幻想世界でのことが最重要素であり、現実世界の問題は副次的な要素として処理する。そのため、役者は通常舞台で登場人物の仮面を被って演じることになるが、アーサーの仮面は仮想空間の中での仮面であるため、現実世界の常識や規範、マナーにはとらわれない。

だから、ロミオを演じる年齢にしては老けすぎていることに気付き演出を工夫している途中で「いいや、いいや、すべて忘れよう」（四一七）と言って問題を軽くあしらい流してしまう。劇場支配人のバートンに、以前いつごろブラックリーに滞在していたかを尋ねられると、微かに思い出しつつも、実際に当時世の中で起こっていた諸事実に関しては曖昧な記憶しか残っていない。そして、すぐに『冬物語』の女の子のオーディションがあるからとその場を去ってしまう。あくまで劇場でなすべきことが最優先となっている。そして、袖口に赤ん坊が入った乳母車の存在に気付くと「袖口に赤ん坊を置いていくなんて、何て不注意なんだ。厄介な事故になるかもしれんぞ。誰かつまずいて退場シーンがめちゃめちゃになる。リハーサル前に移動しておけよ。」（四二六）と注意する。赤ん坊がなぜいるのかという常識的な範囲で浮かぶ疑問ではなく、演じる自分たちや上演を中心に様々な事物の問題を考えている。更に、ジャックやエドナがいる前で、自分に娘がいたこと、更には孫までいるという現実を突き付けられてもアーサーは次のようにユーモアのある言葉を口にする。

アーサー　だが、なんで中でもロミオを演じてる時なんだ？　なんでリア王を演じてる時じゃないんだ？（四三五）

自分の境遇をシェイクスピア劇の登場人物に例えて表現し、現実の問題を幻想的な演劇の世界に置き換えている。その後、ミュリエルの母親とは離婚していないことが明らかとなり、エドナとの結婚は重婚罪にあたることをミス・フィッシュロックから告げられても、「もう時間を無駄にはできん。仕事に戻るぞ。」（四三八）と、決して現実の問題を深刻に悩むことはなく、開演を迎える準備をすることを最優先する。そして、エドナがアーサーと結婚する時にすでに結婚していることを知っていたと言う書類にサインすれば、エドナとの結婚が全く無効になり、重婚罪に問われることはなくなり、二人が別居する必要もないことを知ると安堵して本番を迎える。つまり、偽りの書類にサインし、法律に縛られない夫婦関係となることでも彼らは幸せであり、幸せの価値基準が現実世界と全く逆転している。戸籍上、夫婦関係にあり現実世界の規範や常識に縛られていた苦しみを抱えたアンドリューとミリーとは完全に真逆である。これは先述したようにアーサーの行動規範は劇場における常識や風習にとらわれているのであり、アンドリューとは異なる空間の常識、マナーに従っているためである。

アーサーとアンドリューが直面している問題は現実世界においては同等に深刻な問題として受け取れるものだが、置かれている空間や世界が違うために価値基準が異なるのである。アーサーは虚構の空間に軸を置くことで現実世界の規範に縛られないため、アンドリューのように並外れた忍耐力で痛みを隠したり深刻に悩むことはない。悩んだとしても虚構的要素によって問題が片付いてしまうのである。異なる二つの種類の劇ではあるが、冒頭に引用したワンセルの言葉にあるように、二作品は鏡で映したかのように酷似している。ただ、それぞれが置かれている空間が異なるために価値基準が逆転して、結果として深刻なドラマと陽気なドラマという対極をなす雰囲気を醸し出しているのである。

さいごに

これら二つの作品においてアンドリューを演じる役者はアーサーを演じ、ミリーを演じる役者はエドナを演じることになっている。『ブラウニング・ヴァージョン』を観た時に、おそらく観客は酷い仕打ちを周囲の者たちから受けてきたアーサーの苦しみを感じ取るだろうが、『ハレクイネイド』が上演された時には、アンドリューはアーサーになっており、登場人物たちはあくまで彼らが役者であることに気付かされることで、舞台で起きたことを客観視し、アンドリューの苦しみは劇場という幻想空間において生じたもので、単なる虚構に過ぎないことを認識する。また、

『ブラウニング・ヴァージョン』でミリーは浮気をしていたが『ハレクイネイド』ではエドナが浮気をされる側になり、自分の夫だと思っていた人は夫ではなくなり、置かれている状況が逆転し、これもまたミリーの残忍な行為を客観視する手助けとなる。

つまり、二本立てで見ることで『ブラウニング・ヴァージョン』で描かれている過酷な現実と理想とのギャップから生じる葛藤、孤独感、悲哀などは全て幻想に過ぎないことが際立ってくるのである。これは社会的使命を持つ演劇を求めていた当時の演劇界の傾向に反対していたラティガンの劇場観が表れているためでもあろう。ジャックは劇場世界から離れるよう要求する婚約者に「バーベッジの時代からこれまでずっと、劇場――真の劇場は――盲目的で非社会的で、うぬぼれの強い、間抜けなゴスポート夫妻のような人で成り立っているのだ。」（四二九）とラティガンの演劇観を代弁している。ラティガンはシリアスドラマでも隠蔽が明かされていくプロセスの中で、マナーにとらわれた人間を扱い、それにとらわれることで現実世界に生きる人間の苦しみや悲しみを描いたが、二本立てにして価値を逆転させることで更に浮き彫りにしたのである。そして、結果として『ハレクイネイド』を『ブラウニング・ヴァージョン』の後で鑑賞することで、観客は、劇場空間は虚構の世界であって現実ではないという認識に至る。そうすることで観客はアンドリューを通して感じた苦痛は緩和され、軽い気持ちで帰宅できるようになる。マナーを重視して感情を抑制することを美徳とする観客の感情の平静をかき乱さないように、ラティガン流の配慮がなされた控えめな演出なのかもしれない。

注

（1）ラティガンは『ラティガン戯曲集』の序文の中で、「観客が見たくないと思うものを鑑賞しに行くように強要したり、勧めたり、あるいは指導するような権限はない。それと同時に、観客に見せたくないと思うものを鑑賞させることで、彼等が強要されたり、勧められたり、あるいは指導されるようなことはない。」と述べている。（ラティガン　三）
（2）ヤング　七一
（3）恵比寿エコー劇場では、二〇一三年十一月二十六日から十二月八日にかけて、『ハレクイネイド』のみの上演がなされている。演出は保科耕一。
（4）本文における作品の引用は、後掲する引用・参考文献により、以下、作者名と頁数を本文中括弧内に記す。ただし、テレンス・ラティガンの作品からの引用は本文中括弧内に頁数のみ記すこととする。尚、引用の訳は拙訳による。
（5）ラシンコ　七〇

引用・参考文献

Darlow, Michael. *Terence Rattigan: The Man and His Work*. London: Quartet Book, 2000.
Fox, Kate. *Watching the English: The Hidden Rules of English Behaviour*. London: Hodder and Stoughton, 2004.
Hill, Holly. *A Critical Analysis of the Plays of Sir Terence Rattigan*. MI: University Microfilms International, 1975.
Hirst, David L. *Comedy of Manners*. London: Methuen, 1979.
Innes, Christopher. *Modern British Drama: The Twentieth Century*. Cambridge: Cambridge University Press, 2002.
L'Estrange, A. G. K. *History of English Humour: With an Introduction upon Ancient Humour*. Charleston: Biblio Life, 2008.
Palmer, John. *The Comedy of Manners*. New York: Russell & Rusell, 1962.
Rattigan, Terence. *The Collected Plays of Terence Rattigan*. Vol. 1. NJ: The Paper Tiger, 2001.
Rusinko, Susan. *Terence Rattigan*. Boston: Twayne, 1983.
Taylor, John Russell. *The Rise and Fall of the Well-Made Play*. London: Methuen, 1967.
Wansell, Geoffrey. *Terence Rattigan: A Biography*. New York: St. Martin's Press, 1977.

Young, B. A. *The Rattigan Version*. London: Hamish Hamilton, 1986.

新井潤美『階級にとりつかれた人びと　英国ミドル・クラスの生活と意見』中央公論社、二〇〇一年。

池田潔『自由と規律　イギリスの学校生活』岩波書店、二〇〇〇年。

喜志哲雄『喜劇の手法　笑いの仕組みを探る』集英社、二〇〇六年。

小林章夫『イギリス紳士のユーモア』講談社、二〇〇三年。

――『物語　イギリス人』文芸春秋、一九九八年。

島田謹二『ルイ・カザミヤンの英国研究』白水社、一九九一年。

富山太佳夫『笑う大英帝国――文化としてのユーモア』岩波書店、二〇〇六年。

ヘフディング、H『生の感情としてのユーモア』宮坂いち子訳、以文社、一九八二年。

ベルクソン、アンリ『笑い』林達夫訳、岩波書店、二〇〇五年。

マーチャント、W・モイルウィン『喜劇』小畠啓邦訳、研究社、一九七四年。

山田勝『イギリス人の表と裏』日本放送出版協会、一九九六年。

呪う女、挑む女
――十九世紀、日英怪談比較

平野（進藤）桃子

はじめに

日本とイギリスは、現在でも行き来するのに飛行機（直行便）で約十二時間かかる遠く離れた国である。そのような地理的距離にも関わらず、十八世紀末から十九世紀初頭にかけて、これらの二つの島国でほぼ同時期に「怪談」が大流行した。イギリスの怪談であるゴシック小説を勉強し、一方で歌舞伎鑑賞を趣味とする私は、この日英怪談ブームの同時発生に気付いた時、とても驚いた。この二つの国は文化も、当時の歴史的背景も相当異なるように思えたからである。当時日本は、戦国時代に終止符を打った徳川幕府の支配の下でついに太平の世を迎え、元禄文化が花開いていた。一方のイギリスは、隣国フランスでの革命の成り行きに目を見張りつつ、国内では理性偏重の傾向が強かった。このように時代背景は大きく異なるが、一八世紀末を迎えた時、この二つの国で怪談ブームが起きた。これが偶然か必然かは定かではないが、私たちの記憶に新しい二十世紀末にも、ノストラダムスの大予言や、国内外問わず怪奇映画が多く制作されるなどの一大怪談ブームがあった。更に遡れば十九世紀末も、デカダンス、つまり退廃的な香りのするものが好まれ、イギリスではヴィクトリアン・ゴシックと呼ばれる怪奇小説が流行し、日本でも泉鏡花等が幻想的な作品を数多く残した。いつの時代も、世紀末は人の心を不安にさせ、人は不安に苛まれる心を慰める、あるいは投影する手段として怪談を求めるようである。

ここで十八世紀末に話を戻す。日本では上田秋成が怪談集『雨月物語』を一七七六年に出版したが、この作品を含む読本（よみほん）というジャンルは教養ある男性を読者層として書かれたものであったため、一般大衆が疑似恐怖体験という快楽を求めたのは主に歌舞伎の怪談であった。累（かさね）、菊、そして現代でもなお有名な岩は日本を代表する「三恐」幽霊であるが、注目に値するのは全員が女性の幽霊という点である。彼女たちは生前虐げられて死に、その怨みを晴らすべく亡霊と化すのである。一方のイギリスでは、ホレス・ウォルポールが一七六四年にイギリス最初のゴシック小説と言われる『オトラント城』を出版して以来、一八二六年にロバート・マチューリンが『放浪者メルモス』を出版するまで怪談の流行が続いたが、興味深いことに女性の幽霊はほとんど登場しない。『オトラント城』のイザベラや『マンク』のアントニアなどは、歌舞伎の怪談の岩や菊と同様に迫害され、無念の死を遂げるのだが、それでも彼女たちは化けて出ない。これはウォルポールとM・G・ルイス（『マンク』の著者）という男性作者による、女性軽視に基づく意図的な構成なのであろうか。彼らは女性を、どこまでも弱い受け身の存在と見なしていたのであろうか。しかし一方で、ゴシック小説には強いヒロインも存在する。アン・ラドクリフが描いた作品のヒロインたちは、男性や権力によって迫害されるが、決して屈さず、殺されず、窮地を逃れて最後にはハッピーエンドを勝ち取る。ラドクリフが自身の作品のヒロインにこのような結末をもたらすことは、彼女が女性作家であることと大いに関係しているであろう。本論では、この日英の「怪談の女たち」の比較に焦点を当てる。その中でもヒロインが対極の結末を迎える作品として、今回は特に、アン・ラドクリフの『ユードルフォの謎』（一七九四）と、四世鶴屋南北による『東海道四谷怪談』（一八二五）を比較対象に選ぶことにする。先述したように、男性作家によって書かれた日本の歌舞伎の怪談と、男性作家によるイギリスのゴシック小説、そして女性作家によるゴシック小説では、それぞれヒロインの扱い方が異なる。しかし、日本でもイギリスでも、男性作家の作品ではヒロインが迫害、殺害されるという共通点がある。ヒロインが亡霊と化して復讐に乗り出すというのは、女の人生としてはある意味で最も哀れと言える。なぜ、生きている間に報われず、死後に亡霊となるしかなかったヒロインがいる一方で、迫害から逃げ切り、幸せを掴めたヒロインがいるのだろうか。

一　他者としての「女」

日英の「怪談の女たち」を論じる上でまず知らなければならないのは、それぞれの国で当時、女性がどのような立場にあったのかということである。まず江戸時代の日本であるが、戦乱の世を終えたとはいえ、日本は未だ身分制度が厳しい封建社会であった。そのような中では、当然女性の身分は低く、婦道と呼ばれる倫理に従う生き方を余儀なくされた。婦人道徳書の中でも影響力のあった貝原益軒（かいばらえきけん）の『女大学』によると、女は親に従い、結婚後は夫に従わねばならず、子供を産んでやっと一人前と認められ、子供を持てない場合には妾を容認せねばならず、そのことに嫉妬の念を抱くことさえ許されなかった。女が嫉妬深いことは離婚の原因と認められたにも関わらず、妻の立場の低さは夫に浮気する自由を与えた。[1] このような不平等を強いられて、多くの日本の女たちは生きていたのである。一方のイギリスは、この頃産業革命を迎え、当時の日本に比べるとかなり文明的に進歩していた。さらに、十八世紀後半にはファニー・バーニー等の女流小説家や、メアリー・ウルストンクラフト等の女権論者も登場しているため、女性の勢いは強いように思える。しかし、やはり当時のイギリス女性たちも「女性の美徳」という型にはめられ、不自由な生き方を強いられていた。イギリスの場合は、フランスの啓蒙思想家ルソーの考えに強い影響を受けており、女性の美徳とはつまり「感情的（感傷的）で感受性が強いこと」であった。当時よく読まれた匿名作者の道徳書には、女性のあり方について次のように書かれている。

まず、家庭生活を営む中で、毎日、毎時間、病気の時も健康な時も、幸せな時も苦しい時も、夫と両親、兄弟姉妹、そしてその他の親類縁者を慰めるために尽力すること。[2]

この引用が明らかに示しているように、当時のイギリス人女性に求められた生き方は、江戸時代の日本人女性の生き方とほとんど同じである。また、十八世紀当時のイギリスの法律を論じたウィリアム・ブラックストーンを引用したメアリー・ビアードによると、結婚によって夫と妻は法律上、二人で一人の人間とみなされるようになり、妻の存在は不安定なものになるか、夫という存在の中に取り込まれることになる、と書かれている。[3] イギリスの女性も、社会の中では人格を尊重されず、抑圧の中で生きていた。日英両国の状況を考えると自ずから見えてくることは、男性中心の社会の中で、女性が「他者」として扱われていたことである。日本であれイギリスであれ、男性が作り上げた男性のための社会の中では、女性はその秩序の中の一部であり、またそうであらねばならなかった。マニュエル・アグイールによると、恐怖というジャンルは「境界、限界、障害、そしてそれらを超越すること」と関わっており、また「悪、よそ者、他者に遭遇することや、それらに迫害されることで表される闇」[4]と関わっている。アグイールは西洋文学を論じる中でこう述べているため、恐怖の対象として主眼が置かれているのはキリスト教の教義からの逸脱や、異端の存在などであるが、彼女の観点は私の論にも適用できると思う。つまり、「他者」である女性は潜在的に恐怖の原因（対象）となる可能性を秘めており、男性が作り上げた秩序という型を女性が「超越」することは、男性にとっては大変恐ろしいことなのである。先述したように、ウォルポールやルイスなどの男性作家が書いたゴシック小説の中で、男性主人公の欲望の犠牲として無垢なヒロインが迫害の後に殺害されてしまうのは、まさに男性が感じる秩序崩壊に対する恐怖であると解釈できる。（これらの男性主人公は、結局は超自然の存在という「他者」に迫害されるのだが。）一方で、同じく男性作家によって書かれた江戸の怪談では多くの場合、迫害されて殺害されたヒロインは自ら亡霊と化して加害者を苦しめる。超自然の存在という「他者」、つまり祖先の亡霊や悪魔を加害者に選ぶイギリスのゴシック小説と比べると、キリスト教のような強い宗教的観念が薄い分、江戸の怪談の方がより直接的である。男性が秩序の崩壊を恐れる気持ちは江戸時代の日本も同じであろうが、それをあえて作品にして見せる点にブラック・ユーモアさえ感じる。江戸時代に書かれた怪談の中で最も有名なのは『東海道四谷怪談』であろうが、この作品の恐怖は何と言っても、貞淑な妻の鑑である美しい岩が、毒を盛られて面相が激変した上に死に、姿ばかりか人格まで恐ろしく変わり果てた亡霊として夫、伊右衛門にすさまじい復讐をすることである。江戸時代の日本人にとっては既に、人間こそが恐怖の対象だったのである。

このように女性が「他者」として生きることを与儀なくされていた時代に、当の女性はそれをどのように感じていたのであろうか。先述したように、当時日本よりはるかに先進国であったイギリスでは、女性の権利を主張する動きも始まっていた。メアリー・ウルストンクラフトは女性たちに向かって、「感情的で感受性が強いこと」という押し付けられた美徳を放棄し、心身ともに強くなることを呼びかけた。しかし同じイギリスでも、ハンナ・モアのようにルソーの主張に同意し、神が与えた男女の差を是認して、女性の地位に安住することこそ美徳と考える女性もいた。

それでは、本論の主役の一人であるアン・ラドクリフは、女性の立場をどのように捉えていたのであろうか。その問いの答えこそが、対照的な日英「怪談の女たち」の一端である、ハッピーエンドを迎えるヒロインの謎を解明してくれるように思える。しかしラドクリフについて論じる前に、迫害され、殺害され、亡霊と化して呪うという、私たち日本人にとってはある意味で馴染みのパターンを踏襲した『東海道四谷怪談』を先に論じてみたい。

二　呪う女――「岩」

なぜ岩は呪わなければならなかったのか。先述したように、岩が（特に男性にとって）恐ろしいのは、美しく貞淑な妻から外見も心も醜悪な怨霊に変わるためである。それでは岩にとって、貞淑な妻から呪う女へと変貌するターニングポイントはどこにあったのであろうか。まず、作品の冒頭で岩の父親である四谷左門が、岩の元夫である民谷伊右衛門（いえもん）によって殺害される。忠義心に厚い左門は、伊右衛門が結納金として用意した金が、仕官先から横領したものであったことを知ったため、岩と伊右衛門を離縁させた。しかし伊右衛門は美しい岩に執着し、舅を殺しても岩と復縁したかったのである。元夫が父親を殺したことなど露ほども知らない岩は、敵討ちをしてあげるから再婚しようという伊右衛門の口車に乗ってしまう。この冒頭の場面に既に、岩の人格に関する大変重要な点が現れている。それは岩が「自分のため」でなく「他者のため」、つまり「父親のため」に生きていることである。武士（仕官先が断絶して貧困に喘ぐ浪人になり果てはしたが）である四谷左門が忠義に厚いのは当然かも知れないが、娘の岩もまた、父親に対して義理堅い。このことは、伊右衛門の子を妊娠中であるにも関わらず、父親を金銭面で支えるために岩が娼婦として働く（実際には窮状を訴えてお金を恵んでもらうだけ）ことにも表れている。伊右衛門との再婚をすぐに受け入れたのも、父親の敵を討ってもらいたいためである。興味深いことに、伊右衛門を愛しているから再婚するわけではないのである。先章で述べたように、江戸時代の女性は自由に生きることは出来なかったのだが、それでも心は自由である。岩の心を占めるのは「父親のために生きること」なのである。

伊右衛門の息子を生んだ岩は、産後の肥立ちが悪く寝込んでしまう。舅殺しの罪を犯してまで岩と復縁したがった伊右衛門だが、病身となり、子供の面倒さえ十分に見られない（あるいは自分の相手をしてくれない）彼女に対して苛立ちを隠さない。全てを理解している岩は、伊右衛門が留守の時に次のような独り言を言う。

> 常から邪慳(じゃけん)な伊右衛門どの、男の子を産んだと云うて、さして喜ぶ様子もなう、何ぞと云うと穀つぶし、足手まといな餓鬼産んでと、朝夕にあの悪口(あっこう)。それを耳にもかけばこそ、針のむしろのこの家に、生傷さえも絶えばこそ、非道な男に添い遂げて、辛抱するも、父さんの敵を討って貰いたさ。(5)

岩は未だに、父親のために生きている。同時に母親として、息子のために生きている。いずれにせよ、伊右衛門のために生きているわけではない。

四谷左門と同じ塩谷(えんや)家に仕えていた伊右衛門は、やはり貧乏な浪人暮らしをしている。伊右衛門が苛立つ一番の理由はこのこと、つまり男として人生に躓いたことである。『四谷怪談』は『忠臣蔵』と背中合わせに作られた作品であるので、一方では主の敵を討つために暗躍する四十七士がいるのだが、伊右衛門はその仲間に入れなかったのである。そのような時に、伊右衛門は隣家の伊藤家から婿に来て欲しいと懇願される。伊藤家の令嬢梅が美男子の伊右衛門に恋焦がれているのである。伊藤家は伊右衛門が仕えていた塩谷家の敵である高(こうの)家の家来なのだが、伊藤家の当主である喜兵衛は、婿になってくれたら伊右衛門を高家へ仕官させると約束する。伊右衛門はその話に乗り、梅と結婚する約束をする。同じ時に、岩は隣家から薬として贈られた毒薬を飲んでしまう。伊藤家は、何としても伊右衛門を婿にするために、伊右衛門が愛する美しい岩の顔を崩す毒薬を送っていたのである。梅と結婚の約束をした伊右衛門は、岩と別れなければならない。重い気持ちで帰宅した伊右衛門が目にしたのは、醜い顔に変わった妻であった。この瞬間に、伊右衛門の心から迷いは消え、岩への愛は消滅する。伊右衛門は新しく別の妻を迎えるという意志を岩に告げ、結婚の支度金として赤ん坊の着物や蚊帳をはごうとする。病身であるにも関わらず、質草として自分の着物を脱いで夫に与えた岩だが、子供のための蚊帳は渡せないと爪が剥がれるほど全力で抵抗する。そして岩は、敵討ちの約束について伊右衛門を責める。しかし伊右衛門は、敵など討ちたくないし、離婚するのは岩が浮気をしているせいだと不当に岩を責め立てて出て行ってしまう。この直後、浮気相手の役を押し付けられた按摩の宅悦という男が岩に迫るが、岩の顔に耐えられず、「お前の顔は、世にも醜い悪女の面」（七八〇）と、事の成り行きを全て話してしまう。そう言われても理解できない岩に、宅悦は鏡を見せる。ここからの岩のセリフが、岩の変化を如実に物語る。

　ややや、着物の色合、つむりの様子。こりゃ、これ、ほんまに我が面が、この様な悪女の顔に。何で、まあ。こりゃ、我かいの。我がほんまに顔かいのう。（と思い入れ。）（七八〇）

　もうこの上は気を揉死に、息ある中に喜兵衛殿、この礼いうて。（とよろめき、行こうとする。）（七八〇）

ギリシャ神話のナルキッソスや、聖書のイブなど、水や鏡に映る自分の姿を見て自己認識をするという場面は文学には多いが、岩は鏡に映る自分の顔を見て、「悪女」の自分を認識する。この瞬間に、父親のため、そして息子のために生きていた岩は消える。伊藤家に礼を言いに行くため、岩は髪をとかしてお歯黒をつける。有名な髪梳きの場面である。一心に髪をとかす岩には、もはや赤ん坊の泣き声さえ聞こえない。宅悦が仕方なく子守をするが、絶命するまで、岩が息子を気にかけることはもはや無い。唯一、髪をとかすために母親の形見の櫛を手にした時、自分が死んだ後は妹にこの櫛を持って欲しいと願う時だけが、岩が最後に見せる人情である。支度を済ませた岩は「ただ恨めしきは伊右衛門殿。喜兵衛一家の者どもも、なに、安穏に置くべきや。思えば思えば、ええ恨めしい」（七八一）と言った後、「一念、通さでおくべきか」と言って立ち上がり、そのまま絶息する。C・G・ユングが超心理学を扱った論文の中で、死後の人間が生前以上に達観することは無く、亡くなった時点での意識のレベルに留まる、と述べたが、岩はまさしく、彼女の「一念」の化身となるのである。[6] 立ったまま亡くなるという異様な死に方は、彼女の念の強さを物語っている。この後、伊右衛門に捕えられていた小仏小平(こぼとけこへい)という男が伊右衛門によって殺され、岩と一枚の戸板の表裏に張り付けられる。岩と同様に、小平も化けて出る。落合清彦氏は、同じ戸板に張られた岩と小平が「一つの人格、というのが言いすぎなら、一人の人間の二つの内面の視覚化」[7]と述べるが、そうであるなら、小平が岩の息子を食い殺す場面は、岩が自分の息子を食い殺したと解釈できる。亡霊の岩には、民谷家と伊藤家を滅ぼすという目的が全てなのである。

まとめると、岩が呪う女に変わるターニングポイントは「自己認識の瞬間」である。興味深いことに、鶴屋南北と同時代を生きたイギリスの女性ゴシック小説家であるメアリー・シェリーが書いた『フランケンシュタイン』(一八三一)の中で、モンスターが岩と同様の自己認識をする場面がある。以下にその場面を引用する。

……澄んだ水たまりに映る自分の姿を見た時、どれ程恐ろしかったことか! 初めは思わず飛び退いた。水面に映っているのが本当に私であるとは信じられなかった。しかし私こそが実際にその怪物なのだと諦観した時、今までに無い程苦々しい苦痛と屈辱感が押し寄せてきた。[8]

怪物はもともと善良な性格なのだが、自分の醜い外見を認めた時から、「外見に見合う恐ろしい人格」で生きる決意をする。岩の変化もこの怪物と全く同様である。岩は「世にも醜い悪女」として、呪う以外に道は無かったのである。しかし、皮肉だが岩にとっては、外見の醜悪化が貞淑な生き方から彼女を解放したとも言える。

三　挑む女――「エミリー」

『ユードルフォの謎』のヒロイン、エミリーはなぜハッピーエンドを迎えることが出来たのか。それはエミリーが中道を歩んだからである。前章で述べたように、岩は醜い自分を認識した時が致命的な瞬間となった。エミリーにとっては、四人の他者が醜さを体現してくれたために、同じ道を歩む過ちを回避できたのである。一人目は厳密に言うと人間ではなく、腐乱死体の姿に作られた蝋人形である。エミリーは悪党のモントーニによって、彼の居城であるユードルフォ城に監禁されるのだが、そこで「顔の一部が腐敗し蛆虫がたかった」死体を見付ける。[9] これが蝋人形であることが説明されるのは、作品のラストにおいてである。この蝋人形は「メメント・モリ」、つまり死を思うことによって、欲望のままに生きることを戒め、謙虚に生きるよう説くことを目的としてユードルフォ城の数代前の城主が作らせたものであった。この「メメント・モリ」の考えは、エミリーに生き方を教える一つのメッセージである。二人目はエミリーの叔母であるモントーニ夫人である。財産家でオールド・ミスのこの叔母は、ヴェニスとアペニン山中に城を持つと言う裕福なモントーニ氏にプロポーズされ、結婚する。しかし実際は、モントーニは盗賊の頭であり、モントーニが夫人の財産を狙って企んだ結婚であった。結局、モントーニ夫人は夫によってユードルフォ城に監禁され、非道な仕打ちを受けた挙句に亡くなる。世間的な地位や財産を重要視した見栄っ張りなモントーニ夫人の性格が、エミリーに反面教師として働く。三人目はシスター・アグネスこと、ユードルフォ城の先代女城主ローレンティーニである。シスター・アグネスは狂女として修道院で保護されているが、同じ修道院にエミリーが匿われた時、エミリーを見て錯乱状態に陥る。アグネスには、エミリーと瓜二つのヴィルロワ公爵夫人を死に追いやった過去があり、その罪の意識が彼女の精神を崩壊させたのであった。アグネスはエミリーに警告する。

「あなたは若く、無垢よ！　重大な罪を犯すことについて、まだ何も知らないという意味でね。でも心の中には情熱が秘められている――心にサソリを飼っているのよ。今は眠っているけど、目覚めさせる時には用心しなさい！　情熱はあなたを噛み殺すわよ！」（五四一）

アグネスは若い頃、ヴィルロワ公爵を熱烈に愛し、不倫関係に陥ることで公爵夫人を心身共に苦しめた。クレア・ケヘイニーはアグネスについて、「潜在的なエミリーの先駆者。一線を越え狂気に奔るエミリーの可能性を反映している」と述べている。[10] エミリーにはヴァランクールという恋人がおり、彼の存在がエミリーに数々の苦境を乗り越えさせる。例えば、叔母のモントーニ夫人が亡くなった後、彼女の遺産相続人であるエミリーはモントーニに脅迫される。何度も脅迫に屈して遺産を手放そうとするエミリーだが、ヴァランクールとの未来を想像し、遺産を譲らない決心をする。このようなエミリーの行動は勇敢だが、角度を変えて見れば、エミリーがどれ程ヴァランクールに熱を上げているのかも分かる。ケヘイニーが指摘する通り、エミリーはアグネスと同じ情熱の奴隷になりかねないのだ。しかしエミリーは、アグネスと正反対の人生を歩んだ女性についても知らされる。アグネスによって夫を奪われたヴィルロワ公爵夫人である。公爵夫人には結婚前に恋人がいて、ヴィルロワ公爵との結婚は彼女が望んだものではなかった。挙句に夫に不倫され、人生に対する悲しみと絶望の中で、公爵夫人は短い生涯を終えた。ケヘイニーはこの公爵夫人もまた、「欲望の受動的な犠牲者」として、エミリーの先駆者であると述べている。[11] 先述したようにヴァランクールに対するエミリーの情熱は危険を孕んでいるが、もし彼女がその情熱を押し殺せば、モントーニを始めとする周囲の人間の欲望に翻弄され、ヴィルロワ公爵夫人と同じ末路を辿ることになったであろう。このように、エミリーは「醜さ」（本作品では外観ではなく、内面的な醜さ）を、他者の人生を通して間接的に経験することによって、彼女自身の人生から排除することに成功する。さらに、エミリーの父親であるサントベール氏は、娘の感受性が強すぎることを懸念し、このように言っている。

「私はお前に、小さい頃からずっと、自制心を持つよう言ってきた。一生涯自制心を保つことの重要性を指摘してきた。自制心が、正しい行いから道を外させようとする幾多の危険から身を守ってくれるだけでなく、美徳と呼ばれながらも、ある境界を超えると悪徳になる、つまり結果として悪を引き寄せてしまうものを制御してくれるからだ。」（二一）

エミリーが父親に教えられた教訓をしっかり胸に刻んでいたこともまた、彼女が醜さを自分のものとせずに済んだ所以である。先に私は、作者であるラドクリフが女性の立場をどのように捉えているのかが、エミリーが迎える結末に関係しているであろうと推測した。エミリーの父親の教訓に現れている通り、ラドクリフの立場は「感受性の放棄」を訴えたウルストンクラフトとも、「女性の地位に安住すること」を主張したモアとも異なる。ラドクリフの立場は、感受性を「抑制」して生きる、である。六〇〇ページを超える長い物語の中で、エミリーはかなり活発に行動し、叔母の遺産を守りきるなど強い信念も見せる。感受性が強いことは当時の女性の美徳であり、典型的な気質であったのかもしれないが、ラドクリフはその感受性を上手に抑制できれば、女性はしたたかに生きられることを示したのである。この点に関しては、エミリーは自らの力でハッピーエンドを獲得したと言える。

おわりに

本論では「呪う女」、そして「挑む女」という観点から二人の怪談のヒロインを比較してきた。私は、男性作家が描くヒロインの典型、と言うよりもむしろその最も哀れなパターンとして岩を選び、女性作家が描くヒロインの典型としてエミリーを選んだ。しかし、本論のための勉強をしていく中で、「呪う女」を書いた女性作家がイギリスにいたことを発見した。もちろん、時代を限定しなければ『黒衣の女』(一九八三)のスーザン・ヒルなど多くの女性作家がいるが、ラドクリフが彼女の作風、彼女のヒロインで一世を風靡したのと同時代に、当時のイギリスでは男性作家さえも描かなかった「呪う女」を、女性作家が描いていたことは衝撃であった。作家の名はアン・バナーマンとシャーロット・ダーカー。今後これらの女性作家を勉強して、一九世紀のイギリスと日本の怪談の更なる共通点を考えてみたい。

注

(1) 井上　二六。
(2) Poovy 117.
(3) Wallace 2.
(4) Aguirre 84.
(5)『歌舞伎脚本集』七六九。以下、『東海道四谷怪談』からの引用は本書による。
(6) Jung 338–340.
(7) 落合　一四七。
(8) Shelley 114.
(9) Radcliffe 622. 以下、*The Mysteries of Udolpho* からの引用は本書による。
(10) Kehane 339.
(11) Kehane 339.

引用・参考文献

Aguirre, Manuel, *The Closed Space—Horror literature and western symbolism*. Manchester: Manchester UP, 1990.

Jung, C. G, 'On Life After Death' in *Memories, Dreams, Reflections*. London: Fontana Press, 1995.

Kehane, Claire, 'The Gothic Mirror' in *The (M)other Tongue—Essays in Feminist Psychoanalytic Interpretation*. eds. by Shirley Nelson Garner, Claire Kehane and Madelon Sprengnether. Ithaca and London: Cornell UP, 1985.

Makala, Melissa Edmundson, *Women's Short Literature in Nineteenth-Century Britain*. Cardiff: University of Cardiff Press. 2013.

Poovy, Mary, 'Ideology and *the Mystery of Udolpho*,' in *Gothic-Critical Concepts in Literary and Cultural Studies*. Vol. 2. eds. by Fred Botting and Dale Townshend 4 Vols. London: Routledge, 2004,

Radcliffe, Ann. *The Mysteries of Udolpho*. London: Penguin, 2001.

Shelley, Mary, *Frankenstein, or the Modern Prometheus*. Oxford: Oxford UP, 1998.

Townshend, Dale and Angela Wright. *Ann Radcliffe, Romanticism and the Gothic*. Cambridge: Cambridge UP, 2014.

Wallace, Diana, *Female Gothic Histories—Gender, History and the Gothic*. Cardiff: University of Wales Press, 2013.

井上泰至『雨月物語の世界——上田秋成の怪異の正体』角川選書、二〇〇九

落合清彦『百鬼夜行の楽園——鶴屋南北の世界』芸術生活社、一九七九

諏訪春雄『日本の幽霊』岩波新書、一九八八

『歌舞伎脚本集』、日本名著全集刊行会、一九二八

ジェイムズ・ジョイスの創作に及ぼした都市の影響
――トリエステ、チューリヒ、パリをめぐって

結城　英雄

ジェイムズ・ジョイス（一八八二―一九四一）は、アイルランドの都市ダブリンで生まれ、一九〇四年に大陸へ脱出、以降、トリエステ、チューリヒ、パリに移り住む。主要な作品は短篇集『ダブリンの市民』（一九一四）、自伝的小説『若い芸術家の肖像』（一九一六）、叙事詩『オデュッセイア』を枠組とした『ユリシーズ』（一九二二）、六十以上の言語で構成された『フィネガンズ・ウェイク』（一九三九）の四作。いずれの作品もダブリンを舞台にしているが、出版はイギリス、アメリカ、フランスなど国外であった。しかも『ダブリンの市民』を除き、テクストの末尾にはそれぞれの執筆の場所と歳月が記されている。大陸の新しい文化や思想に接しながら、地方都市ダブリンを独自の視点で描いたと語っているように思われる。本稿では、「トリエステ、チューリヒ、パリ　一九一四―一九二一」と末尾に記されている『ユリシーズ』を中心に、ジョイスの創作に影響を及ぼしたこれら三つの都市を探り、作品の舞台となっているダブリンとの関係を考察することにする。

一　ジョイスとトリエステ

ジョイスは一九〇四年十月からイタリア領ポーラ（現クロアチア共和国プーラ）で数か月間暮した後、一九〇五年

二月からほぼ十年あまり、オーストリア＝ハンガリー帝国領（現イタリア領）トリエステを拠点として、英語教師として過ごした。そしてその間にジョイスは、『ダブリンの市民』と『若い芸術家の肖像』を書き上げ、『ユリシーズ』の執筆にも着手した。『ダブリンの市民』所収の短篇「小さな雲」で、幼い息子の泣き声に癇癪を起こす主人公は、創作と家庭とのはざまで苦吟するジョイスの心境であったかもしれない。息子ジョルジオが一九〇五年に、娘ルチアが一九〇七年に生まれている。同じく『ダブリンの市民』の掉尾を飾る「死者たち」で、主人公がアイルランド人の温かい心情を再認識しているが、これもダブリンへのジョイスの郷愁の発露とも思われる。ジョイスは弟スタニスロースばかりか、二人の妹もトリエステに呼び寄せている。

にもかかわらず、トリエステはジョイスの創作にとって裨益するところ大であった。トリエステはアドリア海に臨む風光明媚な海港都市で、イタリア語が話され、民族主義も高まっていた。同時に、多民族・多言語の商業都市でもあり、ユダヤ人やギリシア人も混じり、オリエントの雰囲気もたたえ、「英語」教師の需要もあった。ジョイス一家はいつともなくトリエステが気に入り始めていた。『若い芸術家の肖像』の最後で、スティーヴン・ディーダラスが記す文言、「ぼくはでかけよう、現実の経験と百万回も出会い、ぼくの族（うから）のまだ創られていない意識を、ぼくの魂の鍛冶場で鍛えるために」は、アイルランドから離脱し、自らの定点を認識し始めた作者の宣言でもあるだろう。着任当初、ベルリッツ校の校長アルミダーノ・アルティフォーニから受けた恩義は忘れがたいらしく、『ユリシーズ』にはスティーヴン・ディーダラスの将来を思いやる、心根のやさしいイタリア語教師として登場している。その他、主人公レオポルド・ブルームが同胞意識を抱く肉屋のモーゼズ・ドルゴッシュは、熱烈なシオニストであった人物をモデルとしている。同じく彼が墓場で想起する自殺したミセス・シニコーもジョイスの音楽教師の姓である。

トリエステでのジョイスの「生徒」としては、エットレ・シュミッツがいた。彼は実業家であるとともに、イタロ・ズヴェーヴォという筆名をもつ作家でもあった。代表作は『ゼーノの苦悩』（一九二三）。トリエステにはユダヤ人が多く、シュミッツもハンガリー系のユダヤ人であった。ジョイスは彼からユダヤ人の習慣や伝統などを教えてもらい、『ユリシーズ』の主人公を創造したのだろう。彼が初めて登場するその第四挿話の冒頭部の書き出しは、「ミスタ・レオポルド・ブルームは好んで獣や鳥の内臓を食べる。好物はこってりとしたもつのスープ、こくのある砂嚢（すなぶくろ）、詰めものをして焼いた心臓、パン粉をまぶしていためた薄切りの肝臓、生鱈子（なまたらこ）のソテー。なかでも大好物は羊の腎臓のグリルで……」、といった具合である。ブルームの父親もやはりハンガリー系のユダヤ人で、おそらく内臓を好んで食べ、そうした家庭の食生活が息子に伝播したと思われる。

ジョイスが『ユリシーズ』を書いたのは、ナチスのホロコースト以前のことである。十九世紀末から、ユダヤ人に対して性的倒錯の傾向があるとか、猿人に近いと劣等民族視する、根拠のない人種観も広まっていた。オットー・ヴァイニンガーの『性と性格』（一九〇三）もその類のもので、ジョイスはマゾヒストとしてのブルームの描出に、その論考を援用したとされる。それでもジョイスが反ユダヤ主義者であったわけではない。ジョイスは若き日に、ウォルター・スコットの『アイヴァンホー』（一八二〇）に登場する、イサクやレベッカに心惹かれていたらしい。

英文学における反ユダヤ主義は、ジェフリー・チョーサーの『カンタベリー物語』（一四〇〇）所収の物語、「女修道院長」に端を発する。そこではユダヤ人がキリスト教徒を殺害し、その血を儀式に用いたと、まことしやかに語られている。そしてルネサンス期には、クリストファー・マーローの『マルタ島のユダヤ人』（一五九〇頃）やシェイクスピアの『ヴェニスの商人』（一五九八頃）で、吝嗇なユダヤ人像が定立された。また十九世紀には、チャールズ・ディケンズの『オリヴァー・トゥスト』（一八三八）やジョージ・デュ・モーリアの『トリルビー』（一八九四）で、ユダヤ人が悪魔的な人物として描かれた。さらに二十世紀になってからも、エズラ・パウンドやT・S・エリオットらによって、ユダヤ人への侮蔑が連綿と継承されている。事情はフランスやドイツの文学においても変わらず、同様の紋切型のユダヤ人像が描かれている。

　実のところ、一九〇四年当時、アイルランドにも大陸から移民したユダヤ人が三千人ほどおり、そのほとんどがダブリンに居住していた。ブルームのような人物を想定することも可能であったのだ。ユダヤ教についての知識もおぼろになりながら、キリスト教についても無知な人がその大部分であったろう。ブルームも生半可なユダヤ教の典礼を想い、ユダヤ教から離反した父親の郷愁を回顧している。その一方、ブルームの意識にはオリエントの情景が頻出している。第五挿話で彼は紅茶商会の前に立ち、「一日じゅう手も動かさない。一年のうち六か月は眠っている」、とセイロンの住民のことを夢想している。また死海についての写真を思い出し、「あおむけに水に浮かんで、パラソルをさして本を読んでいる」と独白している。ブルームはユダヤ人の血を受け継ぎながらも、カトリックに改宗しているダブリンの一市民である。したがって、そのようなブルームの意識に氾濫するオリエントの情景から、読者は、ジョイスが「親愛なる汚れたダブリン」をトリエステの視点で潤色していることに思い至る。ダブリンという都市の歴史や地誌という制約を守りながらも、ジョイスは人物の意識を大陸的なものに広げているのだ。

　ジョイスはときとするとダブリンの街並みに、異なるイメージを投影することもある。『ユリシーズ』の第六挿話で墓場へ向かう車中でのこと、ブルームはオコネル通りの左側に目をやり、「死んだような街並みだな」とつぶやいていた。にもかかわらず、第七挿話の冒頭部では、まさにその地区で路面電車が発着し、郵便馬車が並び、酒樽の荷積みの地響きがとどろき、新聞社の輪転機が鳴り響いている。第六挿話が「死」をテーマとして暗い描写に富んでいたのと対照的に、第七挿話は機械文明による躍動感にあふれている。この機械文明に対する礼賛の背景に、イタリアの詩人フィリッポ・トンマーゾ・マリネッティが想起されよう。彼は一九〇九年二月、パリの『フィガロ』紙に、これまでの伝統的な表現形式との決別を説いた「未来派宣言」を発表した。そして機械の発達に伴う時間や空間に対する人間の意識の変化を描き、戦争を「世界の唯一の清掃機構」と賞賛し、ファシズムに傾倒していった。ジョイスがマリネッティに同調したとは思えないが、彼のトリエステの蔵書にはマリネッティの宣言書の他、未来派の画家・作曲家ルイジ・ルッソロの著作も含まれている。

映画の影響もトリエステならではのものである。ジョイスはトリエステの実業家を説得して、ダブリンに映画館ヴォルタ座を開館したほどである。こうしたジョイスの映画への関心から、『ユリシーズ』にはフラッシュバックやフラシュフォワード、ズームインやズームアウトといった手法が使われているが、何よりもモンタージュの手法が際立っている。「モンタージュ」とはフランス語で「組み合わせ」の意で、複数のカットを並列するものである。D・W・グリフィスの映画『イントレランス』（一九一六）に始まり、セルゲイ・エイゼンシュタインが『戦艦ポチョムキン』（一九二五）で確立したとされる。ジョイスもどこかでモンタージュについて聞き及んでいたと思われる。『ユリシーズ』第十挿話はその手法を巧みに使用してみせている。

ちなみに、ジョイスは一九一二年に、トリエステからそう遠からぬパドヴァで、イタリアの公立学校の教員採用試験を受けた。答案は「ディケンズ生誕百年」であった。ディケンズの偉大な筆力を褒めつつも、その文学が取り込む宿命にあった大英帝国の存在も強調している。そのような反感にも関わらず、ジョイスは創作においてディケンズの都市構想を手本にしたものと思われる。もちろんジョイスのダブリンは現実のダブリンとは異なっている。ブルームの視線を通して感じとれるダブリンには、華やかな雰囲気が漂っている。が、当時のダブリンは色褪せた都市であったのだ。この相違をめぐりフランコ・モレッティは、「『ユリシーズ』のダブリンが二十世紀初頭の本物のダブリンでしかないのなら、ジョイスや『ユリシーズ』について語るべきことはない」、と指摘している。ダブリンが華やかに見えるとしたら、それはジョイスの手法・力業によるところが大きい、とモレッティは言っているのだ。都市を人物の視線によって描出してきたフロベールたちと違って、ジョイスは登場人物の意識によって都市空間を創造した。さらに言えば、そうした人物の都市のイメージは、彼らを描く作者の意識によって創造されてもいるのだ。ダブリンがモダンであるとするなら、それは作者の意識がモダンであることによる。

トリエステはジョイスが好んだ都市であった。『ユリシーズ』がのびやかなのはその反映であるだろう。民族主義も大きな話題であり、ジョイスもイギリスによるアイルランドの植民地支配についての私見を新聞に掲載したことがある。歌劇も頻繁に鑑賞し、物語のモチーフを数多く収穫した。シェイクスピアについても詳細に調べ、興味深い講演も行った。いずれも『ユリシーズ』に取り込まれている。第十六挿話で船乗りから耳にする、「トリエステ」におけるナイフでの殺害についての話題に、ブルームは南国の情熱を連想している。

二　ジョイスとチューリヒ

ジョイスは一九一五年六月、イギリスのパスポートを持つことから、敵国であるオーストリア＝ハンガリー帝国領からの疎開を余儀なくされ、中立国スイスの都市チューリヒへ移った。前年から第一次世界大戦が勃発していたためだ。幸いなことに、チューリヒは戦争忌避者たちであふれ、芸術運動で賑わっていた。詩人のトリスタン・ツァラたちのダダイズムの運動、キャバレー・ヴォルテールでのドイツ表現主義の演劇、あるいは精神分析や言語論などの新たな思想も開拓されていた。『ユリシーズ』の執筆も進んだ。

トム・ストッパードが劇『茶番仕立て』（一九七四）で描いているように、チューリヒではルーマニア人の詩人ツァラ、ロシア人の政治革命家レーニン、そしてアイルランド人のジョイスたちがすれ違う可能性もあった。イギリス人の画家フランク・バジェンとも親しく交流し、『ユリシーズ』の進行についての聞き手になってもらった。その一方で、ジョイスと些細なことで争い、『ユリシーズ』第十五挿話に「兵卒ヘンリー・カー」として悪名を留めることになった、イギリス領事館の職員もいた。さらに、ジョイスの創作のために定期的に財政援助を与えてくれる、ハリエット・ショー・ウィーヴァーのようなパトロンもできた。彼女はジョイスの『若い芸術家の肖像』を連載した、イギリスの雑誌『エゴイスト』の編集長だった。

そしてチューリヒにおいて、ジョイスはトリエステでも話題にされていた精神分析のことも耳にする。『ユリシーズ』第五挿話では「ウィーン学派」として言及され、『フィネガンズ・ウェイク』第一部第五章には「若いユングのごとく、また嬉々としたフロイトのごとく、簡単に喜ぶアリスを相手に……」といった描写がある。ジョイスはまたパトロンのウィーヴァーに宛てた一九二一年の手紙で、フロイトとユングを『鏡の国のアリス』(一八七二)の中の瓜二つの人物になぞらえ、それぞれ「ウィーンのトゥイードルディー」と「スイスのトゥイードルダム」と軽蔑していた。そのジョイスも精神分析に無関心でいられたわけではもちろんない。娘ルチアのことで精神分析医の世話を受けるのは後年のことであるが、ジョイスは早くから彼らの著作に親しんでいたらしい。『ユリシーズ』でスティーヴンが語る『ハムレット』論、その根本にあるスティーヴンと亡き母との関係、さらにはブルーム一家の家族関係の描写にも、その影響が見て取れる。ジョイスはカトリックの教育を受け、心の内をつまびらかにする「告解」という制度にも精通していたはずだ。さらに、第十五挿話の「幻覚」においては、個人の意識の境界が崩され、他者の意識との交雑が提示されている。フロイトとユングの間を接続しているようにも思われる挿話だ。

無意識への関心は『ユリシーズ』の創作に大きな役割を果たしている。スティーヴンが母の思い出に苛まれているように、ブルームの意識にも「回帰」して欲しくない、「抑圧されたもの」が堆積している。生後十一日目にして死亡した息子ルーディの姿、また妻亡き後の孤独に耐え切れずにトリカブトを飲んで自殺した父親のことなども暗い思い出である。また娘ミリーの成長にともなう性の問題、妻モリーのボイランとの不義密通など不安の材料である。このような抑圧された心理は、言語化される以前の無意識のレベルに属し、内的独白だけでは描出できない部分である。そのため心理の複雑な襞に分け入る手法を探求しなければならない。物語に散見する「忘却」、「記憶違い」、「言い間違い」など、ジョイスなりの無意識への探求であるだろう。

ひるがえって、自我を中心とするデカルト的理性が崩れて久しい。そのためか、『ユリシーズ』での描写においては、身体も手、指、耳、足、舌といった部位に断片化されている。「彼の手は湿った柔らかい内臓を受け取って……」とか、「彼のゆっくりした足が川の方へと運んだ」といった具合である。これらの背景には統一的な自我像への疑義がある。それに加え、ベル、警笛、石鹸、時計、蓄音機、ガスの炎、扇といった物質が主語として機能していることもある。そうした主体と客体との転倒は、都市部における物質の過剰な圧力の下にある、人間の抱える不安の表出である。心の内の不安なおののきをめぐっては、すでに表現主義を先取りした画家エドヴァルド・ムンクの「叫び」（一八九三）があった。キャバレー・ヴォルテールを拠点として、表現主義の演劇も盛んに上演されていた。ハウプトマンの『ハンネレの被昇天』（一八九三）、あるいはストリンドベリの『夢幻劇』（一九〇一）といった幻想的な演劇もあり、ジョイスの創作に影響を与えたに違いない。

さらにチューリヒと言えば、文学のみならず、絵画、演劇、音楽などを含む広範囲のダダの運動もあった。その提唱者のトリスタン・ツァラは第一次大戦勃発後にルーマニアからチューリヒに移り、戦後はパリを活躍の場とした。ジョイスもツァラと時を同じくしてチューリヒに住み、また時を同じくしてパリに移った。少なからぬ因縁がある。トリスタン・ツァラの仕事は、アンドレ・ブルトンたちにより、パリでシュルレアリスムの運動として開花することになる。シュルレアリスムは無意識についてのフロイトの理論を拠り所に、第一次大戦がもたらした狂気や戦争神経症という病状に着目し、人々が抱える闇を模索する運動である。一九二四年出版のブルトンの『シュルレアリスム宣言』が運動の幕開けとされるが、狂気と理性、内的現実と外的現実といった問題は、汎ヨーロッパ的な関心事であった。ジョイスもそのような動向をいち早く察知していたらしく、『ユリシーズ』の第十五挿話の演劇的な描出においては、表現主義を経由してシュルレアリスムを先取りしていると思われる。

それに加え、ツァラたちがチューリヒでダダの運動を開始したまさに一九一六年、スイスの言語学者フェルディナン・ド・ソシュールの『一般言語学講義』が刊行された。これは記号表現と記号内容の恣意性を明らかにするものであったが、ツァラたちの文学の目的も同じであった。戦争の残忍さに対する嫌悪、戦争へと人々を駆り立てる既成の価値観への不信といったことなどから、人々が日常的に使用する言語を異化するため、言葉から意味を追放しようとしたのである。ジョイスはツァラのように突き詰めることはなかったものの、言葉が意味を失う過程には大いに関心を示していたはずである。

またジョイスは中立国にありながら、強烈な歴史意識を抱き、その闇を『ユリシーズ』に投影している。第一次大戦中のことであり、加えて一九一六年にダブリンで復活祭蜂起が勃発した。それぞれの戦いで大学時代の親友、トマス・ケトルとフランシス・シーヒー＝スケフィントンを亡くしている。そうした背景の下、スティーヴンの意識には崩壊のイメージが頻出している。第二挿話で、スティーヴンはディージー校長に、「歴史というのは……ぼくがなんとか目を覚ましたいと思っている悪夢なんです」と語っている。ジョイスが『ユリシーズ』の舞台とした一九〇四年のダブリンにおいて、歴史が問題にされることはあったものの、大量殺戮のような話題が人々の口にのぼることはなかっただろう。スティーヴンが『ハムレット』という「殺人劇」を語るのに、ボーア戦争のときに使用された「強制収容所」という言葉を挙げるが、ダブリンの市民たちに「悪夢としての歴史」観があったとも思えない。この言葉は第一次大戦の勃発直後に、ヘンリー・ジェイムズが使用したものと言われている。第十五挿話における世界の終末のような描写も、ジョイスが第一次大戦を見据えていたことの証左である。

三　ジョイスとパリ

第一次大戦の終結にともない、戦争忌避者も去り、チューリヒも活気を失っていた。このような事情に鑑み、ジョイスは一家でトリエステに戻るが、住宅の事情も難題であった。そこでエズラ・パウンドの勧めにより、一年足らずでパリに移り住む。パリは華やかであった。大作『失われた時を求めて』（一九一三―二七）執筆中のマルセル・プルーストを始め、アンドレ・ジッドやポール・ヴァレリーたちが活躍する一方、他国から多くの芸術家が集い異国情緒にあふれていた。またガートルード・シュタインを取り巻き、「失われた世代」と呼ばれるアメリカ人作家、アーネスト・ヘミングウェイ、シャーウッド・アンダーソン、Ｆ・スコット・フィッツジェラルドらが集っていた。日本や南米などからも人が群がり、文学のみならず、絵画、音楽、演劇などの新しい文化が花開いていた。ジョイスはすでに有名人となっていて、彼を私淑する作家も多かった。

パリはジョイスにとって馴染みの都市でもあった。医学の勉強と称して一九〇三年から一九〇四年にかけての数か月間、この地で過ごしたことがある。その折に、『ユリシーズ』の文体の基調となる「内的独白」の手法の種本を入手した。エドゥワール・デュジャルダンの『月桂樹は伐られた』（一八八七）である。先輩作家のジョージ・ムアからその書名を聞き及び、駅のキオスクで入手したらしい。ジョイス自らがその影響を受けたと言明していることからすればその通りなのであろうが、『月桂樹は伐られた』は、すべて内的独白で構成されていて、きわめて稚拙な小説である。『ユリシーズ』は内的独白だけで成立しているわけではない。ジョイスがデュジャルダンの小説を手にしてから、早くも二十年近く経過している。

ジョイスの内的独白はデュジャルダンの目的と異なっている。ジョイスにとっての内的独白の手法は、人物の秘匿された主観の世界を明かすためだけのものではない。それは個人を超えた他者と共通する物語の存在を、また人物たちを包み込む社会の共有のイデオロギーを、さらには人物の心理の奥深く根ざした西洋文明を喚起するための手法である。ジョイスの意図する内的独白は、人物の「思考内容」を伝達するだけでなく、その「思考様式」をも明らかにするものである。内的独白の手法に人間疎外を読み取る人もいる。個人の独白の部分が多くなるのと対照的に、社会との交流が少なくなっていると思えるからだ。が、こと『ユリシーズ』の評言としては大きな誤解である。そもそもジョイスは、『ユリシーズ』の後半部で、内的独白から逸脱して新たな文体を取り入れることになる。それは知覚の媒体としての言語への関心によるところが大きい。「人物」(character) は「文字」(character) であり、文字がなければ人物は存在しない。このパラドックスは、母語の意識を持てない流浪の作家として、ジョイスがその身に負わざるをえない宿命であったのだろう。

いずれにせよ、ジョイスは英米文学を扱うパリの書店、シェイクスピア・アンド・カンパニーの店主シルヴィア・ビーチと知り合い、『ユリシーズ』の出版の準備を開始する。アメリカの前衛誌『リトル・レビュー』への連載ですでに猥褻の烙印を押されている小説の刊行は大きな賭けでもあった。しかしジョイスの天才を見抜いたビーチは、予約出版という戦略で、一九二二年にその出版を成功させた。フランスも一八五七年刊行のフロベールの『ボヴァリー夫人』やボードレールの『悪の華』以降、何回も猥褻裁判を起こしたこともあったが、『ユリシーズ』は英語で書かれていたこともあり、当局の関知するところではなかった。

ジョイスは、事実、『ユリシーズ』の第十八挿話においてブルームの妻モリーの赤裸々な性の告白を描き、同時にパウンドが削除した第四挿話のブルームの排泄のシーンも再録した。そうした事情から「スキャンダル」な作品との酷評を受けたが、それも宣伝文句に使用されることになった。その一方で、ジョイスは世間に高踏的な印象を与えるよう、『ユリシーズ』の「計画表」なるものを作成し、古典的な価値ある作品である風を装った。

この後、ジョイスは『進行中の作品』という名称で、多言語で構成される『フィネガンズ・ウェイク』の創作に取り組む。そのジョイスを煽ったのがアメリカ人のユージーン・ジョラスであった。妻とともにパリで前衛誌『トランジッション』を一九二七年から一九三八年まで刊行し、『フィネガンズ・ウェイク』のほとんどを掲載した。英文学を読むのにスカンジナビア語を学習する必要があるのかとの疑問もあったが、「精神の完全な国際化」が急ピッチで進行している時代にあって、ラテン語やギリシア語の知識があるだけでは十分ではない、これが国際人ジョラスの返答であった。

『フィネガンズ・ウェイク』も、他の作品と同じくダブリンを舞台にしているが、この作品においてジョイスはこれまでにもまして地理的・時間的制約を破壊している。時間的には古代から現代の間を往還し、地理的には世界を広く描いている。パリのみならず、トリエステやチューーリヒのことも取り込んでいよう。そのかぎりでは「世界としての本」となっているし、夢の世界のような仕組みになっている。この作品には賛否両論があり、ジョラスのように手放しで喜べないかもしれない。それでも娘ルチアの精神にまつわる悩みもあり、ジョイスにとって創作は、自らを定立するための方便であったのかもしれない。

その一方、ジョイスには英語が大英帝国の言語であるという意識もあったろう。すでに『ユリシーズ』においてもそうした意識を顕在化させていた。たとえば、第十四挿話は古英語から現代英語にいたる、アンソロジー並みの文体模倣の挿話だ。自国の文学に対する賛美はイギリスにかぎったことではない。二十世紀初頭、各国が民族国家としての一体感を強化する手段として、自国の文学の変化を並べて読ませるアンソロジーを編纂した。アンソロジーは国家の強力なイデオロギー装置の役割を果たしていたのである。アイルランド人であるジョイスが、英文学のアンソロジーに違和感を覚えたとしても不思議ではない。ジョイスの関心事は、作家特有の文体の面白さやその文体に表されている時代の価値観よりも、アンソロジーの出版そのものの背後にある、帝国賛美といった政治的な思想にあったのだろう。アイルランドも遅まきながら、一九九一年と二〇〇二年にアイルランド文学のアンソロジーを刊行し、「国民文学史」を構想した。

英語に対するジョイスの嫌悪は「標準英語」という考えにも向けられている。たとえば、イギリスではリンドリー・マリーが〈言葉は国家の基礎である〉という前提の下、標準英語についての規範の書『英文法』（一七九五）を著した。こうして「標準英語」という概念が定着し、植民地にもその規範が適用された。もちろん文化の規範から逃れることは不可能である。ジョイスにとっても同じであったはずだ。その一方で、規範が定まると言葉が硬直することになる。フロベールの『紋切型辞典』(一九一〇)はそうした問題を提起した辞典である。そこでジョイスは『ユリシーズ』第十六挿話において、範例をデフォルメし、標準英語という概念への汚染を試みた。ズボンのボタンが無くなったくらいで、ブルームが「雄々しくもその不運を軽んじた」と描写されている。また「〈フィナーレ〉の終わり」などといった滑稽な用例もある。この挿話は美文を模した悪文例のような体裁で、そこには大英帝国の言語に対するジョイスの違和感が感じ取れる。

ジョイスは大英帝国のみを標的にしたわけではない。主人公ブルームの父親はハンガリー出身で、ブダペスト、ウィーン、フィレンツェ、ミラノ、ロンドンを経由し、そしてダブリンに移り住んだ。そのような文化横断的な父親にとっては、国家も人種も民族もほとんど意味を持たなかった。彼はヨーロッパ文明の申し子である。したがって、ダブリンで生を受けたブルームも、父親の話に幼いころから親しみ、国際的な視野を培ったものと思われる。そのような外来の血を受け継ぎ、多文化を包摂する人物のブルームこそ、『ユリシーズ』の主人公にふさわしい。ジョイスがこの作品を創作する際に念頭においていたのは、民族を超えた文学であった。トリエステ、チューリヒ、パリと大陸を移り住む過程で、ブルームに似た人物に数多くめぐりあったことは明らかだ。

ブルームの意識を構成しているのも、まさしくそうした国際的な視野である。ブルームが初めて物語に登場する第四挿話においても、彼はジブラルタル、ブルガリア、ロシア、日本、トルコ、パレスチナ、ドイツ、スペイン、ノルウェー、ギリシアといった国や地域に想いをはせている。部外者としての意識が強く刻印されたその独白は、ダブリンという都市への問題提起でもある。ジョイスは、ダブリンというヨーロッパの辺境の一都市を描きながらも、同時にそのダブリンを国際的な都市に変形させていたのである。

ジョイスのダブリンに触発され、同じく『オデュッセイア』の影響を受けたのはデレック・オルコットである。ノーベル文学賞を受賞した彼の作品『オメーロス』（一九九〇）も、様々な文化の交錯する「クレオール化」したカリブ海の世界が舞台となっている。彼の作品もイギリスの植民地支配下の「強奪された人々の叙事詩」を構想しながら、自国の基礎をなすアフリカ、南米、ヨーロッパの文化の影響を見落とすことはなかった。

引用・参考文献

Burgauer, Arnold. *James Joyce in Zürich*. Züirich: Pro Helvetia, 1973.

Crivelli, Renzo S. *James Joyce: Triestine Itineraries*. Trieste: MGS P, 1996.

Fennell, Conor. *A Little Circle of Kindred Minds: Joyce in Paris*. Dublin: Green Lamp, 2011.

Joyce, James. *A Portrait of the Artist as a Young Man*. London: Jonathan Cape, 1964.　丸谷才一訳『若い藝術家の肖像』集英社、二〇一四。

——, *Finnegans Wake*. London: Faber, 1971.

——, *Ulysses*. The Corrected Text, ed. Hans Walter Gabler et al. New York: Random House, 1986.　丸谷才一・永川玲二・高松雄一訳『ユリシーズ』集英社、二〇〇三。

McCourt, John. *The Years of Bloom: James Joyce in Trieste, 1904–1920*. Dublin: Lilliput P, 2000.

Moretti, Franco. *Signs Taken for Wonders: Essays in the Sociology of Literary Forms*. London: Verso, 1997.

第３部

アメリカ文学

シャーウッド・アンダーソンとハート・クレイン

東　雄一郎

あなたに謎を投げかける林檎がありました、――
狂った時節の林檎、愛くるしい林檎たち
あなたの創造の糧は林檎の夢のワイン。（クレイン「日曜の朝の林檎」）

プロローグ

「アメリカの〈意識の〉叙事詩」である『橋』（一九三〇）を遺して夭逝したアメリカの破滅型詩人ハート・クレインは、同郷オハイオ州の先輩作家シャーウッド・アンダーソンと彼の代表作『ワインズバーグ・オハイオ』（一九一九）を称賛する二篇の短評を書いている。その一つは「『ワインズバーグ・オハイオ』論」、他は「シャーウッド・アンダーソン」である。「物語と人々」の副題を持つ『ワインズバーグ・オハイオ』（以下『ワインズバーグ』）は、プロローグの「グロテスクなものの書」とそれぞれに独立する二十四の短編から成るオムニバス形式の連作短編集であり、中西部の架空の田舎町・ワインズバーグに暮す人々の孤独な内面生活を精緻に描写する。『ワインズバーグ』は短編の単なる集積物ではなく、有機的相関性を持つ各作品が全体を形成する断片的長編小説である。

アンダーソンの抒情性豊かな直截的口語体や、ポー以来の短編の伝統的技法（事件的な一貫性を生み出すプロットに重点を置く技法）からの脱却や、性衝動や無意識の抑圧の重視は、多くの後続の作家、フォークナー、ヘミングウエイ、スタインベック、コールドウェル、サロイヤン、トマス・ウルフ、ヘンリー・ミラーたちに大きな影響を与えた。自己の体験を日常の口語体で綴るアメリカ文学の伝統はホイットマンやマーク・トウェインを源流とするが、アンダーソンはこれを発展させた。

父アーウィン・アンダーソンは南北戦争での体験談を巧みに操る話術の持ち主であり、その息子もこの才能を受け継いでいた。感情や直感を重視し、人間の内面を描出するアンダーソンは、出来事を重視する伝統的説話にはまったく興味がなく、短文の反復、等位接続詞の多用、大胆な細部描写の省略、抽象化（後期印象派絵画技法の情景描写）を試みる。これらの文体の特徴は、〈文学的立体派〉と称されるガートルード・スタインの言語実験的詩集『やさしい釦』や『三人の女』から、彼が「コトバ」の重要性と純粋文体実験の意義を知った事による。アンダーソンの「コトバ」が捉えようとするのは、「森の中の死」の掉尾で語り手の「私」が「これほど完全なものにはそれ自体の美が備わっている」と貧しい老婆の死を回想するように、それ自体で完結している普遍的「美」の瞬間である。老婆グライムズの悲劇の人生はその死によって「美」となり完結する。「兄も私も女性の死体を見るのはその時が初めてだった。その死体があれほど美しく白く、そう、大理石のように思えたのは、凍った肉にしがみついている雪のせいだったのかもしれない。」

精神衰弱の失語症状態でクリーブランドの病院に収容された後の一九一三年、アンダーソンは単身シカゴに向かい、芸術革新運動〈シカゴ・ルネッサンス〉グループのカール・サンドバーグ、エドガー・リー・マスターズ、セオドア・ドライサー、シンクレア・ルイス、ベン・ヘクト等との知遇を得る。当時のシカゴでは斬新な芸術創造を刺激する文化的状況が形成されつつあり、知識層は多くの前衛的小雑誌を通してフロイト、ベルグソン、ニーチェ、バーナード・ショー、プルースト、ジョイス等のヨーロッパの新思潮に触れていた。第一次大戦後に広まったフロイト理論が性格や行動分析に応用された。美術では一九一三年のニューヨークで開催された国際現代美術展「アーモリー・

ショウ」によって後期印象派、立体派、表現主義の絵画や彫刻が、音楽ではシェーンベルクやストラヴィンスキーが紹介されていた。アンダーソンはこの芸術的気運に浴していた。

彼がシカゴで暮らし、『ワインズバーグ』を出版した時代、アメリカ東部の産業資本主義が漸次中西部の田舎町を浸食していた。『ワインズバーグ』の「信仰」第二部に概説されているが、それは「戦争が愛国心なしで戦われ、人間は神を忘れ、ただ道徳上の規準に注意を払い、奉仕の意志は権力の意志へその座を譲り、美は、物の獲得へ向かう人間の凄まじい驀進の陰に忘れ去られてしまうような、世界の歴史の中でも最も物質主義的時代の始まり」であった。サンドバーグが『シカゴ詩集』(一九一六)に歌うように、シカゴは「世界のための豚屠殺者、/機具製造者」「荒野に対して闘いを挑む野蛮人」であり、その巨大な磁石は各地から多くの労働者や外国移民を引き寄せていた。ホイットマンと同じくサンドバーグも無名の民衆、隆盛と繁栄を誇示する摩天楼の狭間に暮す庶民の生を歌い、彼らの代弁者・擁護者となった。肉体と魂、個人主義と民主主義の神秘的融合を謳う『草の葉』はアンダーソンの愛読書であった。

『ワインズバーグ』のアンダーソンもグロテスクな登場人物の内面を愛情深く活写した。「紙玉」のリーフィー医師の求婚の「奇妙な物語」について、作者は「その深い味わいはワインズバーグの果樹園に実る形の歪んだ林檎の味に似ている」と言う。形の良い丸い林檎は樽に詰められ都市に出荷されるが、「形の歪んだ林檎」は摘み残される。だが不揃いの林檎は味が良く、その「林檎の横側の少し円味を帯びた部分に全ての甘さが集まっている。」「この林檎の甘さ」を知っているのはほんの一握りの者だけなのだ。アンダーソンはこのアメリカ社会に摘み残された「林檎」の「深い味わい」を描こうとしたのである。チャップリンの映画「キッド」に感動したハート・クレインも敗北の真意を知る少数者として、捨て猫が隠れる都会という「荒野」、その路地裏に置かれた「空っぽのゴミ箱」を「月光」にも似た「コトバ」の力で「笑いさざめく聖杯」に変えようとした。

一　アンダーソンの「コトバ」による救済

『ワインズバーグ』に登場するのは、自己の「真実」に固執する結果、グロテスクな存在となり、周囲からの誤解や偏見を受け孤立し、世塵から脱して孤独地獄に陥る人々である。彼らは等しく夢想家であり、何らかの陰翳を持つ者、敗北者、挫折者、孤立・離脱者、世捨て人である。「手」のウィング・ビドルボーム、本名アドルフ・マイアズは「生来、若者の教師となるべき人物」であったが、少年たちに注ぐ彼の深い愛情が災いし、ペンシルヴァニアの田舎町の小学校から追放されてしまう。彼は「世間で殆ど理解されない人間の一人」である。

二十年も昔の事、「夕暮れどき、アドルフ・マイアズは教え子の少年たちと一緒に散歩をしたり、黄昏が迫るまで、どこか夢見心地の様子で校舎の入り口の石段に座り話をしたりしていた。彼の両手は忙しなく動き、少年たちの肩を優しく撫で、少年たちの縺れた髪をいじり回した。話すにつれて、彼の声は穏やかで心地よい響きを帯びた。（中略）ある意味で、その声や両手も、子供たちの肩を撫でたり、髪に触れたりする事も、若い心の中に夢を伝えようとするこの先生の努力の一端であった。指に込めた愛撫によって彼は自分の思いを表現した。（中略）彼の手に愛撫されていると、子供たちの心の中の疑いや不信は消え、彼らも夢を見始めた。」アドルフは同性愛者と勘違いされ、追放された過去を隠すためビドルボームと改名し、その後は「神経質で表情豊かな指」を常に隠そうとする奇異な人物となる。作者はこのビドルボームのように「生を造る力が集中せずに分散する者たち」の過去と現在が交差する瞬間を点描する。

「母親」のエリザベス・ウィラードは女優志望の夢を諦め、不幸な結婚をする。彼女は夫トムが息子ジョージと話をしている場面を目撃し烈しい嫉妬を覚え、裁縫鋏で夫を刺殺しようとまで思う。「哲学者」の垢染みた白い胴着を常に身につけるパーシヴァル医師は馬車から投げ出された幼い女の子（既に絶命していた）の受け入れを拒絶する。

彼は住人たちの手で絞首刑にされるとの報復に怯え、「この世のあらゆる人間はキリストであり、みんな十字架にかけられる」と口にする。「敬神」第一部のジェシー・ベントリーは牧師を辞め、南北戦争で戦死した兄たちから相続した農地の拡大に努める。彼は自分こそが神の忠実な下僕の中でも最も英雄的指導者になる宿命にあるとの妄想の虜となっている。

「冒険」のアリス・ハイドマンは十六歳の時に愛した恋人のネッドに執着する。シカゴへ旅立った恋人からの音信は既に途絶えているが、彼女は未来の夫の生活を支えるため貯金に専心する。二十七歳の年の初秋、彼女は裸で雨の街を駆け抜け、見知らぬ老人に声をかける。「待って！　行かないで、どなたか知りませんが、待ってください。」「品位」の電信技士ウオッシュ・ウィリアムは、三人の情夫と同時に関係していた妻の不貞が原因で人間不信に陥り、ジョージ・ウィラードに自分の女性への憎悪を語る。「男はこの世界を価値のあるものにしようとする。それを邪魔するために送られてきたのが女だ。これは自然界に仕掛けられた巧妙な罠なのだ。」

「神の力」の長老派の牧師カーティス・ハートマンは隣の家の二階に暮すケイト・スイフトのベッドの中の「白く静かな姿」を鐘楼の中の部屋の細窓から偶然目にする。それ以来彼は彼女の裸身を覗き見たいという情欲と葛藤する。彼はジョージ・ウィラードに宣言する。「神は、小学校の先生のケイト・スイフトが裸でベッドの上に跪いている姿の中に、その御姿をお示しくださった。（中略）本人は気づいていないだろうが、彼女こそが真理のお告げを伝える神の御使いなのだ。」

「グロテスクなものの書」の老作家はこう考える。「世界がまだ若かった頃には実に夥しい数の想念があったが、真理と呼べるものは一つもなかった。人間は自ら真理を造り、それぞれの真理は実に夥しい数の漠然とした想念の集成物であった。世界の至る所に真理があり、その全てが美しいものであった。（中略）そこへ人々がやって来た。人はそれぞれが登場するたびに、各自がそれらの真理の一つを素早く掴み取った。とりわけ強靭な者は幾つもの真理を掴み取った。人々をグロテスクな存在に変えたのはその真理にほかならなかった。」プロローグの老作家はこの「真理」と「虚偽」の関係についてこう考える。「人間が一つの真理を自分のものとし、それを自分の真理と呼び、それに従って生きようとする、するとその途端にその人間はグロテスクな存在となり、彼が抱いていた真理は虚偽となるのだ。」

作品の〈意識の〉主人公であるジョージ・ウィラード青年は地方新聞「ワインズバーグ・イーグル」社の記者であり、都会の新聞社の記者か作家になる事を夢見ている。鋭い観察眼をもつこの青年は『神曲』のダンテさながら現代の孤独地獄を巡り、絶望・憎悪・不安・恐怖・渇望・挫折を告白する人々と交流する。住人たちがこの青年に魅かれるのは、彼が自分たちの心理や鬱屈とした感情の代弁者・擁護者となり、グロテスクな孤独地獄の中に「美」を発見してくれると期待しているからである。逆説的に周囲が彼に一種の感情教育を施している。「一つの真理」に固守する人々は他者との対話ができず、自分の感情世界を適切に表明する「コトバ」を持たない。ウィラードは人々の孤独の正体を解明する真の「コトバ」の追求者、「コトバ」の力による救済者にならねばならない。

「グロテスクなものの書」の「生涯の全てを著作に過ごし、コトバに満ち溢れていた」老作家こそが将来のウィラードの予知的肖像である。作品の最終章「出発」がそのプロローグ「グロテスクなものの書」の始まりに円環している。老作家はグロテスクな現実の中に内在する「理解できる、愛すべき存在」「笑いを誘うものや、美と思えるもの」を感知している。この人間愛や人間存在への共感の回復をウィラードに託す『ワインズバーグ』には、他者との深い精神的交流を可能にする救済者の出現願望が遍在している。

「教師」の中で、ウィラード少年の作文に天才の閃きを認めた教師ケイト・スイフトは新聞社の編集室を訪ね、「霊感」を受けた者のように助言する。「あなたが作家になるつもりなら、コトバを弄ぶ事は止めなきゃ駄目」「ただの売文家なんかになっては駄目。人々がどんな話をしているかではなくて、どんな事を考えているのかを学ばなければいけないわ。」「手」のビドルボームにとってもウィラードは自分の「人間への愛情を表現する橋渡しであった。」「哲学者」に登場し、謎めいた過去を告白するパーシヴァル医師も、自分の死後に未完の著作を彼に書きあげてもらいたいとウィラードに依頼する。

『ワインズバーグ』の共通主題は人間のグロテスクな諸相とその疎外・孤立・孤独・不安、そして人と人を隔てる精神的壁を破る事、つまりウィラードに託された人間性と愛の回復である。そこに、十八歳のウィラードの精神的覚醒（認知）と旅立ちの主題が並列されている。作品の最終章「出発」において、車内のウィラードの脳裏に去来するのは、故郷の町の大通りで手押し車を押して行くスモーレット、町の街灯に火を点けてまわるフィーラー、郵便局の窓口で封筒に切手を貼るホワイト等、実に「些細な事」であり、母の死や、都会での将来の生活の不安といった「非常に重大な事や劇的出来事」ではない。ここにウィラードがプロローグの孤独な老作家、真の「コトバ」の表現者になれる可能性が暗示されている。

二 「霊的顕現」へ集約するイニシエーション物語

『ワインズバーグ』は、〈意識の〉主人公ジョージ・ウィラードの故郷の町からの出発、精神的変化、内発的誘導という観点からすると、『卵の勝利』や「そのわけが知りたい」、ヘミングウェイの『我らの時代に』（アメリカ版、一九二五）所収の「インディアン部落」や『男だけの世界』所収の「殺し屋」、サリンジャーの『ライ麦畑で捕まえて』（一九五一）等のイニシエーション物語（開眼物語。認識の物語）の範疇に入る。

イニシエーション物語はアメリカ版の教養小説とされるが、この両者は決して同質のものではない。人生遍歴と挫折による自己形成という主題を扱う教養小説はアメリカ文学には稀有である。西洋の小説に使用される教養小説(Bildungsroman)は主人公が非情な現実での試練や葛藤を糧にして成長、自己形成を果たし、人間的価値を肯定するまでの過程を描くが、アメリカの短編に多いイニシエーション物語 (a story of initiation) は『ライ麦畑で捕まえて』の主人公ホールデンの独白にも顕著なように、教養小説の基調である成長や自己形成の発展ではなく、主人公のアイデンティティ・クライシス（自己認識の危機、思春期及び管理下社会での自己目標の喪失）、心理的崩壊感覚、空虚感、本然の美徳や無垢を取り戻すための退行現象、社会集団からの孤立や離脱を基調とする。イニシエーション物語の大きな特徴は、主人公の認知や精神的変化が、教養小説に見られる社会的順応や個の形成には直接結びつかず、自己疎外、人間性の喪失、集団や社会への反抗や反逆、もしくは社会からの孤立や離脱に繋がる事である。

『ワインズバーグ』のウィラードの最終的認知（精神的変化）は、ワインズバーグという共同社会からの離脱の決意に帰結する。マーク・トウェインの『トム・ソーヤの冒険』（一八七六）や『ハックルベリー・フィンの冒険』（アメリカ版、一八八五）の主人公と同じく、ウィラードも自分が本来所属すべき共同体から離脱、逃亡する。『ワインズバーグ』の「世間知」で、母エリザベスの死後、ウィラードは強い孤独感を抱き、市場の人ごみの中を歩きまわり「死の呼び声」を聞く。彼は新たな「成熟感」のために「自分が人から切り離され、半ば悲劇的姿」になっていると感じる。この「成熟感」による疎外感に襲われる者が再び社会に参入するなら、彼は社会的反抗者・反逆者に変身するだろう。既存の社会的・公的言語から離脱・逃亡し、彼は固有の真の「コトバ」を追求せざるを得ないからである。パーシヴァル医師の預言の通り、この意味で彼は磔刑の宿命を担っている。だがこの離脱・逃亡には、突然の心理・精神的照明、ジョイスが捉えようとする、精神それ自体の忘れ難い相における突然の「霊的な顕現」、啓示の瞬間への心的傾倒が内包されている。

この意味深い人生の瞬間を作者は次のように示唆する。「ウィング・ビルドボームはウィラードのために一つの絵を夢の中から創り上げてみせる。その絵の中では人間は再び太古の牧歌的黄金時代にかえって暮らしていた。広大な緑地を横切り、すっきりと均斉の取れた体つきの若者たちが、ある者は徒歩で、ある者は馬に乗ってやって来た。若者たちは群れをなしてやって来て、小さな庭園の中の一本の木の下に座る老人のまわりに集い、老人は彼らに話をした」（「手」）。ここで「霊感」を受けた者のようにビドルボームはウィラードに「君は夢想する事を始めなければならない」と助言する。ビルドボームの牧歌的空想画は始原の楽園世界を想起させ、ここにはかつての善意と無垢と共感と勤労に溢れていたアメリカの田舎町、つまり機械文明の浸食を受ける以前のアメリカへの作者の郷愁が読み取れる。それは、二十世紀初期の瓦解しつつあったアメリカの「広大な緑地」・失われた世界への郷愁である。この大地への郷愁は、フィッツジェラルドの『偉大なギャツビー』にも窺い知れるが、急激な都市化が進行していた二十世紀初期のアメリカの文学的特徴である。

アンダーソンの「霊的顕現」は、想像力と現実世界との相関性に関する「作家のリアリズム」に述べているように、瞑想や夢想といった半夢遊状態の中に生起する。「よく私は半ば夢見心地の状態に陥り、その状態にあると私の目の前には多くの人々の顔が出現する（中略）こうして夜に私の目の前に出現する多くの顔は、自分たちの物語を語って欲しいと私に訴え、これまで私が無視してきた人々の顔のように思える。」

「森の中の死」の語り手の「私」と新聞配達の仕事をする兄は大人たちと共に、月下に凍てついた老婆の死体を目撃する。帰宅後に兄はその様子を母や姉に語るが、その時の「私」は兄が肝心な点を伝えていないと不満を覚える。「私」は最後にこう述べる。「私は何故、あの時に不満を覚えたのか、それにその後もずっと不満を覚えてきたのか、それを説明しようとしているだけなのだ。私がこうして話すのも、こういう単純な物語を再び語らないではいられない思いになった理由を理解してもらいたいからにすぎない。」「森の中の死」に回想される老婆の人生と死は「私」が後に時間をかけて掻き集めた風評や記憶の「断片」(fragments) に基づいている。「森の中の死」は『ワインズバーグ』と同じく「断片」の集積である。この「断片」の集積世界に「私」は少年時代に体験した決定的瞬間、あの光景の真意、「ある奇怪で神秘的感情」(some strange mystical feeling) とその記憶の正体を探り、それを「コトバ」にしようとする。意識の本質は記憶である。この驚愕・「奇怪で神秘的感情」は精神それ自体の忘れ難い相における、飛躍的で非連続的瞬間、突然の「霊的顕現」である。

三　「新たな唯一のコトバ」

ハート・クレインの最初の文通相手となった重要な作家はアンダーソンであった。クレインはアンダーソンの忠実な愛読者であり、『ペイガン』誌（一九一九年九月、四号）に「『ワインズバーグ・オハイオ』論」（発表当時は「シャーウッド・アンダーソン」と題した書評）を載せ、『ダブルディラー』誌（一九二一年七月、二号）には「シャーウッド・アンダーソン論」を発表した。若い頃のヘミングウェイやフォークナーと同じく、アンダーソンはクレインにとっても良き文学上の師であった。

クレインの「黒いタンバリン」（一九二一年六月完成）はアンダーソンの助言に預かるところが大きい。アンダーソンはクレイン宛の手紙（一九一九年十一月十七日付）の中で「狂気の現代生活の下に葬り去られた同胞の一人」と若き詩人への共感を示し、別の手紙（一九二一年三月四日付）ではアンダーソンは「黒いタンバリン」に対する助言を与え、クレインは自分の詩に修正を加え、再びアンダーソンに送る。そのアンダーソンの返信の手紙（一九二一年四月二日付）には「これであなたの詩は真の魅力と意味を持つ作品となりました」と書かれている。

「黒いタンバリン」の表題はミンストレルショーを想起させる。社会から冷遇、差別され「地下室」に暮す孤独な黒人は「暗黒の王国の奥地」で瞑想する奴隷のイソップと同じく「カメとウサギの天国」という不可視的領域を想像する。この黒人は「コトバ」のタンバリンを叩く音楽家・詩人・芸術家、自ら自分を生み出す者である。拘禁状態の生存・「獣屍」状態にある人間の生が、この黒人詩人が打ち鳴らす「コトバ」のタンバリンの力によって解放される。

この「コトバ」はクレインが理想とした「共同の感動や精神的自覚で響き渡るような表現」(「全般的目的と理論」)にほかならない。

「黒いタンバリン」創作当時、クレインは実際「ブヨ」がわき「ゴキブリ」が走る地下室に暮す黒人たち(父アーサーの製菓工場の労働者)との親交があった。「そのわけが知りたい」をクレインは「『ワインズバーグ』の大半の短編よりも優れた作品の一つで、私はこのような作品を以前から読みたかった」(マンソン宛の手紙、一九二〇年三月六日付)と述べている。『卵の勝利』(一九二一)所収の「そのわけが知りたい」では、馬好きの白人の主人公の少年「私」は黒人ビルダッドの器用な生き方に感銘し、「子供を公平に扱う」黒人の方が白人よりも信頼できると思い、黒人に温かな人間味を覚える。この直観的共感は「黒いタンバリン」に共通している。詩人の黒人への強い共感は後の『橋』の構想における「ジョン・ブラウン」の章、カルガリー急行の黒人ポーター(構想のみに終わる)に発展し、バーレスク劇場で活躍した名優の黒人コメディアン、バート・ウィリアムズを「河」に登場させた。

「シャーウッド・アンダーソン論」でクレインは「アンダーソンが黒人を扱う小説を読みたい。これまで黒人を扱う小説と言えば感傷か冷酷がお決まりだったが、彼の素直な想像力を以ってすれば、斬新で深遠な黒人の物語が創作されるだろう。(中略)彼には感傷性がなく、彼は問題の解決策を提示するような真似はしない。彼は人間愛と純真を持つ作家であり、しかもその特質はその深みと暗示性において至極計り難いものだ」と述べている。クレインが言うには、『ワンズバーグ』は単なる「外界の細部の無尽蔵な寄集め」とは異なる「顕著に審美的完成度の高い作品、総合形式の模範となる作品」であり、その「虚飾のないリアリズム」「不思議な土壌によって洗練、単純化されたリアリズム」は大地・「自然力」との「接触」から生まれ、「軽妙な抒情性」「牧歌的美」「簡潔な力強さ」を発揮する。

「抑圧と腐食、機械による人間性の歪曲に襲われる現代の都市生活をアンダーソンが描写できたのは、まさに平野のトウモロコシの列、オハイオ州のうねり続く山々の上に広がる畑、暖かな真昼に香る納屋への愛情があったからである。」クレインが賛美するアンダーソンの「虚飾のないリアリズム」「洗練、単純化されたリアリズム」はアメリカの土着性から生起する固有の有機的・総合的「リアリズム」であり、その基盤は「動物や大地の生命との接触」にある。この創造的「接触」は、クレインにとっても「全ての人間の商品価値を、いや人間の生の価値さえも下落させる」機械文明という奇異な怪物の猛襲から「人間愛と純真」を守る手立てであった。『橋』（「アメリカ固有の神話」）の淵源は詩人にとっての大地母神「ポカホンタス」である。ジョセフ・ステラ等の未来派の洗礼を受けた詩人は単なる機械主義礼賛者ではない。彼も『貧乏白人』（一九二〇）を書いたアンダーソンと同じく「機械の人間性への侵害」（一九二六年『橋』構想時の第五部の主題）を強く意識し、「機械を自然に、または何気なく馴化するのでなければ詩はその同時代的機能を失う」（一九三〇年「現代詩」）と主張する包括の詩人であった。この点で、彼は確実にホイットマンの末裔である。

一九二二年のアンダーソン宛の手紙（一月十日付）の中でクレインはアンダーソンの作品は常に「複合的完全体」(a composite whole) であり、『卵の勝利』の短編には「驚くべき美の意識」(the amazing sense of beauty) があると指摘した上で、自分の関心は文体と「〈内的〉形式」、つまりコトバそれ自体を一つの特殊な意味で着色できるほど綿密で強烈な形式」の発見にあると述べている。アンダーソンの『ワインズバーグ』の断片的長編小説の技法、短編・小品断片を有機的に集積・総合・調和させる手法は「分断できないイデオム」を「パノラマ的早業」の内に示し、「大草原の夢見る大地」や現実のブルックリン・ブリッジから「一つの神話」を創造する『橋』の技法でもある。

クレインは断片の集積・総合・調和の技法をアンダーソンの『ワインズバーグ』に見出していた。クレインはオットー・カーン宛の手紙（一九二七年九月十二日付）の中で、「アメリカ固有の神話」を扱う『橋』の技法を「建築的手法」と説明し、「新たな唯一のコトバ」を与える『橋』の完成には時間がかかると嘆いている。この「絶対主義者」の詩人が求める「コトバ」は「全般的目的と理論」で説明する「これまで一度も語られた事もなく、現実に明確に発音する事もできないが、その後の読者の意志の中で活動的原理として自明となるコトバ」であり、「森の中の死」で語り手の「私」が回想する深い意味を凝縮させる決定的瞬間、つまり「ある奇怪で神秘的感情」の蘇生である。それはまた「あらゆるコトバ、従って意識と思考領域の発生母体」、であり、「ある意識状態」（ブレイクの「無垢」）という「絶対美」に向かい、「ある種の精神的照明」を潜在させる「有機的原理」である。さらにそれは種々の物が命名されて「コトバ」の支配を受ける以前の現実体験における始原の驚愕にほかならない。

「全体の詩の各部分は、その個々の範囲内に具体化される素材との関連ばかりか、全体の詩の主要な構想に基づく他の〈一連の〉部分との関連から、それ自体固有の形式上の問題を呈示します。各部分は言わば独立した画布ですが、他の部分から切り離して見た場合には、何らその全体的意義を生み出しません。システィーナ礼拝堂の天井画のようなものと思ってください。」

アンダーソンもクレインも独立した画布でありながらも、他の部分と有機的繋がりを持ち、その全体的意義を生み出す総合性を完成させようとした。この総合性は現代のグロテスクな断片的現実に向かって掲げられる純正で効果的なリアリズムの鏡である。『ワインズバーグ』も『荒地』も『橋』も、科学兵器による大量殺人が現実化した第一次世界大戦後の作品である。「一つの真理」（独断・恣意的真理）に固執する大戦は周囲にグロテスクな「虚偽」を充溢させる。人間をグロテスクな存在に変えてしまったものは、合理主義的機械・物質文明に基づく人類の進歩・前進・発展という思想・「想念」と、その装飾的「コトバ」である。二十世紀初頭、アメリカ建国の精神的主柱であった清教徒主義も、人間の自由精神を抑圧する形骸化された教義の「コトバ」、グロテスクな「虚偽」となってしまっていたのである。

エピローグ

「『ワインズバーグ・オハイオ』論」でクレインは「ワインズバーグの村の家々の窓、裏通り、小道は開放されており、読者はそこに様々な叙事詩、悲劇、田園詩を自由自在に見出す」と賞賛する。アメリカの偉大な伝統の一つである農本主義精神を継承するクレインは本質的にはロマン派の牧歌的抒情詩人である。『ワインズバーグ』の中に彼が見出したのは多角的・複合的視座が交錯する広大な文学空間である。ベルグソンの言葉を借りれば、それは「受け取る以上のものを与え、持っている以上のものを与える力」である。ホイットマンの『草の葉』とは異なる方法で『橋』はアメリカ土着の未来を賛美し、エリオットの『荒地』の「瞑想的悲観論」を超越する意図から創作された。

『橋』には、提喩「ブルックリン橋に寄せて」に「無言の隊商から墜落する道化の戯れ」と歌われるように、グロテスクな現代社会の狂気と孤独地獄の諸相が鏤められている。「ホイットマンのあの無限に拡大する自己の自信がますます孤立し、無力なものになってゆく事実」（ウォルド・フランク宛の手紙、一九二六年六月二十日付）に直面していた詩人の『橋』は、万物を魅了するオルフェウスの神聖な「竪琴」であると同時に「預言者の誓約の恐怖の入口／放浪者の祈りの声、恋人たちの叫び声」等、その「怒り」を溶かしこむ悲劇と絶望の「祭壇」でもある。『橋』の詩人は「エデンの不可知のコトバ」を求めて幾度も無名の存在に問いかける。コロンブスに変身した詩人は言う。「審問官よ！　エデンの不可知のコトバよ／そして鎖で縛られた聖墓よ／青々と炎上しながら、あなたの険しい大草原に入りこむ／この孤独に告げよ、これこそが真実の航海であると」（「アヴェ・マリア」）。

『橋』の総体的エピグラフは、主の「お前はどこから来たのか」の問いに対するサタンの「地上を巡り、ホウボウ彷徨って来ました」の返答であり、この遍歴は『ワインズバーグ』の〈意識の〉主人公ウィラードの新たな旅立ちという精神的変化・内発的誘導に至る軌跡に類する。但し『ワインズバーグ』も『橋』も不条理劇の問いかけと同じく、その最終においても「今、哀憐の涙が草を浸し、虹は／葉叢の中の鷲と蛇を取り巻くのか……?」(「アトランティス」)と、安易に「問題の解決策を提示するような真似はしない。」この掉尾において、空間の「鷲」と時間の「蛇」は「永世」を瞬間的に映す「紺青の空」に揺れ動き、「交唱歌の囁き」を残すだけである。

『橋』はその表題自体が暗示するように、大文字の「愛」(Love)や「コトバ」(the Word)の力によって異なる空間や読者を相互に結びつける詩である。『橋』は無意識や想像力の次元において読者と詩人との紐帯を強め、「驚くべき美の意識」や、「エデンの不可知のコトバ」(incognizable Word/ Of Eden)の幻影を示唆する「親和」空間である。「――過ぎし年へ消える明日、明日――そして目は／いかなる旅人も判読し得ない時の暗号をことごとく結びつける／だがその意味を知るのは、愛と受難の薪の山の煙を抜け／神秘の槍の林に湧き起こる永劫の哄笑を探る者だけ」(「アトランティス」)。本然の「美」が忘れ去られ、統制化・画一化された人間の生が「獣死」状態に堕落する物質主義のグロテスクな世界にあって、「人間愛と純真」を訴えるハート・クレインも「形の歪んだ林檎」にこそ深い味わいがある事を知っていた。「絶妙に、〈自らに橋懸けるあなた〉よ、ああ、〈愛〉よ。／この歴史を赦すあなたよ、純白の〈花〉よ／ああ、すべてに〈応える者〉よ」と詩人は『橋』の最後に歌う。

引用・参考文献

Sherwood Anderson. *Collected Stories*. Library of America, 2012.
Charles E. Modlin. *Winesburg Ohio: Authoritative Text Background and Contex Criticism*. Norton Critical Editions, 1996.
Ray Lewis White. *Sherwood Anderson: A Reference Guide*. G K Hall & Co, Us, 1977.
Walter B. Rideout. *Sherwood Anderson: A Writer in America*. Univ of Winsconsin Pr, 2006.
Welford Dunaway Taylor. *Sherwood Anderson*. Ungar Pub Co, 1977.

Hart Crane. *The Complete Poems of Hart Crane*. Liveright: Centenial, 2001.
——. *The Bridge: A Poem*. Liveright:Reissue, 1992.
——. *Complete Poems and Selected Letters*. Library of America, 2006.
——. *Letters, 1916–32*. University of California Press, 1966.
Hart Crane: Bloom's Modern Critical Views. Chelsea House Pub, 1985.
平井啓之訳『時間と自由』白水社、二〇〇九年。
前田英樹訳『記憶と生』未知谷、一九九九年。
坂田徳男、他訳『哲学的直観ほか』中央公論新社、二〇〇二年。
金関寿夫訳『ワインズバーグ、オハイオ』（世界文学全集六九）集英社、一九七九年。

2

ピューリタンと蜘蛛

川崎　浩太郎

一

万人に好まれる昆虫ではないにもかかわらず、蜘蛛の登場するアメリカの文学作品は少なくない。アン・ブラッドストリートが、聖書における「儚いもの」としての蜘蛛の巣のイメージを反復し、病弱な自分の人生を蜘蛛の巣にたとえているのを皮切りに、代表的な詩人だけを挙げても、ウォルト・ホイットマン、エミリィ・ディキンスン、ヴェイチェル・リンズィー、ロバート・フロスト、ウォレス・スティーヴンス、ロバート・ローウェル、A・R・アモンズらが蜘蛛の詩を書いている。こうした、アメリカ作家（特に詩人）に見られる蜘蛛愛好癖（アラクノフィリア）とも呼ぶべき傾向は、ピューリタンの宗教詩から、現代のコミックやハリウッド映画などの様々な表象文化にまたがるものである。例えば、ピューリタン詩人のエドワード・テイラー（一六四二?―一七二九）は、蜘蛛に噛まれた経験を詩にしているが、そのおよそ三百年近く後には、オタクの少年ピーター・パーカーが、蜘蛛に噛まれ、超人的な力を獲得した結果、『スパイダー・マン』という代表的なアメリカン・ヒーローが誕生する。いずれのケースにおいても、蜘蛛に噛まれるという経験が、「幸運な堕落」として、その後の神の恩寵を知る契機となっている点で共通しているという事実は大変興味深い。

蜘蛛がこれほど数多くのアメリカ作家たちの想像力を刺激したのは、どのような理由によるものであろうか。数世紀にわたるアメリカ文学と蜘蛛の関係について、限られた頁数のなかで総括することは不可能であるが、本論では、特にテイラーとジョナサン・エドワーズ（一七〇三―五八）の蜘蛛にまつわるテクストを考察し、その後のアメリカ文学の中で変化を遂げていく蜘蛛のイメージの起源と原型を探りたい。(1)

二

聖書の字義通りの解釈に心血を注いだピューリタンたちの蜘蛛に対する認識が、聖書の記述と大きく乖離していたとは考えにくい。聖書に登場する蜘蛛に関する記述をいくつか挙げると、例えば、ヨブ記第八章十三―十五節では、蜘蛛の巣は、頼りないものの象徴として登場する。「神を無視する者の望みは消えうせ頼みの綱は断ち切られる。よりどころはくもの巣のようなもの。家によりかかっても家はそれに堪えず／すがりついてもそれは立ちえない。」あるいは、イザヤ書第五十九章五―六節では、蜘蛛は「彼らは蝮の卵をかえし、くもの糸を織る。その卵を食べる者は死に／卵をつぶせば、毒蛇が飛び出す。くもの糸は着物にならず／その織物で身を覆うことはできない。彼らの織物は災いの織物／その手には不法の業がある。」とあるように、聖書における蜘蛛に関するイメージは概して好ましいものではない。

ところで、周知のとおり、ピューリタンたちの自然認識は、あらゆる出来事が神の摂理の現れであるというカルヴィニズム神学に基づいていた。こうした認識の背後には予型論的な発想があったわけだが、彼らは、自分たちが救済されるか否かを見極めるために、日常生活のあらゆる場面で起こったことを注意深く観察し、記録し、どんなに些細なことであってもそれを旧約聖書に記された逸話や、神の摂理に結びつけて解釈しようとした。十七世紀のピューリタンにとっては、自然の事物、すなわち神の創造物を観察する際にも、対象を観察し、その中に神の知恵を見いだし、熟考することが、すなわち瞑想であったのだ。神の存在証明は、その創造物を通して可視化するという考えは、トマス・シェパードの説教などにも繰り返し表れている（スタンフォード 九一 ミラー 二一〇）。

一六四二年頃イングランドに生まれたテイラーは、その後マサチュセッツ港湾植民地に移住し、生涯牧師を務めた。彼の詩は生前発表されることなく、その草稿が発見されたのは、一九三七年になってからのことである。本論で扱う、「蝿を捕まえる蜘蛛について」と題された詩編は、代表作「備えとしての瞑想」とは別に作られたオケイジョナル・ポエムの一つである。彼が牧師であったことを考えれば当然のことながら、いずれの作品も、正統的ピューリタンの教義に則って書かれたものであり、「蝿を捕まえる蜘蛛について」も、神の創造物は神の摂理の表れであるという自然認識と同一線上にある瞑想詩である。（グルスワミ 三）この詩編において、「悲しみを引き起こす毒を持つ妖精」である蜘蛛は、巣に掛かった雀蜂を襲わないが、「愚かな」蝿が網に掛かると、蜘蛛は蝿を噛み殺す。

悲しみを引き起こす毒を持つ妖精
これはおまえの遊びなのか
自分の身体から網を繰り出し
蝿を捕まえようと？
なんのために？

怒りんぼの雀蜂が
その網に掛かるのを私は見た。
だがおまえはその毛の生えた足で捕まえようとしなかった、
彼の強烈な一刺しを
食らうといけないから。

おまえは恐れ、離れたまま
とまっていた、
そして小さな指を動かしながら
彼の背中を
優しく叩いた。

そんなふうに優しく彼を扱った
彼が癇癪を起こすといけないから、
そして機嫌を損ね、毒蛇のように激怒し
おまえの網を
ずたずたにするといけないから。

一方で、愚かな蝿が、
脚を捉えられると
おまえは急いでその喉を捕らえ
頭の後ろを噛んで
殺してしまった。

自然に呼びかけることのないものは
破滅する。
力のある上のものとは争うな、
もめ事に巻き込まれると
いけないから。

この争いは我々にはこう見える
地獄の蜘蛛は内蔵から
撚り糸を紡ぎ出し、
網へと編み上げ
仕掛けるのだ。

アダムの種族を絡め取る
計略を立て、
有毒の、呪われた罪によって
腐り、蔑むべき
破滅へと導くのだ。

だが、偉大なる、慈悲深い主よ
あの撚り糸を断ち切るために
あなたの恩寵を恵み賜え、
栄光の門と国家を
我らに与え賜え。

我らは、栄光の鳥かごの中に
高くとまり、あなたの栄光を
ナイチンゲールのように歌いましょう、
明るく、そして感謝して
喜びのために。

この詩は、自然界の蜘蛛の観察、そこから引き出される教訓、そして聖書的蜘蛛の記述になぞらえた寓意の説明という三部からなる構造を持つ。もし脚韻が踏まれていなければ、イマジスティックと言っても良いほどに詳細な観察を通して導き出される教訓は、「自然に呼びかけることのないものは破滅する」ということ、つまり、創造物の背後に、創造主の偉大な摂理を見いだすことなく、その法則を無視するものは、悪魔としての「地獄の蜘蛛」によって破滅へと導かれるということである。テイラーは、そうならないように神の恩寵を請い、それを与え賜う神の栄光を歌う。この作品は、このように自然現象を寓意的に解釈した瞑想詩であると、まずは理解して良いだろう。

だが、蜘蛛の観察を終え、寓意の説明に入る前の教訓を示した第六スタンザは様々な解釈を許容する曖昧なものである。この詩に登場する虫たちの力の序列を示せば、雀蜂、蜘蛛、蝿ということになるが、蜘蛛によって補食されたのが蝿であるという作品内事実を考えれば、当然ここで「自然に呼びかけることのないもの」と言われているのは、もめ事に巻き込まれ、破滅した「愚かな蝿」である。教訓としては、愚かな蝿の様に破滅しないよう、自然の法則に従うことをテイラーは薦めているわけだが、同時に「力のある」雀蜂と争うことを避けた蜘蛛は、蝿とは反対に、自然の法則に倣うものということになる。つまり、このスタンザは、「力のある上の」蜘蛛と争って滅びた蝿を否定することで、逆説的に「力のある」雀蜂との争いを避けた蜘蛛を肯定してしまうことになる。

西洋には、キリスト教流入以前より、「法は、蜘蛛の巣のようなものであり、蝿は捕らえども雀蜂は逃す」という蜘蛛と蝿と雀蜂にまつわる格言が存在する。テイラーのこの作品は、それを元にした寓意画集（エンブレム・ブック）などとその構造を同じくしているという意味において、この伝統の延長線上にあるものである。法律は弱者に厳しく強者に甘いということを意味するこの格言は、古代ギリシアの政治家であり立法者であったソロンがはじめに語ったと言われるが、さまざまなバリエーションが存在し、例えばジョナサン・スウィフトなども言及している。本来は法の不完全さを指摘する格言が、テイラーの詩編においては、ピューリタン的に読み／書き換えられているとは言え、そこに登場する昆虫たちや、それら昆虫たちの行動が類似していることを考えれば、「蝿を捕まえる蜘蛛について」は、この格言が間接的にせよ影響を与えていることは間違いないだろう。

本来は、法の不完全さを指摘する古代ギリシアの格言を、カルヴィニズムの教義という枠に押し込めようとすることによって、聖書的蜘蛛のイメージに忠実であろうとするテイラーのレトリックは破綻しているといえる。テイラーの蜘蛛の詩編においては、「愚かな蝿」の破滅を教訓として、人間を戒め、そのような教訓を与えてくれる自然界を作り賜うた神を称えるという本来の目的を離れ、「もめ事に巻き込まれるといけないから」「力のある上のものとは」争わない蜘蛛の地位が、作者の意図とは相反して、逆説的に高められてしまっているといえる。

テイラーの蜘蛛の詩に、より直接的な影響を与えたのは、もしかするとジョージ・ウィザーの『寓意画集』かもしれない。(2) 一般的な寓意画集とは、視覚的なイメージである寓意画と、そこから引き出される教訓が最初に示され（この順番はしばしば異なる）、それに続けて、その絵の寓意を散文や韻文で表現したものである。こうした寓意画集は十七世紀のイギリスでは広く読まれていたが、中でも、ジョージ・ウィザーや、フランシス・クオールズによって編まれたものが特にピューリタンたちには人気があった。（スタンフォード 九一）例えば、ブラッドストリートがそうであったように、おそらくテイラーも、こうした寓意画集を目にしていた可能性は高い。（スタンフォード 九二　グルスワミ 六　ハワード 三七〇）ウィザーの『寓意画集』の十八番目の寓意画と、それに付された詩編は、先の格言を元にしたものである。最初に「網と括り罠が仕掛けられた場所からは、／騙されることがないように、急いで逃げなさい。」という教訓が掲げられ

From thence, where Nets and Snares are layd,
Make-hast; lest els you be betray'd.
18
ILLVSTR. XVIII. Book. I.

ている。その下に示される銅版画では、木の上に巣を張り巡らした蜘蛛がチョウを捕らえようとしている。背景の水面には一艘の船と、それに乗る二人の人物が描かれている。この寓意画に続き、その寓意が韻文で説明される。

俊敏な蜘蛛が内蔵から緻密な糸を
繰り出し、不思議な技を見せ
網を編む、あの法の網とあまり変わらず、
小さな泥棒は捕まえるが、大きな泥棒は素通りさせる。
というのも蜘蛛の巣は小さな蝿は捕まえるが、
大きな蝿たちはその罠を破って逃げるのだ。
貧しいものたちは小さな違法行為でも罰を受ける、
貧しいものたちより大罪を犯しても、金持ちは逃れるのだ。
蜘蛛もまたそういったものを表している、
取るに足らないことに興味を持ち、
費用、時間、あるいは労働は惜しまず、
儲けも喜びももたらさないようなことに興味を持つようなものたちを。
だが、この生き物がここでほのめかすのは主に、
他意の無さ（あるいは礼儀正しさ）を狡猾に装い、
愚かなものたちに不意に攻撃を仕掛けるものたちだ。
あるいは、この蜘蛛は貪欲な大食漢、
ほんの少しの良心も同情心も持たない、
他人が必要とするもので一儲けしようとたくらむものたち、

そして貧しい者に悲しみをもたらすものたちを意味するのだ。
だから、必要に駆られても、こういったものたちを避けよ。
あるいは嵐によって（あなた方勤勉な蜜蜂よ）
その中に落ちそうになったなら、彼らとの関わりから、
大急ぎで飛んで逃げなさい、けんかになって平穏が失われてしまうような時には。
まして無駄な礼儀など急いで取り下げなさい。
さもないと、これら気楽な化粧をした蝶たちが
夏の日々からのんきに羽ばたきでて、
愚かな虚栄にその財を費やし、
欲が暴発し、連れて行かれるかも知れない、
あの収容所、彼らが捕まってしまうあの場所へと。

登場する生物など、いくつかの点で異なってはいるものの、テイラーの詩編との類似は明らかだろう。両詩編を見比べても、テイラーの蜘蛛の認識は、旧大陸の伝統と大きく乖離するものではない。

だが同時に、差違もまた見過ごすべきではない。テイラーは、旧来からの蜘蛛のイメージをアメリカン・ピューリタン的に書き換えているといえる。ウィザーの詩編においては強欲への誘惑が特に戒められている点、そして神の恩寵への賞賛が書かれていない点において、テイラーの詩編と異なっている。しかし、両作品の最大の違いは、形式の違いに起因するものではあるが、昆虫の描写の違いである。ウィザーの『寓意画集』には、当然視覚イメージとして寓意画が掲載されているため、昆虫たちの細かな描写は行われておらず、むしろ寓意の説明とそこから得られる教訓の方に力点がおかれている。だが、テイラーの「蝿を捕まえる蜘蛛について」は、図像がないことを補うため、視覚

イメージの説明がより詳細である。ウィザーの詩編において描かれる蜘蛛の行動は、蜘蛛が網を編んで蝿を捕るという一般的な事実を表す現在形で表現されるのみである。一方で、第二スタンザの「私は見た」で始まるテイラーの詩編においては、昆虫たちの行動は、実際の出来事として、テイラーが目の前で見たこととして、詳細に過去形で表現される。また、「怒りんぼの雀蜂」といった形容詞と名詞「彼の背中を優しく叩いた」や「おまえは大急ぎでその喉を捕らえ」といった副詞と動詞の積み重ねによって、単なる一枚の静止画に物語性が生じ、時間軸に沿った動画的な動きが与えられることになる。こうした表現の相違の背後には、ピューリタンが、カトリック的な図像よりも、言語表現を好んだという事実もあるだろう。このような詳細な描写は、単に視覚的イメージの欠如を補うためだけでなく、観察者が神の摂理を自然界の創造物からつぶさに見た結果、第九、第十スタンザで賞賛される神の栄光が、自然界のあらゆる創造物にまで及んでいることを証明する。もし、植民地時代のピューリタン作家にヨーロッパの作家とは異なった特質が存在したとするならば、忌み嫌われる蜘蛛に対してさえ見せるそのつぶさな観察と詳細な記述においてである。このことは、自然を、神意の表れる書物として読んだピューリタンたちの予型論的発想とも無関係ではないだろう。

三

二〇世紀に入ってから草稿が発見されるまでまったくの無名であったテイラーと違い、ニューイングランドの名家の生まれであったエドワーズは、後の世代、例えばいわゆるアメリカン・ルネサンスの作家たちなどに、より直接的な影響を与えた。ハリエット・ビーチャー・ストウによれば、エドワーズは、「合理主義的手順によって、既成の教義を分析し始めた最初の人物であった。」(二六二)　十八世紀に入り世俗化した信仰を、厳格なカルヴィニズムへと今一度回帰させようと、扇情的な説教で訴えた「大いなる覚醒」運動の推進者として一般的には認識されている神学者エドワーズであるが、その説教を読むと、彼にはニュートンやロックの思想を反映した「合理主義者」や「科学者」としての眼も備わっていたことが理解できる。

エドワーズと同時代のベンジャミン・フランクリンが、理神論に基づいた合理的なアルミニアニズムの傾向を強く有していたのとは反対に、「怒れる神の御手の中にある罪人たち」によってエドワーズは時計の針を後戻りさせ、原罪と予定調和に基づいたカルヴィニズム信仰への回帰を訴えた。彼のこの説教に登場する蜘蛛は、罪人の寓喩として否定的な存在として描かれる。「口を開ける地獄の上にあなたをかざしておられる神は、蜘蛛や不快な虫を、人が火の上にかざすのと同じように、あなたに嫌悪し、恐ろしく怒っておられます。あなたへの神の怒りは、火のように燃えています。神は、あなたを火に投げ込むだけの存在と考えておられます。」(四一二) ここに登場する神は、テイラーの詩編における、地獄の蜘蛛の糸を断ち切り、救い出してくれる慈悲深い神ではなく、罪人を地獄の火の上に吊り下げる怒れる神である。また、神が罪人を吊り下げる糸は、聖書における蜘蛛の糸のように頼りないものを思わせる。「あなたはか細い一本の糸で吊り下げられており、その周りに燃えさかる神の怒りの炎で、焼かれ、今にも切れ落ちてしまいそうです。」(四一三) また、蜘蛛の糸が、「落ちる岩を止められないのと同じように、」鉛のように重い罪人が、どんな正義を装っても地獄へと落ちることは止められないと、現世における善行の努力が、神の予定に対して無力であると述べ、アルミニアニズムを否定している。(四一一)

ここで興味深いのは、彼がこの説教の中で用いている蜘蛛や蜘蛛の糸の寓喩である。テイラーの作品においては、「地獄の蜘蛛」はあくまでも悪魔の手先のようなものであり、「アダムの種族」を「破滅へと導く」ものであるが、エドワーズにおいては、怒れる神と罪人の関係が、それぞれ人間と蜘蛛の関係にたとえられている。つまり、怒れる神／人間、罪人／蜘蛛という寓喩関係が成り立つわけで、ある意味この比喩によって、エドワーズは、カルヴィニズムの復権を唱えつつも、神と人間の類似性を表現しているとも解釈できる。こうした点に、ユニテリアニズムの萌芽を見ることは深読みだろうか。

「怒れる神」において、蜘蛛を引き合いに出しつつ神学を説明するのが、カルヴィニストとしてのエドワーズだとすれば、「昆虫について」と題されたエッセイの背後に見え隠れするのは、科学者としてのエドワーズである。エドワーズの現存する最初期の原稿であるこのエッセイは、彼が十一歳（十二歳とする説もある）の時に書いたと長らく無批判的に受け入れられてきたが、イェール大学のジョナサン・エドワーズ・センターの最近の研究では、「一七一九年の夏か秋から一七二〇年の夏か秋の間」に書かれたものとされている。（一五〇）「あらゆる昆虫の中で、特に、その賢さと、見上げた仕事ぶりに関して、蜘蛛ほど素晴らしい奴はいない。」という一文で始まるこのエッセイは、今日「バルーニング」と呼ばれる蜘蛛の飛行を観察したものである。（一五五）エドワーズは、蜘蛛が風の中に糸を出し、それが風に飛ばされることによって生じる浮力によって蜘蛛が飛行すること、そして、ニューイングランドでは、八月下旬から九月初旬にかけて蜘蛛たちが西からの風に乗って大西洋に向けて飛んでいき、そのまま海に飲まれてしまうことをつぶさに観察している。この観察を通してエドワーズは、「これらもっとも卑しむべき昆虫にさえ」必要なものだけでなく、楽しみや気晴らしを与え賜う神の溢れんばかりの恩寵を見いだし、さらに、害虫を補食する蜘蛛が、自滅することで自然界のバランスがとれるよう万物を作り賜うた神の智慧を賞賛し、蜘蛛の行動の中に偉大な神の摂理を見いだしている。（一五九）「卑しむべき」とは言うものの、蜘蛛の観察を詳細に記した他の箇所には、エドワーズ自身の蜘蛛に対する嫌悪感を示すような表現は一つも見られない。むしろ彼は、蜘蛛やその行動の中に驚異を見いだしている。その飛行の様子は、エドワーズによれば、「驚かされるだけでなく、本当にとても見事で、愉快なもの」であり、観察するに至った理由を「彼らがどのように飛んでいるのか見つけることで、なんとかして自分の好奇心を満足させようと心に決めた」と説明している。（一五六）

こうしたつぶさな観察から、その背後に神の摂理を見いだすというテイラーとも共通したピューリタンの自然認識の方法は、明らかに後の世代の作家たちへと繋がるものである。「私語り」と呼ばれるエッセイに見られるエドワーズの自然観察、自然の中でのエピファニーの体験、そしてその記述は、後のエマスンの『自然論』の第一章における「普遍者」との合一体験などとも明らかに連続性を持っている。エドワーズはエピファニーの経験を「私は父の牧草地にある一人になれる場所へと歩いていました。そしてそこを歩きながら空と雲を眺めると、どう表現して良いか分からないような、神の燦然たる威厳と恩寵というとても甘美なる感覚が私の心の中に去来したのです。」と興奮気味に語り、ピューリタンが退けた汎神論とも取られかねない表現で、その時の自然認識を説明している。（七九四）

あらゆるものの外観は変容し、ほとんどすべてのものの中に、いわば穏やかで甘美な気質、あるいは神の栄光が出現したのです。太陽、月、星、雲、青空、草、花、木々、水、自然全体の中に、すべての物の中に、卓越した神の智慧、清らかさと愛が現れたように見えたのです。（七九四―五）

自然とそれを観察する主体との距離こそ違えど、エマスンはエドワーズに呼応するかのように、『自然論』で、蜘蛛をはじめとした「不快な外観」を持つものに言及しつつ、「事物に霊が流入すれば」、「不快な外観はあっという間に消えてしまう」と述べている。百年の時代が隔たっているとは言え、神の創造物を観察し、その背後に神の摂理を見いだすというエドワーズの自然認識と、不快な外観を持つ自然の事物の背後にさえ至高者の姿を見るエマスンの自然認識は、そう遠いものではないだろう。

四

アメリカにおいては、テイラーやエドワーズにその起源を持つ蜘蛛のモチーフは、その後、エマスンを通過した後、ホイットマンやディキンスンによってさらに発展し、テクスチャーを織り上げる芸術家として、テクストを紡ぐ詩人と同等の地位を獲得していく。著名なユニテリアンの牧師ウィリアム・エラリー・チャニングと同姓同名で、また彼の甥でもあったトランセンデンタリスト詩人は、蜘蛛を芸術家にたとえたエミリィ・ディキンスンを先取りするような形で、蜘蛛の巣に芸術性を見いだしている。

私の静かな部屋で
天蓋を織る、偶然にも
あの賢く作られた死の織物にも引けを取らない。
不朽の生産者、
おまえのように線を描くものは他にいない。
アダムもおまえの技術には驚いた、
……………………
だから私たちは座って一緒に紡いだ
この上なく陽気で、憂鬱な天気の中。（xvii）

テイラーの作品において蜘蛛は、「アダムの種族を」罠に掛けようとする存在であったが、チャニングは、蜘蛛を自分と同じ芸術家として扱い、蜘蛛の技術に、明らかに肯定的な意味合いを見いだしている。こうした芸術家としての蜘蛛は、後に、例えばホイットマンのような詩人によって、物質と精神を結びつけ、奴隷制度を巡って分裂する国家（ステイツ）を統合するための糸を紡ぎ出す詩人と同一視されるようになる。

古代ギリシアの格言から、チャニングのテクストに至る蜘蛛の表象を見ると、一定の連続性を持ちつつも、信仰の問題とも常に関連しつつ、少しずつ変化していることが分かる。テイラーは、古代ギリシアからの蜘蛛のイメージを、詳細な観察と描写によってアメリカン・ピューリタン流に書き換えたが、その描写は作者の意図を裏切り、後のアメリカの文学作品における蜘蛛のイメージの発展の素地を作ったと言える。エドワーズも同じように、カルヴィニズム神学と齟齬が生じないように、詳細に蜘蛛を観察し、描写するが、そのテクストの行間から見え隠れするのは、蜘蛛を作りたもうた神だけでなく、蜘蛛そのものへの驚嘆である。そして、ユニテリアニズムの時代を経て、トランセンデンタリズムの時代へと入ると、例えばチャニングのような作家の関心は、背後に存在する創造主ではなく、蜘蛛そのものへと移っているといえる。このように、後年の作家たちの作品だけでなく、アメリカの表象文化の様々なところで、蜘蛛のイメージは多様に変容し、進化していくこととなるが、テイラーやエドワーズが最初に取り上げた原型としての蜘蛛や蜘蛛の巣は、後年の蜘蛛のモチーフとの対比においても、多くの示唆を与えてくれる礎となるだろう。

注

（1）蜘蛛とアメリカ文学に関しての先行研究としては、非常に広範な岩瀬の著書がある。本論はその蛇足に過ぎないが、個々の作品の解釈に関してはまだ議論の余地があるように思われる。

（2）ウィザーの『寓意画集』は、以下のウェブサイトで見ることができる。https://archive.org/stream/collectionofembl00withe#page/17/

引用・参考文献

Alan B. Howard. "The World as Emblem: Language and Vision in the Poetry of Edward Taylor" *American Literature*, Vol. 44, No. 3 (Nov., 1972), 359–384. Duke University Press. 13 August 2014 <http://www.jstor.org/stable/2924148>

Bradstreet, Anne. *The Works of Anne Bradstreet*, Ed. Jeannine Hensley. Cambridge: Harvard UP, 1967.

Channing, William Ellery. *Poems of Sixty-five years*, Ed. F. B. Sanborn. New York: Arno Press, 1972.

Edwards, Jonathan. "Note on the 'Spider' Papers" in *Works of Jonathan Edwards*, Volume 6, *Scientific and Philosophical Writings*, Ed. Wallace E. Anderson. New Haven: Yale UP, 1980.

——. "Of Insects" in *Works of Jonathan Edwards*, Volume 6, *Scientific and Philosophical Writings*, Ed. Wallace E. Anderson. New Haven: Yale UP, 1980.

——. "Personal Narrative" in *Works of Jonathan Edwards*, Volume 16, *Letters and Personal Writings*. Ed. George S. Claghorn. New Haven: Yale UP, 1998.

——. "Sinners in the Hands of an Angry God" in *Works of Jonathan Edwards*, Volume 22, *Sermons and Discourses 1739–1742*. Ed. Harry S. Stout and Nathan O. Hatch. New Haven: Yale UP, 2003.

Emerson, Ralph Waldo. *Selections from Ralph Waldo Emerson*. Ed. Stephen E. Whicher. Boston: Houghton Mifflin, 1960.

Guruswamy, Rosemary Fithian. *The Poems of Edward Taylor: A Reference Guide*, Westport: Greenwood Press, 2002.

Manning, John. *The Emblem*, London: Reaktion Books Ltd., 2002.

Miller, Perry. *The New England Mind: The Seventeenth Century*. Cambridge: Harvard UP, 1954.

Stanford, Ann. "Anne Bradstreet as a Meditative Writer." *Critical Essays on Anne Bradstreet*. Eds, Pattie Cowell and Ann Stanford. Boston: G.K. Hall, 1983.

Stowe, Harriet Beecher. *The Writings of Harriet Beecher Stowe*, Vol. 15. Boston: Houghton & Mifflins & Co., Riverside Edition, 1999.

Taylor, Edward. *The Poems of Edward Taylor*. Ed. Donald E. Stanford. Hew Haven: Yale UP, 1960.

岩瀬悉有『蜘蛛の巣の意匠――アメリカ作家の創造性――』英宝社、二〇〇三年。

渡辺信二「アメリカの暗い情熱――エドワードテイラー再読」『読み直すアメリカ文学』渡辺利雄編、研究社出版、一九九六年。

エミリ・ディキンスン
——宝石の戦術

佐藤　江里子

序

私は誰でもない人！　あなたは誰？
あなたも——誰でもない人——なの？
それなら私たちはふたりでひとつね！
言わないで！　彼らが宣伝するから——知っているでしょう！

なんて退屈なのでしょう——誰かに——なるなんて！
なんて広く知れ渡るのでしょう——カエルみたいに——
自分の名前を告げるなんて——六月中ずっと——
うっとり聞いている沼に向かって！（二六〇）

生きているあいだ、「詩人」の称号を与えられることはなかったが、一七八九篇にも及ぶ詩を書き綴ったエミリ・ディキンスンは、「誰か」になることを放棄し、「誰でもない人」であり続けることで、真の「詩人」「芸術家」になることができた。ディキンスンは、「魂の素晴らしい瞬間」を手に入れるためには、「孤独」と「現世の放棄」が必要だと感じ、「裸足の階級」と「誰でもない人」を選択した。その「白い選択」は、「深紅の牢獄」で「可能性の住人」になるための「選択」でもあった。

一　風景の角度

十九世紀ヴィクトリア朝時代のアメリカにおいて、求められる理想の女性像は、「家庭の天使」[1]である。母親が病床に伏したこともあり、ディキンスンは、妹ラヴィニアと共に家事をし、家庭の中で主婦の役割を果たしていた。父の屋敷で家事をしながら、自分の部屋で詩を書いて暮らしたディキンスンは、十九世紀の女性の運命を認識し、受け入れている。

運命は扉のない家――
それは太陽から入る――
それからはしごが外される
脱出は――果たされたから――

それは夢によって変えられる
外の世界で何かする夢――
そこではリスが遊び――果実が色づく――
そしてドクニンジンが――神に――お辞儀をする――　（七一〇）

ディキンスンは作品のなかで、しばしば「太陽」を権力や男性の象徴とすることから、「太陽」から入る、この「扉のない家」とは、「運命」として与えられた父の家である。「私は『脱出』という言葉を聞くと／いつも血が騒ぐ」（一四四）と同様に、この「扉のない家」は、「牢獄」である。一四四では子供っぽく「鉄格子」を引っ張るが、「私」は再び「脱出」に失敗する。一四四の「私」は、失敗することを十分認識しているようだ。しかし、自己を閉じ込める「牢獄」の「鉄格子」を引っ張ることをやめようとはしない。これは、ディキンスンの支配への拒絶を示す「行為」に他ならない。ディキンスンは自己の精神を拘束するあらゆるものからの「脱出」を図ろうとする。ここで重要なのは、「脱出」に成功することではなく、「脱出」しようとする〈行為〉を決してやめないということだ。

一方、この七一〇の「運命は扉のない家」では、第二連の「夢によって変えられる」が示すように、ディキンスンは、「夢」によって精神的な「脱出」を果たしたため、「はしご」を必要としない。この「はしご」は、「牢獄」である「家」から「脱出」するための物理的な手段であり、外界と内界、世間と自分とをつなぐものを象徴する。彼女は「はしご」に代わる「戦術」を手に入れたのだ。それが第二連の「外の世界で何かする夢」である。彼女は「夢」を見ることで、「扉のない家」という「運命」を受け入れる。そして「リスが遊び」「果実が色づく」自然の風景から、「ドクニンジンが神にお辞儀をする」というメタファーとアイロニーに満ちたディキンスンの心象風景まで、「扉のない家」の「窓」は、様々な「絵画」を映し出す。彼女は、部屋の窓から見える「風景の角度」について次のようにうたう。

風景の角度――
それは私が目覚めるたびに――
私のカーテンと壁のあいだの

広いすきまのうえで――
ベネチア人のように――待っていて――
私のひらいた片目に近づいて声をかける――
まるで空に向かって斜めに固定されている――
りんごの大枝――

煙突の模様――
丘のひたい――
ときどき――風見の先端――
でもそれは――たまに――

季節が――動かす――私の絵画を――
私のエメラルドの大枝の上で
私は目覚めて――エメラルドが――なくなったことに気づく――
それから――ダイヤモンド――雪が

北極の宝石箱から――私に持ってきてくれた――
煙突――丘――
そして教会の尖塔の指――
これらは――決して動かない――（五七八）

この詩では、窓枠が切り取った風景を季節の推移と共に移り変わる「絵画」にたとえている。「風景の角度」は、擬人化され、「私」が目覚めるのを「ベネチア人のように／待っていて」「声をかける」。「窓」は外界と内界の境界を示す働きをしているが、ここではその境界が消滅し、部屋から窓の外だけでなく、外から中へと、双方向の視線が交錯する。第一連一行目の「風景の角度」という主語に対する述部は、第二連四行目の「りんごの大枝」から、第三連の「煙突の模様」「丘のひたい」「風見の先端」である。クリスティーナ・ミラーは、「詩の語り手が、彼女の目に近づいて声をかけるものが何であるかを、最後に文の終わりで暴くまでの未決定の状態は、読み手の気分を浮き立たせる。これはのちにヘンリー・ジェイムズが、散文において習得した技巧に富んだ保留である」[2]と指摘している。第四連では、夏の太陽の下、緑色に輝く木々の葉を「エメラルド」、そして冬になり葉がすっかり落ちた木の枝に積もった真白な雪を「ダイヤモンド」にたとえている。自然の色彩を宝石で表現することで、写実的な風景にイメージの世界を拡大させる。「煙突」「丘」「教会の尖塔」など「決して動かない」ものの上で、「季節が」「私の絵を」「動かす」。「動かない」ものと「動く」ものとの対比により、時間の経過や季節の推移を生き生きと描写している。更に、「窓」を超えて躍動的に「私」に迫ってくる「大枝」と、決して動かない遠くの「煙突」「丘」「教会」を描写する遠近法を使い、近いものと遠いものを立体的に際立たせ、平面的な「絵画」に動きと奥行きを与えている。

ディキンスンは時の流れと共に枯れ、そして消え去る「木々の葉」や「雪」のようなものを、永遠の輝きと硬質なイメージを持つ宝石にたとえ、死と再生を繰り返す自然の循環と永遠性を象徴する。また、メタファーを駆使し、多様な解釈を可能にする彼女の作品そのものが、宝石にたとえられる。

ディキンスンの「窓」は、彼女が「家」という「牢獄」からいつでも自由に「脱出」することを可能にする。「窓」は、外界と内界の境界であり、自然や世間を「見ること」を象徴する。また「窓」には鏡のイメージがあり、「窓」を通して見える風景は、ディキンスンの内面世界そのものである。目の前に広がるアマストの美しい自然から、そこで暮らす人々の日常、日常と非日常の境界を越えたメタフィジカルな心象風景、そして心の目がとらえた真実まで、彼女は様々なものを見ていた。次の詩は「窓」と「家」の両方のイメージで描かれている。

私は死ぬことができるだろう――知るために――
それは取るに足りないわずかな知識――
新聞配達の少年が戸口であいさつする――
カートが――そばで上下に揺れる――
朝の大胆な顔が――窓の中をじっと見つめる――
私だけのものなら――一番小さいハエの勅許状が――

家々はその家を押す
レンガの肩で――
石炭は――横揺れする積荷から――ガタガタと音をたてる――こんなに――近くで――
まさにその広場へと――彼の足は通り過ぎようとしている――
多分　この瞬間に――
ここで――私が――夢を見ているあいだに――　（五三七）

「私は死ぬことができるだろう――知るために――／それは取るに足りないわずかな知識――」という衝撃的な二行から、「戸口」であいさつする「新聞配達の少年」や、上下に揺れる「カート」など、窓から見える朝のあわただしい日常の風景へとイメージが切り替わる。ここでも五七八と同様に、擬人化された「朝の大胆な顔が／家の中をじっと見つめる」。そして日常を象徴する「一番小さいハエ」と王の許可を意味する「勅許状」を組み合わせ、独自のイメージを創出している。この手法は十七世紀イギリスの形而上詩人ジョン・ダンの形而上学的奇想に類似する。

「私」の死の瞬間を実験的に描いた「私が死んだとき――一匹のハエがうなるのを聞いた――」（五九一）でも、息を引き取ろうとするその瞬間に現れるものは、天使でも神でもなく一匹のハエである。この「ハエ」には日常的なイメージの他に、「死神」や「死」のイメージが付随する。

五三七では、ありふれた朝の風景に、死を象徴する「ハエ」を登場させることで、日常に潜む「死」を暗示している。「ハエの勅許状」が「私だけのものなら」、つまり「死神」からの許可を得ることができれば、「私は死ぬことができるだろう」とうたう。しかし、それが仮定法であることから、「ハエの勅許状」が得られないことを逆説的に示している。「取るに足りないわずかな知識」のために日常生活を、ディキンスンにおいては家事を放棄することは決して許されない。

第二連一行目の「その家」は、ディキンスン家を象徴し、擬人化された「家々」が、「その家」を「れんがの肩」で押すという表現から、名家に生まれたディキンスンが感じていた周囲からの重圧を読み取ることができる。そして石炭の積荷が、こんなに近くでガタガタと音をたてている、まさにそのとき、「広場へと彼の足は通り過ぎようとしている」。ここで、「私」の視点は突然飛躍し、可視から不可視の領域、目に見えない場所へと移行する。「私が夢を見ているあいだに」、自分が知らない世界では、全く別のことが起きているのである。この「夢を見ている」とは、「家」にとどまる、窓の内側にいることであり、死を連想させる。ディキンスンにとって、世間から身を引いて、「家」にいるという選択は、「夢を見ている」ことであり、それは、象徴的に「死ぬこと」を意味する。だが、彼女は象徴的な死を選択することにより、本当の意味で「生きる」、つまり「詩を書くこと」ができると確信していた。

ディキンスンが詩の中で、「家」というシニフィアン（記号）を使うとき、そのシニフィエ（意味内容）は、様々なものに変転する。ヘレン・マクニールによると「ディキンスンの多様な詩や手紙の中で、彼女が暮らしている

『家』は、彼女の相続財産（運命）、父親、宮殿、要塞、壮大な墓、棺、博物館、図書館、文学作品を生み出す場所、魂の神聖な場所、逃亡した時の隠れ家、義務を果たす場所、牢獄、そしてエミリに対してではないがたぶん食事が与えられる飢餓を満たす場所、と様々である。これは、与えられた詩的探究という目的のために存在している『家』というものである。つまり、その家は常に客観的に牢獄そのものである一方、時には牢獄とは『似て』いないことがある」[3]。更に、「家は連結された意味の集合の一部ではなく、正反対のものを表現する。イメージやメタファーとしての家の出現に、宝石のような鮮明さがある一方で、それ以上に他の詩は、家によって引き起こされた曖昧さの周辺にいることが多い。そのような鮮明さと曖昧さの問題は偶然ではない。父の家にいることは、ディキンスンが自分にはどうすることもできないと考えたひとつの状況だったため、内界と外界との境界線、人が生み出したものと与えられるものとの境界線、現在と過去との境界線について書く場合に可能な、（おそらく肉体を除いて）家はまさに最も適切なイメージである」[4]と述べている。

ディキンスンが描く「家」は、「内界と外界」、「現在と過去」など、様々な境界線を表している。そして、境界線であることは、対立するものの属性を内包していることを意味する。彼女にとって、家は「与えられたもの」であり、「選んだもの」なのだ。選択の余地がない、家族と共に生きる場所、自分自身とは切り離せない「運命」であると同時に、自らが選択した詩人の仕事場、唯一所有できる条件付きの場所であり空間なのである。

二　「クモ」の仕事

病弱な母の代わりに、父の世話を中心とした家事を任されているディキンスンにとって、家事は重労働であり、時には詩作の時間を奪う。だが、それが生きるための愛の労苦であり、自己に課せられた「義務」であるという認識があったため、「運命」として「家」を受け入れている。そのため彼女の作品には家事や主婦といった家庭のイメジャリーが溢れている。

私の糸と針をとりあげないで――
私は縫い物を始めるつもりです
鳥たちがさえずり始めたら――
もっと良い縫い目になるでしょう――だから――

この縫い目は曲がっていた――私の視界はねじれてしまった――
私の心が――まっすぐならば
私は縫い物をするつもりです――女王の努力は
自分のものを恥じたりしないでしょう――

ふちは――縫い目がとても細かくて
婦人は見えない結び目までたどることはできない――
ひだは――優美な点在――
散りばめられた点のように――

私の針を縫い目の跡に置いたままにして――
私が置いたその場所に――
私はジグザグ縫いを
真っ直ぐにすることができます――私が強いときには――

そのときまで――私は夢を見ながら縫い物をしています
私が失敗した縫い目を持ってきて――
もっと近くに――そうすれば私は――眠っているときでも――
まだ縫い物をすると思うから――　（六一七）[5]

ここでは「糸と針」、「縫い目」、「縫い物をする」などの言葉を繰り返し、家庭的な「縫い物」を詩の題材として選んでいる。十九世紀のアメリカ、イギリスにおいて「縫い物」は料理と同じくらい重要な女性の仕事だった。ディキンスンにおいて、「糸と針」で「縫い物をする」ことは、家事を意味するだけでなく、ペンで「詩を書く」、つまり「エクリチュール」のメタファーである。また、彼女は清書した詩稿を束にして、糸で綴じており、死後、ラヴィニアにより箪笥の引き出しから発見された。ディキンスンにとっての「縫い物」は、女性の仕事であり、また「書く」という詩人の「仕事」を象徴する。

第二連に「私の視界がねじれてしまった」とあるが、伝記によるとディキンスンは目を悪くし、この詩が書かれた後、一八六四年にはボストンに目の治療に行っている。一八六二年に書かれた「私の目が見えなくなる前に」（三三六）にも、ディキンスンの失明への不安が見られる。

この詩では、第二連で「縫い目」は曲がり、「視界」がはねじれても、「心がまっすぐ」なら「私」は「縫い物をするつもり」だと言う。また第四連でも「ジグザグ縫いを真っ直ぐに／することができます――私が強いときには――」と言う。この曲がった「縫い目」や「ジグザグ縫い」は、伝統的な詩の技法から逸脱したディキンスン独自の芸術性を示唆する。更に、宗教的に、あるいは女性として、伝統や権威に支配されることを拒絶した、彼女の特異な人生を暗示する。

この詩の「私」は、誰に「私の糸と針をとりあげないで」と懇願しているのだろうか。それは、自己を支配しようとするあらゆるものである。ここで「私」は、自分の「縫い物」を修正することは可能であると断言しているが、「失敗した縫い目」を「もっと良い縫い目」にするつもりはない。五三七の「私は死ぬことができるだろう――知るために――」の最終連、「ここで――私が――夢を見ているあいだに――」と同様、「私は夢を見ながら縫い物をしています」という表現には、「家」にいるという象徴的な死を選択することで、純粋な創作が実現するというディキンスンの詩論がある。一日の家事を終え、夜の静寂に包まれるころ、詩人の時間が訪れる。「一匹のクモが夜に縫い物をした／明かりもなしに／白い弧の上で――／それが女性のひだえりか／地の精の白布か／彼自身が彼自身に告げること――／彼の不滅の／戦略は／観相学だった――」（一一六三）。

明かりもなしに、夜に「縫い物」をする「一匹のクモ」は、家族が寝静まった後、自分の部屋で詩を書いていたディキンスンの姿を想起させる。第一連の「白い弧」は、「クモの巣」であり、詩のメタファーである。第二連では、「白い弧」が何であるのか、その作品の本質は、自分自身が認識すべきことであると主張する。「クモ」が作る「白い弧」、「クモの巣」の模様は、詩人が創出する作品の多様性、メタファーの変容、無限に変化する外観を示す。そして最終連でこの「クモ」、「詩人」の「不滅の戦略」を「観相学」にたとえている。「観相学」は十九世紀のアメリカで非常に流行し、人の容貌、骨格を見て、その性質、運命、吉凶を判断する。つまり、「彼の不滅の戦略」とは、多様な表象から本質を見極めることを暗示する。

ディキンスンは、女性、主婦、家庭などを象徴する伝統的な「糸」に新しい意味を与える。「糸」は、「純化・宿命などの象徴」であり、また、「糸のように細いもの、クモの糸、（光・色などの）線」を意味する。ディキンスンは、女性であり詩人であるという新しい彼女独自の「糸」を紡ぎ出す。「芸術家としてのクモは／一度も雇われたことがない――／彼の並外れた真価は／自由に証明されているのに／あらゆるほうきやメイドによって／キリスト教の国中で――／無視された天才の息子／私はあなたと握手します――」（一三七三）。

「芸術家」として一度も雇われたことがない「クモ」、そして「キリスト教の国中で／無視された天才の息子」は、ディキンスン自身の表象である。「一度も雇われたことがない」とは、「誰でもない人」として詩を書くことであり、作品の商品化や、権威による支配を拒絶する、ディキンスンの「芸術家」の定義なのである。そしてこの「芸術家」の「並外れた真価」を証明してくれるのは、文学上唯一の師である、トマス・ウェントワース・ヒギンスンや、詩人のヘレン・ハント・ジャクスンなど社会的地位や文学的権威のある人たちではなく、「ほうきやメイド」に象徴されるものである。「家庭の天使」という理想と、詩人としての自己認識とのあいだに埋めることのできない隔絶があるとしても、「父の家」がディキンスンの現実であるため、「ほうきやメイド」は、日常的な自己の属性を示す。だが、「私」が、非日常を象徴する「無視された天才の息子」である「芸術家としてのクモ」と「握手」をするとき、日常と非日常の「境界」が消滅する。

クモは銀色の玉をかかえる
見えない両手で――
自分だけでそっと踊って
彼の真珠の糸を――ほどく――

彼は無から無へと往復する――
実体のない仕事――
私たちたちのタペストリーを彼のものと取り替える
半分の時間で――

一時間で最高の
光の大陸を築く――
それから主婦のほうきにぶら下がり――
自分の境界を――忘れた――　（五一三）

「クモ」が「銀色の玉」から紡ぎだす「真珠の糸」は、「光の大陸」を作り出す。この「クモ」は詩人で、「光の大陸」は作品のメタファーである。「光の大陸」である「クモの巣」が、「主婦のほうき」で払われるというアイロニーに、ディキンスンの現実がある。「クモの巣」は、築き上げた瞬間、無となり、またそれを繰り返す。だが「無から無へと往復する／実体のない仕事」に、一三七三の「一度も雇われたことがない」「クモ」が象徴する芸術の本質がある。「クモ」が築く「光の大陸」は、瞬間の美である。「私はひとつの宝石をにぎりしめた」（二六一）で、なくさないと誓い、にぎりしめた「宝石」が、目覚めたら消えてしまったように、一瞬にして「主婦のほうき」に払われる「運命」である。だが、「宝石」が消えても「アメジストの思い出」が永遠に残るように、たとえ消えても「光の大陸」は「不滅」となる。

一七八九編もの作品の中で、「クモ」に関する詩は十数編と非常に少ないが、ディキンスンは、「家」の中で仕事をする「クモ」に自分を重ねる。しかし、一一六三、一三七三、五一三の「クモ」は、「彼の」、「息子」、「彼自身」、「彼は」とジェンダーが全て男性になっている。これは、家事に従事する女性としての自己と、芸術性を追求し詩人として生きる自己を差異化するために、つまり日常と非日常を区別するために、意図的にジェンダーを逆転させている。ディキンスンは、ジェンダーを逆転させることでそれを超越し、「境界」をなくそうとしている。これは、現実の中で絶えず分裂の危機にさらされる、女性である自己と詩人である自己とのひとつの和解である。そして、家事に従事する「牢獄」は、エクリチュールを遂行できる「天国」となる。「牢獄」であり「天国」である「扉のない家」で生きるエミリ・ディキンスンは、絶望と希望の両方を意味する「クモ」を最もふさわしい自己の表象とした。

結

可視と不可視の世界を「見る」という〈行為〉は、ディキンスンにおいて、「書く」という〈行為〉と同じくらい「生きる」ということに直結している。十九世紀の女性の運命を受け入れながらも、魂の支配を徹底的に拒絶したディキンスンは、「窓」から「私の絵」を見ることができる限り、「扉のない家」から「脱出」することができる。「銀色の玉をかかえる」「クモ」の「見えない両手」、そして「誰でもない人」として「夢をみながら縫い物」をするディキンスンの「新しい手」は、宝石とよく似た人造宝石ではなく、本物の「真珠」をつかんでいる。

私たちはクリスタルガラスで遊ぶ――
真珠の資格を与えられるまでは――
それからクリスタルガラスを手放す――
そして自分たちを愚かだと思う――
形はよく似ていたけれど
私たちの新しい手は
砂を使って
宝石の戦術を学んだ――　（二八二）

ディキンスンは、主婦が使う「縫い物」の「糸」を、「芸術家」の「蜘蛛」が紡ぐ「真珠の糸」に変えた。これこそが、真の「詩人」、「芸術家」であるためのディキンスンの「宝石の戦術」なのである。

注

（1）イギリスの詩人、コヴェントリ・パトモア（一八二三—九六）は、夫婦愛を祝福する連作長詩『家庭の天使』（四巻、一八五四—六二）を刊行。「家庭の天使」は、この詩から生まれた言葉。ヴィクトリア朝における中産階級の女性の理想とされ、女性の自己実現の場を家庭に限定したジェンダー・イデオロギーである。

（2）Miller, Cristanne. *Emily Dickinson A Poet's Grammar*. Cambridge, Mass and London, England: Harvard UP, 1987.93.

（3）McNeil, Helen. *Emily Dickinson*. London and New York: Virago-Pantheon, 1986.113.

（4）McNeil 114.

（5）引用してある詩は、すべて一九九八年に出版されたフランクリン版を使用しているが、この六一七のみ、使われている単語が異なるため、ジョンスン版を使用している。フランクリン版では、六八一。

引用・参考文献

Eberwein, Jane Donahue. ed. *An Emily Dickinson Encyclopedia*. Westport, Connecticut, London: Greenwood Press, 1998.

Franklin, R. W., ed. *The Poems of Emily Dickinson*. 3 vols. Cambridge, Mass.: Harvard UP, 1998.

Gilbert, Sandra M. and Susan Gubar, eds. *The Madwoman in the Attic: The Woman Writer and the Nineteenth Century Literary Imagination*. New Haven: Yale UP, 1979. 山田春子／薗田美和子訳『屋根裏の狂女——ブロンテと共に』朝日出版社、一九八六年。

Habegger, Alfread. *My Wars Are Laid Away in Books: The Life of Emily Dickinson*. New York: The Modern Library, 2001.

Johnson, Thomas H. *Emily Dickinson: An Interpretive Biography*. Cambridge, Mass.: Harvard UP, 1963.

Johnson, Thomas H. *The Poems of Emily Dickinson*. 3 vols. Cambridge, Mass.: The Belknap Press of Harvard UP, 1955.

Johnson, Thomas H. and Theodora Ward, eds. *The Letter of Emily Dickinson.* 3 vols. Cambridge, Mass.: The Belknap Press of Harvard UP, 1958.
McNeil, Helen. *Emily Dickinson.* London and New York: Virago-Pantheon, 1986.
Miller, Cristanne. *Emily Dickinson A Poet's Grammar.* Cambridge, Mass and London, England: Harvard UP, 1987.
Sewall, Rechard B. *The Life of Emily Dickinson.* Cambridge,Mass.: Harvard UP,1958.
Wolff, Cynthia Griffin. *Emily Dickinson.* New York: Alfred A. Knof, 1986.
新倉俊一『エミリー・ディキンスン　不在の肖像』大修館書店、一九八九年。
新倉俊一『ディキンスン詩集』思潮社、一九九三年。

2

パウンドと翻訳について

西原　克政

エズラ・パウンドは、一八八五年アメリカのアイダホ州へイリーで生まれ、八十七年の波瀾万丈の生涯を、一九七二年イタリアのヴェニスで閉じることになります。彼と同時代を生きた著名な友人の文学者たちは、パウンドを評して、各人各様の賛辞を呈しています。よく知られているのが、エリオットの場合で、長篇詩『荒地』の献辞に、ダンテの『神曲』から引用したイタリア語「イル・ミリオル・ファブロ」（「われよりすぐれたる匠」）ということばで、パウンドへの感謝を捧げています。この「匠」は、いうまでもなく、「詩人」の意味で用いられています。精神に異常をきたすほど不安定な状態で、秩序だった作品に仕上げる自信のなかったエリオットが、自作『荒地』を編集し手直しまでしてくれた、年上の先輩パウンドの編集者および詩人としてのすぐれた資質に対する、賛嘆の謝辞の凝縮された表現であったと思われます。そして、ジョイスは「パウンドは、芸術にたいする情熱そして嗜好、それに人助けにおいても、神さまのような人物です」と述べています。『ユリシーズ』の出版をする際に、親身に骨を折ってくれたパウンドに対する、並々ならぬ賞賛のことばです。そして、最後の三人目がアイルランドの詩人イェイツで、パウンドのことを、次のように回想しています。「パウンドと詩の話をしていると、まるでひとつひとつの文を方言に翻訳しているような気がする。すべてが明瞭になってきて自然な感覚になってくる」。イェイツのこの言葉は、一九一三年から一九一六年の三年間の冬をイギリスのサセックスの「ストーン・コテッジ」という別荘で、パウンドと共に過ごした記憶をよみがえらせてくれます。パウンドは、この別荘でイェイツの秘書のような仕事をしていたといわれています。このときパウンドは、アーネスト・フェノロサが亡くなった後に残された未完成のままの翻訳を携えて、この別荘にやってきました。フェノロサの遺稿である、漢詩と謡曲と漢字の理論という、大きく分けて三種類の翻訳をパウンドに託すことを決めたのが、フェノロサの未亡人となったメアリー・フェノロサでした。彼女が、パウンド以外に夫の遺稿を託す人物はいないと確信したところから、パウンドの運命が決まったといっていいと思われます。

アーネスト・フェノロサは、一八五三年アメリカのマサチューセッツ州に生まれ、一九〇八年ロンドンで客死します。ご承知のとおり、フェノロサは帝国大学の教師として一八七八年に来日し、当時学生であった岡倉天心に大きな影響を与えました。後に、フェノロサは天心と共に、東京藝術大学の前身である東京美術学校の創設に関わったひとでもありました。フェノロサはロンドンで突然亡くなりますが、本人のかねてからの希望で、彼のお墓は滋賀県大津市の園城寺（通称、三井寺）に埋葬されることになります。ちなみに、パウンドのお墓は、イタリアのヴェニスの沖合いのサン・ミケーレ島にあります。フェノロサもパウンドも異国の地に埋葬されたというのが、奇しくも、彼らの生涯をうまく象徴しているといえましょう。フェノロサ未亡人のメアリーは、どうしてパウンドを知って、大切な夫の遺稿をパウンドに預けることになったのか。そのいきさつを確認しておきたいと思います。

一九一二年、アメリカのシカゴで詩の雑誌、文字通り「ポエトリー」という名前の雑誌ですが、これは現在も続いているので、現存の最も古い英語の詩雑誌です。このシカゴで創刊された詩雑誌の海外特派員のような仕事を、パウンドは任されて、一九〇八年以来住み始めたロンドンを中心とした、英語圏の詩の状況や新しい詩人を、祖国アメリカにも紹介してやろうという気負いもあったでしょう。パウンドは外国語の天才的な能力を持っていました。アメリカ人には本当に珍しい多重言語者（ポリグロット）でした。ギリシャ語、ラテン語はもとより、スペイン語、フランス語、イタリア語、ロマンス諸語、等々、なんでもござれです。おそらく、自分でもどのくらいできるのか分からなかったくらい、多かったのではという気がします。ここらへんまで来ると、常人の域を越えてますから、数の問題を通り越しているといえます。一説によると、九ケ国語だというわさです。ただし、ヨーロッパの古典文学や文化ならびにあらゆるものに精通していたパウンドの弱点をあえて指摘するとすれば、東洋の文学や文化への知識と理解とがそれまでなかったことでした。しかし強運のひとには、幸運の女神のほうから微笑みかけてくれるようです。先ほどふれたように、パウンドがアメリカの詩雑誌「ポエトリー」の特派員になったころの一九一二年、たまたま「キオスク」のような売店で売られていた「東洋の詩の贈り物」と題する、ギフト用の小冊子のアンソロジーに掲載されていた英訳された俳句を、F・S・フリント（一八八五—一九六〇）を通じて知ることとなります。このフリントというイギリス人もイマジズム運動の主唱者のひとりです。このフリントから教わった俳句のひとつが、パウンドの心に強烈な印象を与えることとなります。オリジナルの俳句の作者は荒木田守武（一四七三—一五四九）という室町末期の俳諧連歌の作者です。その俳句というのが、「落花枝にかえるとみれば胡蝶かな」というものでした。この俳句は、どちらかといえば、凡庸といっていい部類の俳句でしょう。つまり、落ちていたはずの桜の花びらが、もとあった枝に飛んでいったので、びっくりしてよく見たら、なんだ蝶だった、めでたしめでたし、というたあいのない意味内容です。日本人からするとへたくそな「へぼ句」といわれそうで、どうも「川柳」のほうに近いという気がします。この平凡にみえる俳句が、英訳されたら、格段に良くなったわけです。このへんが、翻訳が持っている不思議なところです。原文よりも翻訳のほうが出来がいいというめずらしい例です。原文を直訳してみると、「落ちた花がもとあった枝に飛んで帰る。ああ、蝶々だ」といった感じでしょうか。英訳のほうは、一行目は到底ありえない非論理的な文「落ちた花がもとあった枝に飛んで帰る」というのは、現実にはありえない映像です。しかし面白いことに、映画の技法として用いられる逆スローモーションの映像と考えると、いかにも二十世紀的な映画的技法の文学への応用というふうにも取れる、モダニズムのメタファーにもなりえている不思議さです。話が脱線しそうですので、元に戻ります。しかし、二行目の「ああ、蝶々だ」で、一種の高揚感を伴って、腑に落ちる。なんだ単なる眼の錯覚だったのかと納得がいくのと同時に、われわれの眼は実は不確かな錯覚に囚われていることが多いのではという心理的不安を、われわれの心に植えつける効果を持っている。たしかに表層的には、「桜の花びら」ないしは「桜の花」と思われたものが、じつは「白い蝶々」だったという、それだけのことです。しかしこの俳句には、背景として、やはりその錯覚を生み出す、それなりの理由が存在しています。つまり、「白い蝶々」が飛んでいくのが「桜の木の枝」であるため、よけい「桜の花びら」に勘違いしたというわけです。短い二行詩にすぎない英訳の作品ですが、人間の感覚のなかでも視覚という感覚のあやうさみたいなものが、ある種ユーモアを交えて提示されている。ここにパウンドは、新しい詩の可能性を直観的に感じ取ったのだろうと推測されます。それはパウンドだからこそ出来たといっていいかもしれません。

ヨーロッパの詩のなかで、詩として「最も短い形式」は、ペトラルカが開発した「ソネット」という十四行詩が長く支配していました。さらに短い五行詩の「リメリック」や四行詩「ルバイ」までが、限界という意識が中心だったろうと思われます。それが俳句の翻訳であるにしても、二行でも詩が書けるという発見は、パウンドにとって大きな衝撃的事件だったはずです。この英訳された俳句を手本にして、パウンドはみずから、俳句のような英詩を作る運動を開始するわけです。これが、英文学史上、「イマジズム」とか「イマジズム運動」とか呼ばれているもので、イメージを主体にして作られた世界最小の英文二行詩という特徴が「イマジズム詩」にはつきまとっていて、その意味では、英詩の歴史を塗り替える画期的な詩が発見（あるいは発明）されたといっていい事件だったわけです。しかも、それが翻訳であって、それが詩としてクローズアップされた稀有な出来事だったということです。それでは肝心のパウンドの最も有名な俳句のような詩を見ましょう。英文学史を齧ったひとならだれでも知っているはずの作品です。「地下鉄の駅で」(In a Station of the Metro) ですが、これまでの日本語による翻訳の大まかなものを、古いと思われるものから順番に挙げてみます。

地下鉄道の停車場にて
群集のなかのこれらの顔のまぼろし、――
しめった黒い枝のうえの花びら。

西條八十（訳）

地下鉄の停車場にて
亡霊　群衆の中にあるさまざまな顔の、
花辦　濡れた黒い枝の上の。

岩崎良三（訳）

地下鉄の駅で
人混みのなかのさまざまな顔のまぼろし
濡れた黒い枝の花びら

新倉俊一（訳）

メトロの駅で
雑踏に浮かびでたこの幾つかの顔
濡れた黒い大枝にへばりついた花びら

沢崎順之助（訳）

地下鉄のとある駅の中で
人ごみの中にそれらの顔また顔の出現、
濡れた、黒い大枝上の花びらまた花びら。

夏石番矢（訳）

地下鉄の駅で
群衆の中の顔、顔、顔の幻
濡れた黒い枝の花びら、花びら、花びら

いかに有名な詩といえ、西條八十がこの作品を訳しているのは驚きです。「地下鉄道」という正式な名称が使われているのが、時代を感じさせてくれます。岩崎良三の「停車場」というのも、古きよき時代の名残りを留めています。啄木の「ふるさとの訛なつかし停車場の人ごみの中にそを聴きにゆく」を思い出したりします。偶然にも、啄木のこの歌にも、パウンドと共通の「停車場」と「人ごみ」という語彙が使われていることです。「停車場」は岩崎良三の訳でも用いられているので、西條訳と岩崎訳の二つは古いものではありますが、独特の味わいを備えています。初訳と思われる西條訳の的確さはいうまでもありませんが、岩崎訳が最も大胆で実験的ともいえる印象深い訳業となっています。その意味でいうと、パウンド詩の持つ原文の実験性を、日本語に反映させようと試みた岩崎訳は、注目に値すると思います。先の六種類の翻訳は、それぞれのスタイルが出ていると思われます。俳句の会でよくやる、作者の名前を伏せて優秀作を選定する要領で、訳者名を伏せて最優秀作を選んでもらうのをあるクラスでやってみたところ、意外なことに、「岩崎良三」訳に軍配が上がりました。ほかの訳と比べて、明らかに違和感のある日本語が、良くも悪くも、目立つことに成功している例といえるでしょう。六番目に挙げたのは筆者による拙訳で、十五年くらい前に訳したものです。先行訳と並べてみるとおわかりのように、タイトルは新倉俊一訳と同じですし、本文の二行は明らかに夏石番矢訳に影響を受けています。当時、夏石訳を読んで感心したからでしょう、夏石訳の二回の繰り返しを三回にしてみました。おそらく芭蕉の「松島や　ああ松島や松島や」をもじって、三回繰り返す効果を狙ってみたものです。成功しているかどうかは、どうもあやしいところです。

パウンドの地下鉄の詩は、二十世紀のモダニズムという芸術運動の詩を語る際になくてはならない模範的な作品ですが、さまざまな陰影を含んだ作品といえます。ひとつの解釈として、荒木田守武の例の英訳俳句をお手本にした、パウンドのパロディではないだろうかという気が最近してきました。守武の英訳俳句が、「桜の木」「桜の花」「蝶々」という三つの事物が描かれた、十九世紀的と呼べる自然を描いた風景画の趣があります。つまりロマン主義的な雰囲気と名残りを留めている。それに対して、パウンドの地下鉄の詩は、本文の二行詩（こちらが俳句に相当）に加えて、詩のタイトルは、前もって与えられた題によって、俳句を詠む「題詠」の働きをしていると考えてよさそうです。パウンドの「地下鉄」の詩は、タイトルそのものが二十世紀的なモダンな最新の俳句であることを、高らかに宣言しています。産業革命以来の人類のテクノロジーの粋を集めた先端技術の最たるものが、その当時としては「地下鉄」という乗り物でした。英語の「メトロ」(metro) という語が表すのは、パリの地下鉄です。ロンドンの地下鉄は「アンダーグラウンド」(underground)、通常の呼び名は「チューブ」(tube) でした。ニューヨークの地下鉄は「サブウェイ」(subway) です。ややこしいですね。パリの地下鉄は、一九〇〇年のパリ万博に合わせて、一九〇〇年に開通します。パウンドは一九一〇年から一九一一年までの一年間パリで暮らしています。しかし、なんといっても驚かされるのは、このわずか二行の俳句のような英詩が完成するまでに、第一稿の約三十行から最終稿の二行へと変化するまでに、一年半もの歳月を要したという事実です。凡人には理解できない、持続力と記憶力と想像力の賜物でしょう。そして、最終的に出来上がった二行詩は、形式と内容から見ても、例の守武の俳句の翻訳の二十世紀版パロディ（つまり守武のほうの翻訳が、室町時代を映し出していると仮定して）と呼べそうな要素を内側に秘めている。パリのコンコルド駅で体験した、地下鉄のプラットホームの向こうから近づいてくる数人の「顔」のクローズアップされた映像の連鎖は、二行目の黒い枝に張り付いた白い「花びら」数枚のイメージに置き換えられる、ないしは変換されることになります。まさに、もとの俳句の「花びら」「桜の枝」「蝶々」の取り合わせの、「蝶々」のところを、地下鉄のプラットホームの暗がりに浮かぶ亡霊のような「顔」に変換しているだけ、という見方も可能かもしれません。あるいは、これを一種の翻訳と呼ぶことができるかもしれません。しかし、この二行俳句のような詩（わたしはパウンドの俳句と呼んでいいと思いますし、もうすこし大胆な見方をすると、いまいった翻訳詩ということになります）、この詩は、後に多くのひとたちから、イマジズム運動の代表作として迎えられることになります。さて、ここでずっと棚上げしていた問題に戻りましょう。メアリー・フェノロサが、夫の遺稿をどうしてパウンドに預けようとしたのか。

それは、この「地下鉄の駅で」という俳句のような詩、否パウンドみずからの俳句が、アメリカの詩誌「ポエトリー」の一九一三年四月号に掲載されたからです。そしてその前月の三月号には、大々的にイマジズム運動の綱領が掲載されたばかりでした。メアリー・フェノロサはこの詩雑誌「ポエトリー」を通じて、パウンドの存在を知ることになります。イマジズムという文学運動の理論のエッセンスとその実践例であるパウンドの作品を手掛りに、彼女はパウンドの才能を見抜いたということになります。結果的には、たいへん幸運な出会いであったのは、いうまでもありません。パウンドを東洋に接続させる重要な役割を果たしたのが、作家でもあったメアリー・フェノロサの慧眼でした。彼女は即座に伝手を頼って、一九一三年の同年わざわざアメリカからロンドンにまで出向いてパウンドに会って、その後、夫の手書きのノートを十六冊ばかり預けることになります。この十六冊のノートから、三つの作品が誕生することになります。一九一五年に漢詩の翻訳詩集『支那』、翌年一九一六には能の翻訳『日本の貴族演劇』が、立て続けに刊行されます。そして最後に、中国の漢字に関する論考である『詩の媒体としての漢字考』は、一九二〇年に出版されて以来、改訂を経て一九三六年に決定版が出ました。フェノロサの遺稿にパウンドが改訂を施して完成した、この翻訳が、まず一番最初に顕著な形で影響を及ぼしたのが、前にも触れた、パウンドより二十歳も年上のイェイツでした。ストーン・コテッジでの共同生活で、パウンドから直接読み聞かされた能の作品のなかでも特に『錦木』は、アイルランドの古い民話と共通している要素があり、イェイツは強烈な印象を受け、その能の美に触発されて、戯曲『鷹の井戸』と四つの舞踏劇を書くことになります。これも英文学史の重要な文学的事件としてよく知られています。それでは、漢詩の翻訳『支那』はどうでしょう。

こちらは、目に見えないながらも、その影響力は広く浸透していったように見えます。その具体例を見てゆく前に、少し回り道をすることをお許しください。パウンドは後年、一九四〇年のことですが、イタリアのローマ放送を通じて、イタリアからアメリカに向けて演説をすることになります。それは前年の一九三九年にアメリカを訪れ、なんとか戦争を回避するように上院議員に働きかけたものの、うまくいかなかったことに対する鬱憤がかなりあったと思われます。演説の内容が反米的であると受け取られ、その後の一九四五年イタリアのピサにあったアメリカ陸軍規律訓練所（いわゆる重度の犯罪者の強制収容所）に約六ヶ月監禁された後、アメリカ首都ワシントンDCに移送され、ローマ放送で行った演説が国家反逆罪に値するという嫌疑で起訴されます。医師の精神鑑定を受けた結果、「精神異常」という判定を下されたパウンドは、正式な裁判を受けることもなく、ワシントンDCにあるセイント・エリザベス病院という精神病院に十三年間も監禁されることになります。この十三年の間、パウンドの友人、知人が数多く彼の元を訪れています。エリオット、ウィリアム・カーロス・ウィリアムズ、チャールズ・オルソン、e・e・カミングズ、マリアン・ムーア、エリザベス・ビショップ、ロバート・ローエル、等のアメリカ詩人が数多く訪問しました。こうした訪問客のなかに、東洋の日本からわざわざ会いに行った人物がいます。それは中国文学者として著名な吉川幸次郎です。吉川幸次郎の著書で、おそらく最もよく知られている一般向けの本に、詩人の三好達治と共著である岩波新書の一冊、『新唐詩選』という息の長いベストセラーがあります。その本のなかで李白の詩が二十九首取り上げられていて、そのなかでパウンドの『支那』からの李白の英訳が二編、解説と共に添えられています。この『新唐詩選』は漢詩の入門書として大変優れたものですが、パウンドの英訳を日本人に紹介する吉川幸次郎の意図は、じつは見えにくいのです。いずれにしても、吉川幸次郎がお気に入りのパウンドの英訳が、李白の「長干行」という作品です。「長干行」とは長干の歌という意味で、長干は南京市南部の地名です。パウンドの英訳のタイトルは、かなり変えられていて、「川商人の妻——手紙」(The River-Merchant's Wife: A Letter) です。吉川幸次郎は次のような一文で、パウンド訳をほめています。「この詩はいろいろと英語に訳されているが、Ezra Pound のものが最もすぐれる。」

あまりにもあっさりとした文ですが、吉川幸次郎の判定は潔く、きっぱりとしていて、かえってこれこそ過不足のない批評であるという印象を受けます。この文を収めた著書『新唐詩選』が出版されたのは一九五二年ですが、その二年後の一九五四年吉川幸次郎は五十一歳にして最初のアメリカ旅行の最終日に、パウンドに会いにいきます。その面会の目的は、自分の著書にパウンドの翻訳を無断で使わせてもらったことをお詫びするためだけのようでした。本当に律儀な吉川幸次郎の潔癖さともいえるところかもしれませんが、そのことを伝えたいために、アメリカまでやってきてパウンドに会う。この美しい会見記は、『吉川幸次郎全集』（第十九巻）に収められていますが、この巻の口絵には、パウンドとの別れ際にもらい受けた絵とその絵の裏に書かれた女流画家の署名とパウンドの署名とがもうひとつの口絵として、吉川幸次郎の著作を飾っています。そしてパウンドとの会見記のエッセイは、後にコロンビア大学で東洋文学を講じるバートン・ワトソンが、吉川幸次郎のために英訳したものが、貴重な付録として巻末に掲載されています。

パウンドの翻訳は、詩人ばかりでなく、多くの研究者をも魅了してきました。ただし、パウンドは中国語も日本語も読めませんでしたから、学者のなかにはパウンドの誤訳に手厳しい見方をするひとも数多くいます。その誤訳を認めたうえでも、賞賛される珍しいケースがやはり李白の「長干行」の翻訳のようです。日本文学研究者ドナルド・キーンも「わたしの好きな詩」というエッセイで、この詩を取り上げてその魅力を熱っぽく語っています。文学作品の翻訳という仕事に長年携わっているひとにとっても、詩の翻訳のひとつの鑑のようなモデルなのかもしれません。エリオットも、一九二八年に刊行された『パウンド選詩集』の序文で、次のように述べています。「『支那』についていえば、パウンドがわれらの時代のために中国の詩を発明してくれたことを、強調しておきたい。」翻訳とは原文を元にした再創造された産物といわれるように、エリオットも「発明」という言葉で、パウンドの創造力の根幹であった「刷新」(Make It New) の精神を賞賛しています。それでは、吉川幸次郎もドナルド・キーンも絶賛する、パウンドの翻訳「川商人の妻——手紙」を日本語に直した原成吉の翻訳で読んでみたいと思います。

わたしの髪がまだおかっぱだったころ
玄関先でおままごとやお花摘みをしておりました
あなたは竹にまたがって　やってきてはお馬ごっこ
わたしのまわりをぐるぐる回って　青梅で遊んでおりました
二人は長干の村に暮らしておりました
憎しみや邪推の心も持たぬ幼い二人でした
十四のとき　あなた様のもとに嫁いだのです
恥ずかしさのあまり　笑みを浮かべることすらできなかった
伏し目がちに壁の方を向いたまま
いくど声をかけられても　振り向かなかったわたし

十五のとき　わたしに笑みがもどりました
塵となってからも　あなたと一緒にいたいと望んだのです
いつまでも　いつまでも　いつまでも
そのわたしが望夫台に登るとは

十六のとき　あなたは旅に出たのです
川が激しく渦を巻く　瞿塘という名の船の難所
そしてあなたが出かけてすでに五ケ月
木の上で猿たちが悲しげな鳴き声をあげています

出かけるときのあなたの足どりは重かった
門のあたりには　苔が生え　しかもたくさんの苔が生えて
むしり取るのもままならぬほど
この秋　木の葉は早く散る
八月に二羽の蝶はすでに黄色
西園の草のうえを飛んでいます
それを見るにつけ　心が痛みます　わたしは老いてゆく
あなたが長江の峡谷をお通りになるときには
どうか事前にお知らせください
さすれば　あなたを迎えに参ります
長風沙のあたりまで

この詩は、幼い妻の独白の書簡体形式の語りからなっていると受け止めた、パウンドの視点が、翻訳のタイトルに生かされています。内容の中心は、幼馴染として出会った者同士が結婚し、いま夫は長江（揚子江）を渡って行商に出かけ、五ケ月も家を留守にしています。李白の原詩のほうは、五月ですので、これは確かに誤訳です。しかし、それは枝葉末節であって、この詩の基調になっている、夫の帰りをじっと耐えて待つ幼妻にとってみれば、五ケ月の時間が永遠の時間のように思えてくる状況が、ほかの詩語の組み合わせによって自然な表現に変容して、詩のなかに溶け込んでいるのは、翻訳者パウンドの正鵠を得た直観によるものと思われます。つまり、オリジナルを越える再創造といえるものです。パウンドのことですから、この李白の描く愛情深い幼妻に、貞淑な妻の西洋の雛形である二十年間夫の帰りを待ち続けたペネロペイアを重ねていたかもしれません。そういう純粋さが読者にも伝わってくる、原成吉訳はとてもすばらしい翻訳です。

さて、このパウンドの漢詩についての解説で、最も興味深い精緻な読みを展開している、四方田犬彦のエッセイがあります。すこし長めの引用ですが、パウンドの翻訳のさまざまなニュアンスを巧みに析出しています。

近代的な個人の独白という点では、李白の「長干行」の訳「川商人の妻――手紙」を取り上げなければなるまい。『キャセイ』のなかでもとりわけ評判が高いこの作品のなかで、パウンドは固有名詞の音の切り方をめぐって初歩的な間違いをしているが、今はそれを問うまい。重要なのは、語り手である妻の性格を、原作の内気で静謐な雰囲気の女性から、情熱に促された、絶叫型の女性へと、思いきった転換を試みていることである。（中略）パウンドは……考え抜いたあげくに、思いきって“I desired my dust to be mingled with yours/ Forever and forever and forever.”（死んで火葬にされたあとで、わたしの灰をあなたの灰に混ぜてほしい。いつまでも、いつまでも、いつまでも）と訳している。前半は簡潔な表現のなかにきわめて詩的な強度が実現されている。怪我の功名かもしれない。旧約の塵の喩が思い出されるのは当然であるが、実際これは英語として卓抜なメタファーを構成しているというべきである。後半は逆に修辞学のいっさいを無視して、まるでポール・マッカートニーの歌詞のようだ。その結果、原文では思量深げに、押し殺したような声で語られていた主人公の感情が、強い照明を浴びて浮き彫りにされることになる。パウンドの筆になるのは、孤独に耐えかねて絶叫する情熱の女なのだ。はたしてここに、公開されて間もないプッチーニの「マダム・バタフライ」の記憶が影を落としてはいなかったか？

パウンドの翻訳の詩学を解きほぐす鮮やかな手腕が披瀝された文章です。明らかに、この詩全体の翻訳のなかで、「死んで火葬にされたあとで、わたしの灰をあなたの灰に混ぜてほしい。いつまでも、いつまでも、いつまでも。」という箇所が、李白の原詩に見られない、パウンドの翻案といっていい新しい解釈が持ち込まれています。李白の詩では、たがいに塵と灰のような親しい間柄で、一生を添い遂げる仲睦まじい夫婦であることを願う、素朴な幼妻の祈りが提示されています。しかし、パウンド訳は、死んだ後にも愛が永遠に続く、ある種西洋型の愛の伝統に変容されている点です。西洋の読者には、オリジナルの李白のテクストは見えません。翻訳が勝負するのは、翻訳された言葉によるコンテクストによるしかないのです。パウンド訳の語り手の劇的なモノローグのジェスチャーは、この箇所にきて、四方田氏の指摘するような「絶叫する情熱の女」（筆者は語り手は情熱的な女性ですが、「絶叫する」までのタイプではないように思えます）を演じている。それは、確かに東洋の女性ではなく、つかのまに西洋の女性に変身を遂げた瞬間でもある。逆に、そこがこの詩の魅力であって、西洋の読者の心を捉える大きな理由でもある気がするのです。四方田氏は、パウンドの翻訳の二行目“Forever and forever and forever”に、ポール・マッカートニーの歌詞のような響きを読み取っているのが、大変面白い点です。筆者を含めたパウンド研究者は、おそらくシェイクスピアの『マクベス』の芝居の台詞の一節“Tomorrow and tomorrow and tomorrow”を反響させているといいそうです。おそらくパウンドの教養からするとシェイクスピアの台詞の反響でありそうな気がしますが、同時に、四方田氏が指摘するような、ポピュラー音楽の歌詞の一節のような響きも留めていることが重要です。そこには、おなじ言葉のなかに、ハイ・カルチャーとロー・カルチャーの融合を見て取っていいように思われます。パウンドの詩的言語には、この聖と俗の混交が最もうまく機能していて、そこが彼の詩の最大の魅力といっていいと思われます。

批評家のジョージ・スタイナーは、パウンドについて大胆な推測をしています。「パウンドの著作すべてを翻訳の行為としてみなしていいかもしれない」とまでいっています。スタイナー自身、少なくとも英語・フランス語・ドイツ語を自由に使いこなす三ヶ国語話者（トライリンガル）であるゆえに想像がつく、似たような能力を持つ者への直観的洞察であるような気がします。このスタイナーの言葉を締めくくりにしたいと思います。ご清聴ありがとうございました。

（本稿は、二〇一三年十月二十六日関東学院大学文学部四十五周年記念講演会の講演原稿に手直しを加えたものである。当日、台風のため講演会そのものが中止され、この原稿も消滅する運命であったが、河崎征俊教授の退職記念論文集に合わせて、救い出されたものである。聴衆が、パウンドの専門家でないことを想定しての講演原稿であったため、特にパウンド研究者には、なんの目新しい情報も知見もないことをお断りしておきたい。）

訂正用紙

「編集後記」「執筆者一覧」中に誤解を生むような記述、また誤記などが発見されました。以下、訂正をしてお詫び申し上げます。

「編集後記」

p. 341（3 行目）

高名な中世英文学者の池上忠弘・恵子両先生

⇒　高名な中世英文学者の池上忠弘先生、文献学の池上惠子先生

p. 341（3 行目）

唐沢一友先生

⇒　唐澤一友先生

p. 342（8 行目）

本間顕彰

⇒　本多顕彰

p. 342（10 行目）

中世英文学者

⇒　中世英語学者

p. 342（15 行目）

「大陸文学の移住者」

⇒　「大陸文学の移植者」

p. 343（2 行目）

中島莞爾先生

⇒　中島関爾先生

「執筆者一覧」

p. 420（3 行目）

青山大学名誉教授

⇒　青山学院大学名誉教授

以上、訂正の程よろしくお願いいたします。

編集後記

本書『チョーサーと英米文学』は、四十一年の永きに亘り駒澤大学に奉職した河崎征俊先生が平成二十七年三月をもって大学を退職なさったことをお祝いするために、先生と金襴の交わりを結ぶ研究者が健筆を揮った論文集である。鴻儒碩学の岡三郎先生、高名な中世英文学者の池上忠弘・恵子両先生、松田隆美先生、唐沢一友先生を始め、仏教美術に造詣の深いセーラ・モート先生、気鋭の中村哲子先生、福田一貴先生の高説や新説を収める第一部「中世イギリス文学」を散見するだけでも、本書が中世英文学の実に貴重な研究書である事実が判明する。この第一部のチョーサー文学論に、池上昌先生、藤原保明先生、中尾佳行先生、門弟の狩野晃一先生が執筆した第四部「中世英語」がリンクし、そのループ状の構造の中、本書の内容はさらに深化される。先生の高著『チョーサー文学の世界』や『チョーサーの詩学』同様に、本書は中世英語英文学研究者必携の研究書になっている。

これに加え、第二部「イギリス文学」では、『ある文人学者の肖像』で第六十六回（平成二十六年度）読売文学賞を受賞された富士川義之先生、アイルランド文学・ジョイス学者の結城英雄先生、同僚の白鳥義博先生、駒澤大学の大学院で共に研鑽を積まれた石原孝哉先生（シェイクスピア学者にしてイギリスの幽霊を扱う本を多く著す）、イギリス小説研究者の高野秀夫先生、イギリス詩研究者の高野正夫先生、そして門弟の大渕利春先生、落合真裕先生、平野桃子先生の興味深い論考が掲載されている。西原克政先生のエズラ・パウンド論を中心とする第三部「アメリカ文学」は、川崎浩太郎先生のピューリタニズム論や佐藤江里子先生のディキンスン論など、全てアメリカ詩に関するものであるが、ノースロップ・フライの翻訳『同一性の寓話』も手がけた先生は、イギリス詩ばかりかアメリカ詩にも強い関心を抱いている。先生は洗練された有田焼も、素朴な味わいのある備前焼も好まれる。

富士川義之先生のご尊父、ドイツ文学者の富士川英郎氏は江戸の漢詩に遊ぶ「文人学者」の理想を顕示されたが、先生もこの「文人学者」を理想とする学者詩人である。先生は第一詩集『閉ざされた沈黙』から『ショパンの眠り』『海でカケスが翔んでいる風景』『夜へむかう陰影のオード』と四冊の詩集を上梓している。その詩心の源泉は日本現代詩の確立者、西脇順三郎にあり、先生の学問研究の対象が中世文学に向かったのは西脇文学の影響によるものでもある。西脇順三郎の高弟、研究者である新倉俊一先生は、白金の明治学院から駒澤大学に出講されていたが、世田谷のキャンパスには三神勲先生と共に新倉先生と談笑する若き日の先生の姿があった。

中世文学に関して先生は、岡三郎先生や池上忠弘先生、故人では都留久夫先生や繁尾久先生に示教を仰ぎ、シェイクスピアを本間顕彰先生や三神勲先生の許で学び、批評と現代詩は成田成寿先生に師事した。先生の同僚には数々の小説の翻訳を世に出した飯島淳秀先生、英語学者の岡田尚先生、アメリカ文学研究者の金関寿夫先生、メルヴィル研究者の杉浦銀策先生、日本英文学会会長の高松雄一先生、温厚篤実の士であり中世英文学者の久保内端郎先生、演劇研究者の荒井良雄先生、富士川義之先生がいた。奇しくも金関先生も高松先生も駒澤大学在職中に読売文学賞を受賞された。

河崎ゼミの紹介文には「中世英文学を代表する詩人チョーサーの『カンタベリー物語』を精読しながら、この詩人がなぜ英文学の源流となったかを、現代の考え方と比較しながら考察するゼミです」とある。先生のチョーサー文学論は「この詩人の〈文学的新しさ〉」、チョーサーの〈自由の精神〉の追究、「大陸文学の移住者」としてのチョーサー文学の解明にある。「現代の考え方」からすると、この学究精神はパウンドが唱える「刷新・更新」(make it new)の精神にも通じている。

居酒屋の文学談義で先生が力説していたのは、チョーサー研究にも「現代の考え方」現代の活きた視点や視座がなくてはならないという共時性の尊重と、外国文学研究の礎石は原典の「精読」・味読にあるとの真理である。高邁な文学論や精緻な批評理論をいかに大上段に振りかざすとも、原典の「精読」を怠る研究は、畢竟、蟷螂の斧に過ぎない。この「精読」の奥義は、大学院の創立者の中島莞爾先生のシェイクスピア演習や、三神勲先生の新批評の評論演習や、飯島淳秀先生のジョイス演習で大学院生が口授された。「精読」は駒澤大学、英米文学専攻科の金科玉条の伝統である。

ニーチェを愛読する先生は「より高い自己」を常に目指す「自己超克」の人である。その膨大な業績をここで改めて紹介するまでもないが、その中の一つの重要な著書は『イメージの詩学』である。その第四章「部屋と宇宙のイメージ」では、バッシュラールの有名な「ポエジーとは瞬間化された形而上学である」がエピグラフに援用され、ジョン・ダンの恋愛詩「おはよう」が詳論されている。

「詩人は、ただひたすらひとつの部屋に自己を集中させ、現実からその部屋が持つ空間世界へ逃走しようと企てている。いや逃走という行為をすでに完了しているのかも知れない」と先生は言う。密室に自己集中させ、その密室を抽象的で広大な「空間世界」「宇宙」に変容する夢想の詩人であると説明されるダンは、河崎征俊という詩人自身に重なる。詩集『閉ざされた沈黙』の「夢を求めて」で「部屋は楽園／すべての誕生を可能にさせる床／一つのコスモスが／あの希求に糸を与え、また消える／／あれは紫幻の人／あれは空間の幻人／ぼくは思惟を与える空ろな小鳥」と詩人は歌い、続けて「紫幻の人」「空間の幻人」を自称する。

この第一詩集には、後に『チョーサーの詩学』第三部で人間の「時間性」と神の「超時間性」を論じる際のキーワード、「一時的なるもの」や「曖昧性」の萌芽となる詩句が鏤められている。「変容」「光線」「追憶」「黄昏」「夕陽」「秋」「眠り」「瞬間」「残響」「秋風」「残照」「陽光」「沈黙」「陰影」「蜃気楼」などの無常や、淡く消えてゆくものや、朧な狭間の世界のイメージが多用されている。しかも「言葉の裏は空洞の広がり」では「言葉をすべて墓地の中に埋葬せよ」と現代の「ことば」の不確実性が糾弾、拒絶される。「秋冷に寄せて」で、「絶望」と「不安」の「遠大な心の夕暮れの巷に／彷徨しながらその断片の現出を願っている」と歌う、この詩人学者の「思想」は「普遍」と「美」の一瞬の「映像」を「生涯の道づれ」にしようとする。

『閉ざされた沈黙』の「あとがき」で詩人は断言する。「言葉」は「たましいという原初的な部分から発せられない限り意味を持たない」と。この「たましい」は「知性と理性を中心とした精神」ではなく、「どろどろとした人間くさい欲情」を基調とする「もっと根元的な情念の世界」である。

先生が伝授する原典の精読とは、芸術家のこの「たましい」と真摯に向かい合い、それを内面化する深遠な行為にほかならない。学生時代、先生は高野秀夫先生たちと文芸同人誌『若駒』を創刊し、詩、小説、随筆を発表していた。それはガリ版刷りの粗末な雑誌であり、安酒を飲み交わしながらの同人の活発な議論や、手間のかかる手づくり作業から産声をあげた。この創作は手探り状態の若人の「無益な遊び、観念の戯れ」であったが、『閉ざされた沈黙』に記されているように「無益の重要性は、時の割れ目の中に落ちこんだ人間だけが知覚できるものである。」「時の割れ目を垣間見た人間の想像力」が「詩」を発見させる。詩は単なる叙述や言説ではなく、新たな発見、刹那の驚愕であると確信する先生の不動の姿勢は、その膨大な著作の中にも一貫して窺い知れる。新たな発見がなければ、論文も単なる言葉の羅列、暇人の空言、空虚で「無益な戯れ」に堕する。先生は「証道歌」の「無明の實性、卽佛性」と、現世のことばを司る「詞」を強く意識していた。

内海の小波と遊ぶ人、白山の安アパートで英書を乱読する人、高校の英語教師となった人、机上の『オックスフォード大辞典』を前に沈思黙考する人、小石川の植物園を散策し神保町の斜陽の美しさに感嘆する人、慈母の花壇を思い「風には色がある」と言う人、誰とでも愉快に酒を酌み交わす人、モーツアルトを聞きながらロマン派の詩を読む人、後人に感情教育を施す人、西脇文学の素晴らしさを朴訥と語る人、これらのどの人も等しく「瞬間化された形而上学」の信奉者である。「幻化の空身、卽法身」を思う「空間の幻人」は、故郷、房総御宿の風に清々しく揺れる青

田を絶えず心に留めていた。「青田には青田の風の渡りくる」（星野椿）
『栴檀の光』に続き、本書『チョーサーと英米文学』の刊行を快諾してくださった金星堂の福岡正人氏に心から感謝の意を表したい。文豪田山花袋が命名した歴史ある「金星堂」が明けの明星よろしく今後ますますその光輝を放つことを願う次第である。

東　雄一郎

Press.
Carpenter, C. (ed.) 1996. *Kingsford's Stonor Letters and Papers, 1290–1483*. Cambridge: Cambridge University Press.
Davis, N. 1949. "The Text of Margaret Paston's Letters". *Medium Ævum* 18: 12–28.
—— 1954. "The Language of the Pastons", *Proceedings of the British Academy* 40. Oxford: Oxford University Press
—— (ed.) 1971. *Paston Letters and Papers of the Fifteenth Century*, Part I. Oxford: Clarendon Press.
Farnhill, K. 2001. *Guilds and the Parish Community in Late Medieval East Anglia, c.1470–1550*. York Medieval Press.
Harper-Bill, C. (ed.) 2005. *Medieval East Anglia*. Woodbridge: Boydell Press.
Jordan, Richard, trnsl by E. J. Crook. 1974. *Handbook of Middle English Grammar: Phonology*. The Hague: Mouton.
Kristensson, G. 1996. *A Survey of Middle English Dialects 1290–1350. The East Midland Counties*. Lund University Press
Laing, M. (ed.) 1989. *Middle English Dialectology, essays on some principles and problems*. Aberdeen: Aberdeen University Press.
——. (ed.) 1993. *Catalogue of Sources for a Linguistic Atlas of Early Medieval English*. Cambridge: D. S. Brewer.
Meech, S. B. 1934. "John Drury and His English Writings (Camb. add. Man. 2830)", *Speculum* 55: 70–83.
Meredith, P. 1977. "A Reconsideration of Some Textual Problems in the N-Town Manuscript (BL MS Cotton Vespasian D VIII)". *Leeds Studies in English*, New Series 9: 35–50.
Spector, S. (ed.) 1991. *The N-Town Play, Cotton MS Vespasian D. 8*. EETS ss, 11, 12. Oxford: Oxford University Press.
Toulmin, S. L. (ed.) 1870. *English Gilds*. EETS os, 40. Oxford: Oxford University Press.
Wright, L. 2001. "Some Morphological features of the Norfolk Guild Certificates of 1388/9: an Exercise in Variation", in Fisiak J & P. Trudgill (eds.) *East Anglian English*: 79–109.

Electronic Resources

Corpus of Middle English Prose and Verse http://quod.lib.umich.edu/c/cme/
Linguistic Atlas of Early Middle English, ver.3.2 http://www.lel.ed.ac.uk/ihd/laeme2/laeme2. html
LALME: A Linguistic Atlas of Late Mediaeval English http://www.lel.ed.ac.uk/ihd/elalme/ elalme.html
MED: Middle English Dictionary http://quod.lib.umich.edu/m/med/

(0.1%), chal (0.1%), shuln (0.1%), sshullen (0.1%)

London (N = 143)

shall　　schal (73%), shal (14%), shul (5%), shałł (3%), sshal (1.5%), schul (1.5%), shułł (1%), sha (1%)

The London scribes show less variation for shall than the Norfolk scribes, and no <-n> suffixes. <x> is often regarded as a typical Norfolk form; in this text type it is the third major variant, but it has a low frequency of token occurrence (7%).

(6) Shipman's Gild には 43 回現れる 'shall' のうち最初のもののみに *shal* の綴りが使われている。ちなみに Gild of St. Thomas of Canterbury と Gild of St. George の文書に用いられる 'shall' の通常形は *shal* である。

(7) これらのギルド文書に用いられた字体はいずれも cursiva anglicana mediea あるいは formata である。

(8) Margaret Paston の書簡中 <x> が用いられているのは 19 通である。<x> はまた Clement Paston（7 通）、Agnes Paston（1 通、Clement による）、Walter Paston（1 通）、John Paston I（1 通、Clement による）、John Davy（1 通）のそれぞれの書簡に見られる。

(9) Davis (1971), p. 378.

(10) *The Castle of Perseverance* には <sch> が一般的に用いられているが、これは別々のテクストが合本されたことに由来する。

(11) 文学作品にも <x> は用いられているが、その数は決して多いとは言えない。例えば *Northern Passion* (15 世紀、Cambridge, University Library, MS Ii.4.9) や抒情詩などが収められた London, British Library, MS Sloan 2593 などには <x> の綴りがみられる。後者はその大きさからすると説教用に携帯するものであったかもしれない。また Norfolk で筆写された Chaucer の *The Canterbury Tales* には <x> は全く現れない。

(12) 国際学会での研究発表資料から。

(13) *ik* をノーフォーク方言によくみられる形と Horobin (2002: 610) は言っているが、実際には然程ポピュラーな形態ではない。Simon Horobin. 2002. 'Chaucer's Norfolk Reeve' *Neophilologus* 86, 609–612 を参照。

引用・参考文献

Baker, D. C. and J. L Murphy (eds.) 1976. *The Digby Plays, Facsimiles of the Plays in Bodley MSS Digby 133 and e Museo 160. Leeds Texts and Monographs*. The University of Leeds, School of English.

Beadle, R. 1991. "Prolegomena to a Literary Geography of Later Medieval Norfolk". *Regionalism in Late Medieval Manuscripts and Texts: Essays Celebrating the Publication of A Linguistic Atlas of Late Mediaeval English*. Ed. Felicity Riddy. Cambridge: D.S. Brewer, 1991: 89–109.

Bennett, H. S. 1970. *The Pastons and their England*. Cambridge: Cambridge University

は3文字書くところを <x> の1文字で書き表した。

その起こりは定かではないが、<x> が最も早く現れるのは現在の Kings Lynn（当時の Bishops Lynn）の辺りからである。Lynn は交易の町として栄え、塩や羊毛を輸出した。このような環境は外国からの影響を当然示唆しうるものであろう。例えば、修道院内の写字生らはおそらく *Christus*「キリスト」の語頭の <ch> がギリシア語では <x> で綴られるのを知っていただろうし、同時代の外国語（例えばポルトガル語やイタリア語のヴェネツィア方言）では /ʃ/ を表すために <x> が用いられていた事実もあった。しかしこれは憶測の域をでず、更なる調査が求められる。

所謂 mischsprachen や colourless language と呼ばれるもので多く書かれ始めた15世紀という時代に、これほどイースト・アングリア的であると言わせしめる <x> というスペリングの真の由来を求めるには、言語の内的な要因はいうまでもなく、同時に外的な要因、すなわちどのような人びとがどの様な態度で目の前にしたテクストを筆写していたのか、また口述筆記などを含め、どの様な状況で書き進めたのか、ということにより注意を傾けるべきであろう。

注

(1) Beadle (1991) は例に挙げたような綴りばかりであれば、ほかの地域の人間には読むことは不可能であろうといっている。

(2) *LALME*, vol. 1, p. 342, Dot Map 149 を参照。

(3) 資料は *LAEME*, *LALME*, EETS などの校訂版によっているが、ほとんどの場合、最終的に写本原本（あるいはファクシミリ）とつき合わせて確認した。

(4) このほかに 'threshold < OE *þrerscwald*' も <x> で綴られている例 *þreexweold*, *þreoxwold* がある。これもまたウスターシャのテクスト (Worcester Cathedral, Chapter Library F 174) に見られる。しかし、この場合は /sk/ の音位転換かもしれない。

(5) Wright (2001: 89) の調査結果が以下のように表にされている。

Table 9. Present tense third person singular *shall* tokens

Norfolk (N = 566)

shall	schal (44%), shal (38%), xal (7%), shalł (3%), scal (2%), sal (2%), ssal (2%), shul (0.3%), shall (0.1%), shał (0.1), sshal (0.1%), schale

(3) 手本 <x> の通りに写す時

(2) のケースは多くの場合、ギルド文書や書簡などに当てはまるだろう。現存する資料からは、(1) の a と (3) は考えにくいケースであると思われる。というのも、もし最初から <x> が書いてあるのならば、初期中英語期から後期中英語期にかけて多くの <x> が発見されるはずだが、そうでないということは <x> がその地域でよく使われる異綴りではなかったことを示している。そして大概のケースは (1) の b に当てはまる。語頭の OE sc に対して初期中英語期では語頭に <x> が使われた形跡がないことは既に述べた。そこで <x> が形成された経緯が問題になる。Merja Stenroos は *ik* "I" という形態と *sal* "shall" が結合し *iksal* > **i ksal* > *i xal* となったのではないかとの見方を示しており大変興味深い。[12] 人称代名詞の一人称に ik という形態を挙げているのは、チョーサーの『カンタベリー物語』の荘園管理人 Reeve が用いる言語に使われているものだからであろうか。[13] 初期中英語期において *ik* ではなく *ic* という綴りがこの地方でも *Bestiary* などに見られる。仮に *ic* の <c> を /k/ であると解せば、*ic sal* > *icsal* > **i csal* > *i xal* となる可能性はある。しかしながら *ic* と *sal* が共起している例は現存する資料には見られない。

調査事実とそこから考えられうる筆写環境から、'shall' の語頭の文字に関する限り、<x> は省略記号的に用いられたと考えられる。他の OE *sc* に対する綴りは現代のそれとほぼ同じで <sh>, <ch> または <sch> を用いている。しかし 'shall' は頻繁に文中に用いられることから、容易に素早く綴れるように <x> を用いたのではないだろうか。そのような要請のある環境——手紙や schoolbooks などの口述筆記、草稿、文書自体が自分用で自分が理解できればよいもの——そのような環境にあったればこそ、このような書き方をした。確かに <x> が残る地域は古ノルド語の影響が強い地域であり、<x> はその発音の名残を反映した /ks/ であるという可能性がないわけではないが、スカンジナヴィアからの侵入からは相当の年月が経っている。その後の初期中英語期の綴り字には語頭の OE *sc* に対して少なくとも音位転換した綴り <cs> <ks> の類いは確認されない。彼らは（/ks/ という）音を表すために <x> を当てはめたのではなく、子音字を２文字あるい

考察とまとめ

'Shall' の語頭 OE *sc* に対して <x> が使われるのは 14 世紀後半から 16 世紀初頭にかけて、つまり後期中英語期に属する私信と写本である。調査した限り写本はいわゆる豪華に彩色されたものではなく、ギルド文書、雑記帳 (commonplace book) や種々の内容（ラテン語文法、天文学、医学など）を含むもの、それから演劇の台本といった「実用的」な写本が多いことが判明した。[11] その書体は速記に用いられる cursiva anglicana formata あるいは media、あるいは secretary が混じったものが主体で、書き方は丁寧なものもあるが、走り書きのように急いで書いたと思われるものが多く見受けられた。ただし <x> を語頭に用いる彼らでも、一貫して <x> で書くわけではないことは強調されるべきであろう。また <x> で書いていても突如として <sch> や <sh> を使い始めることもある。つまり一人の写字生には 'shall' の語頭音に対する複数の異綴り目録 inventory が存在していたということがいえる。そして、ひとつの語に対して異なる書き方をするのは普通であったと考えられる。更に書き手が字体あるいは綴り字法を認識していたことは『パストン家書簡集』の複数の書き手の証言から明らかである。Lord Malyns (No. 61) が 'Wrytyn with myn oune chaunsery hand . . .'「自分の用いている大法官庁の書き方で記した」と言ったり、John Clopton (No. 202) の 'Wretyn with my chauncery hand . . .'「大法官庁流で書いた」という言に見られるように、書き手は自身の用いる書き方を意識していた。手本を写す環境によって書き方の違いが生まれるのであろうが、注意深く写す場合、手本の通りに写すだろう。しかし中世の写字生でそうしようとしても、手本の綴り通りには写すことはなかった。

現存する写本などに <x> が現れる場合を考えてみると以下のようになるだろうか。

(1) ある写本を手本にして写すことで言語が混ざる時

a. <x> で書かれていたものを時折 <sch> などを用いて書く

b. <sch> などで書かれていたが、<x> に改める

(2) 手本は用いず、<x> でそのまま書く時

じが散見され (*konrte* for *kontre* (l. 145), *worwt* for *wrowt* (l. 188))、注意深く写されていないと判断できる。しかもこの台本は小さな巻物のような形をしており、明らかに持ち運ばれることを意図されている。

Macro Plays (1465–70; Washington, Folger Shakespeare Library, Folger MS. V. a. 354) には *The Castle of Perseverance*, *Wisdom*, *Mankind* の3種の劇台本が収められている。Macro Plays 中 'shall' に対して <x> が用いられているのは *Wisdom* (ff. 98–121v) と *Mankind* (ff. 122r-34r) である。(10) *Wisdom* を写した写字生は *Mankind* の大部分 (ff. 122–32r) も筆写しており、ほぼ全て 'shall' に <x> を用いている。*Mankind* の残りを写した写字生には <x> と <sch> の両方が見られる。

15世紀の後期に写されたBrome Hall Book (1454–1492/c1475; New Haven, Conn. Yale University Library) には2人の写字生が関わっており、内1人はRobert Meltonであると判明している。<x> を用いるのはMeltonではなく写字生Aと呼ばれる書き手である。The Brome Abrahamという劇台本ではOE *sc* を規則的に <sh> と綴っているが、他の部分では <x> を主として用いている（<sch> と <sh> も混じる）。写字生Aの綴り字は1475年前後のものと一致する。因みにMeltonは <sch> を主に用いている。

Digby Plays (Oxford, Bodleian Library, MS. Digby 133) には *Conversion of St. Paul* (ff. 37r-50: c1525; *CSP*), *Mary Magdalen* (ff. 95r-145r: c.1515–25; *MM*), *The kylling of the children*, *Wisdom* の4種の台本が収められているが、<x> が現れるのは *CSP* と *MM* である。*MM* では *xal* が150回以上現れ、<x> はmajor variantとなっている。<sh>, <sch> でも綴られることがある。

N-Town Plays (end of 15th c.–beginning of 16th c.; London, British Library, Cotton Vespasian, D viii) には4人の写字生が関与している。その中で 'shall' に <x> を用いるのは写字生AとCの2人である。Aは <x> を主体に <sch>, <sh> も用いる。Cは 'shall' を全て <x> で書いているが、同時に *xad*（'shade' の過去分詞）や *xamefullest* 'shamefulest'（*sham(e)ful* もあり）など他のOE *sc* で始まる語も <x> を用いて書かれているのは興味深い。

可能性もあるだろう。3番目には Edmund Paston が来る。彼は1469–1471年まで7通の手紙 (Nos. 201 ps, 203, 205, 208 ps, 211–12, 216) を Margaret の代わりに書いている。'Shall' に対して <x> が用いられている手紙はこのうち3通 (Nos. 203, 205, 208 ps) である。Edmund の自筆で John Paston I に出した手紙には <sch> (*schuld*) を使っていて、この綴り方は Margaret の代わりに書いた後年の手紙 (Nos. 211–12, 216) にも見られるものである。そして <x> を用いる最後の書き手は Nos. 227 および 228 を書いた人で、No. 226 の書き手と同一人物で、No. 226 の手紙は 'much more regularly written than either [i.e. Nos. 227, 228]' である。[9] これが書かれたのが1477年から1478年にかけてのことである。Nos. 227, 228 の2通には、消去や書き入れ、書き損じなどが多く、下書きであった可能性がある。これらの2通に <x> が用いられていて、きちんと書かれた No. 226 には <sch> で書かれているのは、代筆者の筆記時の態度を表しているのではないか。

『パストン家書簡集』とほぼ同時期の『ストーナー家書簡集』*Stoner Letters and Papers 1290–1483* にも <x> の綴り字が見られる。William Harleston が Thomas Stoner にあてた1474年前後の手紙を代筆した筆耕の綴りで、William の甥 Sulyard に金を送ってくれるようにとの依頼の手紙で、文末に 'Wretyne at Eye Abey' とあることから Eye Abbey にいた書記などが関わっていることが推測される。

演劇台本写本の <x>

イースト・アングリア地方には中世演劇の台本が数多く残されている。ここでは *Dux Moraud*、Macro Plays、Brome Hall Book、Digby Plays、N-Town Plays の5写本を扱う。

この地方で作られた劇で最古層に属するのが *Dux Moraud* (1425–50; Oxford, Bodleian Library, MS. Eng. Poet. f.2 (R)) である。テクストは268行からなり、韻文で書かれ、脚韻部は括弧で繋がれている。"Shall" にはほぼ <x> が用いられているが、1例だけ *suld* (l. 102) が見られる。他の OE *sc* に対しては <sch> が用いられている。テクストには書き抜かし、書き損

British Library, Additional MS 12195には、主に2人の写字生が関わっている。この写本の大部分を写したと思われるJohn Leake (ff. 3r-121v)は'shall'を<x>と<sch>の両方の綴り方を用いて書いている。1477年に写されたこの写本の書写地は、John Leake of North Creakeとの記述および写本から得られるその他の情報により、Creakeの現在では廃墟となっているAugustinian Abbeyで制作されたものであろうと考えられている。

両写本とも教育または学問と関係し、いわゆる*litterati*によって書かれたものである。このような人びとは時折代筆者として他人の手紙を書いたりもした。次の項では、およそ同じ時代に書かれた私書簡に現れる<x>について概観する。

書簡に現れる<x>

中世英国の代表的な書簡と言えば『パストン家書簡集』*Paston Letters and Papers*であるが、この中にも'shall'の語頭OE *sc*に対応する<x>が多く見られる。<x>はMargaret Pastonの手紙に最も多く現れる。[(8)] とはいってもこれらの手紙をMargaret自身が書いたわけではない。Margaretの手紙で現存する最も古いものは1441年に書かれたものであり、最後は亡くなる2年前の1482年2月4日に書かれた遺言の写しなどが最後の文書で、その総数は104通にのぼる。29人ほどの書き手が関わったと考えられる。そのうちで'shall'に<x>を用いたのはEdmund Paston, John Daubeneyそして素性の分からない2人の代筆人の計4人である。彼らがMargaretの代筆人として関わった時期はおおむね個人ごとに分けることができる。

最初は1448–53年頃まで書いたと思われるNo. 128の書き手。<x>が現れるのは書簡Nos. 128–136までであり、それ以降は<x>ではなく<sh>を好んで用いている。2番目はJohn Daubeneyで、彼はMargaretによってesquireとかcosinと呼ばれている。彼はNo. 153の後半部分の書き手であり*xhall, xall, xal*の綴りを使っている。彼が書いたとされる他の手紙Nos. 159, 160, 161, 172などでは<sh>を用いており、No. 153後半で用いた<x>はあるいはNo. 153前半を書いた代筆人の書き方にならって<x>を用いた

で書かれたもの（フランス語、ラテン語の文書も存在する）から <x> が用いられているものを選択し、どのギルド文書であるかを突き止めた。EETSの校訂版 English Gilds（Toulmin 編）をもとにした調査で、'shall, etc.' に <x> を用いているギルド文書は3編のみで、Lynn にあった Shipman's Gild の文書（英国の国立公文書館番号 C47/42/241）に <x> が極端に多く観察でき、あとの2編の文書にはわずかに現れるのみである。Shipman's Gild には *xal* が41例、*xuln* が1例見つかる。その他にやはり Lynn の Gild of St. Thomas of Canterbury (C47/43/270) と Norwich の Gild of St. George (Oxford, Bodleian Library, Rawlinson MS) にそれぞれ *xal* が一例ずつ現れる。[(6)] それぞれの文書の書き手については次のことが言える。Shipman's Gild を書いた写字生は全ギルド文書中この文書のみに関わっており、他の文書には現れない。Gild of St. Thomas を書いた写字生は Wright によって18番と呼ばれていて、他に5編の文書を書いているが、これらの文書中には <x> を用いることはなかった。[(7)]

ギルド文書の後に <x> の使用がみとめられるのは、約40年後の John Drury のラテン語文法に関する写本 (1434–35) である。

ラテン語教材の <x> — Drury と Leake の文書から

先にも触れた Cambridge University Library, Additional MS. 2830 には John Drury によるラテン語と英語の28編の文書がおさめられている。この写本はいわゆる schoolbooks の一種である。これを書いたのは自ら 'Hardgrave' と名乗る写字生で、Beccles の出身であることを明らかにしている。この写本は1434年から35年にかけてに写されたもので、英語が用いられている箇所は ff. 54v-56v; 80r-83v; 97r-98v; 114r-v である。Drury の *De Modo Confitendo* ('a little guide to confession') は一人称の語り口で、口述の可能性も指摘できるだろう。写字生 Hardgrave は 'shall' をすべて <x> で綴っている。しかし OE *sc* で始まるその他の語には <sch> を用いるのが常である。

同様にラテン語文法に関する論文その他が書写されている London,

使用がみとめられる。例えば語 ‘ash < OE *æsc*’ は *axen*（Worcester Cathedral, Chapter Library F 174; 13 世紀初頭）、*axen*, *acxen*（Cambridge, Trinity College B.14.52 (335); 12 世紀後半）、*axnen* (Oxford, Bodleian Library, Digby 86) と綴られ、また ‘*fish(er)* < OE *fisc*’ には fixie (2x; Worcester Cathedral, Chapter Library F 174)、*fixere*（London, Lambeth Palace Library 487; 13 世紀前半）が見られる。[4] ウスターシャやグロスタシャなど西部方言のテクストに現れているが、サフォークのテクストにも <x>（2 例）の使用が見られた。この分量からは実際に <x> が /ʃ/ の発音を表すために用いられているのか、あるいは OE *sc* の音位転換をした /ks/ を示しているのか、この時点ではどちらの確証もない。サフォークで写されたテクストに *axen* ‘ash’ が見られるが、これが ‘shall, etc’ の語頭に用いられることになる <x> の起源であるとは考えにくい。初期中英語 (1290–1350) のローカル・ドキュメントを徹底的に調査した Kristensson (1995) によれば、イースト・アングリアを含む当中部方言地域において OE *sc* に対応する綴り字は <sh>, <sch> が最も一般的であり、次いで <ss>, <ssh>, <ssch>, <sc>, <s> そして <ch> が確認される。<s> と <ch> に関してはアングロ・ノルマン写字生の影響があるのではないかと Jordan (1974, §181) は考えている。このようなことから初期中英語期における OE *sc* への対応形 <x> はイースト・アングリア起源でもなく、ゆえにその分布はイースト・アングリア的であるとはいえない。

<x> が語頭の OE *sc* に対して用いられる最も早い例は、後期中英語期になるまで文献には現れない。資料に当たった限り、*xal*, *xuln*, etc. の初出は 1388/9 年のギルド文書である。

English Gilds の <x>

イースト・アングリア地方で書かれたギルド文書の詳細な研究は L. Wright (2001) が行っている。そのなかで Wright は <x> はイースト・アングリア的な綴り字であると言われているが、異綴りとしてみると少数派に属すると述べている。[5] Wright の作成したギルド文書一覧をもとに、英語

期中英語期言語地図』*A Linguistic Atlas of Late Mediaeval Engish*（以降 *LALME*）の SHALL の項を見ればそれは一目瞭然である。[2] しかし、その綴り字がイースト・アングリア地方に特有の綴り字であるという事以外は、あまり詳しくは触れられていないのが現状ではないだろうか。<x> という綴り字が用いられた方言的な理由などに関して即座にいくつかの疑問が生じる。<x> は 'shall, etc.' の語頭の子音を表すために頻繁に用いられているのに、<sh> で一般的に綴られ始める他の語にはほとんどと言っていいほど用いられないのはなぜか。どのような文書にどのような書き手が書き残したのか。イースト・アングリアの英語がいつ、どのように、なぜその独特の、そしてすぐに見分けのつく綴り字法を発達させたのかということについて徹底的な検証が行われなければならない。また、それはただちに <x> がどの様な音価を表しえたのかという根本的な問題に立ち戻ることにつながる。本稿は <x> が残る文書の形態、ジャンル（およびその用途）、写字生の態度などに注目し、収集した資料を調査した現時点での先の疑問に対する報告である。[3]

OE *sc* の対応形 <x> の起こり

イースト・アングリア地方で OE *sc* に対する <x> が顕著に現れる後期中英語期以前は OE *sc* に対し <x> の使用は無かったのであろうか。そのあたりからはじめてみたい。

OE の *sc* には二通りの発音が存在した。通常 *sc* は /ʃ/ で、*fisc* 'fish', *scip* 'ship' などの語に現れる。もうひとつは後母音の影響がある語 *ascian* 'ask' (pt. *ascode*) や *scol* 'school' や *Scottas* 'Scots (Irish)' など語は /sk/ の音を持っていた。後者の 'ask' などに対しては音位転換 metathesis を起こして *axen* と綴られることもあった。

初期中英語期のテクストを『初期中英語期言語地図』*A Linguistic Atlas of Early Middle English*（以降 *LAEME*）にしたがって調査してみると、<x> は語頭の OE *sc* には用いられないことが分かる。つまり 'shall, etc.' には <x> は使われてはいない。しかしながら語中の OE *sc* (= /ʃ/) に若干の <x>

<X> の謎
―― OE *sc* に対する中英語期の異綴りをめぐって

狩野　晃一

はじめに

サフォーク州ベックルズにあるグラマー・スクールの教師 John Drury の書いた一連のラテン語文法および民衆のための告解の仕方についての指南 (*De Modo Confitendi*) をまとめた文書がある。これ自体は1434年ごろに書かれたものらしい。Hardgrave と自ら名乗る Beccles の写字生によって写され、現在 Cambridge University Library, Additional MS 2830 と呼ばれる写本に残されている。写本は1434年から1435年の間に写されたと考えられている。このラテン語教師の語り口もさることながら、これを写した写字生 Hardgrave の綴り字も非常に特徴的である。彼の綴り字を一言で表せば「イースト・アングリア的」ということになろう。例えば *xal*, *xuld* 'shall, should', *qwy* 'why', *ryth* 'right', *mytyly* 'mightily' などの綴り字がいたる所に見られる。[(1)] 'Mischsprachen (混交言語)' 状態が当たり前の後期中英語期において、これはかなり「方言的」なテクストである。とりわけ 'shall, etc.' は必ず <x-> で綴られているが、これが Hardgrave の用いた手本 exemplar を完全に彼自身の言語に「翻訳 (translate)」したかどうかはさて置き、この地方に特有の <x> という綴り字のみが見られるテクストは多くはない。

OE *sc* に対する <x> の存在はいままで多くの英語史研究者によって度々指摘されている。『パストン家書簡集』*Paston Letters and Papers* また N-town 劇や Macro 劇における *xal* 等の綴り綴り字などは編者および個別作品の研究者によっても言及されている。彼らは一様に、この綴り字の習慣はイースト・アングリア（あるいはよりノーフォーク）的であると言っている。『後

Kurath, Hans, Sherman M. Kuhn & Robert E. Lewis (eds.) *Middle English Dictionary*. Ann Arbor: The University of Michigan Press, 1952–2001.

Lakoff, George & Mark Johnson. *Metaphors We Live By*. Chicago: The University of Chicago Press, 1980.

Langacker, Ronald W. “A Dynamic Usage-Based Model,” in Michael Barlow & Suzanne Kemmer, eds., *Usage Based Models of Language*, CSLI Publications (Center for the Study of Language and Information), Stanford, California: 1–63, 2000.

Langacker, Ronald W. *Cognitive Grammar: A Basic Introduction*. Oxford: Oxford University Press, 2008.

Nakao, Yoshiyuki. *The Structure of Chaucer's Amibiguity*. Frankfurt am Main: Peter Lang, 2013.

Parkes, M. B. & E. Salter. (Intr.) *Troilus and Criseyde Geoffrey Chaucer: Facsimile of Corpus Christi College Cambridge MS 61*. Cambridge: D.S. Brewer, 1978.

瀬戸賢一『空間のレトリック』東京 : 海鳴社、2001.

Simpson, J. A. & E. S. C. Weiner (eds.). *The Oxford English Dictionary*. 2nd edition. Oxford: Clarendon Press, 1989.

山梨正明 .『認知言語学原理』東京 : くろしお出版、2000.

Windeatt, B. A. (ed.) *Geoffrey Chaucer Troilus & Criseyde: A New Edition of 'The Book of Troilus.'* London: Longman, 1990.

Witalisz, Wladyslaw. *The Trojan Mirror: Middle English Narratives of Troy as Books of Princely Advice*. Fankfurt am Main: Peter Lang, 2001.

り手、登場人物）の相互関係について更に検討し、後者の設定で「包囲」の認知像がどのように変容するのか、一層精緻な議論が必要である。

注

⑴『名声の館』の虚実皮膜の情報が飛び出る「窓」(HF 2084, 2091) を参照。

⑵『カンタベリー物語』の断章1は、物語の舞台が古代ギリシャからロンドンまで縮小する。

⑶『カンタベリー物語』最後の「教区牧師の話」は水平移動から垂直移動へのシフトである。

⑷ 河崎 (2008:30) が言う形而上的な “one” と形而下的な “many” を繋ぐ “dualism” を参照。

参考文献

Barney, Stephen A. “Troilus Bound”. *Speculum*. 47.3: 445–458, 1972.

Benson, David. *The History of Troy in Middle English Literature: Guido delle Colonne's Historia Destructionis Troiae in Medieval England*. Cambridge: D.S.Brewer, 1980.

Benson, Larry D. (ed.) *The Riverside Chaucer: Third Edition Based on The Works of Geoffrey Chaucer* edited by F. N. Robinson. Boston: Houghton Mifflin Company, 1987.

Brown, Peter. *Chaucer and the Making of Optical Space*. Bern: Peter Lang, 2007.

Fauconnier, Gilles. *Mental spaces: Aspects of Meaning Construction in Natural Language*. Cambridge: Cambridge University Press, 1994.

Fauconnier, Gilles and Mark Turner. *The Way We Think: Conceptual Blending and the Mind's Hidden Complexities*. New York: Basic Books, 2002.

Federico, Sylvia. *New Troy: Fantasies of Empire in the Late Middle Ages*. Minneapolis: University of Minnesota Press, 2003.

Hebron, Malcolm. *The Meidieval Siege: Theme and Image in Middle English Romance*. Oxford: Clarendon Press, 1997.

Holley, Linda Tarte. *Chaucer's Measuring Eye*. Houston, Texas: Rice University Press, 1990.

河内恵子・松田隆美編『ロンドン物語 : メトロポリスを巡るイギリス文学の700年』東京 : 慶応義塾大学出版会、2011.

河崎征俊『チョーサー文学の世界――〈遊戯〉とそのトポグラフィー――』南雲堂、1995.

河崎征俊『チョーサーの詩学――中世ヨーロッパの〈伝統〉とその〈創造〉――』開文社、2008.

上学的な「不動」が前景化することで、認知言語学で言う「図」と「地」の反転が言い表されている。[4]

4.3.「包囲」の重層性の逆説性・循環性

最後に語り手はキリストの母マリアのことに言及するが、マリアがすべてを生み出すキリストを子宮の中に囲ったように、クリセイデはトロイラスの生死、トロイの運命を彼女の子宮に囲ったと言えるであろう。両者はモノを生み出す〈母〉として重なり合う。本作品では、大きな囲いが小さなものを囲うのか、小さな囲いが大きなものを囲うのか、逆説的であり、また循環的でもあるように思える。それは生身の人間のチョーサーが立つリアリティスペース、ロンドンの「包囲」(門・穴)の内包性に他なるまい。

5. 結論

RQ1:『トロイラスとクリセイデ』においてトロイの「包囲」は、どのように多様化しているか。

トロイの「包囲」は、人間に根源的な認知プロセスを通して、従来の光学的なアプローチよりは一層平易に、またより多くの変種へと気づきを拡大し、しかもそれぞれはスキーマを通して密接に関係し合うことが分かった。

RQ2:『トロイラスとクリセイデ』においてトロイの「包囲」は、どのように重層化しているか。

「包囲」の重層性は多様性に比し従来十分に注意されてこなかったが、言語主体の交錯、認知プロセス、場所と場所のダイナミックな重なり合い、更にはリアリティスペース(ロンドン)を巻き込み、様々に重なり合うことが分かった。

課題

「包囲」の認知プロセスとその背後にある語りの視点(作家、作者、語

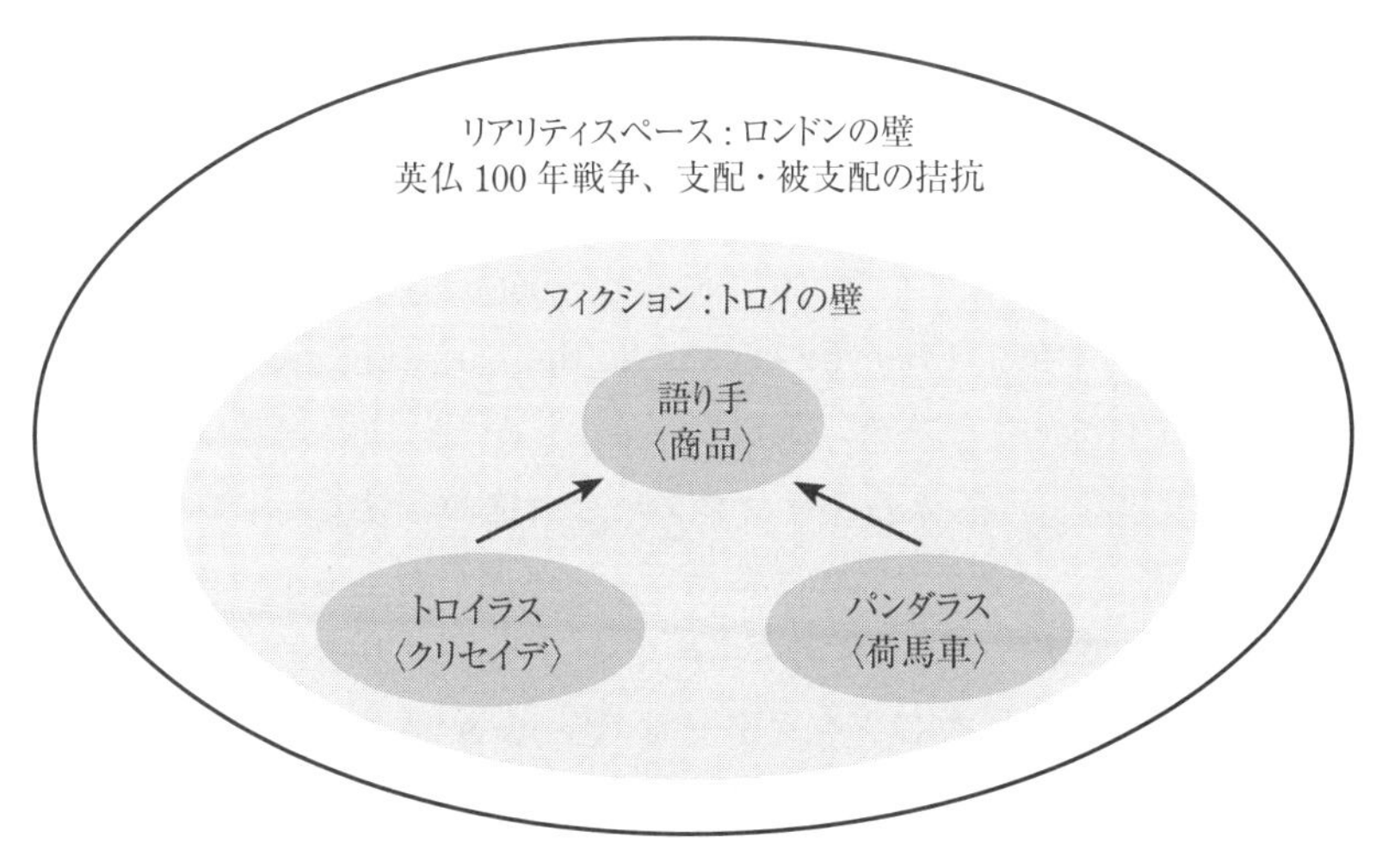

ブレンディング「商品」

物語の終盤、トロイラスはクリセイデのディオメーデへの裏切りを知り、彼を殺そうと必死になるが、アキレスにより殺される。RQ1 で述べたように死後、7 つの流動的な惑星を超えて恒星の第 8 天の領域に入る。今までの水平から垂直への移動に転換する。地球を「小さな点」として見て、人間の無知を笑う。

物語の最後に語り手は変わることのないキリストの愛に目を向けるよう若者に言う。RQ1 で見たものをここに再提示する。これまでは囲うものが囲われるものを相対的に見てきた。ここではもはや囲われるものはない、全てのものを囲う、と表される。チョーサーの境界の意識 "circum" そのものがここには研ぎ澄まされたように示される。

> **Uncircumscript, and al maist circumscrive**,
> 　　　　　　　　… to thy mercy, everichon,
> So make us, Jesus, for thi mercy, digne,
> For love of mayde and moder thyn benigne.　Tr 1865–69

これまで見てきたこの世の「流動性」という強い動機付けは後退し、形而

トロイラスは「彼女（クリセイデ)」と言う。しかしパンダラスにより、“fare-carte”（荷馬車）だと即座に否定される。言語主体である二人は「包囲」の壁、事態把握の境界線に立つ。ブラウン (2007: 309) はパンダラスの言葉に何の断りもなく “a cart for conveying merchandise-merchandise being what, in effect, Criseyde became in the bartering process between Greeks and Trojans” とコメントしている。しかし、この認識はパンダラスのものではなく、二人のキャラクターを上位から見て、トロイラスの「クリセイデ」とパンダラスの「荷馬車」を参照点とする、つまり両者をメトニミカルに繋げていく作者のものであろう。（クリセイデが捕虜交換に使われることに反対し、ヘクターは “We usen here no wommen for to selle.” (Tr 4.182) と述べた。）フォーコニア (1985) の言葉で言えば、ブレンディング、二つの意味の融合が起こっている。トロイラスとパンダラスはこのことを意識しているとは思えない。この商品のアイデアは、更にチョーサーの立つリアリティスペース、ロンドン・オールドゲイトの税関長としての立ち位置にも繋がっていくように思える。因みにチョーサーが仕えたリチャード２世とアン・オブ・ボヘミアの結婚は 1382 年に挙行されている。妃であるアンを通して、ボヘミアとイギリスとでフランスを挟み撃つのであろうか。まとめると、認知プロセスは境界に焦点が置かれ、そこでの言語主体はトロイラスとパンダラス、二人を更に高いところから見通す語り手、更にはリアリティスペースのチョーサーである。場所はトロイの壁（包囲）からロンドンの壁（門）まで広がり、重なり合う。

クリセイデが泊まるという行為は、自然が起こした嵐のせいであり、その自然は運命が起こし、その運命は神の意志が起こしたのである、とパンダラスは巧みに囲いを折り重ね、クリセイデを説得する。パンダラスは雨の降る日を予測し、まさにその日を二人の密会日としたのである。認知プロセスは、パンダラスの人為（企画立案）こそ中心的な動機付けで、客観はそのための手段となり、「お泊り」）を正当化している。図示すると次のようになる。パンダラスの人為を通して、中世で自明とされる客観と主観の関係が逆転している。

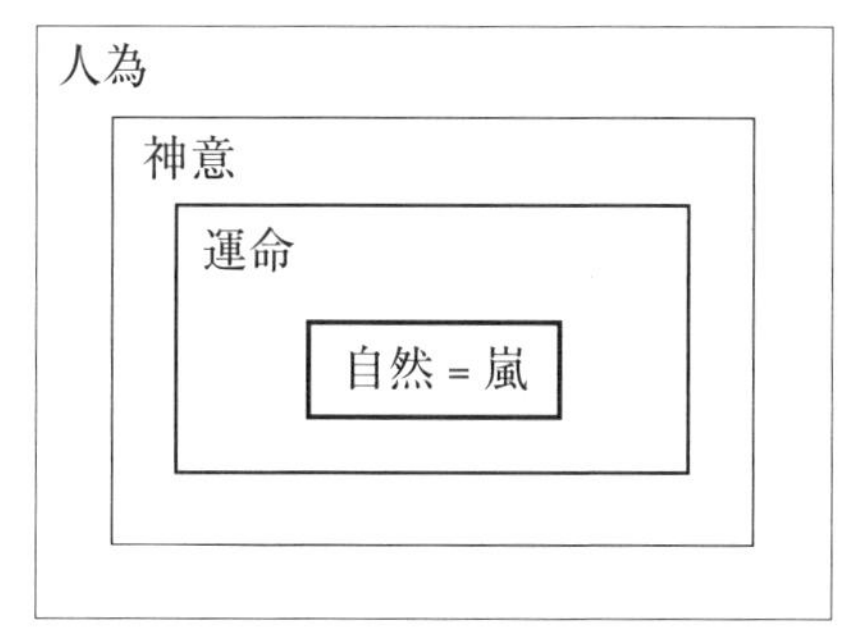

パンダラスの仕掛け：クリセイデの「お泊り」の正当化

第4巻でクリセイデの捕虜交換が決定する。クリセイデは一端ギリシャ陣営に渡って10日以内に帰ってくると誓う。第5巻で遂に捕虜交換が実行される。クリセイデがトロイを出て10日目、トロイラスとパンダラスはトロイの壁 (walles)、境界線に立ち、ギリシャ陣営を見やる。

ギリシャ陣営からやって来るものは何であろうか。二人は客観的には同一のものを見ている。トロイラスは何を見、パンダラスは何を見たであろうか。

Have here my trouthe, **I se hire! Yond she is!**
Heve up thyn eyen, man! Maistow nat se?"
Pandare answerde, "Nay, so mote I the!
Al wrong, by God! What saistow, man? Where arte?
That I se yond nys but a fare-carte."　Tr 5.1158–62

Thorugh Edippus his sone, and al that dede;
And **here we stynten at thise lettres rede-** Tr 2.100–03

ここでも「包囲」の境界、テーベの “siege” がハイライトされている。クリセイデはまるで虚心坦懐に、エンタテインメントとしてこのロマンスを読んでいた、と言う。しかし、作者の立場から見ると、次のことを見通していたように思われる。このロマンスは親族間の対立で崩壊していくテーベの物語で、トロイの崩壊を暗示し、クリセイデが後に裏切っていくディオメーデは、このテーベの戦いで亡くなったティデウスの息子である、と。言語主体が動けば、場所もテーベからその等価物であるトロイに広がる。

さて、クリセイデはちょうど物語のある切れ目、「赤の文字」で読みを中断していたと言う。これまた虚心坦懐に。その切れ目を示す赤の文字は中世の写本においてパラグラフとパラグラフの縁にあり、境界線を示す装飾文字である。しかし、全体の流れを熟知する語り手には、この赤い文字は、写本テクストの境界から、物語の今後の展開、つまり赤い血を暗示し（読んでいる (rede) 作品が血 (rede) を暗示する脚韻の響きに注意）、テーベの、いやトロイの人たちの生死の境界線ともなっている。クリセイデはその鍵を握っている。物語内物語の「包囲」は物語の「包囲」を暗示し、それは更には、リアリティスペースの「包囲」（イギリスとフランスの100 年戦争さなかのロンドンの壁）と重なり合う。言語主体と場所がダイナミックに動き重なり合う。

第 3 巻の二人の恋の仕掛け人、パンダラスの運命の創造者としての側面を見てみよう。

But O **Fortune**, executrice of wierdes,
… **under God ye ben oure hierdes**,
…
But execut was al bisyde hire leve
The goddes wil, for which she moste bleve. Tr 3.617–23

And neigh the dore, ay undre shames drede,
Simple of atir and debonaire of chere,
With ful assured lokyng and manere.　Tr 1.178–82

認知プロセスとしては境界が浮き立たされる。言語主体はまずはクリセイデである。彼女はこの寺院の中心ではなく、周縁に立っている。身を低くくし、もの静かに、人々の後ろに、少し離れて、ドアの近くに、恥じ入りながら立っている。しかし彼女の態度は、わざとらしさがなく、麗しく、しかも堂々とした表情で。2つの態度の境界線に立っている。語り手は既に彼女の父親はトロイの運命を知り、逸早くギリシャ側に裏切ったと述べている (Tr 1.87)。全体を見通す語り手は、彼女がパラディオン、トロイの建設者パラスの寺院にいて、しかし近々にトロイが破壊されていく、つまり彼女が構築と破壊の境界・キーパソンになることを知っている。言語主体を更に広げてみると、リアリティスペースのチョーサー、ロンドン・オールドゲイトの門に立つチョーサー、相拮抗する力の中間点に立つチョーサーが浮かび上がってくる。チョーサーはそのヒントをこの寺院の「ドア」に託してはいないか。クリセイデは、態度を露骨に主張しない、脇に構え流れに逆らわず生き延びていく、チョーサーその人のようでもある。認知プロセスは境界にあるとしても、主体はクリセイデ、語り手ないし作者、作家チョーサー、そして場所はパラディオン、トロイ・ギリシャ、ひいてはロンドンまで広がり、交錯していく。

第2巻のクリセイデが女友達と読んでいる『テーベの要塞』を見てみよう。パンダラスがトロイラスの愛を彼女に伝えるために来た時の様子である。

… they thre
Herden a mayden reden hem the geste
Of **the siege of Thebes**, while hem leste.　Tr 2.82–84

“This romaunce is of Thebes that we rede;
And we han herd how that kyng Layus deyde

と、彼女はトロイとギリシャの運命の境界線、キーパソンである。更にフィクショナルスペースを超えたリアリティスペースのチョーサー、ロンドンの門に立つと、英仏戦争を含む社会状況の流動性が見える。境界線に焦点が当てられるが、言語主体が動くと場所が動き、微妙にそれらは重なり合う。

例：パラディオンのドア近くに立つクリセイデ

ロンドン（リアリティスペース）　チョーサー　〈ロンドンの境界〉

===（フィクショナルスペース）===

天上

地上

ギリシャ

トロイの「包囲」　語り手　〈国の境界〉

家

ドア・窓　クリセイデ　〈家の境界〉

部屋

ベッド

================

上述の3つの観点それぞれも許容幅があり十分に複雑である。[II] の境界に仮に絞ったにしても、[1] の言語主体が動けば、[III] の場所もつられて動いていく。つまり [1] の主体と [III] の場所が縦に絡み合う。

以下では、認知プロセスの特に境界に焦点を当てて、言語主体の動きと場所の動き、それらの重なり合いを見ていく。

4.2.「包囲」の重層化

第1巻のパラディオンのドア近くに立つクリセイデを見てみよう。

And yet she stood ful lowe and stille allone,
Byhynden other folk, in litel brede,

最大の囲いが最小のものを囲うのは当前だが、作品では最小の囲い、子宮が最大のものを囲ってもいる。このパラドックスあるいはサイクリックな動きは、チョーサーの最も創造的な「包囲」の含意である。

4. RQ2:『トロイラスとクリセイデ』においてトロイの “assege”（包囲）は、どのように重層化しているか。

「包囲」の重層化は多様性に比し、これまで十分には考察されてこなった。その 3 つの条件は次の通りである。

4.1. 重層化の条件

[I] 語りの階層性 : 言語主体（作家、作者、語り手、登場人物）

I tell X [story] to you	作家、作者
X [narrator tells X′ to narratee]	語り手
X′ [character tells X″ to character]	登場人物

[II]「包囲」の認知プロセス : 内、境界、外（焦点）

トロイの「包囲」

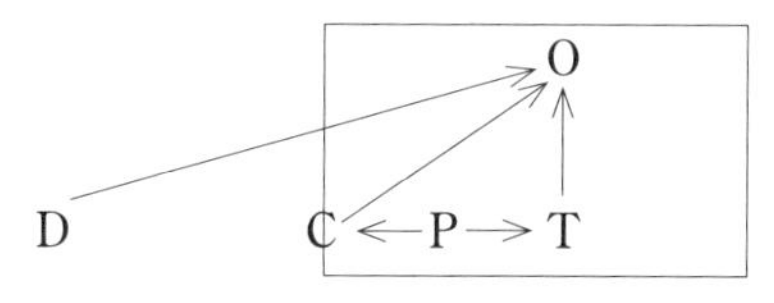

D=Diomede, C=Criseyde, P=Pandarus, T=Troilus

パンダラスはトロイラスとクリセイデの間を行ったり来たり、クリセイデは基本的に境界に立っている。

[III] 場所と場所の組み合わせ

パラディオン寺院のドア近くに立つクリセイデを見てみよう。クリセイデは寺院のドア近く不安げに立っている。全体を見通す語り手から見る

深度に関係付け、中国のからくり箱に喩え、またブラウン (2007: 312) は、光化学的に見て Alhacen space（物理的世界）と Grosseteste space（霊的世界）のいずれに属すかの問題と見なしている。本論では、もっと根源的に器の認知プロセスから見直し、先行研究では見落とされていた包囲表現（女性の子宮、1本の糸、テクスト自体）を捉えると同時にそれぞれのダイナミクな関係性を一層平易かつ系統的に捉えてみた。

3.3.「包囲」の多様性の構造化

以上見てきた「包囲」の多様性は、場所の変種、テクストでの生起順序、大小のスケールの観点から、次のように図示できる。

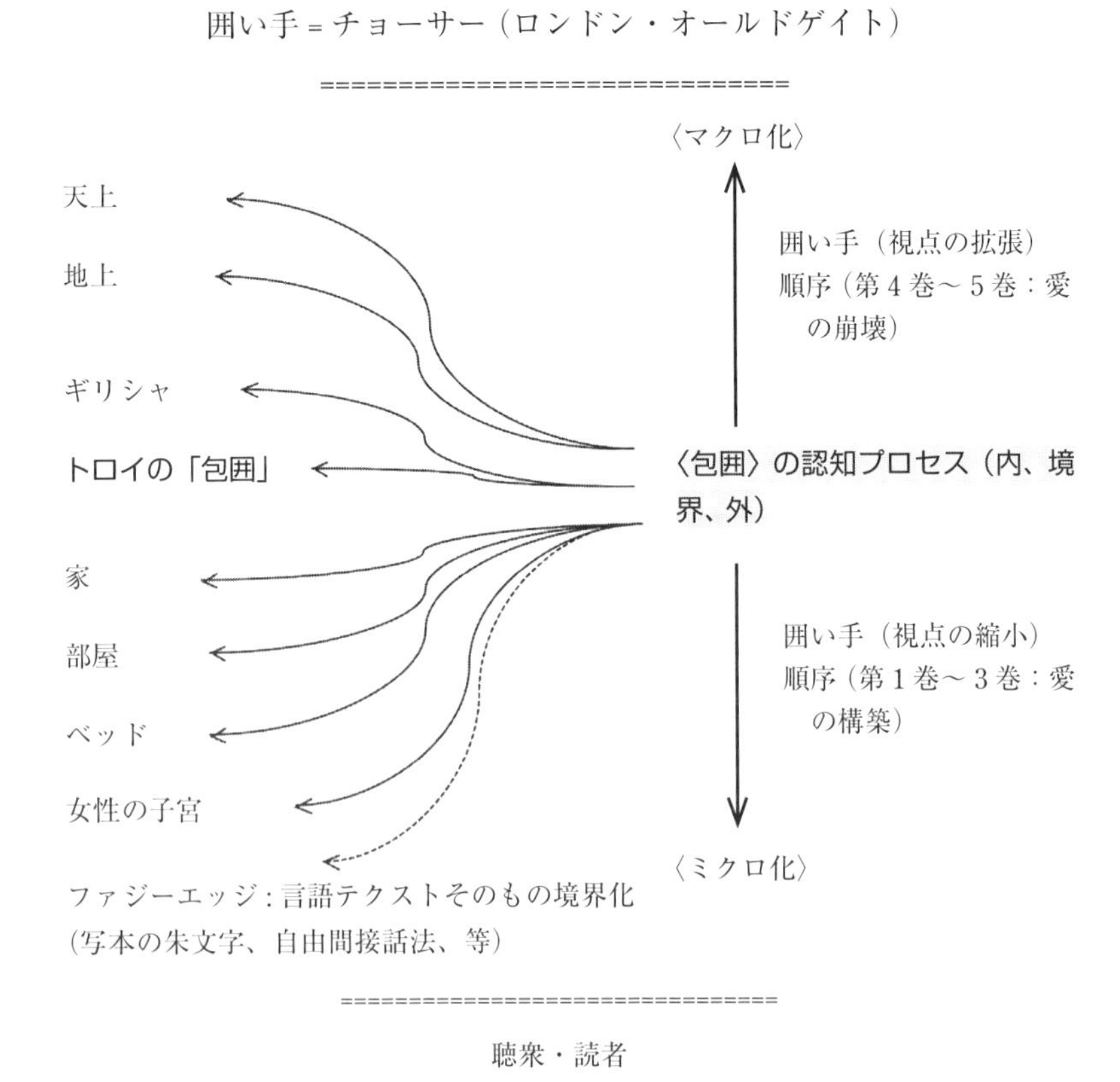

トロイラスはギリシャ陣営とトロイの境界に立たされ、「包囲」の壁を歩き、遠く向こうを眺め、クリセイデの帰りを心待ちにしている。

Upon the **walles** faste ek wolde he walke,
And on the **Grekis oost** he wolde se;
…
"Lo, **yonder** is myn owene lady free,
Or ellis **yonder**, ther tho tentes be;　Tr 5.666–70

トロイラスとパンダラスは彼女の約束の 10 日目にトロイの壁で彼女を待っている。しかし、帰っては来なかった。

トロイラスはこの裏切りを知り、恋敵ディオメーデを撃とうとするが、アキレスに殺されてしまう。死後、7 つの流動的な惑星を脱出して、第 8 天の恒星に上る。これまでの水平の空間移動に対しここでは垂直の空間移動である。(3)

And whan that he was slayn in this manere,
His lighte goost ful blisfully is went
Up to the holughnesse of **the eighthe spere**,　Tr 1807–09
(ベンソン 1987: 1057: ボッカチオの『テセイダ』11.1: la concavità del cielo ottava に依拠。)

天から地上を小さな点 "This litel spot of erthe" (Tr 1815) として見て、この世の人々の無知を笑う。語り手は、聴衆の若者に変わらないキリストの愛、囲まれることなく、全てのものを囲うものを見よ "Uncircumscript, and al maist circumscrive" (Tr 5.1865) と願望する。囲いは最大限に広げられることで物語は終了する。(ベンソン 1987: 1058: ダンテ『神曲』*Paradiso* 14.28–30: Quell'uno e due e tre che sempre vive / e regna sempre in tre e 'n due e 'n uno, / non circunscritto, e tutto circunscrive に依拠。)

スペースのミクロ及びマクロへの展開を、ホリー (1990: 93) は、視力の

立たされる。そして徐々に後者に移ろい、結果10日以内に帰るという約束を破り、ディオメーデの求愛に屈する。

For bothe **Troilus and Troie town**
Shal **knotteles** thorughout **hire herte slide**;　Tr 5.768–69

語り手は彼女が裏切る前に3人の性格描写のまとめを挿入する。原典の『フィロストラート』では、クリセイデはすぐにディオメーデに屈するように書かれていて、この挿入はない。

ディオメーデの描写：1連 (Tr 5. 799–805)
↓
クリセイデの描写：3連 (Tr 806–26)

She sobre was, ek symple, and wys withal,
The best ynorisshed ek that myghte be,
And goodly of hire speche in general,
Charitable, estatlich, lusty, fre;
Ne nevere mo ne lakked hire pite;
Tendre-herted, slydynge of corage;　(MED s.v. sliding, fig.: unstable, irresolute)
But trewely, I kan nat telle hire age.　Tr 5.800–26（3連目）
↓
トロイラスの描写：2連 (Tr 5.827–40)

この3人のゲシュタルト描写は、クリセイデが裏切るかどうかという境界線に挿入され、ここでの彼女の描写はディオメーデとトロイラスが引き合う境界線に配置され、また彼女の描写において彼女の移ろいの叙述は、彼女の描写の最終連（縁）に、しかも最終連の最終部（縁）に置かれている。「包囲」の境界線は、クリセイデの真偽性を叙述するテクストの境界線にも投影されている。

このhoolはずばり彼女の門、子宮でもある。トロイラスはクリセイデの子宮を囲ったのか、それともクリセイデがトロイラスを、トロイの国の運命を囲ったのか。

パンダラスは後にトロイラスにこの世の幸せは細い糸一本で支えられているのみ、と警告する。

> For worldly joie halt **nought but by a wir**.
> That preveth wel, it brest al day so ofte;　Tr 3.1636–7

この危うい1本の糸も囲いの一つの変種、拡張事例と見なされる。

第1、2、3巻が「囲い」がミクロに狭められていったとすると(2)、第4、5巻では逆に狭められた「囲い」から外へ外へとマクロに広がっていく。クリセイデの父親の懇願で彼女を交えた捕虜交換が決められる。

> Of Priamus was yeve, at **Grek** requeste,
> A tyme of trewe, and tho they gonnen trete
> Hire prisoners to chaungen, meste and leste,　Tr 4.57–59

このことを知ったトロイラスとクリセイデは寝室 (the derke chamber Tr 4.354, hire chamber Tr 4.732) に閉じ籠る。二人はこの閉鎖性のある密室で対応策を相談する。トロイラスは駆け落ちを提案するが、名誉を重んじる彼女はそれに同意せず、決定の意を踏み、一端ギリシャに行って、10日以内にトロイに帰って来ると約束をする。

第5巻はいよいよ捕虜交換である。彼女はディオメーデに護衛されて、ギリシャ陣営に送られる。トロイの外側に出、Grekという囲う側がクローズアップされてくる。

> “Swich wreche on hem for fecchynge of Eleyne
> 　　　　　　　　　… **Grekes** wol hem shende,　Tr 5.890–93

クリセイデはトロイラス・トロイとディオメーデ・ギリシャの境界線に

sageway, room, or secret place.

狭い囲いは、言語テクスト Un-word (unpynne, undon)「囲いから出る」にもメトニミカルに投影される。

パンダラスは、クリセイデにトロイラスは雨の中樋をつたって、密かな通路をつたってまでこの部屋にやってきたのだと嘘ぶく。トロイラスはパンダラスの家の中、狭く狭く、内へ内へと囲まれていく。

This Troilus, right platly for to seyn,
Is **thorugh a goter, by a pryve wente**,
Into **my chaumbre** come in al this reyn,　Tr 3.786–88

MED s.v. *goter* 4: A window leading into a gutter of a roof
OED s.v. went 1.1: A course, path, way, or passage

そしてトロイラスとクリセイデは遂にベッドの上でゴールインする。

For this or that, **he into bed hym caste**,
And seyde, “O thef, is this a mannes herte?”
And **of he rente al to his bare sherte**,　Tr 3.1097–99

最も狭い場所で最も大きな幸せ、愛のクライマックスが成就する。この幸せがいかに不安定であるかは言う必要もなかろう。神秘主義者なら肉体の場所を狭め、反面霊的には広げ、深く、神の英知に近づくであろう。パンダラスはクリセイデに、トロイラスと「ぴったりはまるんだ」と “hool” を使って地口をたたく。

Ther were nevere two so wel ymet,
Whan ye ben his al hool as he is youre;
Ther myghty God graunte us see that houre!　Tr 3.586–8

が立つ「門」・「窓辺」の境界線は、ここでは言語テクストそのものにも投影され、テクストは「包囲」の一つの変種ではないかと感じられる (Nakao 2013: 94–95 参照)。後にパンダラスはトロイラスの恋文を彼女に渡すが、彼女は彼の意を受け入れるか否かの窓辺 “wyndowe” (Tr 2.1186, Tr 2.1192)、境界線に置かれる。[(1)]

第3巻は、トロイの内側のスペースが更に狭まりミクロ化していく。パンダラスの家、家の中の寝室、寝室の中のベッド。パンダラスはクリセイデを嵐がくると予見したまさにその日、夕食会に誘う。トロイラスを彼の家の隠し部屋 “stewe” (Tr 3.601)、鳥かごのように狭い囲い “mewe” (Tr 3.602) で待機させる。

案の定、大雨となりクリセイデは彼の家に泊まらざるを得ない。パンダラスは寝室のベッドにいるクリセイデにトロイラスがやってきたこと告げ、彼を受け入れるよう推し進める。パンダラスはすぐさまトロイラスのところに行き、計画を実行に移す。鳥かごの中にいるトロイラスは、パンダラスの案内でその部屋の小さな開きドアから抜け出て、クリセイデの寝室にやってくる。

He thought he wolde upon his werk bigynne,
And gan the **stuwe doore** al softe **unpynne**;　Tr 3.697–98

But bid, and lat me gon biforn a lite.”
And with that word he gan **undon a trappe,**
And Troilus he brought in by the lappe.　Tr 740–2

And they that layen **at the dore withoute**,
Ful sikerly they slepten alle yfere;
And Pandarus, with a ful sobre cheere,
Goth to **the dore** anon, withouten lette,
Ther as they laye, and **softely it shette**.　Tr 745–49

MED s.v. trap. A door in a floor or ceiling, usu. concealed, leading to a pas-

行ったり来たり (lepe)、二人の動きを自分の計画通りに狭めていく。パンダラスは、クリセイデの家をトロイラスのために訪れる。その時、彼女は『テーベの包囲』“thc siege of Thebes” (Tr 2.84) のロマンスを女友達と読んでいた。この箇所はチョーサーの原点、ボッカチオ作『フィロストラート』への挿入である。クリセイデは「赤の文字」“thise lettres rede” (Tr 2.103) のところで読むのを中断していたと言う。写本テクストのパラグラフ間の縁、境界にも、「包囲」の概念が投影される。この含意は RQ2 で詳述する。パンダラスがトロイラスの愛を彼女に伝えた後、トロイの門が開き “Cast up the yates wyde” (Tr 2.615)、トロイラスが凱旋する。この門は彼女の閉ざされた門を開くことを暗示する。

クリセイデは彼女の家の窓辺からそれを見て、心が動揺、パンダラスの計画通りトロイラスに徐々に引き付けられる。パンダラスはクリセイデにトロイラスの凱旋を見させる。語り手は、軍人らしく、力強く、彼を見るのは感動的だ、と記述する。

So lik a man of armes and a knight
He was to seen, fulfilled of heigh prowesse,
For bothe he hadde a body and a myght
To don that thing, as wel as hardynesse;
And ek to seen hym in his gere hym dresse,
So fressh, so yong, so weldy **semed** he,
It was an heven upon hym for to see. Tr 2.631–7

クリセイデの名誉を考慮してか、この凱旋描写は語り手のものか、クリセイデ個人のものか、境界線上に置かれる。これは自由間接話法（思考）の先駆けか。“weldy” (MED s.v. weldi: vigorous, agile, capable (of doing sth.)) に見える (semed) のは語り手にとってか、クリセイデにか。“heven” は語り手の常套句か、クリセイデにとっての「恍惚感」か。ホリー (1990: 85) はクリセイデにとっての “hevene” として決め付けているが、ここにも視点の境界線、語りの曖昧性が生起していると解すべきである。クリセイデ

1巻でトロイ・ギリシャ戦争の「包囲」、つまりプロトタイプが設定され、第2巻でトロイラスとクリセイデの愛はパンダラスを介して狭く「包囲」され、第3巻で二人の愛は「包囲」のミクロ化——密室性——を通して実現し、第4巻ではクリセイデの捕虜交換で「包囲」の外への拡張が決定され、第5巻では捕虜交換、トロイラスの悲劇的な死、第8天への移動——これまでの水平上の動きに対する垂直の動き——、そして下界を見ることで終了する。

第1巻ではトロイ・ギリシャ戦争の舞台、トロイがギリシャ軍に「包囲」されている状況が導入される。

Yt is wel wist how that the Grekes stronge
In armes with a thousand shippes wente
To Troiewardes, and the cite longe
Assegeden, neigh ten yer er they stente,　Tr 1.57–60

（引用はベンソン 1987 に拠る。ボールドは筆者。）

他に、“th'assege and his savacioun” (Tr 1.464)、“hir cite biseged al aboute” (Tr 1.1149)。

そして舞台は、トロイとギリシャの境界線からトロイの内部へ移り、公共の場パラディオンの寺院（トロイ建設の女神パラスを祀っている）が写し出される。そのドア、即ち寺院の境界線、近くに恐る恐る立っているクリセイデに焦点が当てられる。

And yet she stood **ful lowe and stille allone**,
Byhynden other folk, in litel brede,
And **neigh the dore**, ay undre shames drede,　Tr 1.178–80

そこでトロイラスはクリセイデを見て、一目ぼれする。パンダラスはトロイラスから彼女への愛を打ち明けられる。

第2巻では、パンダラスはトロイラスとクリセイデの橋渡し役となり、

「包囲」の認知過程、内、境界、外を条件として、それが適用されると考えられる表現をできる限り取り上げた。

3.2.「包囲」の多様化

本論では、3.1で示したように、「包囲」の概念のスキーマを「外・境界・内」と設定した。最も際立ちがあり、他の「包囲」の起点になっている、プロトタイプと称せるものはトロイの「包囲」そのものである。この「包囲」は最初は具体性を色濃く維持しているが、「包囲」の変種を繰り返し生み出していくと、次第にスキーマは抽象性・柔軟性を増し、その共通項を通して変種は一層拡張していく。最後には「包囲」のスキーマに含めるべきか、別のスキーマとすべきか、境界線上のファジーエッジまで進行する。本作品での「包囲」のスキーマ化の形成過程をざっくり捉えておけば、下記の図のようになる。

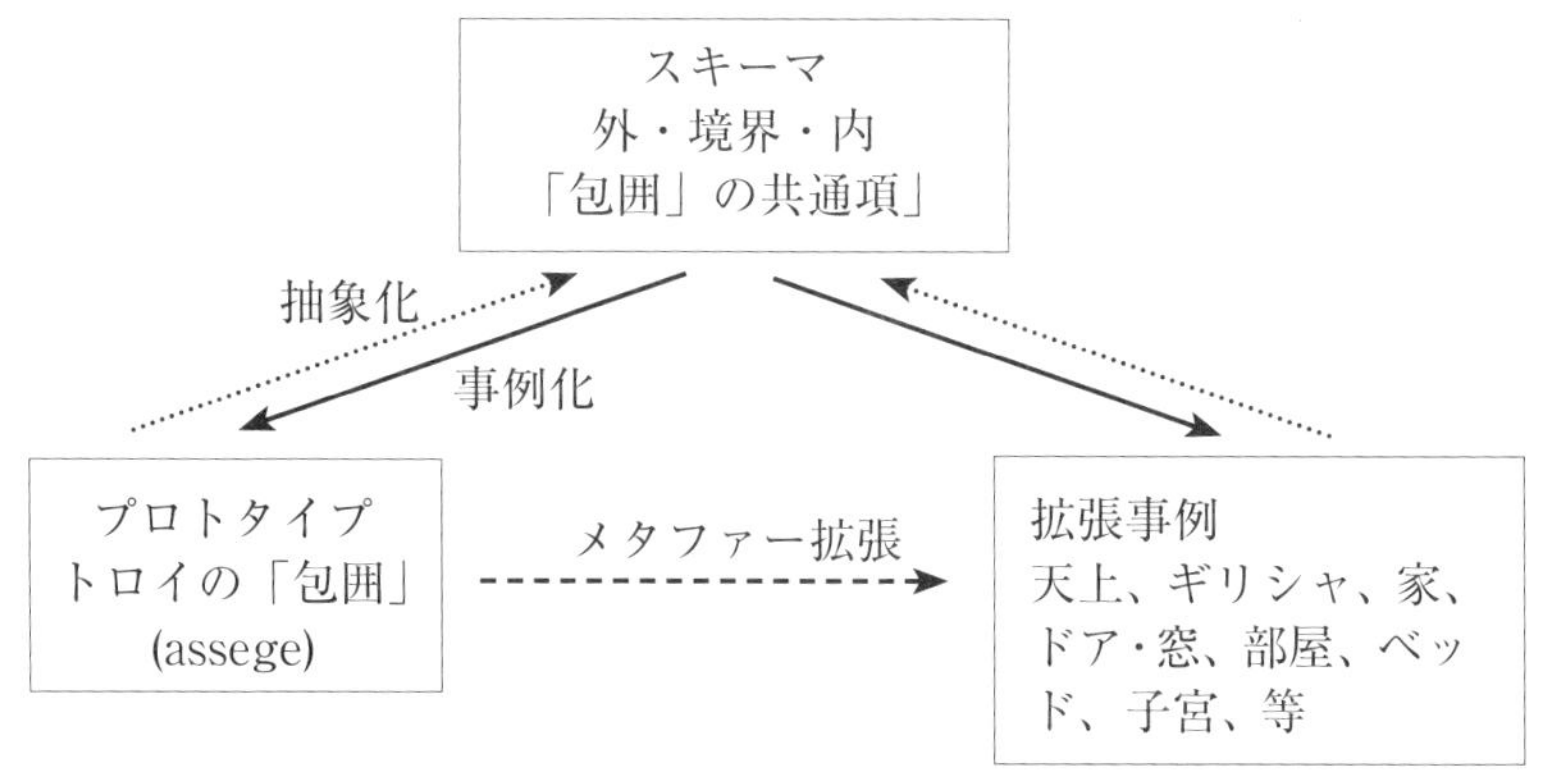

拡張とスキーマ化（ラネカー (2000:13)、山梨 (2000:181) を参照）

河崎 (1995: 151) は、チョーサーの創造性を「〈権威〉と〈経験〉は、互いに切り離された別個な概念ではなく、互いに結びつき合いながらこの現実の世界でリアリティーを帯びていく、そういった関係にあるといえる。」と規定するが、上記の図で言えばプロトタイプからスキーマを通していかに拡張事例を生み出していくかの問題である。

第1巻から第5巻まで「包囲」のスキーマ化は次のように行われる。第

RQ2.『トロイラスとクリセイデ』においてトロイの「包囲」は、どのように重層化しているか。

2. 方法論

2.1. RQ1 の方法論

「包囲」の認知プロセス：囲いは対象を捉える視野・視点を設定する。（レイコフ・ジョンソン 1980、瀬戸 2001）

「包囲」のスキーマ化：囲いの変種をばらばらにしないで中核的意味（スキーマ）を通して統合してみる。（ラネカー 2000, 2008）

2.2. RQ2 の方法論

「包囲」の重なり合い：メンタルスペース理論・ブレンディング理論（フォーコニア 1994、フォーコニア・ターナー 2002）

3. RQ1:『トロイラスとクリセイデ』においてトロイの「包囲」は、どのように多様化しているか。

3.1.「包囲」の条件

「包囲」の認知プロセスは、言語主体（語り手や登場人物）の視野・視点規定し、大きく 3 つの要素 (A, B, C) から構成される。

- A は目の前で O（対象）を捉えており、全体が見えない。
- B は境界線にいて、内側も外側も意識できる。
- C は外にあり、全体的な認識ができる。

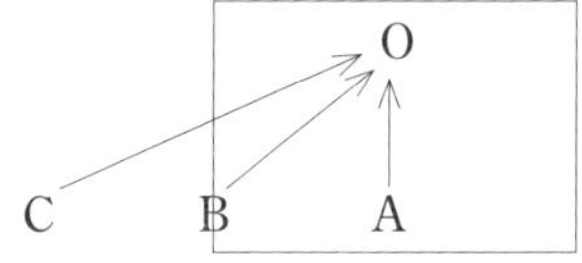

A, B, C は独立的というよりは、全体枠の一つとして焦点化される。この

1. 先行研究

先行研究は、大きく3点から捉えられる。一つは、中世英文学での「包囲」一般の研究、二つ目はその「包囲」を狭めトロイの「包囲」に焦点を当てた研究、三つ目は更に狭めてチョーサー作品の『トロイラスとクリセイデ』の「包囲」に限定した研究である。一番目の「包囲」一般の研究（ヘブロン 1997）では、宗教的アレゴリーあるいは説教集での機能（キリスト教と異教の攻防）、宮廷ロマンスでの機能（愛の庭）、ファブリオーでの機能（愛の庭のパロディ）等、幅広く扱われている。二番目の トロイの「包囲」の研究（ベンソン 1980、フェデリコ 2003、ウイタリィスズ 2011、河内・松田 2011）は、トロイ攻防の国王、騎士、女性を含めた歴史叙述の考察である (Cf. ギドー、『トロイの破壊』、リドゲトの『トロイ本』)。三番目の本論で扱う『トロイラスとクリセイデ』の「包囲」の研究（バーニー 1972、ホリー 1990、ブラウン 2007）はトロイラスの閉塞性（バーニー）、「包囲」と視覚の関係（ホリー）、更に光化学的 (optical science) 観点からホリーをより体系づけた研究（ブラウン）がある。光化学的というのは、視力が及ぶ範囲、遠近法を問題にし、ブラウンは本作品では天からの見通した視点と地上での限界点のある視点の融合があると述べている。

本論は、ホリーやブラウンのような光化学的観点に立つのではなく、もっと根源的な人々の日常生活での身体経験に留意し、「包囲」の意味含意を明らかにしようとしたものである。この身体的で日常的なスペースの認知プロセスは、近年認知言語学が大きく取り上げ、洗練してきた課題である。この理論的基盤を踏まえると、『トロイラスとクリセイデ』における「包囲」に関して、これまで見落とされていた包囲表現に新たに気づくと共に、それぞれの関係性を容易く捉えることができ、かくして一層体系的に読み解くことができるのではないか、と考えた。

本論の研究課題は次の2点である。

RQ1.『トロイラスとクリセイデ』においてトロイの「包囲」は、どのように多様化しているか。

チョーサーの『トロイラスとクリセイデ』における“assege”
――〈包囲〉(内、境界、外) の認知プロセスを探る

中尾　佳行

はじめに：問題の所在

「包囲」(“assege” [siege]) は、詩人チョーサーの生涯において、重要な意義を持っていたように思える。チョーサーが作品を創作していた当時、イギリスとフランスは百年戦争の真っ只中にあった。チョーサーはいつロンドンの壁が崩されるかという緊張感の中にいたと思われる。またチョーサーは1374年から1386年まで、ロンドンの壁の一郭オールドゲイトで税関長を務め、商品（絹、革製品）がイングランド内から外の大陸に出るのを監視し、国税をかける業務に携わっていた。古き道、オールドゲイトは内と外のものが接するまさに境界線だった。

しかし、内側にこそ互いに拮抗する力が貯えられていた。リチャード2世の支配とそれへの市民の抵抗、政治的なファクションの対立、社会階層の流動性等、その境界線がいつ書き換えられてもおかしくない状況にあった。『トロイラスとクリセイデ』の最も信頼性のある写本、15世紀初頭のコーパス・クリスティ61写本、ケンブリッジ大学の口絵 (Frontispiece) は、ロンドン内の力の拮抗関係を微妙に伝えているように思える。チョーサーと思われる詩人が、二つの貴族集団の中間、境界線にいることは注意を要する。リチャード2世と思われる人物の顔は塗潰されているように見える。チョーサーの『トロイラスとクリセイデ』に見られる「包囲」の概念は、彼が日常的に抱えていた内的な緊張関係の身体化ではないか。本論ではこの「包囲」の持つ意味含意を、チョーサーの閉じられたスペースに対する認識の問題として追究してみたい。

Seymour, M. C. (ed.) *The Bodley Version of Mandeville's Travels*. London: Oxford University Press, 1963.
Simpson, J. A., and E. S. C. Weiner. eds. *The Oxford English Dictionary*, Second Edition, Vol. XVII, Oxford: Clarendon Press, 1989.
The Bible: Geneva Edition. 1560. Litchfield Park: The Bible Museum, 2006.
The Coverdale Bible. 1535. Litchfield Park: Pilgrim Walk, 2010.
The Holy Bible: Authorized King James Version (1611), London: Oxford University Press.
The New English Bible: The Old Testament. Cambridge: Cambridge University Press, Oxford: Oxford University Press, 1970.
Warrington, John, and Maldwyn Mills. (eds.) *Geoffrey Chaucer Troilus and Criseyde*, London & New York: Dent & Dutton, 1974.

(27)

発達過程 / thereの機能			ウィク 1395	トロイ 1385	マンデ 1450	カヴァ 1535	ジュネ 1560	欽定訳 1611	動物農場 1945	新共同訳 1970
I		指示機能有	○	○	○	×	×	×	×	×
II		指示機能無	×	○	△	○	○	○	○	○
III	i	thereの共起	×	×	×				○	
	ii	補文の主語	×	×	×	○	○	○	○	○

参考文献

Benson, Larry D. (ed.) *The Riverside Chaucer.* New York: Houghton Mifflin, 1987.

Biber, Douglas, Stig Johansson, Geoffrey Leech, Susan Conrad, and Edward Finegan. *Longman Grammar of Spoken and Written English*. Harlow: Pearson Education, 1999.

Breivik, Leiv Egil. *Existential There: A Synchronic and Diachronic Study*. Oslo: Novus Press, 1990.

Coghill, Nevill. *Troilus and Criseyde*. London: Penguin Books, 1971.

Declerck, Renaat. *A Comprehensive Descriptive Grammar of English*. Tokyo. Kaitakusha, 1991.

Forshall, Rev. Josiah, and Sir Frederic Madden. (eds.) 1850. *The Holy Bible, Containing the Old and New Testaments, with the Apochryphal Books, in the Earlier English Versions Made from the Latin Vulgate by John Wycliffe and his Followers*. 4 Vols. London: Oxford Univ. Press. Reprinted. New York: AMS Press, 1982.

Fujiwara, Yasuaki. "Chaucer no Sonzaibun" (Expletive *there* in Chaucer) in *Studies in Modern Languages and Cultures*. Vol. 57. pp. 1–14. 2001.

—— ."Existential Sentences in the *Canterbury Tales*." In *Language and Beyond: A Festschrift for Hiroshi Yonekura on the Occasion of His 65th Birthday*. Tokyo: Eichosha, 2007.

Lewis, Robert E., et al. (eds.) *Middle English Dictionary*, Part T, 4, Ann Arbor: The University of Michigan Press, 1994.

MaCawley, James D. *The Syntactic Phenomena of English*. Second edition. Chicago & London: The University of Chicago Press, 1998.

Orwell, George. *Animal Farm*. 1945; Reprinted. London: Secker & Warburg, 1971.

Quirk, Randolph, and C. L. Wrenn. *An Old English Grammar*. London: Methuen, 1957.

Quirk, Randolph, Sidney Greenbaum, Geoffrey Leech, and Jan Svartvik. *A Comprehensive Grammar of the English Language*. London & New York: Longman, 1985.

III. まとめ

There + 動詞 + 主語という構文の there が場所の指示機能を失うと、there 存在文が出現する。しかし、1450 年以前に記された散文の中の there 構文をかなり広い脈絡に置いて精査すると、there の指示機能を完全に否定できる例はほとんど見当たらない。一方、同一の節の中で there が 2 回生じる例や補文の主語となっている there の例もまったく確認できなかった。このような指示機能のない there は虚辞とみなすことができ、there 存在文の発達を確定する有力な指標となるが、今回の分析の結果、1450 年以前の散文では there にはこのような用法は確立していないことが明らかとなった。それゆえ、1450 年以降から 1535 年頃までの約 85 年間に there 構文は存在を表す便法としての用法を急速に確立したことになるが、それは具体的にいつ頃のどの文献においてなのかは今後明確にせねばならない課題である。

本稿で分析対象とした 6 点の現代英語以前の文献のうち、there 存在文の発達過程において最も初期の段階 (= 27. I) にあるのはウィクリフの『聖書』であり、虚辞の there は確認できなかった。『トロイラス』はリズムの制約はあるものの、there に指示機能のない例はかなり多く、there 存在文の初期の 2 番目の段階 (= 27. II) に入りつつあると言える。これに対して、散文の『旅行記』はリズムの制約を受けないが、虚辞の there とみなせるものは少なく、存在文の発達段階では第 1 期の終わり頃 (= 27. I) にあるとみなせる。『カヴァデール聖書』から『欽定訳』までの文献では there の共起は確認できなかったものの、それより後の特徴とみなせる補文の主語として用いられていることから、there 存在文は確立していて、第 3 段階の後半 (27. III. ii) にあると判断できる。

d. “Ănd thóugh sŏ bé thăt pées *thĕr* máy bĕ nón, (IV.195.1)
‘And though it be that there may be no peace,’

e. Ŏut óf mў wóf ŭl bódў hárm *thĕr* nóon ĭs, (IV.121.3)
‘There is no harm out of my sad body,’

2.3.5.『トロイラス』の there 存在文

現代英語の there 存在文には (1b) や (1c) のように、一般に時間または場所を表す副詞（句）が伴う。この場合、there がなくても文は成立するが、このように副詞も補語もない存在文では there は不可欠である (Quirk, et al. (1985: 1406))。There 構文のこのような制約は『トロイラス』でも (26a, b) および (26c, d) の例のように忠実に守られていることから、there 存在文は確立していたと考えられる。一方、(1e) のように同じ節（または文）に there が共起する例は『トロイラス』には全く生じない。ちなみに、Coghill は (26ei) を現代英語に訳するのに (26eii) のように 2 種類の there を用いている。これは弱強 5 詩脚のリズムを整えるためであり、文法的には不可欠なものではない。ただし、原文に忠実な (26eiii) のような現代英語に訳すると、there は一つですむが、弱強 5 詩脚のリズムは成立しない。

(26) a. In al this world *ther* nys a bettre knyght (II. 26. 2)
‘In all the world there is no better knight;’

b. That gladder was *ther* nevere man in Troie; (III. 51. 7)
‘There never was a gladder man in Troy.’

c. Thus am I lost; *ther* helpeth no diffence. (IV. 41. 7)
‘So I am lost and there is no defence.’

d. Considered al, *ther* nys namore amys. (IV. 182. 4)
‘Considered well, there is no more amiss.’

e. i. ‘For if *ther* sitte a man yond on a see, (IV. 147. 1)
ii. ‘Ĭf *thére*’s ă mán thĕre, síttĭng ón thĕ séat,’
iii. ‘For if *there* sits a man on the yonder seat,’

(III. 198.6), (III. 206. 2)

'And live in grief; so may God grant they don't recover,'

c. *Ther* Jove hym sone out of yourc herte arace! (III.145.7)

'May Jove soon root it out of your heart!'

2.3.5. 話題化による倒置

チョーサーは「総序」において新たに登場する人物に焦点を当てるために、there 構文の意味上の主語名詞句を話題化により行頭に前置 (fronting) させている（藤原 (2001: 10–12)）。この節では、『トロイラス』の there 構文の主語名詞句の前置の言語上の特徴を明らかにしたい。

There 構文の鋳型に合致する『トロイラス』の例のうち、主語名詞句が there に先行している例は (25) の 5 例がすべてである。これらの例を見ると、主語名詞句はいずれも行頭まで前置していない。(25a, b) では、there を強音部から避けるために there と動詞を倒置させたとみなせる。これとは逆に、(25c) で there が強音部に生じているのは、本来は non harm ne synne であるべき句を、先行の III. 131. 1 の行末の inne と韻を踏ませるために synne を行末に残し、harm のみを前置させた結果であると考えられる。一方、(25d) では、この行がスタンザの冒頭に来ることから、脚韻の都合ではなく、there が強音部に生じることを避けたせいで倒置が生じたのであろう。(25e) で harm の前置に加えて、is と noon の語順が倒置しているのは、2 行前の ones [ó:nəs] と韻を合わせるために noon is [nó:nəs] とした結果であろう。いずれにせよ、『トロイラス』の主語名詞句の前置は話題化ではなく、リズムの都合によるものと思われる。

(25) a. Fŏr próuddĕr wómmăn ís *thĕr* nóon ŏn lývĕ, (II.20.5)

'For there is no prouder woman alive,'

b. Fŏr óthĕr cáusĕ wás *thĕr* nóon thăn só, (III.226.4)

'For there was no other reason than so,'

c. Nĕ, párdĕ, hárm măy *thér* bĕ nón, nĕ sýnne: (III.131.3)

'No, indeed, there may be no harm or sin:'

2.3.4.『トロイラス』における祈願の there

『トロイラス』における最も注目すべき there は、「願望、祝福、呪文」などの意味を表す節の導入詞として用いられる場合である。*MED* (s.v. ther 3c.) は、there のこの用法の初出は『トロイラス』(c1385) にあると指摘し、(23a, b) の2例をあげている。ちなみに、Warrington & Mills (1974: 158) と Benson (1987: 297) は (23b) を現代英語では訳されない (untranslated) と記している。いずれの記述にも根拠が示されていないことから、この節では祈願文の導入詞とみなせる there の言語特徴について考察してみたい。

(23) a. 'Awey!' quod he. '*Ther* Joves yeve the sorwe! (V.218.6)
'Away said he. 'May Jove give thee sorrow!'
b. *Ther* good thrift on that wise gentil herte! (III.136.2)
'A blessing to your wise and gentle heart!'

興味深いことに、(23a, b) 以外に祈願文とみなせる例は7回用いられているが、これらの there は (24a, b, c) のように文頭または文中に生じ、祈願の対象は神または Jove に限られる。さらに、Warrington & Mills (1974: 158) は (23b) を除く (23a) と (24) の3例を含むすべての例の there を祈願文の "May" とみなしている。それゆえ、(23b) は *MED* の記述にも拘わらず、祈願の there から外すのが妥当であろう。祈願の there とみなせる例は (24a, c) のような行頭はもとより、(23a) や (24b) のような行中でも、すべて弱音部に生じ、その上、すべて there 構文の鋳型に合致しない。それゆえ、チョーサーはリズムの必要性と祈願文の導入詞として there を用いたと考えられるが、*OED*[2] は祈願文の導入詞としての there を認めていないことから、これらの there は「臨時語」(nonce word) の可能性がある。

(24) a. *Ther* God thi light so quenche, for his grace!
(III.208.7), (II.84.7), (III.218.7), (V.256.2)
'May God quench the light in thee for doing thus!
b. And lyve in wo, *ther* God yeve hem meschaunce,

(21) のように there 構文として用いている。

(21) a. Fŏr *thér* ĭs nóthy̆ng mýghte hy̆m béttrĕ plésĕ, (III. 127. 4)
'There's nothing he would so much like to get,'
b. Hĕ jéalŏus wás, sy̆n *thér* wăs cáusĕ nón; (III. 165. 3)
'He had been jealous, since there was no reason;'
c. Nŏr *thér* năs hóure ĭn ál thĕ dáy ŏr nýght, (V. 67. 1)
'There was no hour of the day or night,'

2.3.3.4. 行末における there

行末ではリズムと脚韻を整える必要から、there は (22) のように必ず強音部を占める。興味深いことに、該当する 17 例では、無標の ther ではなく、非語源的な -e を伴う有標の there が必ず文または節の末尾に生じることから、この語は強弱のリズムを示していた可能性が強い。さらに、これらの例はすべて次の行にまたがることも、存在文を形成することもない。Coghill は 17 例中 11 例 (64.71%) の there を場所の副詞として行末に用いているが、その結果、強形の there [ðéə] と韻を踏む語を選択するのに窮し、不正確な脚韻が多くなっている。たとえば、Coghill が there の脚韻語として選んだ were, fear, care のうち、care 以外は音声上正確な脚韻とはなっていない。もっとも、[eə] で終る語を there に先行する位置で選んだ場合、scare (IV. 212. 5), wear (IV. 218. 3), fare (V. 194. 5) のように、there はこれらの語と韻を踏ませるために好都合な語となっている。

(22) a. Ănd whán thŏw wóost thăt Í ăm wíth hĭre *thérĕ*, (II. 145. 2)
'And when you know that I am with her there,'
b. Ănd áxĕd hým ĭf Tróilŭs wérĕ *thérĕ*. (III. 82. 2)
'Whether he knew if Troius would be there.'
c. Bŭt bén hŏnóurĕd whíle wĕ dwéltĕn *thérĕ*. (IV. 218. 5)
'We would be honoured if we settled there.'

d. *Ther* was nomore of skippen nor to traunce, (III. 99. 4)
'There was no one to skip or tramp about,'

e. *Ther* is no verray weal in this world heere. (III. 120. 3)
'There is no true happiness here in this world.'

f. *There* mot necessite ben in yow bothe. (IV. 148. 7)
'There must be necessity in both of you.'

2.3.3.2. 行中における there 構文（その 1：there が弱音部の場合）

There が行中に生じる 130 例のうち、弱音部を占めるのは 77 例であるが、このうち、there 構文の鋳型に合致するのは大半の 65 例 (84.42%) に達する。このように、行中の弱音部の there 構文の例が行頭の場合の 2 倍近く多くなっているのは、(20) のように疑問文や話題化などの統語面のみならず、リズム上も調整しやすいためであろう。ちなみに、there 構文の鋳型に合致する 65 例に顕著なのは、これらの半数以上の 40 例 (=51.95%) を Coghill も there 存在文で訳出していて、行頭の 27.59% の 2 倍近い頻度で生じていることである。

(20) a. Ĕk óf thĕ dáy *thĕr* pássĕd nóught ăn hóurĕ (I. 66. 1)
'Also there never passed an hour of the day'

b. Fŏr próuddĕr wómmăn ís *thĕr* nóon ŏn lývĕ, (II. 20. 5)
'For there would be no prouder woman alive,'

c. Nŏw ís *thĕr* lítĕl mórĕ fór tŏ dóonĕ, (III. 79. 1)
'Now there is little more to be done,'

2.3.3.3. 行中における there 構文（その 2：there が強音部の場合）

次に、there が行中の強音部に生じる 53 例を分析する。2.3.2. で指摘したとおり、強音部では場所等を表す副詞が占める確率は高くなるが、there 構文の生じる確率は低くなる。この予測どおり、『トロイラス』では行中の強音部の there のうち、場所を表す副詞は 34 例 (= 64.15%)、その他の場合は 19 例 (=35.85%) である。Coghill は後者のうちの 10 例 (52.63%) を

b. Bŭt nów tŏ yów, yĕ lóvėrĕs thát bĕn hére, (II. 251. 1)
'But now I ask you, you lovers who are here,'

c. Thĕr ís ănóthĕr thíng Ĭ táke ŏf hédĕ (I. 83. 3)
'There is another thing that I care about'

d. Hĭs néce ăwóok, ănd áxĕd, "Whó gŏth thérĕ?" (III. 108. 2)
'His niece awoke, and asked, 'Who goes there?'

2.3.3.『トロイラス』における there 構文

2.3.3.1. 行頭における there 構文

『トロイラス』の場合、副詞 + 動詞 + 主語という脈絡において、there が副詞の位置を占めると、there 構文が成立する。この場合、there 存在文が生じる可能性があることから、該当例を詳細に分析してみたい。最初に、行頭（すなわち、弱音部）に生じる there は 40 例あるが、このうち 11 例は (19a, b, c) のようにいずれも there 構文の鋳型には合致せず、関係副詞、接続詞、祈願の導入詞などとして用いられている。残りの 29 例は (190d, e, f) のようにこの鋳型に当てはまるが、there が前方または後方の場所を指示する副詞の可能性もあることから、29 例の there がすべて虚辞とは限らない。事実、『トロイラス』を弱強 5 詩脚のリズムと脚韻という制約に従って現代英語に訳している Coghill (1971) では、there 構文の鋳型に合致する 29 例のうち、there 存在文として訳出されているのは 8 例 (27.59%) に留まる。もっとも、この数値は、Coghill の訳に関する限り、『トロイラス』では現代英語に似た there 存在文が少なからず用いられていた可能性があることを示唆するものとなっている。

(19) a. *Ther* peril was, and dide ek swich travaille (I. 68. 6)
'(He stayed)where danger was, and did such work'

b. *Ther* every day with lyf myself I shende." (V. 182. 7)
'whereas every day I ruin myself with my life.'

c. *Ther* God thy makere yet, er that he dye, (V. 256. 2)
'May God (send) thy maker before I die,'

最初に、(17a) のように弱音部に生じる here はわずか 14 例 (14/109= 12.84%) であるが、(17b) のように強音部には大半の 95 例 (95/109=87.16%) が生じる。これとは対照的に、there は (17c) のように過半数を大きく上回る 115 例 (115/187= 61.50%) が弱音部に生じ、強音部 (arsis) では (17d) のように半数を下回る 73 例 (38.50%) に留まる。

(17) a. Thăn stérve *hĕre* ás ă gnát, wĭthóutĕn wóundĕ. (IV. 85. 7)
'Than starve here as a gnat, without wounds.'
b. Styntéth rĭght *hére*, ănd sóftĕlý yŏw pléyĕ. (II. 247. 7)
'Stay right here, and amuse yourselves quietly.'
c. Ĭn ál thĭs wórld *thĕr* nýs ă béttrĕ knýght (II. 26. 2)
'In all this world there is not a better knight'
d. Ănd wél ăvýse hўm whóm hĕ bróughtĕ *thérĕ*; (III. 84. 5)
'And consider carefully whom he brought there;'

上記の here と there の生起頻度数の相違は、ほぼ確実に弱音が生じる行頭と、たいていの場合に強音で終る行末においても確認できる。すなわち、here は行頭では (18a) の例を含め、わずか 2 例 (1.83%=2/109) であるのに対して、行末では (18b) のように 36 例 (33.03%=36/109) に増える。ところが、there は here とは逆の分布を示し、(19c) のように行頭では 40 例 (21.39% = 40/187) にのぼるが、行末では (18d) のように 17 例 (9.09% = 17/187) に留まる。行中における there のこのような分布上の特徴は、行頭と行中に there が生じると there 構文が形成されやすいが、行末ではこの構文は成立しえないことに基づくものと考えられる。以上の事実から、here は行中の位置を問わず、場所の副詞として用いられることが多いが、there は、とりわけ行頭においては、場所の副詞ではなく虚辞の場合が多く、行末の強音部の there は場所の副詞である可能性が高くなると言える。

(18) a. "*Hĕre* át thĭs sécrĕ tráppĕ-dóer," quŏd hé. (III. 109. 3)
'Here at this secret trap-door, said he.'

クリセイダ』(*Troilus and Cryseyde*)（以下、『トロイラス』）における there の言語特徴と there 存在文の有無を探ってみたい。

2.3.1. There の語形とリズムへの関与

チョーサーは現代英語の there に対応する語形として -e を伴わない ther を圧倒的に多く用いているが、here の場合は her よりも -e を伴う形式の方が多い。いずれの -e も非語源的 (inorganic) であり、『トロイラス』で用いられている 187 例の ther と 109 例の here のうち、there と here の語末の -e が弱音部 (thesis) を形成しているのは、行末を除くと (15a, b) の 1 例ずつのみである。非語源的な語尾 -e が行中でリズムに関与する例はきわめて例外的であるとみなせることから、<ther> の異形とリズムの関係について掘り下げて考察する必要はない。それゆえ、本稿では <ther> については異形を区別せず、there に統一して記述する。

(15) a. Ănd *thérĕ* lát ŭs spékĕn óf ŏure wó; (IV. 178. 5)
'And there let us speak of our woe'
b. Ĭnténdĕstów thăt wé shăl *hérĕ* blévĕ (V. 69. 2)
'Do you perceive that we should remain here'

2.3.2. There と here の機能上の特徴

一方、(16) のように there と here が等位表現として同じ行に共起する例は 4 回生じることから、両者は類似の言語特徴を示す可能性がある。それゆえ、there の虚辞の発達過程を探る手段の一つとして、there と対照させながら here の特徴を明らかにしておきたい。

(16) a. Now *here*, now *there*, for no devocioun (I. 27. 5, II. 29. 1, IV. 35. 2)
'Now here, now there, for no interest'
b. But *here* and *ther*, now here a word or two. (V. 26.4)
'But here and there, now here a word or two.'

がかなり多く用いられている。このような代名詞は現代英語では余剰的 (redundant) であり、一般的とはみなされないが、少なくとも『旅行記』では、より特定的な先行の句または節をこれと同じ機能を持つ非特定的 (non-specific) な代名詞で受けて、統語関係を明確にしていたと考えられる。それゆえ、(13) の there は形式主語ではなく、(14) の例と同様に先行する場所を表す副詞句または節と同じ機能を果たしていたとみなせる。

(14) a. The Emperour of Constantyn the Noble, *he* yeuyth her patriark his dygnete. (15. 23–4)
'The Emperor of Constantinople, he gives his dignity to her patriarch.'
b. This yle that this good folk dwellyin in, *it* is the yle of ragman. (113. 8–9)
'The isle in which this good people dwell, it is the land of Brahmans.'
c. and they that werkyn the womanys werk, *they* beryn yldeyn. (141. 15–6)
'and those who do the woman's work, they give birth to children.'

2.3. チョーサーの韻文における there 存在文

上述のように、ウィクリフの『聖書』と『旅行記』では虚辞の there は皆無もしくはまれである。少なくとも 1400 年頃の散文に関する限り、補文の主語や同一節内での there の共起など、there 構文に伴う現代英語の典型的な統語上の特徴は未発達であったことは確かである。しかし、ほぼ同時代のチョーサーの『カンタベリ物語』の「総序」と「騎士の物語」については、there 構文の鋳型に合致する例は少なくなく、その上、there には多様な機能があることが明らかとなっている（藤原 (2001), Fujiwara (2007)）。それゆえ、1400 年頃の韻文に there 存在文が出現し始めていたのであれば、同時代の散文にこの構文が用いられないのはなぜかという疑問が生じる。もっとも、詩にはリズムと押韻の制約があることから、散文とは異なる特徴を示す場合もありうる。そこで、本稿では『トロイラスと

c. *Beside that Vale Perlious* is an yle. (107. 25)
'Near the Valley Perilous is an isle.'

慎重な考察を要するのは、場所を表す副詞句の後に there が生じる (13) のような例である。なぜなら、このような例の there には三つの異なる解釈がありうるからである。一つ目は (10) の例と正反対に、there に前方照応的機能を認めるものである。二つ目は、前置詞句が話題化 (topicalization) によって文の後方から前置したとみなすものである。三つ目は、指示作用のない存在の there が新たに挿入されたというものである。これら三つの解釈のうち、最初のものは、前方照応的 there は一般に先行する別の文中の場所を指示することから、there と同一文中の直前の場所を受ける (13) の例とは根本的に異なる。一方、2 番目の解釈の場合、(12) の例からも明らかなとおり、文頭の場所を表す副詞（句）はこの頃の英語にとって無標 (unmarked) とみなせることから、話題化という特別な操作を行って前置させる必要はなかったはずである。最後に、there の挿入という解釈は there がなくても存在の概念が表せ、その上、リズムの都合による挿入の必要性がない散文であることを考慮すると受け入れ難い。

(13) a. At the cete of Famagost *ther* is port principal (23. 12)
'At the city of Famagusta there is a main port'

b. Withinne that chirche *ther* is a tabernakele craftily wrought with gold and syluyr .... (51. 27–8)
'Within that church there is a tabernacle craftily made with gold and silver ....'

c. In an yle of that lond of Ethiope *there* are ratonys (87. 20)
'In an isle of that land of Ethiopia there are rats'

次に、(13) のような there を前方照応機能のある例とみなす有力な根拠を示したい。『旅行記』では、(13) のような場所を表す句や節に限らず、(14) のような人や物を表す場合においても、直前の句や節を代名詞で受ける例

なくても、これらの国がどの辺りにあるかが理解できる。それゆえ、(11)の4例のthereは言葉で明確に述べられないものを表す「外部照応的(exophoric)」であった可能性がある。この場合、4例のthereは場所の副詞とみなされることから、ボドレー版『旅行記』の101例のthereには存在文を導入する機能がなかったことになる。

(11) a. *Ther* is a reume that is callyd Messodonye. (9. 29)
'There is a realm that is called Macedonia.'
b. *There* is another reume that is called Baldasdor, (97. 20)
'There is another realm that is called Bacria,'
c. *There* is a [reume] that men callyn Giboth (119. 25)
'There is a realm that men call Tibet'
d. *Ther* is a reume that is called Dyndeia, (139. 14)
'There is a realm that is called Andaman Islands,'

一方、前方照応的なthere構文よりもはるかに多く用いられているのは、(12)のように、「場所の副詞（句）+動詞+主語」という構造を示す文である。このような副詞句を含む文はthere構文と基本的に同一の構造を示すが、副詞句はthereよりも情報量がはるかに多く、より特定的である。これらの構文は古英語以来の存在を表す文の原型(prototype)と呼べる。それゆえ、thereはこのような特定的な副詞句と同様に文頭に生じるが、情報量が少ないことを理由にこれらのthereを虚辞とみなすのは説得力に欠けることになる。

(12) a. *In that yle* is the Mount of the Holy Crois, (23. 15)
'In that isle is the Mount of the Holy Coss,'
b. *On that other side of the Temple* is a roche that was wone to ben called Mariak, (61. 1)
'On the other side of the Temple is a rock that was accustomed to be called Bethel,'

b. *Þere* is an yle that is called Calamassus. (135. 31)
'There is an isle that is called Bandjarmasin,'

c. *There* is another yle that men callyn Mica, (139. 5)
'There is another isle that men call Malacca,'

次に、(10) のように there の後方に前置詞句が用いられている例は 20 回生じる。これらの there は一般に虚辞とみなされるが、there による場所の指定が特定的 (specific) ではなく、それゆえ場所をより明確に示すために特定的な句を追加したともみなせることから、there がこれらの句と照応する可能性は完全には否定できない。

(10) a. but *ther* is alwoy a lampe brennende byfore the sepulcre, (53. 14)
'but there is always a lamp burning before the sepulcher,'

b. *Ther* is eueremore a quen in that lond that hath the gouernayle of the lond, (83. 33)
'There is always a queen in that land that has the government of the land,'

c. *Ther* is another yle and a profitable in that lond of Prestir Ion (109. 9)
'There is another and profitable isle in that land of Prester John'

一方、(11) のように、段落の冒頭に there を置いて、「～と呼ばれる国がある」という意味を表す文が 4 回生じる。これらの文はいずれも直前に明確な場所の記述がなく、しかも後方にも場所は明記されていない。それゆえ、このような例の there は虚辞とみなせそうであるが、there に先行する部分を精査すると、(11a) はギリシアの近くにある多くの島、山、国について記した直後であり、(11b) は食人国について述べた段落の直後、(11c) は Taprobane 'Ceylon' の山と、もう一つ別な島での金の採取方法について述べた直後、(11d) はチンギス汗が治めるタタールにある島、Mica 'Malacca' についての記述の直後に登場する国に言及していることがわかる。それゆえ、著者はもとより、この旅行記の読者は、特に明記されてい

かった。しかし、これらの例はいずれも先行する場所を受けていることが明らかである。一方、there 構文の鋳型に合致している (8d) のような例はわずか1回生じるのみであり、しかもこの there は前方の場所を受けていることから、虚辞とはみなせない。それゆえ、ウィクリフの『聖書』では虚辞の there は未発達であったことになる。そうなると、虚辞の there の不在はこの聖書の固有の特徴であるのか、それとも、14 世紀末頃の文献では虚辞の there が一般に未発達であったことの反映なのかについて考察せねばならない。

(8) a. And whanne Jacob hadde slept *there* in that nyȝt (xxxii.13)
'And when Jacob had slept there in that night'
b. and offer thou hym *there* in to brent sacrifice (xxii.2)
'and offer him therein to burn the sacrifice'
c. *There* thei spaken to him. (xix.15)
'There they spoke to him.'
d. and *there* is founden delium, that is, a tree of spicerie (ii.12)
'and delium, that is a tree of spice, is found there'

2.2.『マンデヴィル旅行記』における there の機能

中英語期における there 存在文の発達過程を探る場合、ウィクリフの『聖書』以外の例も不可欠であるので、この聖書とほぼ同じ時期に書かれたボドレー版『マンデヴィル旅行記』(*The Bodley Version of Mandeville's Travels,* 以下、『旅行記』と略す) の there について分析してみた。この版では、there は ther-of, ther-on, ther-to などの複合形を除くと、194 回用いられていて、このうち there 構文の鋳型に合致するのは 101 例ある。このうち、(9) のように there が前方照応的に用いられている例は多く、77 例に達する。

(9) a. and *ther* ran out watyr and so it shal don eueremor (43. 28)
'and there ran out water and it shall do evermore'

の疑問を解消させるために、1395 年頃の『ウィクリフ派訳聖書』(*The Holy Bible*)（以下、ウィクリフの『聖書』と略す）の「創世記」の (3a, b, c) に対応する個所を抽出してみた。ところが、(7) に示したように、現代英語訳聖書の (3a, c) はもとより、初期近代英語期の三種類の聖書で用いられていた虚辞の可能性のある there は主文にも補文にもまったく見当たらない。このことは二つのことを示唆している。一つは、(7a) では神の「光よ作られよ」という指示どおり光が作られたが、光をどこに作るかはまったく明記されていないことである。このことから、(3a) の二つの there はいずれも (3d) の 2 個所の場所を指示してはいないことがわかる。言い換えれば、これらの there は虚辞であったことになる。そうなると、初期近代英語期の (4a), (5a), (6a) の 2 種類の there にも同様の資格が与えられることになる。もう一つは、14 世紀末頃のウィクリフの『聖書』では there 存在文は未発達であった可能性が高いことである。この点を確認するためには、「創世記」の冒頭以外の個所における there の分布と機能を精査する必要がある。

(7) a. And God seide, Liȝt be maad, and liȝt was maad. (i.3)
b. Forsothe God seide, The watris, that ben vndur heuene, be gaderid in to o place, and a drie place appere; and it was doon so. (i.9)
c. Forsothe God seide, Liȝtis be maad in the firmament of heuene, and departe tho the dai and niȝt; and be tho in to signes, and tymes, and daies, and ȝeeris; (i.14)

Breivik (1988: 66) は虚辞の there が場所の there から分離したのは古英語期以前であると指摘しているが、これら二種類の there が主文と同じ節の中で共起する (1e) のような例が生じなければ、there は虚辞として確立したとは主張できない。本稿の目的はその時期を特定することにある。そこで、ウィクリフの『聖書』の「創世記」で用いられているすべての there（58 例）についてその用法を精査した。その結果、(8a) のように、there が主語 + 動詞の後に生じる例が 46 回、(8b) のように動詞 + 主語の後に生じる例が 6 回、(8c) のように主語 + 動詞に先行する例が 5 回生じることがわ

b. God said againe, Let *the waters vnder the heaue be* gathered into one place, & let the drye land appeare. and it was so. (i.9)

c. And God said, Let *there* be lightes in the firmament of the heauen, to separate the daie from the night, & let them be signes, and for seasons, and for daies and yeres. (i.14)

1.2.3.『カヴァデール訳聖書』の「創世記」における there の機能

次に、さらに時代をさかのぼって、1535 年の『カヴァデール訳聖書』(*The Coverdale Bible*) の「創世記」の there の用法をみてみよう。(6a) の最初の there と (6c) の there は、(6b) の斜字体の定名詞句 the waters vnder heaven との統語的平行性により、let の直接目的語のみならず補文の主語としても用いられていたと判断できる。それゆえ、『カヴァデール訳聖書』でも there 構文の there はすでに虚辞 (expletive) として定着していた可能性は高い。

(6) a. And God sayde: let *there* be light, and *there* was light. (i.3)

b. And God sayde: let *the waters vnder heaven* gather themselues vnto one place, that the drye lande maye appear. And so it came to passe. (i.9)

c. And God sayde: let *there* be lightes in the firmament of heauen, to deuyde the daye from the night, that they maye be vnto tokens, seasons, days, and years. (i.14)

II. 中英語における there の機能

2.1.『ウィクリフ派訳聖書』における there の機能

『欽定訳聖書』の簡潔明瞭な英語の評価は高いが、少なくとも there の用法については、すでに 1535 年の『カヴァデール聖書』において確立していたことがわかる。そこで、時代をもう少しさかのぼり、中英語期における虚辞の there の史的発達過程について考察したい。最初に、1.1. の二つ

so that dry land may appear'; and so it was. (i.9)

c. God said, 'Let *there* be lights in the vault of heaven to separate day from night, and let *them* serve as signs both for festivals and for seasons and years. (i.14)

d. In the beginning of creation, when God made heaven and earth, the earth was without form and void, with darkness over the face of the abyss, and a mighty wind that swept over the surface of the waters. (i.1)

1.2. 初期近代英語の聖書における there の機能

1.2.1.『欽定訳聖書』の「創世記」における there の機能

(3a, b, c) に対応する『欽定訳聖書』(*Authorized King James Version*) (1611 年) の (4a, b, c) の記述を見ると、細部における若干の差異を除いて、there の用法は現在のものと変わりがないことがわかる。

(4) a. And God said, Let *there* be light: and *there* was light. (i.3)

b. And God said, Let *the waters under the heaven* be gathered together unto one place, and let *the dry land* appear: and it was so. (i.9)

c. And God said, Let *there* be lights in the firmament of the heaven to divide the day from the night; and let *them* be for signs, and for seasons, and for days, and years. (i.14)

1.2.2.『ジュネーブ聖書』の「創世記」における there の機能

『欽定訳聖書』より 51 年前の 1560 年に刊行された『ジュネーブ聖書』(The Bible: Geneva Edition) は、1620 年、メイフラワー号に乗ってアメリカ大陸に渡ったピューリタンたちが携えていったことでも広く知られている。(5a, b, c) を見ると、there の用法はいずれも『欽定訳聖書』とまったく変わりがないことがわかる。

(5) a. Then God said, Let *there* be light: and *there* was light. (i.3)

(General Prologue, 168)
　　'He had full many a good horse in the stable'
c. Yet *hadde* he but litel gold in cofre;　(Ibid. 298)
　　'Yet he had but little gold in the coffer'

I. There 構文の史的発達と there 存在文の出現

1.1. 現代英語訳聖書における there の機能

そこで、時代をさかのぼり、there 構文の発達過程を探ってみることにする。このような史的研究にとって聖書は貴重な情報源であることが多いことから、本稿でも聖書を分析対象の一つとしたい。現代英語訳については『新共同訳聖書 旧約聖書』(*The New English Bible: The Old Testament*) (1970) を用い、「創世記」の第一章から there 構文をいくつか抽出した。

最初に、(3a) の一つ目の there は let の直接目的語と補文 (complement clause) の主語として機能しているとみなせる。この解釈は、(3b) の定名詞句 the waters under heaven と (3c) の them がいずれも let の目的語と補文の主語となっていることから支持されるであろう。しかし、(3a) の神の発言の直前には (3d) の記述があり、下線部の 2 か所で場所に言及されているが、(3a) の二つの there はこれらの場所を前方照応的に指してはいないのであろうか。同様に、(3c) の there は後続の下線を施した in the vault of heaven という場所を後方照応的に指示している可能性はないのであろうか。これらの疑問が解消されなければ、there には場所の副詞以外の機能があると主張できない。もっとも、(3a) と (3c) の there が場所の副詞であれば、(3a, c) の Let there be light(s) は Let light(s) be there となるはずであるが、そのように記されていないことは、there が場所の副詞ではないことの強力な根拠となりうる。そこで、以下では語順以外の根拠を示すために、少し時代をさかのぼって検討してみたい。

(3) a. God said, 'Let *there* be light', and *there* was light;　(i.3)
　b. God said, 'Let *the waters under heaven* be gathered into one place,

e. ... what was written on the wall. *There* was nothing *there* now except a single Commandment. (Ch. IX, p. 99, l. 23)

このように、現代英語の there 構文は存在を表す鋳型としてすでに確立していることから、この鋳型に合致する there はたいていの場合、虚辞とみなせる。しかし、史的発達の途上にある古英語や中英語の there 構文は、たとえ現代英語の鋳型と同一であったとしても、そのような構文中の there を脈絡を考慮せずに虚辞とみなすと、その頃の英語の言語特徴を正しく捉えられない恐れがある（藤原 (2001: 1–12)）。

さらに、「存在」という概念は (2a) のように have を用いても表せる。なお、(2a) のような文は have 存在文 (*have*-existential) と呼ばれ (Biber, et al. (1999: 955–6))、現代英語のみならず、チョーサーの作品でも (2b) のように一般に用いられている。ちなみに、(2b) と (2c) を there 構文で表すと、それぞれ Ther was ful many a deyntee hors in his stable と Ther was but litel gold in his cofre となり、いずれも弱強 5 詩脚のリズムが形成できない。それゆえ、チョーサーはこれら 2 行を have 存在文で表し、必要なリズムを整えた可能性が大きい。本稿では、用語上の混乱を避けるために、there + 動詞 + 主語という構造を示す文を there 構文と呼び、この鋳型に合致している文のうち、there が代役主語 (dummy subject) を表す場合を there 存在文 (*there*-existential) と呼ぶことにする。古英語はともかく、チョーサーの作品では have 存在文が用いられていることから、there 存在文もすでに生じている可能性が高い。なお、there 構文については Breivik (1990) が広汎な記述を行っているが、個々の文献の there の用例をすべて前後の脈絡を精査しながら分析したのではない。そこで、本稿では中英語と初期近代英語の文献 6 点を対象にして、there を脈絡に据えて詳細に分析し、綿密な考察を行った上で、there 存在文の成立と発達の過程を明らかにしたい。

(2) a. The door *has* a fairly big opening in it.
Cf. There is a fairly big opening in the door.
b. Ful many a deyntee hors *hadde* he in stable:

There 存在文の史的発達過程

藤原　保明

はじめに

現代英語の場合、there を虚辞 (expletive) とする文は there 構文と呼ばれ、最も典型的なものは there + be + 不定名詞句（＋場所または時の副詞）という構造を示す。この構文では、たとえば George Orwell の *Animal Farm* (1945) で用いられている (1a, b) の there は脈絡から判断すると動物農場を指していると思えるが、これらの there は場所の副詞ではなく、虚辞とみなされる。一方、(1c) の例では、there の後方に on the farm という場所が明記されているが、この there には on the farm を指し示す後方照応的 (cataphoric) 機能があるとはみなされない。同様に、(1d) の例では、there の前方に場所を表す前置詞句 among us animals が用いられているが、there はこの句を指す前方照応的な (anaphoric) 用法ではなく、let の直接目的語、および補文 (complement) の主語とみなされる (McCawley (1998: 76))。一方、(1e) の場合、同じ節の中で用いられている二つの there のうち、最初の there は虚辞であるが、二番目の there は、脈絡から判断して、直前の文の末尾の on the wall を指し示す場所の副詞とみなされる。

(1) a. *There* was enthusiastic cheering and stamping of feet.
(Ch. X, p. 102, l. 25)

b. *there* would be work on Sunday afternoons as well.
(Ch. VI, p. 47, l. 19)

c. *There* was a good quarry of limestone on the farm,
(Ch. VI, p. 47, l. 19)

d. And among us animals let *there* be perfect unity, perfect comradeship in the struggle. (Ch. I, p. 10, l. 12)

Hanna III, Ralph. *The Ellesmere Manuscript of Chaucer's Canterbury Tales: A Working Facsimile*. Introd. Ralph Hanna III. Cambridge: D. S. Brewer, 1989.

Ruggiers, Paul G., ed. *The Canterbury Tales: Geoffrey Chaucer: A Facsimile and Transcription of the Hengwrt Manuscript, with Variants from the Ellesmere Manuscript*. Introd. Donald C. Baker, A. I. Doyle and M. B. Parkes. *A Variorum Edition of the Works of Geoffrey Chaucer*. Vol. I. Norman: U. of Oklahoma P. 1979.

3. その他

Brunner, Karl. *Die englishe Sprache I und II: Ihre geschichtliche Entwiclung*. Max Niemeyer Verlag, Tübingen 1960, 1962.　松浪有、小野茂、忍足欣四郎、秦宏一共訳『英語発達史』東京：大修館書店、1973.

Doyle, A. I. and M. B. Parkes. "The Production of Copies of the *Canterbury Tales* and the *Confessio Amantis* in the Early Fifteenth Century". In *Medieval Scribes, Manuscripts and Libraries: Essays Presented to N. R. Ker*. London: Scolar Press, 1978. 163 -210.

Horobin, Simon, and Linne R. Mooney. "A *Piers Plowman* Manuscript by the Hengwrt/Ellesmere Scribe and Its Implications for London Standard English". In *Studies in the Age of Chaucer*, vol. 26. 2004. 65–112.

Jordan, Richard, trans. and rev. Eugene Joseph Crook. *Handbook of Middle English Grammar*. Hague: Mouton, 1974.

McIntosh, Angus, M L Samuels, Michael Benskin with the assistance of Margaret Laing and Keith Williamson. *A Linguistic Atlas of Late Medieval English*. Aberdeen: Aberdeen UP, 1986.

Quirk, Randolf and C. L. Wrenn. *An Old English Grammar*. 2nd ed. London: Methuen, 1957–1977.

Samuels, M. L. "Chaucer's Spelling". In *The English of Chaucer and his Contemporaries: Essays* by M L Samuels and J J Smith, ed. J J Smith. Aberdeen: Aberdeen UP. 1988, 23–37. (First Published in D. Gray and E. G. Stanley, eds. *Middle English Studies Presented to Norman Davis*. Oxford: Oxford UP, 1983, 17–37.)

——. "The Scribe of the Hengwrt and Ellesmere Manuscripts of *The Canterbury Tales*". In *The English of Chaucer and his Contemporaries: Essays* by M L Samuels and J J Smith, ed. J J Smith. Aberdeen: Aberdeen UP. 1988, 38–50. (First Published in *Studies in the Age of Chaucer* 5, 1983, 49–65.)

Seymour, M. C. *A Catalogue of Chaucer Manuscripts, Vol. II. The Canterbury Tales*. Aldershot: Scolar Press, 1997.

Wright, Joseph, and Elizabeth Mary Wright. *An Elementary Middle English Grammar*. 2nd ed. 1928; rpt. Oxford: Oxford UP., 1962.

注

(1) A. I. Doyle and M. B. Parkes, "The Production of Copies of the *Canterbury Tales* and the *Confessio Amantis* in the Early Fifteenth Century" (1978) で Hg/El の写字生がガワーの *Confessio Amantis* の写本 Trinity College, Cambridge, MS R. 3. 2. を筆写した五人の写字生の一人として、この写本の三帖 (2–4) を書き写したことを古文書学の見地から立証している。また、Horobin-Mooney は "A *Piers Plowman* Manuscript by the Hengwrt/Ellesmere Scribe and Its Implication for London Standard English" (2004) でラングランドの *Piers Plowman, B-text* の写本 Trinity College, Cambridge, MS B. 15. 17 を筆写したのもこの写字生であることを筆跡と使われたスペリングからつきとめた。
(2) M. L. Samuels の二つの論文 "Chaucer's Spelling" (1983) と "The Scribe of the Hengwrt and Ellesmere Manuscripts of *The Canterbury Tales*" (1983) による。
(3) *A Linguistic Atlas of Late Medieval English* (1986) に正確さに欠ける記述がある。それは LP (linguistic profile) 6400 の Hg と El 写本の SEE の pt-sg を saugh (seigh) ((say, sawe, saw))、pt-pl を sawe と記載していることである (Vol. III: 299)。pt-pl の sawe は正しいが、pt-sg に問題がある。pt-sg の saugh と括弧内の seigh, それに二重括弧内にある say, sawe, saw の内、say は確かに pt-sg として両写本に存在するが、sawe は pt-sg として使われることは Hg にも El にも無い。saw は pt-sg だが、これは Hg にしかなく El には無い。
(4) *Ormulum* は一行の音節数をそろえることを詩作の原則として、それを厳格に守っている。一行を 15 音節で構成するのだが、現代の編集者は一行を 8 音節の前半行と 7 音節の後半行に分けて呈示するのが通例である。Hoccleve の作詩法について Burrow は一行に 10 音節の規則に従うことを心がけ、またそれが読者にも分かるようにスペルしていると述べている (*Thomas Hoccleve's Complaint and Dialogue* (1999), p. xxix)。

参考文献

1. コンコーダンス

Benson, Larry D. ed. *A Glossarial Concordance to the Riverside Chaucer*. 2 vols. New York: Garland, 1993.

2. テクスト

Bennett, J. A. W. and G. V. Smithers eds. With a Glossary by Norman Davis. *Early Middle English Verse and Prose*. Oxford: Clarendon P. 1966. XIII *Ormulum*, 174–83.

Benson, Larry D., gen. ed. *The Riverside Chaucer*, 3rd ed. Oxford: Oxford UP, 1988, 2008.

Burrow, J. A. ed. *Thomas Hoccleve's Complaint and Dialogue*. EETS OS 313. Oxford: Oxford UP, 1999.

方なのである。中英語期のどの詩人も、どの読者も、書き表された -e をすべて発音するとは思っていなかったであろう。

次に挙げるのは、作者自筆のテクストが現存する二作品から、書き表された -e が韻律の都合で発音されなかった例を挙げる。一つは 12 世紀末の *Ormulum* (Oxford, Bodleian Library MS Junius 1) もう一つは 15 世紀初頭の Hoccleve の *Dialogue* (Durham, University Library MS Cosin V. iii. 9) である。ともに、詩作の原則を一行当たりの音節の数を一定にすることに置いた詩人の作品なので、作者自身が -e を発音するつもりだったか、そうでないかについては明確に分かる。[4] *Ormulum* は Bennett-Smithers、*Dialogue* は Burrow の版からの引用である。

x / (x)x / (x)x / x /
Ormulum 161 He sette a sterrne upp o þe lifft

/ x / x / x(x) /(x) x x /
Dialogue 264 Thogh a man this day / sitte hye on the wheel

Ormulum 161 に必要な音節数は 8 で、*Dialogue* 264 には 10 音節が必要である。ここに (x) 印を付けた -e は語源や文法から見てあってしかるべき -e である。*Ormulum* の弱変化動詞 sette の -e は三人称過去単数形、sterrne “star” の -e は語源の ON stjarna の -a からきたもの、*Dialogue* の sitte には仮定法三人称単数現在の -e があり、hye の -e は OE の副詞 hēage によるものである。詩人はこれらの -e をきちんと書き表しているが、発音では省略しながら音節数を整え、彼らが意図した韻律を作り上げている。

このような用例を間接的証拠として見るなら、SEE の過去の -e 付の（II）型、仮定法過去単数、直説法二人称単数と複数、として用いられた sawe, saye, sye はチョーサー自身の形と見てもよいと思う。これらの文法範疇をチョーサーは（I）型、直説法一・三人称過去形とは別物と意識していたに違いない。

MerT (4) 1735 And of the songes that the Muses *songe* (: *tonge*)
The Book of the Duchess 929 I durste swere, thogh the pope hit *songe* (: *tonge*)

このライムが立証する第一の点は、songe の強勢のある母音の発音は生粋の過去（II）型形である [u] であったということである。語末の弱音 -e もきっと発音に存在していたと思う。共に -e のある語同士のライムだから、このライム単独では -e の存在の証拠にはならないが、しかしこう思える理由は、チョーサーのライムでの語末の -e の扱い方は実に見事に一貫していて、語源や文法から見て -e があってしかるべき語と、そうでない語をライムさせることはまずないという事実にある。ここでも、songe のライム相手は tonge という語源の形に由来する -e を持った語である。これを見ると、ここに挙げたライムがほぼ間違いなく示しているのは、-e 付の複数形としての songe が MerT(4)1735 で、仮定法単数形としての songe が *The Book of the Duchess* 929 で使われていたということである。

次に、BEGIN の過去（II）型、bigonne [bigunnə] の -e が韻律上必要とされていることがある。その例を挙げておこう。

```
                    x    /    x  /   x  /   x    /     x      /
SNT(8) 442  Ful wrongfully bigonne thow, quod he

                         x   / x    /  x /   x / x   /  x
FranT (5) 1015  But sodeynly bigonne revel newe
```
（主語は 1013 freendes: ‘Tho coome hir othere freendes many oon’）

SNT(8) 442 は直説法二人称過去単数形、FranT(5) 1015 は過去複数形である。いずれも bigonne の -e が韻律に生かされて弱強交代のリズムを作っている。この -e 型はチョーサー自身の物に違いない。

チョーサーは行の中では、語源や文法から見て必要な語末の -e は韻律上必要なときには発音に存在させるが、韻律の構成に不必要ならその -e は省略する。語源や文法で必要な -e を韻律のために犠牲にする、というのは変に思われるかもしれない。しかし、それが英語の詩作の伝統のやり

この二つの行では -en に終わる語末の形は Hg のものがそのまま El-Rvs に引き継がれている。-en は常に一つの弱音と意識されているものである。14 では -en の弱音に続いて弱音がまた一つ現れて、一行の音節数が 11 ある行になっている。15 の方は行の出だしで、通常の弱強の並びが入れ替わって、強弱になっている (initial inversion)。一行の音節数は 10 である。15 で -en の -n が無くて、-e だけであったら、続いて of の母音があるので当然その -e は省略される。するとこの行は一音節不足の欠陥行になる。逆に 14 の方は -en でなく -e であるなら、その -e の省略が期待できるから、チョーサーの詩作法原則通りの一行になる。15 の -en の方はこのように韻律上の役割を果たしているので、この -en 形はチョーサー自身の語形と取ろう。

(6)

『カンタベリ物語』に出てくるいろいろな SEE の過去形の内、ライムでチョーサー自身の形と確認できるのは、直説法一・三人称過去単数形の say と sy、それに複数形としての say であった（上記 (3) 項）。韻律の調査でもチョーサーの形は判別できるのだが、分かることは、語末に弱音節があるか無いかである。語幹の形は分からない。つまり、say でなくて saye か sayen であるという判定はできるが、それが実はチョーサーの原稿には sye か syen と書いてあったかも知れないのだが、その点は韻律からは分からない。

韻律からチョーサーの物と推測される形は複数形の語末 -en に限られた（上記 5.2）。そして SEE の過去（II）型の -e で終わる形は、スペリングには -e が書き表されているにもかかわらず、韻律ではその存在は証明されなかった（上記 5.1）。しかし、この範疇の -e もチョーサーの物であることを示唆する用例が他にある。いわば状況証拠である。

まず、強変化動詞 SING の過去複数と仮定法単数の songe [suŋgə] が tonge (n.) “tongue” (OE tunge) とライムする例である。

るのが、上掲の用例1と6の *a*, 5と12の *al*、それに3, 9, 10の *hir* である。用例2の *thy*、4の *they*、8と11の *that* はいずれも弱音である。チョーサーの作詩の原則は一つの弱音、一つの強音が交代しながら一行のリズムを構成するというものだから、これらの語の直前にある -e は弱音として発音に存在する必要がなく省略される。従って『カンタベリ物語』の SEE の過去（Ⅱ）型は文法上由緒正しい -e がスペリングに現されているが、詩作の現場では一音節語として機能させていたので、どこにあっても本来の一音節型の過去形と入れ替え可能であったのである。このことは、-e 付の SEE の過去形は本当にチョーサー自身が書いたものかどうかは韻律から証明することはできないということを意味する。

Hg と El-Rvs の（Ⅱ）型の sawe の使い方が面白い。Hg で sawe は8回使われているが、そのうちの半分は El-Rvs で saugh に代えている。一つは仮定法過去単数 (1)、残りは過去複数である (3, 8, 12)。ここにも写字生の saugh 好きが現れているのだが、それでもあと半分は El-Rvs で sawe のまま残した (4, 5, 10, 11)。いずれも過去複数形である。もう一つ El-Rvs に sawe があるが、これは Hg の saw を直したもので、直説法二人称過去単数として使われている (2)。写字生にはこのような文法範疇には sawe という形がふさわしいという意識があったに違いない。この写字生は sawe のような -e 付の形を文法上 -e を必要としない（Ⅰ）型に、つまり直説法一、三人称単数だが、そこに持ち込むことは決してない。反対に本来の -e 無しの（Ⅰ）型を（Ⅱ）型に用立てることがあるのは、行中の saugh (1, 3, 6, 8, 12, 13) やライムの say (7) の例に見るとおりである。[3]

5.2　-en で終る過去複数

x　/x　x / x /　x / x /

14. NPT(7)3378　And *syen* (Hg *seyen*) the fox toward the grove gon

（主語は 3377 they: ‘And out at dores stirten they anon’）

/x　x /　x / x / x /

15. SNPro(8)110　*_Seyen_ (El _syen_, Hg _sayen_) of feith the magnanymytee

（主語は 109 men: ‘Right so men goostly in this mayden free’）

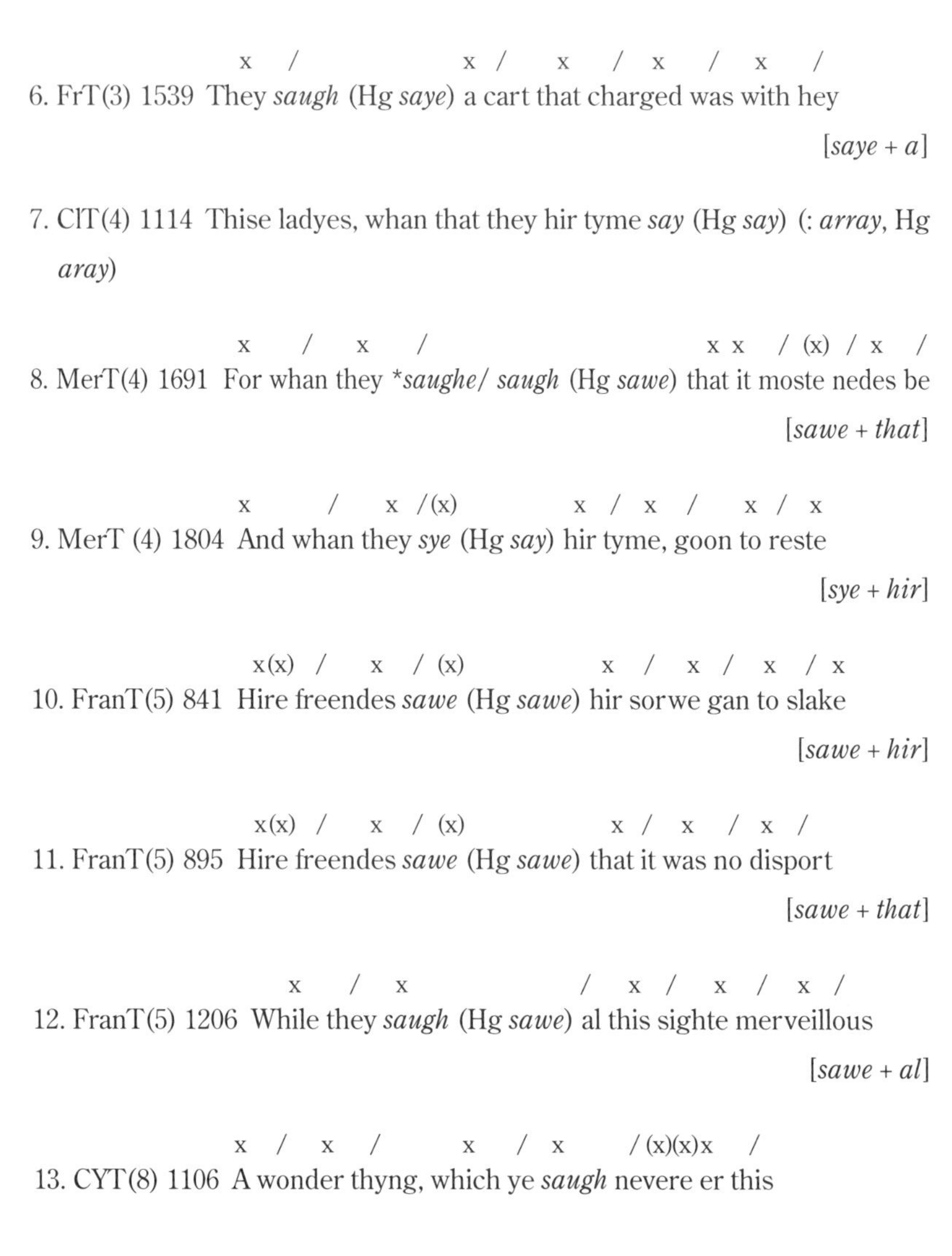

x / x / x / x / x /
6. FrT(3) 1539 They *saugh* (Hg *saye*) a cart that charged was with hey
[*saye* + *a*]

7. ClT(4) 1114 Thise ladyes, whan that they hir tyme *say* (Hg *say*) (: *array*, Hg *aray*)

x / x / x x / (x) / x /
8. MerT(4) 1691 For whan they **saughe/ saugh* (Hg *sawe*) that it moste nedes be
[*sawe* + *that*]

x / x /(x) x / x / x / x
9. MerT (4) 1804 And whan they *sye* (Hg *say*) hir tyme, goon to reste
[*sye* + *hir*]

x(x) / x / (x) x / x / x / x
10. FranT(5) 841 Hire freendes *sawe* (Hg *sawe*) hir sorwe gan to slake
[*sawe* + *hir*]

x(x) / x / (x) x / x / x /
11. FranT(5) 895 Hire freendes *sawe* (Hg *sawe*) that it was no disport
[*sawe* + *that*]

x / x / x / x / x /
12. FranT(5) 1206 While they *saugh* (Hg *sawe*) al this sighte merveillous
[*sawe* + *al*]

x / x / x / x / (x)(x)x /
13. CYT(8) 1106 A wonder thyng, which ye *saugh* nevere er this

各行の弱音（x印）と強音（/印）の並び具合、それに省略される -e（(x)印）のあり場所、さらに各行の末尾に記したかぎ括弧の中の二音節の sawe, saye, sye とそれに続く語について見てもらいたい。これらの二音節語の -e はどの行でも発音される必要のない位置にある。母音または弱く発音される h の前では -e は発音から省かれるのが伝統だが、それに当た

語である。上に挙げたHgのsayをEl-Rvsがsyeに書き変えた例は、一音節語sayを二音節語syeに直した例だが、韻律上で不都合はなかったのだろうか。

以下に『カンタベリ物語』に現れるSEEの（Ⅱ）型の過去形のすべての用例を1から15の通し番号をふって示した。通し番号の7は上述のライムに現れるsayである。

5.1に-eで終わるか、-eもないもの、5.2に-enで終わるものを挙げた。El-Rvsの読みを基準とし、Hgの読みは括弧に入れて示した。5.1では各行の終わりに、El-RvsまたはHgで使われているSEEの二音節語の過去形とその直後に置かれている語をかぎ括弧に入れて示した。/は強音、xは弱音、(x)は削除される-e [ə] を示す。

5.1　-eで終わるか、-eもないSEEの過去形

(a) 仮定法過去単数

x / x / (x) x / x / x /
1. GP(1) 144 She wolde wepe, if that she *saugh* (Hg *sawe*) a mous [*sawe* + *a*]

(b) 直説法二人称過去単数

x / (x) x / x / x / (x) / (x) /x
2. MLT(2) 848 Thow *sawe* (Hg *saw*) thy child yslayn bifore thyne yen
[*sawe* + *thy*]

(c) 直説法過去複数

x / x / x / x / (x)x / x
3. KnT(1) 1755 And *saugh* (Hg *sawe*) hir blody woundes wyde and soore
[*sawe* + *hir*]

（主語は1756 alle: ‘And alle crieden, bothe lasse and moore’）

x (x) / (x) x x / (x) / x / x /
4. MLT(2) 218 Thanne *sawe* (Hg *sawe*) they therinne swich difficultee
[*sawe* + *they*]

x / x / x / (x) x / x /
5. MLT(2) 845 Thy blisful eyen *sawe* (Hg *sawe*) al his torment [*sawe* + *al*]

と書かれる。さらにHgの一、三人称単数sawはライムに用いられていないので、El-Rvsではすべてをsaugh (KnT(1) 2056, 2062, 2065, etc.) に代えた。もともとHgでsaughと書かれていたものは、そのままEl-Rvsでsaugh (GP(1) 850, KnT (1) 1400, 2011, etc.) なのだが、例外がGP(1) 193で、ここではHgのsaughをEl-Rvsでseighにしている (I *seigh* (Hg *saugh*) his sleves purfiled at the hond)。

このような修正の結果、SEEの過去形（I）型、つまり直説法一、三人称過去単数形、はHgにあるような多様性が無くなって、ライム以外のところではGP(1) 193のseighを唯一の例外としてsaughに統一された。

ライム以外で単数ならすべてsaughに代えられたHgのsay、ライムに無いから完全に姿を消してElではsaughになったHgのsaw。M. L. Samuelsは、このsayとsawこそチョーサー自身のSEEの過去形である、と言っている。彼はこの二つはHgの手本に書いてあった形で、写字生がそれをそのまま書き写したので、Hgに手本どおりの形で生き残った残存物 (relict)、すなわちチョーサーのオリジナルである、と言う。さらに、ElでのsaughへのE急傾斜については、写字生が豪華版のElにふさわしくしようと、むしろ自分自身のスペリングの習慣に忠実に従って書くことで、スペリングの一貫性を図った結果である、と述べている。[2]

(5)

上記 (3) で過去複数形としてのHg, EL-Rvsのsay (ClT(4)1114) がライムで証明されたことを述べた。その同じsayがHgで行中に現れるとEl-Rvsでsye (MerT(4)1804) に変更されているのを (4) で触れた。SEEのような強変化動詞の過去（II）型、つまり直説法二人称単数形と複数形、それに仮定法過去単数形（複数形の用例はない）では、文法上語末に望まれる形はこのsyeのような-eのある形である。複数形なら-enの選択肢もある。El-Rvsにはこのsyeの他、-eのある形でsawe、-enのある形でsyen, *seyenがある。Hgには-eのあるsawe, sayeと-enのあるsayen/seyenがある。これら本来の（II）型は、変化語尾-e(n)、弱音節の [-ə(n)]、を持った二音節

the Rose は Glasgow, Hunterian Museum MS V. 3.7 を主な拠りどころとしている。ベースにしたものが『カンタベリ物語』と違うので、seigh も違う形で現れる。チョーサーが、どこでどの形を使ったのかは分からない。

直説法一、三人称過去単数の say/sey は9回ライムに現れる (MLT(2) 809, MLT(2) 1128, WBPro(3) 645, ClT(4) 667, MerT (4) 1936, FrancT(5) 1124, PhyT (6) 227, MkT(7) 2443, NPT (7) 3114)。これらはそれぞれ array (n.) “dress” < AN arai, OF arei, day (n.), may (3 pr. sg.), way (n.), weilaway (interj.) < OE weg lā weg とライムしている。これらのライムは say/sey の -ay/-ey [-ai] は Chaucer の形であったことを立証している。

さらに過去複数形としての say も一度ライムに用いられる (ClT(4) 1114: Thise ladyes, whan that they hir tyme say)。El-Rvs と Hg ともに同じスペリングで say である。この say は単数形と同じように末尾に -e も -en もつかない語、array (Hg aray) (n.) とライムしている。このライムはチョーサーが複数形としての say を -e(n) 無しで使用していたのを立証するライムである。

もう一つライムが Chaucer 自身の形と立証するのは単数形の sy である。これは CYT (8) 1381 で mercy (n.) < OF merci とライムする。*The Canon's Yeoman's Tale* はこの物語自体が Hg には収められていないので、Hg には対応するものはない。

(4)

Say がチョーサーの過去複数形であったことがライムで示されたことを述べたが、この同じ複数形 say がライムとかかわらない行中で使われると、El-Rvs は Hg の say を sye に変えた (MerT(4) 1804: And whan they *sye* (Hg *say*) hir tyme, goon to reste)。このような Hg/El 写字生のライム外での形の変更は、SEE の過去形全般の扱いに通じるものである。

El-Rvs では、Hg の seigh はライム外ですべて saugh (GP(1) 764, KnT(1) 2067, 2073, etc.) に、say/sey もライム外は複数なら上述のとおり sye への変更だが、単数ならすべて saugh (KnT(1) 1995, 2535, WBPro(3) 788, etc.)

てであるが、チョーサー時代にはどちらも [ai] という発音を表す。初期中英語の二重母音 [ei] は 1300 年頃には [ai] と変化して、当初からの [ai] と混ざり合ってしまうのだが、スペリングには ey と ay の両方が使われていた。『カンタベリ物語』では SEE の過去形として <ey> を用いた形は Hg に特有のものである。単数形 sey が二回、複数形 seyen は一度現れるのだが、El-Rvs では別の形になっている。Hg の単数形 sey の一つは MLT(2) 809 のライムで、ここでは El-Rvs で say にしている。もう一つはライム外で、sey は El-Rvs で saugh と表される (MancT(9) 256)。Hg の複数形 seyen は El-Rvs で syen である (NPT(7) 3378)。Rvs の *seyen (El syen, Hg sayen) (SNPro (10) 110) について‘意外で不似合い’と上に述べたが、それはこの理由である。

本来、pt. sg.（過去（I）型）と pt. pl.（過去（II）型）の形態上の違いは母音と屈折語尾で表されていたのだが、ここにくると母音の違いが判然としなくなる。そこでこの両者は（I）型には屈折語尾がなく、（II）型には屈折語尾の -e または -en が付くことで区別されることになる。

(3)

これらの SEE の過去形の内、『カンタベリ物語』でライムに用いられているのは、seigh, say と sy の三種である。この内、ライムで Chaucer 自身が使った形と確認できるのは、-ay [-ai] 型の say と -y [-i:] 型の sy である。seigh の [-aiç] はいささか曖昧である。

というのは、seigh は 2 度ライム (KnT(1)1066, FranT(5) 850) に用いられが、どちらも an heigh (adv.) “aloft” < late OE hēh < hēah とのライムだからである。この heigh は -eigh とともに -igh [-i:ç] という形を持ちうる。同じ Chaucer の作品、*The House of Fame* 1162, 1429 では sigh (1 pt. sg.) と on high (adv.)、*The Romaunt of the Rose*, A 818 には sigh (1 pt. sg.) と high (adj. pred. sg.) のライムがある。使われている語のスペリングが『カンタベリ物語』ものと異なるが、同じ語同士のライムである。Rvs 版の *The House of Fame* は Oxford, Bodleian library MS Fairfax 16、*The Romaunt of*

理できる。seigh [saiç], saugh [saux], say/sey [sai], sy [si:] と saw [sau], これらに語末に -e[-ə] や -en[-ən] のある形を足すと sawe [sauə], sye(n) [si:ə(n)] に saye(n)/seyen [saiə(n)] となる。

この他（II）の中には Rvs にだけ登場する *saughe (MerT(4)1691) と *seyen (SNPro(10)110) という形がある。この *saughe の -e は発音には存在しないタイプの -e で、'inorganic -e' とか 'scribal -e' と呼ばれているものである。もう一つの *seyen に -ey- のあるスペリングは、いささか意外な感じで、Rvs には不似合いに見える。これら二つの形は、はいずれも F. N. Robinson の *Riverside Chaucer* 第二版 (1957) で使っている形である。それを第三版はそのまま受け継いだものであろう。

個々の形の来歴を見てみよう。

動詞 SEE は強変化動詞、第5類に属する。OE の典型的な変化形は次のようなものである。

	inf.	pt.sg.（過去 I）	pt.pl.（過去 II）	p.p.
Saxon:	sēon	seah	sāwon	sewen
Anglian:	sēon	sæh	sēgon	segen

ME の過去単数 seigh は Saxon の seah に由来する（ea + h > e + h > ei + h)。saugh は Anglian の sæh (ea + h > æ + h > a + h > au + h) が元である。この二つ以外の、-gh [-ç, -x] が無い形は、すべて過去複数の形に何らかの影響を受けたものと思ってよい。

まず、saw, sawe についてだが、Anglian の単数形 sah から複数形 sagen > sawen が派生する。そこから新たな単数形 saw が生まれた (Jordan §63, Remark 1)。なお、OE Saxon の複数形 sāwon の ā だが、この ā は、OE ǣ < WGmc ā の 半母音 [w] の前で現れた変形である (Quirk and Wrenn, § 187)。この sāwon という形は ME に継続されなかった（Brunner- 松浪、他：600）。say, saye(n) と sey, seyen は OE Anglian の複数形 sēgon からのものである。sy, sye(n) も Anglian の複数 sēgon> ME [sējən] にさかのぼる。ME の ē + /j/ + vowel の環境ではときに ME ī が生じた (Wright § 107, 6)。

なお、say, saye(n)/sey, seyen の <ay> と <ey> というスペリングについ

が、ここにある-eで終わる形は、(Ⅰ)の直説法一、三人称過去単数形としては決して用いられない、しかし、逆に-eのない(Ⅰ)型は、(Ⅱ)でもたまに用いられることがある、という点である。SEEの過去形の-eはHg/Elの写字生にとって文法上の意味のある-eのようだ。それは無くても許されるが、文法上必要としないところに-e付の形を使用することは厳に慎む。

ただし、SEEの-e付の過去形はライムに使われることは無いし、韻律から見ても、-enは必要な音節であることはあるのだが、-eの方はどの行でも省略されうるという事実も紹介しよう。これは-e付のSEEの過去形はチョーサー自身が使った形という確証はない、ということなのだが、関連のある周辺の用例をみると、El/Hg写字生の-eのあるSEEの過去形の使いかたは、チョーサー自身の使い方と重なるのではないかと思う。

本稿ではEl/Hgの写字生がSEEの過去形をどのように使っているかを明らかにすると同時に、チョーサー自身が使った形はどれだったかを探りながら論を進めていく。

研究のベースに使用したテクストはLarry D. Benson, gen. ed., *The Riverside Chaucer*, 3rd ed. (Oxford UP, 1988, 2008)、ファクシミリはPaul G. Ruggiers, ed., *'The Canterbury Tales' Geoffrey Chaucer: A Facsimile and Transcription of the Hengwrt Manuscript, With Variants from the Ellesmere Manuscript* (U of Oklahoma P, 1979) と Ralph Hanna III の *The Ellesmere Manuscript of Chaucer's Canterbury Tales: A Working Facsimile* (D. S. Brewer, 1989) を使用した。

『カンタベリ物語』の各物語の表記はBensonのコンコーダンスに従った（例：GP(I) は *The General Prologue* (Fragment I) を表す）。そのほかの略語は一般に使われているものを使用した。

(2)

Hg と El 写本、それにRvsの『カンタベリ物語』でSEEの過去形として登場する様々な形を前項に掲げた。これらのSEEの過去で、スペリングは違っても同じ発音であるものを一つにまとめてみると、次のタイプに整

後者には直説法二人称単数と複数、それに仮定法が含まれる。これらはそれぞれ互いに形が異なる。その上SEEの場合は、当初から地方言による差異がある上に、それらが互いに影響し合って、中英語期には実にさまざまの形が通用していた。

本稿では直説法一、三人称過去単数として使われている形を（I）型と呼び、その他の範疇に対して使われている形を（II）型と呼ぶ。下記に『カンタベリ物語』で使われているSEEのすべての過去形を示したが、（I）型を（I）の項に挙げ、（II）型を（II）の項に挙げた。それぞれの形の後に括弧に入れて挙げてある数字は、それが使われている回数を示したものである。この数字を見ると、好まれて多用される形とそうでもない形があることが分かる。同じ写字生が、同じ作品を二度書き写すとき、初めに書いたHg写本と、二度目のEl写本で、SEEの過去形の選択にどのような違いがあるのか。HgはElとかなり様子が違う。特に(I)で、Hgはさまざまな形をあれこれ使っているのに、Elでは一つの形、saughが飛びぬけて多用される。校訂本Rvsの『カンタベリ物語』はEl写本をベースにしているので、単語のスペリングについては基本的にElに現れる形をそのまま取り入れていると思ってよい。ここでは、El-Rvsと表わした。ただし、SEEの過去形ではRvsがElと異なるスペリングを用いている例が2例ある。それらには*印を付した。

El- Rvs
（I）seigh (3), saugh (119), say (9), sy (1)
（II）saugh (6), say (1), *saughe (1), sawe (5), sye (1), syen (2), *seyen (1)

Hg
（I）seigh (13), saugh (31), say (45), sey (2), saw (34)
（II）say (2), saw (1), sawe (8), saye (1), sayen (1), seyen (1)

私が、特に面白いと思うのは、El-RvsとHgの共通点である。それは（II）型、つまり直説法一、三人称過去単数以外の範疇に対して用いられた形だ

『カンタベリ物語』のSEEの過去形：Hengwrt / Ellesmere写本と校訂本

池上　昌

(1)

チョーサーの作品集の校訂本で現在最も一般的に用いられているものは、Larry D. Benson総編集の*The Riverside Chaucer*, 第3版（1987, ペーパーバック1988, 2008）であろう。Bensonはこの校訂本を基にしてコンコーダンスを作った。このコンコーダンスで『カンタベリ物語』に出てくるSEEの過去形を調べてみると、*Riverside*版(Rvs)の『カンタベリ物語』と、二つの重要写本Ellesmere (San Marino, Huntington Library, MS Ellesmere 26. C. 9) (El) と Hengwrt (Aberystwyth, National Library of Wales, MS Peniarth 392 D) (Hg) では、それぞれが対応する行で異なる形が使われている場合が結構ある。ElとHg、この二つの写本は、チョーサー自身の原稿にもっとも近いものが保たれている写本として信頼されている。現存する数ある『カンタベリ物語』の写本の中で一番早く、チョーサーの没後間もなく作成された写本である。SeymourはHgが1405年頃、Elが1410年頃の作成と推定し、ElはHgが手本に用いた原稿を基に、改めて新しい注文主のために編集したものを手本として使って、書き写した写本としている(*Catalogue*, Vol. II)。このHgとElを書いたのは同一人物である。ロンドンの写字生であった。彼は大変有能な写字生であったらしくこの『カンタベリ物語』の二写本の他、ガワーやラングランドの大作なども筆写していたことが知られている。(1)

このロンドン写字生は、El/Hg写本でSEEの過去形をいろいろに書いている。現代の英語との文法上の大きな違いは、当時過去形には二種類あったことである。直説法一、三人称単数、とその他の範疇の二つである。

第４部

中世英語

執筆者一覧

河崎　征俊	かわさき　まさとし	駒澤大学教授

（中世イギリス文学）

岡　　三郎	おか さぶろう	青山大学名誉教授
池上　忠弘	いけがみ ただひろ	成城大学名誉教授
池上　惠子	いけがみ けいこ	成城大学短期大学部名誉教授
松田　隆美	まつだ たかみ	慶應義塾大学教授
モート セーラ		駒澤大学教授
中村　哲子	なかむら てつこ	駒澤大学准教授
福田　一貴	ふくだ かずたか	駒澤大学講師
唐澤　一友	からさわ かずとも	駒澤大学教授

（イギリス文学）

富士川 義之	ふじかわ よしゆき	東京大学名誉教授
石原　孝哉	いしはら こうさい	駒澤大学名誉教授
高野　秀夫	たかの ひでお	駒澤大学名誉教授
高野　正夫	たかの まさお	駒澤大学教授
白鳥　義博	しらとり よしひろ	駒澤大学准教授
大渕　利春	おおふち としはる	駒澤大学非常勤講師
落合　真裕	おちあい まゆ	十文字学園女子大学講師
平野（進藤）桃子	ひらの ももこ	駒澤大学非常勤講師
結城　英雄	ゆうき ひでお	法政大学教授

（アメリカ文学）

東　雄一郎	あずま ゆういちろう	駒澤大学教授
川崎 浩太郎	かわさき こうたろう	駒澤大学講師
佐藤 江里子	さとう えりこ	駒澤大学非常勤講師
西原　克政	にしはら かつまさ	関東学院大学教授

（中世英語）

池上　　昌	いけがみ まさ	慶應義塾大学名誉教授
藤原　保明	ふじわら やすあき	聖徳大学教授・筑波大学名誉教授
中尾　佳行	なかお よしゆき	広島大学教授
狩野　晃一	かのう こういち	東北公益文科大学准教授

チョーサーと英米文学
河崎征俊教授退職記念論集

2015 年 3 月 31 日　初版発行

編著者　東　雄一郎
　　　　川崎 浩太郎
　　　　狩野　晃一

発行者　福岡　正人

発行所　株式会社 **金 星 堂**

（〒101–0051）東京都千代田区神田神保町 3–21
Tel. (03)3263–3828（営業部）
(03)3263–3997（編集部）
Fax (03)3263–0716
http://www.kinsei-do.co.jp

編集協力／ほんのしろ　Printed in Japan
装丁デザイン／岡田知正
印刷所／興亜産業　製本所／井上製本

ISBN978-4-7647-1144-0 C1098